国家社科基金项目"海峡两岸龙学比较研究"（15BZW040）阶段成果

博士生导师学术文库

A Library of Academics by
Ph.D.Supervisors

范文澜《文心雕龙注》版本研究

李 平 著

光明日报出版社

图书在版编目（CIP）数据

范文澜《文心雕龙注》版本研究 / 李平著. -- 北京：
光明日报出版社，2021.6

ISBN 978 - 7 - 5194 - 6020 - 4

Ⅰ.①范… Ⅱ.①李… Ⅲ.①《文心雕龙注》—版本
—研究 Ⅳ.①I206.2②G256.22

中国版本图书馆 CIP 数据核字（2021）第 077999 号

范文澜《文心雕龙注》版本研究
FANWENLAN WENXIN DIAOLONG ZHU BANBEN YANJIU

著　　者：李　平

责任编辑：杨　娜　　　　　　责任校对：傅泉泽
封面设计：一站出版网　　　　责任印制：曹　净

出版发行：光明日报出版社
地　　址：北京市西城区永安路 106 号，100050
电　　话：010 - 63169890（咨询），010 - 63131930（邮购）
传　　真：010 - 63131930
网　　址：http://book.gmw.cn
E - mail：yangna@gmw.cn
法律顾问：北京德恒律师事务所龚柳方律师
印　　刷：三河市华东印刷有限公司
装　　订：三河市华东印刷有限公司
本书如有破损、缺页、装订错误，请与本社联系调换，电话：010-63131930
开　　本：170mm×240mm
字　　数：305 千字　　　　　　印　　张：17.5
版　　次：2021 年 6 月第 1 版　　印　　次：2021 年 6 月第 1 次印刷
书　　号：ISBN 978 - 7 - 5194 - 6020 - 4
定　　价：95.00 元

目 录
CONTENTS

引　言

　　范文澜先生的《文心雕龙注》是 20 世纪中国重要的学术经典，被誉为《文心雕龙》研究史上的一座里程碑！范注集前人校注之大成，奠后人注书之基石，从深度和广度两个方面，把《文心雕龙》研究推上了一个新的高峰，成为"龙学"研究者必读的进阶书目，范老也由此成为彦和隔世之知音，《文心》异代之功臣。"自范注问世以后，无论中日学者，都以之为《文心雕龙》研究的基础"①；"在范文澜、杨明照的注本问世之后，无论港台或大陆，近三十年来的注本，无不以范杨二家为基础"②。可见，范注不仅是《文心雕龙》传统研究的总结，而且也是《文心雕龙》现代研究的基础，在中国大陆及港台地区以及海外"龙学"界都具有举足轻重的学术地位和持续深远的学术影响。

　　范注的学术价值和地位，得力于范老严谨执着的著述精神和持之以恒的修订工作。范注脱稿于 1923 年，1925 年由天津新懋印书局以《文心雕龙讲疏》为名刊行，1929—1931 年北平文化学社分上、中、下三册出版时更名为《文心雕龙注》，1936 年上海开明书店出版七册线装本。北平文化学社本是以新懋印书局本的材料为基础，彻底改造而成新注，开明书店本又是从文化学社本改编修订而来，至此范注基本定型。1958 年经作者请人核对和责任编辑又一次订正，人民文学出版社分两册重印，这就是现在流行的本子。

　　范注各版本之间，前后增删损益之脉络，相继订补修正之状况，不仅反映了作者精益求精的治学态度，而且表现了作者著书立说的志向抱负，同时也凸显了范老勇于自我否定的博大情怀，是我们把握范老学术与人格的一条重要路径。

---

① 牟世金.《文心雕龙》的"范注补正"[J]. 社会科学战线，1984（4）：233.
② 牟世金. 台湾文心雕龙研究鸟瞰 [M]. 济南：山东大学出版社，1985：22.

第一章

新懋印书局本《文心雕龙讲疏》

　　《文心雕龙讲疏》（以下简称《讲疏》）是范文澜的第一部学术著作，该书的写作深受其师黄侃《文心雕龙札记》（以下简称《札记》）的影响，而出版则在《札记》之前①。范老在自序中说："曩岁游京师，从蕲州黄季刚先生治词章之学。黄先生授以《文心雕龙札记》二十余篇，精义妙旨，启发无遗。退而深惟曰：'《文心》五十篇，而先生授我者仅半，殆反三之微意也。'用是耿耿，常不敢忘，今兹此编之成，盖亦遵师教耳。异日苟复捧手于先生之门乎，知必有以指正之，使成完书矣。"② 尽管这部著作在体例和内容上都还存在一些问题，但这并不妨碍其所具有的鲜明特色和独到价值。

第一节　背景与体例

　　范文澜是在五四新文化运动之后的时代背景下，因教学活动之急需而写作《讲疏》的，其书的出版又与中共地下活动有关，匆忙之际自然很难顾及体例的完备，故多取《札记》之例。

---

① 《文心雕龙札记》原是黄侃 1914—1919 年任教北京大学的讲义，但真正的完稿时间很难确定，只能说《札记》并不是一次性完成的，而是在授课过程中不断增益的。《札记》在正式出版之前，亦曾零星发表于一些杂志上。1927 年 7 月，北平文化学社将散见的讲义结集成书，名曰《文心雕龙札记》，收录《神思》以下 20 篇。详参李平.《文心雕龙札记》成书及版本述略 ［J］. 安徽商贸职业技术学院学报，2009（1）：45-49.

② 范文澜. 文心雕龙讲疏·自序 ［M］. 天津：新懋印书局，1925：3.

一、出版背景

范文澜于 1913 年入北京大学文预科，次年转入本科国学门，1917 年毕业。此间正值黄侃在校讲授《文心雕龙》，1914 年 9 月，经章太炎介绍，黄侃应北京大学之聘，讲授文字学、词章学和中国文学史，《札记》即是其任教北大的授课讲义。在黄侃到来之前，北大已开设《文心雕龙》课，黄侃是代替别人讲授《文心雕龙》的。据傅斯年回忆："当年我在北大读书时，听朱蓬仙讲《文心雕龙》。大家不满意，有些地方讲错了，有些地方又讲不到。我和罗家伦、顾颉刚等同学商议，准备向蔡孑民校长上书，请求撤换朱蓬仙。于是我们就上书了。不久，这个课就由黄季刚先生来担任。"① 对于在北大的学习往事，范老对其助手蔡美彪也有回忆："那时北大的教员，我们前一班是桐城派的姚永概（原文误作'姚之概'——引者注）。我们这一班就是文选派了。教员有黄季刚、陈汉章、刘申叔等人。"② 可见其对《文心雕龙》的研究渊源有自。

1922 年范文澜到由张伯苓任校长的天津南开大学任教，先任中学部国文教员，后任大学部国文教授。受其师影响，在他开设的大学课程"文论名著"中，主要讲授《文心雕龙》《史通》《文史通义》三种，其中《文心雕龙》为最重要，尤宜先读，课本为《文心雕龙讲疏》③。无论是黄侃的《札记》，还是范文澜的《讲疏》，原本都是他们在大学课堂讲授《文心雕龙》课程的讲义。范老在《讲疏》自序中说："予任南开学校教职，殆将两载，见其生徒好学若饥渴，孜孜无怠意，心焉乐之。亟谋所以餍其欲望者。会诸生时持《文心雕龙》来问难，为之讲释征引，惟恐惑迷，口说不休，则笔之于书；一年以还，竟成巨帙。以类编辑，因而名之曰《文心雕龙讲疏》。"④

《讲疏》的出版还与当时中共地下党的秘密活动有关，虽然范文澜 1926 年才加入共产党，但是此前他已有秘密的地下革命活动，天津新懋印书局就是当时地下党的秘密印刷机构。林甘泉等人回忆说："此书局（新懋印书局——引者注）是地下党天津地委的秘密印刷机构，由时任地委组织部长的彭真主持。范

---

① 王利器. 往日印痕 [M]. 太原：山西人民出版社，1997：95.

② 蔡美彪. 旧国学传人 新史学宗师——范文澜 [M]//萧超然. 巍巍上庠 百年星辰——名人与北大. 北京：北京大学出版社，1998：425-426.

③ 王文俊. 南开大学校史资料选（1919—1949）[M]. 天津：南开大学出版社，1989：195.

④ 范文澜. 文心雕龙讲疏·自序 [M]. 天津：新懋印书局，1925：3.

老曾对我说过此事，说：'书局要公开出版一些书作掩护，就把我的讲义拿去印了。'出版前，曾由张伯苓校长送给时在南开任教的梁启超看过。梁氏极为赞赏并为此书写了序言。《讲疏》是纯学术著作，又有梁启超的序言，出版此书，自足以掩人耳目了。但为了不给南开添麻烦，版权页的著者署名，加上了莫须有的'华北大学编辑员'头衔。此书印数甚少，错字很多，是可以理解的。"① 梁启超序云："其征证详核，考据精审，于训诂义理，皆多所发明，荟萃通人之说而折衷之，使义无不明，句无不达，是非特嘉惠于今世学子，而实有大勋劳于舍人也，爰乐而为之序。"②

《讲疏》写成后，作者曾请寿普暄先生审阅，自序谓："此编荷寿普暄先生任订正标点之劳，献替臧否，获益良多。"寿普暄系寿镜吾先生长子，是位于天津的河北省立女子师范学院教授，后来转任燕京大学教授，浙江绍兴人，与范老是同乡。他后来对范氏修订本《文心雕龙注》亦多有批语订正③。1925年10月1日，范文澜的第一部学术著作——《文心雕龙讲疏》，由天津新懋印书局正式出版。寿昀，亦即寿普暄旋即发表了书评：

只要是打算研究中国文学的人，谁不知道看《文心雕龙》，还用着我来介绍——说费话！不过这部书虽然是有价值，然而没有好注本。现在通行的黄注本，我实在不敢恭维：不但疏略，还有错误。我曾上过它好几次的当；想读过它的朋友也许有同感吧！以这样有价值的名著，而得不到好的注本，是多么讨厌的事！

本校教授范仲澐先生也许是看到这步，所以费了一年多的工夫"旁搜博引"，仔仔细细地著成一部"讲疏"。他这部书，我曾经读过一遍，虽然不敢过于恭维，认为是："尽善矣，又尽美也！"但是敢负责任地说，这部书实在比通行的注本好得多。我们读他这部书，旁的好处都不算，至少也可以减少好些翻书的麻烦，经济了好些时间。所以朋友们，要是你们的意

① 林甘泉. 高山仰止 景行行止——《范文澜全集》编余琐记［N］. 中国社会科学院院报，2004-01-13. 范文澜对其助手蔡美彪也曾说过："那时有位姓李的同志，在天津搞印刷厂，掩护党的地下活动。没有东西印，就把我的《文心雕龙讲疏》稿子拿去印了。"见蔡美彪. 旧国学传人 新史学宗师——范文澜［M］//萧超然. 巍巍上庠 百年星辰——名人与北大. 北京：北京大学出版社，1998：427.
② 梁启超. 文心雕龙讲疏·序［M］. 天津：新懋印书局，1925：2.
③ 具体内容参见傅刚. 略说寿普暄批正范文澜《文心雕龙注》［M］//傅刚. 汉魏六朝文学与文献论稿. 北京：商务印书馆，2016：505-515.

见同纪老先生一样，以为"读《文心雕龙》者，不患不知此……"，那我这话又算白说了；如若不然，那就虔诚的请你们赶快买读这——《文心雕龙讲疏》。①

诚如书评所言，范老正是针对黄叔琳《文心雕龙辑注》（以下简称《辑注》）本的不足，而欲补苴罅漏，别撰新疏，体现了一个学者的学术勇气和担当精神。其自序曰："论文之书，莫善于刘勰《文心雕龙》。旧有黄叔琳校注本。治学之士，相沿诵习，迄今流传百有余年，可谓盛矣。惟黄书初行，即多讥难……今观注本，纰缪弘多，所引书往往为今世所无，展转取载，而不著其出处，显系浅人之为……然则补苴之责，舍后学者，其谁任之？"②

二、著述体例

《讲疏》卷首有梁启超序和作者自序，没有例言，缺乏体例，以致征引文献多有不规范之处。如《宗经》"通乎《尔雅》，则文意晓然"，《讲疏》谓："沈钦韩曰：'《大戴·小辩篇》：《尔雅》以观于古，足以辨言矣。'"③《诠赋》第二段注 [1]："《艺文志》'秦时杂赋九篇'，沈钦韩曰：《文心雕龙·诠赋篇》'秦世不文，颇有杂赋'，本此。"④ 这里，沈钦韩所言出于何处均未说明。《诸子》注 [4] 始谓"案王先谦引沈钦韩曰……"，而王先谦于何处引"沈钦韩曰"仍不清楚，至注 [9] 方谓"王先谦《汉书补注》引沈钦韩曰……"，这才是完整的出处！然注 [10] 又谓"《补注》引沈钦韩曰"⑤，同引"沈钦韩曰"居然出现了四种格式，其书体例凌乱于此可见一斑。其实，当于首出时完整标注，下引则可略谓"沈钦韩曰"。

范老在自序中曾引录其师《札记·略例》曰：

瑞安孙君《札迻》有校《文心》之语，并皆精美，兹悉取之，以入录。今人李详审言有《黄注补正》，时有善言，间或疏漏；兹亦采取而别白之。

---

① 寿昀. 介绍范文澜著《文心雕龙讲疏》［M］// 王文俊. 南开大学校史资料选（1919—1949）. 天津：南开大学出版社，1989：349.
② 范文澜. 文心雕龙讲疏·自序［M］. 天津：新懋印书局，1925：3.
③ 范文澜. 文心雕龙讲疏：卷 1［M］. 天津：新懋印书局，1925：23.
④ 范文澜. 文心雕龙讲疏：卷 2［M］. 天津：新懋印书局，1925：62.
⑤ 范文澜. 文心雕龙讲疏：卷 4［M］. 天津：新懋印书局，1925：15–16.

《序志篇》云："选文以定篇。"然则诸篇所举旧文，悉是彦和所取以为程式者，惜多有残佚；今凡可见者，并皆缮录，以备稽考。惟除《楚辞》《文选》《史记》《汉书》所载，其未举篇名，但举人名者，亦择其佳篇随宜移写。若有彦和所不载，而私意以为可作楷橥者，偶为抄撮，以便讲谈，非敢谓愚所去取尽当也。

并谓："窃本略例之义，稍拓其境宇，凡古今人文辞，可与《文心》相发明印征者，耳目所及，悉采入录。虽《楚辞》《文选》《史》《汉》所载，亦间取之，为便讲解计也。"① 就是说《讲疏》之体例，本《札记》而稍广之。一者，孙诒让《札迻》、李详《文心雕龙黄注补正》（以下简称《黄注补正》）所校《文心》之语，并皆录入；二者，《文心》所述相关作品、刘勰论及的相关人物的代表作品，乃至古今人等文辞，凡可与《文心》相互发明印证者悉采入录，甚至《札记》所不取之《楚辞》《文选》《史记》《汉书》所载亦间或取之；三者，对黄注未善未备之处进行补充订正，而黄注精当者则直接引录。

《讲疏》以黄叔琳《辑注》为底本②，故首列黄校本原序（附《文心雕龙》元校姓氏），次以《南史》本传，再接以目录（目录于每篇篇名下，详列各篇所附文章作品名称）。正文部分于上、下篇之前，分别有"上篇提要"和"下篇提要"，用以统领概括上、下篇内容。讲疏按5篇1卷，共10卷50篇的顺序依次展开；各篇原文分为若干段落，注文分插于每段之后，序号每段重新编号；所附文章作品，或随注而列，或殿于篇末。

第二节　特色与价值

《讲疏》的写作特色和学术价值主要体现在以下四个方面：一是致力订补黄

---

① 范文澜.文心雕龙讲疏·自序［M］.天津：新懋印书局，1925：3-4.

② 然而，范注所据底本既非养素堂或《龙溪精舍丛书》黄氏原本，亦非卢坤（敏肃）刊于两广节署本原刻（芸香堂）或翻刻（翰墨园）本，而是据翰墨园本覆刻的当时最普通的通行本，即杨明照先生所谓"坊间流俗本"。就20世纪初所出版的诸种《文心雕龙》来看，可以作为范注底本的"坊间流俗本"，只能是据翰墨园本排印的扫叶山房石印本，而非杨明照所谓的《四部备要》本。详参：1. 李平.范文澜注"张衡怨篇"句辨析［J］.井冈山大学学报，2018（3）：100-104；2. 李平.《文心雕龙》黄批纪评辨识述略［J］.中国典籍与文化，2019（3）：42-49.

注，尝试别撰新疏；二是揭示全书结构，阐述篇章大旨；三是结合当下需要，彰显时代精神；四是附录多种材料，以助理解原文。

一、致力订补

《讲疏》乃针对黄叔琳《辑注》之不足而补苴重注，故其首要特色就在于对黄注进行增删订补。如《奏启》"蔡邕铨列于朝仪"，范老先引《后汉书·蔡邕传》："邕上封事曰：'……夫昭事上帝，则自怀多福；宗庙致敬，则鬼神以著。国之大事，实先祀典，天子圣躬，所当恭事。……臣不胜愤懑，谨条宜所施行七事，表左。'"继曰："案邕所陈，皆整饬朝廷仪法纲纪之事，彦和所云，当即指此，黄注引《独断》文似非。"再如，《议对》"司马芝之议货钱"，《讲疏》谓："黄注引《司马芝传》，今传无其文，盖妄引也。《晋书·食货志》云……"①下面以《原道》为例，对《讲疏》的订补情况做具体说明，虽尝一脔，亦可知味。

黄注虽然集明清《文心雕龙》研究成果之大成，但对于现代读者阅读《文心》来说，其典故引证和词语释义都显得太过简略！于是，范老首先对其进行增补。仅就《原道》来看，增补的条目就有 12 条之多：（1）"文之为德"；（2）"山川焕绮，以铺理地之形"；（3）"俯察含章"；（4）"惟人参之，性灵所钟，是谓三才，为五行之秀，实天地之心"；（5）"心生而言立，言立而文明，自然之道也"；（6）"草木贲华"；（7）"夫岂外饰，盖自然耳"；（8）"人文之元，肇自太极"；（9）"而《乾》《坤》两位，独制《文言》，言之文也，天地之心哉"；（10）"故知道沿圣以垂文，圣因文而明道"；（11）"辞之所以能鼓天下者，乃道之文也"；（12）"道心惟微"。

其次，范老还对黄注的一些讹误及不足之处进行了订正。如"若乃河图孕乎八卦"，黄注："《易·正义》：伏羲氏有天下，龙马负图以出于河，遂法之画八卦。"纪评："河图不应以《正义》为根柢。"《讲疏》则据《周易》和《汉书》出典："《易·上系辞》：'河出图，洛出书，圣人则之。'《汉书·五行志》曰：'刘歆以为虑羲氏继天而王，受河图，则而画之，八卦是也。'"再如"玉版金镂之实，丹文绿牒之华"，黄注引《拾遗记》和《宋书》出典，纪评亦谓不当："玉版、丹文、绿字，散见纬书。《拾遗记》和《宋书》，皆非根柢。"《讲疏》引纪评，并征《尚书中候·握河纪》出典："河龙出图，洛龟书威，赤

---

① 范文澜. 文心雕龙讲疏：卷 5 ［M］. 天津：新懋印书局，1925：15，30.

文绿字，以授轩辕。"又如"炎皥遗事，纪在《三坟》"，黄注："书久亡。（元吴莱《三坟辨》）《三坟》书，近出伪书也。世或传，大抵言伏羲本山坟而作连山，神农本气坟而作归藏，黄帝本形坟而作乾坤。无卦爻，有卦象，文鄙而义陋，与周官太卜所掌异焉。"纪评："此宜先注《三坟》，而以书亡伪托之说附于后，且书出毛渐，宋人已言之，不得引元人之说。"据此，《讲疏》修订为："《左传·昭公十二年》：'楚左史倚相能读《三坟》《五典》《八索》《九邱》。'杜预注：'皆古书名。'《正义》云：'孔安国《尚书序》云：伏羲、神农、黄帝之书，谓之三坟，言大道也。'《周礼》：外史'掌三皇五帝之书'。郑玄云：'楚灵王所谓三坟、五典是也。'贾逵云：'三坟，三皇之书。'张平子说：'三坟三礼，礼为大防。《书》曰：谁能典朕三礼。三礼，天地人之礼也。'马融说：'三坟三气，阴阳始生，天地人之气也。'此诸家者各以意言，无正验，杜所不信，故云'皆古书名'。"关于"剬诗缉颂"，黄注："剬，《韵会》多官切，整饬貌。《书》周公居东二年，乃为诗以贻王，名之曰《鸱鸮》。王亦未敢诮公。《国语》周公之为颂曰：思文后稷，克配彼天。"纪评："'剬'即'剸'字。《说文》训为齐，言切割而使之齐，与诗义无涉。古帖'制'字多书为'剬'，此'剬'字疑为'制'字之讹。《史记·五帝本纪》'依鬼神以剬义'。注曰'剬有制义'。是三字相乱已久，不必定用本训也。"又针对黄注评曰："此言缉颂，不言作颂，引《国语》非是。"《讲疏》则录李详《黄注补正》："纪文达云……详案张守节《史记正义·论字例》云：'制字作剬，缘古少字，通共用之，《史》《汉》本有此古字者，乃为好本。'据此，'剬'即'制'字。既不可依《说文》训'剬'为齐，亦不必辨'制''剬'相似之讹也。"而黄注以"玄（元）圣"为"孔子"亦误，纪评："此'元圣'当指伏羲诸圣，若指孔子，于下句为复，且孔子亦非僻典也。"故《讲疏》引纪评订正，并以《史记》"伏羲氏以风为姓"出典。

再次，黄注有些出典过于简略，范老则予以补充。如"仲尼翼其终"，黄注引纬书《易通卦验》："孔子作上彖、下彖、上象、下象、上系、下系、文言、说卦、序卦、杂卦为十翼。"《讲疏》则先录《史记·孔子世家》："孔子晚而好《易》，序'彖、系、象、说卦、文言'。《正义》曰：'序《易》序卦也。史不出杂卦。杂卦者，于序卦之外别言。'"续录《汉书·儒林传》："孔子好《易》，读之韦编三绝，而为之传。颜师古注曰：'传，谓彖、象、系辞、文言、说卦之属。'"再殿以《周易正义》："十翼之辞，孔子所作，先儒更无异论，但数十翼亦有多家。一家数十翼云：'上彖一，下彖二，上象三，下象四，上系五，下系六，文言七，说卦八，序卦九，杂卦十。'"这就将历史上有关"仲尼翼其终"的具体而复杂的说法和盘托出，弥补了黄注的不足。再如"九序惟歌"，黄注仅谓"《书·大禹谟篇》文"，《讲疏》则补充具体典文："伪《大禹谟》禹曰：'于，帝念哉！德惟善政，政在养民，水、火、金、木、土、谷、惟修；正德、利用、厚生，惟和；九功惟叙，九叙惟歌。戒之用修，董之用威，劝之以九歌，俾勿坏。'"复如"文王忧患"，黄注引《易传》："夏商之末，《易》道中微，文王拘于羑里，系以《彖辞》，《易》道复兴。"《讲疏》先录《周易正义序》以作解释："卦辞、爻辞，并是文王所作。知者，案《系辞》云：'《易》之兴也，其于中古乎？''作《易》者其有忧患乎？'又曰：'《易》之兴也，其当殷之末世，周之盛德邪？当文王与纣之事邪？'"再作总结："准此诸文，伏羲制卦，文王系辞，孔子作十翼。故史迁云：'文王囚而演《易》。'"

另外，黄注曾为《原道》"元黄""方圆""日月叠璧"诸词出典，纪评讥之曰："此等皆童而习之之典，能读《文心雕龙》者，不患其不知，此数条不免于赘设。"范老也有此意，他认为《文心雕龙》中一些习见的文词典故，凡能读舍人书者，自能知之，无须一一出典，为之辞费。本此宗旨，《讲疏》对黄注中的一些习见典故予以删除，如"弥缛""繇辞""斧藻""镕钧""素王"等。当然，对黄注精当的出典释义，范老则不劳更张而直接吸取。例如，"玄黄""方圆""炳蔚""庖牺画其始""鸟迹""千里应""席珍"诸条，《讲疏》出典与黄注完全一致①。

二、多作讲疏

黄侃的《札记》从传统的校注、评点中超越出来，开创了把文字校注、资料笺证和理论阐述三者结合起来的研究方法，给人以全新的视野，"从而令学术思想界对《文心雕龙》之实用价值、研究角度，均作革命性之调整"②。受其师影响，范老的《讲疏》在征引典故的同时，亦颇为注重对全书纲领结构、各篇主旨大义的疏通讲解。诚如其序所曰："读《文心》者，当知崇自然、贵通变二要义；虽谓为全书精神可也。讲疏中屡言之者，即以此故。又每篇释义，多陈主观之见解，自知鄙语浅见，无当宏旨，惟对从游者言，辄汩汩不能自已，因

---

①　以上所引黄注、纪评，均见［清］黄叔琳、纪昀.文心雕龙辑注：卷1［M］.北京：中华书局，1957：2-4. 所引范注均见范文澜.文心雕龙讲疏：卷1［M］.天津：新懋印书局，1925：4-6.

②　李曰刚.文心雕龙斠诠：下册［M］.台北：台湾中华丛书编审委员会，1982：2515.

亦不复删去也。"①

　　首先，《讲疏》从《文心雕龙》全书系统性着眼，于上、下篇之前各立一个提要，从逻辑义理上揭示上、下篇各篇之间的内在联系和外在表现，用以构建上、下篇的结构体系并统领上下篇的内容，进而凸显全书的有机整体性。范老在"上篇提要"中，将上篇25篇分为6组。第1组：文章之枢纽，包括《原道》《征圣》《宗经》《正纬》《辨骚》和《诸子》6篇。第2组：自《易》衍出之文，即《论说》篇。第3组：自《书》衍出之文，包括《诏策》《章表》《奏启》《议对》《书记》5篇。第4组：自《诗》衍出之文，包括《明诗》《乐府》《诠赋》《颂赞》《杂文》《谐隐》6篇。第5组：自《礼》衍出之文，包括《祝盟》《铭箴》《诔碑》《封禅》《哀吊》5篇。第6组：自《春秋》衍出之文，包括《史传》《檄移》2篇。对这6组25篇之间的结构关系，范老图示如下：

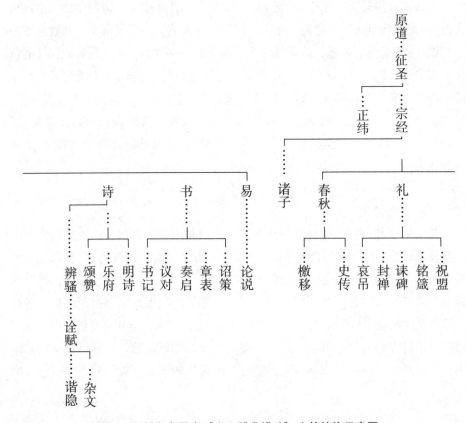

图1：新懋印书局本《文心雕龙讲疏》上篇结构示意图

　　① 范文澜. 文心雕龙讲疏·自序［M］. 天津：新懋印书局，1925：4.

如此排列的重要依据就是《文心雕龙·宗经》提出的"文本于经"说："故论说辞序，则《易》统其首；诏策章奏，则《书》发其源；赋颂歌赞，则《诗》立其本；铭诔箴祝，则《礼》总其端；纪传铭檄，则《春秋》为根，并穷高以树表，极远以启疆，所以百家腾跃，终入环内者也。"① 这里，刘勰将五经与不同的文体联系在一起，认为"五经"是各体文章的源头。范老据此依次划分，将文体论各篇分属五经名下。值得注意的是，范老还根据旁出原则，以"道→圣→经"为纲，首列《原道》，次列《征圣》，三列《宗经》，并以"纬"为"圣"之旁出者，以"子"为"经"之旁出者，以"骚"为"诗"之旁出者，故将《正纬》列于《征圣》左下，《诸子》列于《宗经》左下，《辨骚》列于"诗"之左下（并以《诠赋》属焉），以证刘勰所谓经显纬隐、有助文章，经子异流、枝条五经，风雅寝声、奇文郁起之说②。

范老在"下篇提要"中，将下篇25篇也分为6组。第1组：总术，即《总术》篇。范老以为《神思》以下至《物色》（不包括《时序》），皆文术也。故首列总术，而下辖情志、事义、辞采、宫商四类。第2组：情志，包括《神思》《养气》《物色》《体性》《风骨》《通变》《定势》7篇。第3组：事义，包括《镕裁》《附会》2篇。第4组：辞采，包括《章句》《丽辞》《练字》《情采》《事类》《比兴》《夸饰》《指瑕》《隐秀》9篇。第5组：宫商，即《声律》篇。第6组：杂篇，包括《时序》《才略》《知音》《程器》《序志》5篇。范老以为凡此诸篇，非关文术，故假定杂篇之名，使自为一组。对前5组20篇之间的结构关系，范老亦图示如下：

---

① 范文澜. 文心雕龙注：上册［M］. 北京：人民文学出版社，1958：22-23.
② 范文澜. 文心雕龙讲疏：卷1［M］. 天津：新懋印书局，1925：23-27.

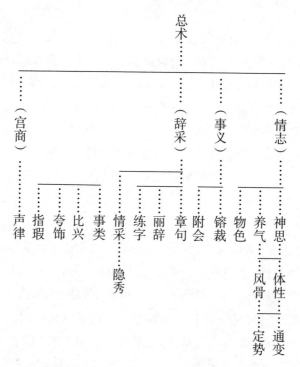

图 2：新懋印书局本《文心雕龙讲疏》下篇文术论结构示意图

这张下篇文术论示意图的制作依据，就是刘勰在《附会》说的："夫才童学文，宜正体制：必以情志为神明，事义为骨髓，辞采为肌肤，宫商为声气。"①范老据此将总术所辖内容概括为情志、事义、辞采、宫商四类。情志类以《神思》为统领，《养气》《物色》两篇补足其义，故三篇并列。《体性》乃《神思》之表见者，《风骨》又系补成《体性》者，故宜并列。而《体性》静，《通变》动，动则无穷，无穷则久，此造文之妙术，故《通变》宜列《体性》之下。《定势》则辅成《通变》之义，故宜与之并列。事义类以《镕裁》《附会》属之，镕裁者，檃括情理，矫揉文采，实酌事会义之要术也。《附会》之"附辞会义，务总纲领"，系辅成《镕裁》"首尾圆合，条贯统序"之义，故宜并列。辞采又分两类：一者以《章句》为主，而《丽辞》《练字》辅之，此与《镕裁》《附会》相表里；再者以《情采》为主，而《事类》《比兴》《夸饰》《指瑕》辅之，此与《神思》《体性》相表里。《隐秀》乃情采之自然妙会，故列于其下。宫商类以《声律》属之，然"宫商虽和，又有自然勉强之分"（纪昀语），

①　范文澜：文心雕龙注：下册［M］．北京：人民文学出版社，1958：650．

与沈约之论不可同日而语①。

黄侃《札记》的重点是对各篇主旨的阐释，故范老多借师说解释篇章大义，以彰显讲疏体的特色。他在《原道》篇中及篇末多引黄侃之说，以明其自然之旨：

> 黄先生论文辞封略曰：……彦和泛论文章，而《神思篇》以下之文乃专有所属，非泛为著之竹帛者而言，亦不能遍通于经传诸子。然则拓其疆宇，则文无所不包；揆其本原，则文实有专美。特雕饰逾甚，则质日以漓；浅露是崇，则文失其本。又况文辞之事，章采为要，尽去既不可法，太过亦足召讥。必也酌文质之宜而不偏，尽奇偶之变而不滞，复古以定则，裕学以立言；文章之宗，其在此乎。

> 按本篇以"原道"名篇，黄先生论之曰："《序志篇》云：'《文心》之作也，本乎道。'案彦和之意，以为文章本由自然而生，故篇中数言自然：一则曰：'心生而言立，言立而文明，自然之道也。'再则曰：'夫岂外饰，盖自然耳。'三则曰：'谁其尸之，亦神理而已。'寻绎其旨，甚为平易。盖人有思心，即有言语；既有言语，即有文章。言语以表思心，文章以代言语；惟圣人为能尽文之妙。所谓道者，如此而已。此与后世言'文以载道'截然不同。"

《征圣》篇亦录黄侃之说阐释篇旨大义：

> 黄先生曰：宣尼赞《易》序《诗》，制作《春秋》，所以继往开来，惟文是赖。后之人将欲隆文术于既颓，简群言而取正，微孔子复安归乎？且诸夏文辞之古，莫古于《帝典》，文辞之美，莫美于《易传》。一则经宣尼之刊著，一则为宣尼之所自修。探论名理，则万物而为言；董正史文，则先百王以垂范。此乃九流之宗极，诸史之高曾，求之简编，明证如此。至于微言所寄，及门所传，贵文之辞，尤难悉数。征圣立言，固文章之上业也。②

---

① 范文澜. 文心雕龙讲疏：卷6［M］. 天津：新懋印书局，1925：1-5.
② 范文澜. 文心雕龙讲疏：卷1［M］. 天津：新懋印书局，1925：3，8，13.

而范老本人对篇旨大义的阐述也丝毫不逊于其师,如释《事类》之篇旨:"案事类者,谓古人之行事或言辞,有类乎吾今所欲言者,取以为吾言之证也。事类与比辞之别,比是虚象,事是征实;比之所称,未必真有;事之所类,务贵精核。故二者惟虚实略异,而为文用则同。夫文不能废比喻,而谓可废事类乎?《抱朴子·辞义篇》曰:'属笔之家,亦各有病,其深者,则患乎譬烦言冗,申诫广喻,欲弃而惜,不觉成烦也;其浅者,则患乎妍而无据,证援不给,皮肤鲜泽,而骨鲠迥弱也。'《循本篇》曰:'夫发口为言,著纸为书。书者,所以代言;言者,所以书事。若用笔不宜杂载,是论议常常守一物……'案《辞义篇》讥深浅二病,最得文理之妙;《循本篇》虽非论文,然'若用笔不宜杂载,是论议常常守一物'之语,实即文章不可无比兴事类之至理。近时言文者,惩于四六烦秽之弊,遂倡为不用古典之论,不知古典非必不可用,自在用之者若何耳。彦和曰:'用旧合机,不啻自其口出。'《颜氏家训·文章篇》曰:'沈隐侯曰:文章当从三易:易见事,一也;易识字,二也;易读诵,三也。邢子才常曰:沈侯文章用事不使人觉,若胸臆语也。深以此服之。'观彦和、之推二人语,可悟用故实之法,盖所以取前言往行,将以证理明志也。若炫博逞巧,徒事藻采,则上者不过雕虫小技,下者类书杂纂已耳,乌足称文乎!"① 既阐明了比兴与事类各自不同的特点,又揭示了用事可以发挥以古证今、说理明志的作用,而用事之妙境则在于如出己口,若吾胸臆,不使人觉。

范老的讲疏通常着眼于全书而前后连贯,既表明篇旨又阐述文意。如释《情采》曰:"案《定势篇》论文章措辞,贵乎得体。此篇则论文辞以情性为本,以得自然之美为尚。质野固不可,而淫侈尤所切忌。下文云:'夫铅黛所以饰容,而盼倩生于淑姿;文采所以饰言,而辩丽本于情性。故情者文之经,辞者理之纬。经正而后纬成,理定而后辞畅,此立文之本源也。'一篇大义尽于此矣。"又曰:"此数语最精要,是本篇宗旨,亦是全书宗旨,学者文质之争,纷然无所折衷,得此可以解纷。"② 解《夸饰》曰:"案《比兴篇》云:'夫比之为义,取类不常,或喻于声,或方于貌,或拟于心,或譬于事。'盖比者,以此事比彼事,以彼物比此物,其同异之质,大小多寡之量,差距不远,殆若相等。至饰之为义,则所喻之辞,其质量无妨过实,正如王仲任所云:'誉人不增其美,则闻者不快其意;毁人不益其恶,则听者不惬于心。闻一增以为十,见百

---

① 范文澜. 文心雕龙讲疏:卷 8 [M]. 天津:新懋印书局,1925:15-16.
② 范文澜. 文心雕龙讲疏:卷 7 [M]. 天津:新懋印书局,1925:1,4.

益以为千。'《庄子》亦曰：'两喜必多溢美之言，两恶必多溢恶之言。'情感之文，意在动人耳目，本不必尽合论理学，亦不必尽符事实，读书者不以文害辞，不以辞害意，斯为得之。凡此之类，彦和名曰'矫饰'，谓矫枉过正，于义尚无害也。"① 真乃精彩之论，足以解末学之惑！

再如释《镕裁》"规范本体谓之镕，剪截浮词谓之裁"曰："此镕裁二字之定义也。自《神思》至《情采》篇，泛论文章之体势情性，欲使学者，洞明其本原之所在。此篇则总论作文之法，较为具体。盖作文之纲领：不外命意修词二者而已。在内曰意，在外曰词。意有二患：曰贫，曰乱。词有二患：曰枯，曰芜。博见为馈贫滋枯之粮，镕裁为拯乱芟芜之药，酌中以立体，循实以敷文。斯得其要术矣。"在指出"镕裁"本质内涵的基础上，再通过前后联系点明本篇的要旨和特点，继而归纳总结"作文之纲领"，以便读者"得其要术"②。

复如释《诏策》"观文景以前，诏体浮新；武帝崇儒，选言弘奥"二句："汉初诸帝，皆尚黄老术，罕用儒言。至武帝留意经学，镕范典策，彬彬称盛。彦和'浮新'之评，系对'弘奥'而言，读者不可以辞害意也。"③ 提醒读者要联系前后文来理解文意，切不可孤立地"以辞害意"，可谓精当之论！

而释《辨骚》"自风雅寝声，莫或抽绪，奇文郁起，其《离骚》哉！固已轩翥诗人之后，奋飞辞家之前，岂去圣之未远，而楚人之多才乎"一段，先谓"诗有六义，其二曰赋。班固曰'赋者，古诗之流也。'可谓深明源流者矣。孔子录诗迄于陈灵淫乱之事，自是而后，采诗之官，不能述职，下民怨刺，谁复上陈。然考之载籍，当时歌谣，亦多作者。《左传》所记，如……见《国语》者，如……皆四言成句，义存风刺，与三百篇无大异也。"续录《左传》《国语》《淮南子》《孔丛子》《琴操》《水经注》《琴苑要录》所载歌谣，并做总结："观以上诸歌，化四言为长句，用兮字为语词，结言位句，与三百篇已多不同，此由时代迁变，文词随而殊制，阅此可以略见当时体制矣。"复录楚越人歌辞数首以备参考，如《史记·滑稽列传》载《优孟之歌》，《庄子·人间世》载《接舆歌》，《吴越春秋》载《渔父歌》，《说苑》载《越人歌》，并再做总结："以上诸歌，其时代皆先屈子而体制颇同骚词，此盖南土之旧音，屈赋之前驱也。"最后以案语做结："案诗之流为词赋，词赋之首为《离骚》。彦和论文，

---

① 范文澜．文心雕龙讲疏：卷8［M］．天津：新懋印书局，1925：7.
② 范文澜．文心雕龙讲疏：卷7［M］．天津：新懋印书局，1925：7.
③ 范文澜．文心雕龙讲疏：卷4［M］．天津：新懋印书局，1925：50.

别骚于赋，盖欲以尊屈子，使上继风雅，下异辞家。观《诠赋篇》云'灵均唱《骚》，始广声貌'，是仍以《离骚》为赋，非谓骚赋有二矣。"① 此番讲解将诗骚演变及赋骚关系阐释得淋漓尽致，尽显讲疏特色而与一般注文大异其趣！诸如此类的文字，在《讲疏》中比比皆是，如《乐府》注［1］、《章句》注［1］、《丽辞》注［1］、《练字》注［1］［5］、《指瑕》注［1］、《养气》注［2］、《附会》注［1］［2］［3］［4］、《时序》注［1］等，不再枚举。

三、关注时代

《讲疏》成书于五四新文化运动之后，正值中西文化剧烈交锋之时。所谓："近时海内鸿硕，努力于文艺之复兴，汲汲如恐不及，高掌远跖，驽骀者固乌足以追之。然窃谓一切读书之士，亦宜从而自勉，不得专责诸三数名宿，以为可以集事也。"② 以此自勉，范老在书中常常联系现实，既放眼世界又关注当下，使这部古典讲疏之作，体现了鲜明的时代特色。

在《正纬》篇，范老先引师说，然后扩展发挥以解题："案上古民智未开，神话盛行，凡所尊畏之人，莫不以神视之……凡此皆半神半人之人，证之希腊神话，其为太古传说无疑……昔孔子删叙六经，昌明典常可信之道，怪神之说，则以为鸿荒旧史舍而不语。《隋书·经籍志》称'说者又云孔子别立纬纤以遗来世'，其说谬矣。要知中国纬书之起源甚古，与希腊之荷马两大诗，俱为考古史之瑰宝也。"③ 对比西方文明，以开放的眼光，借古希腊神话和荷马史诗阐述纬书起源，实属前所未有。

纪评曾谓《诸子》："此亦泛述成篇，不见发明。盖子书之文，又各自一家，在此书原为谰入，故不能有所发挥。"范老对此颇不以为然，在篇首评曰："案纪评之误，亦同《史传篇》所云云。不知文章与学术古人本不分离，彼以为诸子之书，无当大道，涉猎泛览，摘取藻采，已可足用，论列何为。此类腐迁之见，诚不足以知彦和深意也。处今之世，欲从事于文学，古代诸子之书，固须赞研，而近世东西大思想家之著述，尤必知其大意，左右采拾，益我文思，慎勿以为离经叛道，自桎梏其心灵也。"在篇尾又呼应曰："战国学者，思想言论，均甚自由，故诸子百家，各以所长，著书立说，流传后世，在中国学术史上，

---

① 范文澜. 文心雕龙讲疏：卷1［M］. 天津：新懋印书局，1925：44-47.
② 范文澜. 文心雕龙讲疏·自序［M］. 天津：新懋印书局，1925：4.
③ 范文澜. 文心雕龙讲疏：卷1［M］. 天津：新懋印书局，1925：28.

蔚成巨观。至汉武罢斥百家，专崇儒学，于是后之作者，率皆依傍经传，演绎成文，鲜有卓然自立，独成一家言者。彦和讥其体势漫弱，诚确论也！窃谓当今之世，凡东西洋研究学术之书籍，皆可归入诸子类，苟能博观群言，撮其纲要，览华而食实，弃邪而采正，此其辞富理核，有非昔人所能几及者矣。"① 如此联系当下，借题发挥，呼吁为学著述之人，当以古今中外人类创造的一切文明成果为精神食粮，此为文艺复兴之正途。如斯之言，实乃五四新文化运动之余音！

范老在讲疏中强调对古典文献的研究，应当关注现实，古为今用，以振兴中华文化。同时，他也努力将近世之新思想、新学术、新理论，运用到古典文献的研究中，以通古今之变，成一家之言。《论说》解题曰：陆士衡云"：论精微而朗畅，说炜晔而谲狂。"彦和云："论者，伦也；说者，悦也。"盖论贵精微，必理明而义察；说主动听，必炜煌而悦怿。一偏重于理智，一偏重于情感，此论说二者不同之点也。凡文辞之条理最宜明晰，而论理之文尤以此为急，兹采近世辩论术之要旨，略陈之如下：

　　凡作论辩之文，必先审定题目，题既确定，始从事于题义之分析：（一）题字之意义必须了解。（二）追溯本问题之原委。（三）确定题字之意义，使论辩有一定之范围。（四）除去问题之骈拇枝指，使所欲论辩之要领显露，于是由此要领下是或非之判定。彦和所谓研精一理，盖一问题所论者，必止一理，始能精微无爽也。（五）论辩不能专逞一己之见解，必取反对方面所持理由，互相比较，然后补苴罅漏，敌无可乘之机。

　　总之，分析题义，其主旨在探得本题要领之所在，要领既得，始可从事本文意义之排列。（一）排列必合论理学之次序。（二）意之浅者在前，深者居后，若误此秩序，则浮薄不足观矣。

　　排列既定，乃求征实，征实之本，在于证据，然此不可闭门虚造者也。故必博览古今书传诸家学术，所谓积学以储宝，酌理以富才，研阅以穷照，驯致以怿辞也。证据之选择，亦有其规程：（一）证据所来之书籍记载必须真实可信。（二）引用一人之语必须其人所以言此，非有偏见非有成心，且其人实有专精之学术与研究者。（三）凡引证据必须检视其有联属之意义与否，"盖死欲速朽，丧欲速贫"，往往有所为而言，若止见其一端，取而用

---

① 范文澜. 文心雕龙讲疏：卷4［M］. 天津：新懋印书局，1925：13-14，23.

之，危败实多。（四）选取证据，必平允，必合正理。（五）所选之证据，须取其精密切合者。选择既定，乃编要略，《镕裁篇》云："是以草创鸿笔，先标三准：履端于始，则设情以位体；举正于中，则酌事以取类；归馀于终，则撮辞以举要。"此与近世辩论术分要略为三部若合符节。三部者：（一）引论，（二）证明，（三）结论。引论者，将本题要领及分析顾义之概略举要说明，一篇大意尽已备具，所谓"履端于始，则设情以位体"也。证明者，演绎引论所举诸要领，使言皆征实，理无翻空，所谓"举正于中，则酌事以取类"也。结论者，总括上文主要之意义，使有归宿，并下一最后断语，或是或非，以明本文之主旨，所谓"归馀于终，则撮辞以举要"也。①

通过古今互释、显微阐幽，示以论辩要领与方法，不唯有助于人们理解《论说》原文之含义，且亦于今人掌握论辩术及写作论辩文大有裨益。

范老当时正处于中国近世文化转型之际，面临着重估一切价值的时代背景。因此，他借释《通变》之名，着力阐发时代精神。"《易·系辞》曰：'化而裁之谓之变，推而行之谓之通。'又曰：'变通者，趣时者也。'又曰：'神农氏没，黄帝、尧、舜氏作，通其变，使民不倦，神而化之，使民宜之。''《易》穷则变，变则通，通则久。'彦和以'通变'名篇，盖本于此。《正义》曰：'黄帝以上，衣鸟兽之皮，其后人多兽少，事或穷乏，故以丝麻布帛而制衣裳，是神而变化，使民得宜也。'案事穷则变，自然之理，抱持腐朽，危败实多。方今世界大通，言语思想，视古益繁，旧有文学，实难应付。夫言语为思想之声，文字为言语之符，六马竞驰而欲一辔驭之，其能免于倾蹶之祸乎？"② 值得注意的是，范老在《讲疏》中几乎尽采师说，而对"通变"之释义则背师说而行之。黄侃《札记》解释《通变》之旨曰："此篇大指，示人勿为循俗之文，宜反之于古。其要语曰：'矫讹翻浅，还宗经诰。斯斟酌乎质文之间，而櫽括乎雅俗之际，可与言通变矣。'此则彦和之言通变，犹补偏救弊云尔。……彦和此篇，既以通变为旨，而章内乃历举古人转相因袭之文，可知通变之道，惟在师古，所谓变者，变世俗之文，非变古昔之法也。"③ 可见，范老著书立说，关键

---

① 范文澜．文心雕龙讲疏：卷4［M］．天津：新懋印书局，1925：26-28.
② 范文澜．文心雕龙讲疏：卷6［M］．天津：新懋印书局，1925：26-27.
③ 黄侃．文心雕龙札记［M］．北京：中华书局，1962：102.

之处仍以时代大义为重，而不拘于师说成法！

　　20 世纪初，在西学东渐的背景下，一些学者如梁启超、王国维等，开始用西方进化论、心理学以及哲学、美学观念和方法研究、阐释中国古典文学，而范老则最早尝试使用西方心理学理论和术语来讲疏《文心雕龙》。《神思》曰："故寂然凝虑，思接千载；悄焉动容，视通万里。吟咏之间，吐纳珠玉之声；眉睫之前，卷舒风云之色，其思理之致乎？"范老解释道："案彦和所称'思理之致'，即心理学上'想像'及'联想'（联合作用）是也。想像者，吾人所保存之记忆观念，历时久远，则渐离析分而为若干种之要素，吾人于此离析之要素中，能取甲观念要素之一部分，使与乙观念要素之一部分，互相联合以造种种新观念，此新造之观念，或观念之群集即心理学上所谓想像也。故想像者，分析既得之观念，更综合之以造新观念之谓也；想像者，过去经验之意识；故不受时间空间之约束。例如追思某日某处所见之山水，此特记忆而已，若能离却过去经验之关系，以结构一特别之山水，始足称想像也。然想像之为用，亦必以旧有观念为材料，非能与过去经验绝无关系，故想像者能利用经验以造新观念者也。联合作用者，大抵指观念之联合而言。盖精神之中，一观念起时，此观念往往以某种关系，牵引他观念，使之随入意识之中，是曰观念之联合。吾人若在持有目的加意思辨之时，则因精神作用中注意力甚强，具有能动之力以所欲达之目的为中心，而选择与之有关系之观念，合者留之，不合者去之。神思之论盖立基于'想像''联想'之上，所谓'思接千载'，'视通万里'，'吐纳珠玉之声'，'卷舒风云之色'，皆所以形容精神作用之词也。"

　　解释"思理为妙，神与物游。神居胸臆，而志气统其关键；物沿耳目，而辞令管其枢机。枢机方通，则物无隐貌；关键将塞，则神有遁心"曰："神者，精神作用也；物者，观念也。志气盛则精神腾跃而不滞，观念亦络驿而呈奇。神物交融，孳乳益甚。由甲观念而联及乙观念，由旧观念而发生新观念，'物无隐貌'，此之谓矣。反之，志气衰弱，精神萎疲，则观念何由而起，故曰'神有遁心'也。又观念者，由感觉作用而认识者也，心中既得一观念，则必有名词以命之；若无名词，则观念不能为我用，故曰'物沿耳目，而辞令管其枢机'也。"

　　解释"是以陶钧文思，贵在虚静；疏瀹五藏，澡雪精神。积学以储宝，酌理以富才，研阅以穷照，驯致以怿辞"曰："然则如何而致'枢机方通、物无隐貌'之妙乎？彦和于此自标'疏瀹五藏、澡雪精神'之说。盖必心境虚静，无卑污琐屑之杂念横来纷扰，专精聚神以观天地之秘奥、社会之情状，心如止水，又如明镜，用能注意于常人之所不注意，发见常人之所不能见。古来大文学家，往往疾世傲俗，乐与鸟兽同群，即因观察异人之故。抑联想与想像必以旧观念为根株，此旧观念何自来乎，则读书尚矣。读书犹不足以富才也，则酌理研阅尚矣。（酌理研阅即心理学所谓分析与综合二作用，为想像作用必经之程序）心中所积之观念既富，又各与以适合之名词，故其援笔造文，辞义竞萌，于是执持规矩，考核众虑，取舍循律，意匠独运。陆士衡所谓'选义按部，考辞就班'者，此也。刘彦和云：'此乃驭文之首术，谋篇之大端'，盖已明言积学酌理，必立于神思之先，若于此未尝致功，而徒劳情苦虑，适足以塞其关键，神有遁心耳。"①

在解释《体性》"然才有庸俊，气有刚柔，学有浅深，习有雅郑，并情性所铄，陶染所凝"时，范老也是运用了心理学上"观念"与"知觉"的关系原理。"才气固由天资，然亦可助以人为，学与习是也。此其故，可据心理学说明之。心理学论知觉与观念之关系曰：知觉与观念二语，在心理学视之，实无根本上之区别；而普通用语，分之为二：凡复合作用之原素，起于感观之受刺戟者，曰知觉；复合作用之原素，起于大脑中枢之受刺戟者，曰观念。例如有花于此，张目见之，则为花之知觉；闭目而思，所见之花，则为花之观念。然因感官受刺戟而起之感觉，与因记忆想像而于大脑中枢唤起者，在性质初未有异，故知觉与观念在心理学视之，名异而实同者也。据此知知觉即观念，而观念即缔构联想与想像之原素。联想与想像又即文章之基础。故求文章之善，首宜求知觉之善。考知觉何自成乎？心理学之言曰：知觉者，感觉之复合作用也。盖单一之感觉，实际上绝不能存在；外界之刺戟虽纯一，其所引起之感觉亦往往复而不纯；而况纯一之刺戟，实际上又绝少乎。吾人日常所见所闻之事物，非成自一声或一色，实成自声色诸相之集合。山寺古钟，听官闻其声；触官觉其刚；视官睹其形，且见其色；由兹数官所得之声色形质，汇集于吾脑，吾乃始知有钟焉。故知觉必汇集数种感觉而后起，必待数种大脑作用而后成，虽然知觉作用之中，有统一之性，故当人之知觉一事物也，不自觉其为若干种；感觉之集合而认定为一体之事物，知觉作用中又有类化之性，故方其知也，不徒映写外物之形相而已，且能以过去类似之经验，解释新知之事实而认知之。据此知感觉为知觉之原素，欲观念之美善，必先美善其所感觉者；此学与习所以能助成才气也。'陶染所凝'，即感觉集合而成知觉之意；'情性所铄'，即观念错

---

① 范文澜. 文心雕龙讲疏：卷6［M］. 天津：新懋印书局，1925：7-9.

综而辅才气之意，然则慎所学习，诚为文之先图矣。"①

　　刘勰以其诗性思维的方式，凭借骈四俪六的美文，描绘了艺术构思活动的妙境，论述了创作主体才、气、学、习的特点及其关系。这些表述虽然形象生动，精彩绝伦，然而其内涵和意义却难以理解和把握。范老运用现代心理学知识，借助"想像"与"联想"，"观念"与"知觉"的关系原理，用理论思维的方式，通过科学准确的语言，对其进行了详细解读和深度分析，使我们能够从学理的层面认识其功能与特点，过程及原因，从而为《文心雕龙》研究由传统向现代的转型，提供了可资借鉴的范式和极具价值的参照。

四、详附材料

　　受其师《札记》影响，《讲疏》极重材料迻录，而且与其师相比，有过之而无不及。其自序谓："凡古今人文辞，可与《文心》相发明印征者，耳目所及，悉采入录。虽《楚辞》《文选》《史》《汉》所载，亦间取之，为便讲解计也。"因此，详备博赡的材料迻录便构成其书一个重要的特色，翻开目录就会发现其书附录了各类参考材料。其中，上篇《征圣》《宗经》《诸子》3 篇，下篇《体性》《风骨》《通变》《定势》《情采》《事类》《练字》《隐秀》《指瑕》《养气》《附会》《时序》《物色》《才略》《知音》《程器》16 篇目录中没有列示附录材料；其他 31 篇均有附录材料，分布情况如下：《原道》3 篇、《正纬》1 篇、《辨骚》18 篇、《明诗》16 篇、《乐府》24 篇、《诠赋》7 篇、《颂赞》19 篇、《祝盟》12 篇、《铭箴》15 篇、《诔碑》4 篇、《哀弔》10 篇、《杂文》1 篇、《谐隐》2 篇、《史传》1 篇、《论说》10 篇、《诏策》12 篇、《檄移》2 篇、《封禅》1 篇、《章表》1 篇、《奏启》2 篇、《议对》5 篇、《书记》6 篇、《神思》1 篇、《镕裁》2 篇、《声律》4 篇、《章句》1 篇、《丽辞》6 篇、《比兴》1 篇、《夸饰》1 篇、《总术》1 篇、《序志》4 篇，共计 193 篇，占据了全书很大一部分②。所以，要对《讲疏》进行全面研究，就不能不论及其迻录的大量材料。

　　《讲疏》迻录的材料大致有两大类，一类是《文心》原文所提及的各种材料，另一类是足以与《文心》原文相发明的各类材料。对这两类材料，范老本着"求全""致用""重论"的原则，博采群籍，斟酌取舍，广为收罗，以便

---

① 范文澜 . 文心雕龙讲疏：卷 6 ［M］. 天津：新懋印书局，1925：17–18.
② 《讲疏》目录所列附录材料极不完整，有的篇目明明有附录材料，而目录没有列示，有的篇目所附材料又显然多于目录所示，故《讲疏》迻录的材料远不止 193 篇。此问题以下将专门论及。

讲解。

求全是《讲疏》迻录材料的首要原则，本着这一原则，范老对《文心》提到的材料或与原文相关的材料，不论长短也不管习见与否，都一并迻录以求其全。从材料篇幅的长短看，迻录的材料有长达数千言的，也有短到几个字的。前者如《乐府》迻录郭茂倩《乐府诗集》中关于十二类乐府歌辞的叙说辞，多达 4000 余言；后者如《颂赞》据《文选》曹植《责躬诗》李善注，引傅毅《明帝颂表》"体天统物，宁济蒸民"，仅 2 句 8 字。再从材料的习见罕遇来看，《讲疏》迻录的习见材料固然不少，如《诗品》（上、中、下）、《史通·叙事篇》（见《明诗》《镕裁》）等文论材料，屈原《离骚》、嵇康《忧愤诗》（见《辨骚》《明诗》）等作品材料。但是，同时也迻录了许多比较罕见的材料，如何晏诗多不传，只《诗纪》载其二首（《拟古》《失题》），《讲疏》则依《诗纪》录之以备考（见《明诗》）。再如，袁宏、孙绰诸诗，传者甚罕，范老特录袁宏《咏史》诗二首，孙绰《秋日》诗一首以备考（同上）。

《讲疏》迻录材料虽然求全，但并不一味烦琐。例如，因为《辨骚》多引《离骚》语，故全录其文，至于《九章》《九歌》《九辩》《远游》《天问》《招魂》《招隐》《卜居》《渔夫》诸篇，均在《楚辞》，故不复录。其实，求全之外，范老还有其取舍标准和致用原则。致用原则的总精神就是所录材料要紧扣原文，起补充原文、为原文服务的作用，否则便略而不录，只交待个出处。根据致用原则，范老在迻录材料时，常常采取两个方法：一是紧扣原文，选录有代表性的材料；一是材料繁冗不便迻录，只取其序言以代之。这里以《诠赋》《哀吊》为例，说明一下这两种方法的具体运用情况。紧扣原文选录材料是致用原则的突出体现，《诠赋》注［9］："《荀子·赋篇》所载六首：《礼》《知》《云》《蚕》《箴》及篇末《佹诗》是也。兹录《礼》《知》二篇于左……"①这就扣住了原文"荀况礼智"来录文。另外，致用就要求俭，文辞太繁，令人不忍卒读，既不便致用，也无助于对原文的理解。据此，范老对那些文辞冗繁的文章，采取了录其序言以代本文的办法。《哀吊》注［4］："贾谊《吊屈原》文序曰：谊为长沙王太傅，既以谪去，意不自得，及度湘水，为赋以吊屈原。屈原，楚贤臣也。被谗放逐，作《离骚赋》，其终篇曰：'已矣哉！国无人兮，莫我知也！'遂自投汨罗而死，谊追伤之，因以自喻，其辞曰云云。文见《文

---

① 范文澜. 文心雕龙讲疏：卷 2［M］. 天津：新懋印书局，1925：56.

选》。"①

　　范老迻录材料除了相关的作品和文论外，还非常重视有助于理解和阐发原文义理的论述文献，特别是附录了许多近现代学者的学术研究成果。为了帮助人们理解刘勰的自然之道，《原道》讲疏特别附录了刘师培《论文杂记》和黄侃《札记》中的相关论述。《正纬》又说："近儒刘氏申叔，著《谶纬论》，谓纬有五善，其说甚精，可与本篇相发明，录之如下……"②《明诗》四次大段迻录黄侃的《诗品讲疏》，阐释篇中相关问题，以助读者理解原文。《诠赋》《颂赞》两篇又同录章太炎《国故论衡·辨诗》，说明赋的产生与发展及有韵之文名号虽异实则相类。《丽辞》则曰："骈文之病，在昏睡耳目。此其故，皆由于'气无奇类，文乏异采'。故下曰'迭用奇偶，节以杂佩'，谓奇句偶辞，因宜而施，复以自然之声律节之，则文之形与声，无不谐矣。附录阮伯元、李申耆文三篇于后，以资参考。"③ 即阮元的《四六丛话序》《文韵说》和李兆洛的《骈体文钞序》。《夸饰》又以为刘师培《美术与征实之学不同论》立意甚精，故节录之以与原文相参。为便于理解"文笔之辨"，《总术》迻录了学海堂《文笔策问》。阮元在学海堂的策问，首先是让其子阮福拟对，阮福遂以《学海堂文笔策问》为题，缕述文笔之辨。

　　总之，求全、致用、重论是范老迻录材料的三个基本原则，求全使其书材料翔赡，致用则使其材料多而不繁，重论又彰显了其书的"讲疏"特色，三者相辅相成，互相配合，构成其书材料迻录的显著特征。

第三节　问题与不足

　　如上所述，《讲疏》具有鲜明的特色和独到的价值，相较黄注和《札记》也充实完备了许多。然而，因为范老当时身处天津，珍稀版本和相关材料都极度匮乏，又因特殊原因而出版于匆忙之中，故其问题与不足在所难免。李笠于1926年曾发表书评《读〈文心雕龙讲疏〉》，指陈其问题与不足。然李文所述多为体例问题，兼及校勘注释而语焉不详。这里再就《讲疏》的问题与不足详

①　范文澜．文心雕龙讲疏：卷3［M］．天津：新懋印书局，1925：27.
②　范文澜．文心雕龙讲疏：卷1［M］．天津：新懋印书局，1925：34.
③　范文澜．文心雕龙讲疏：卷7［M］．天津：新懋印书局，1925：62-63.

细论之。

一、正文问题

由于校勘不精，《讲疏》所录《文心》原文及正文夹校多有讹误脱衍之处。如《原道》："《易》曰：'鼓天下之动者，存乎辞。'辞之所以能鼓天下者（"者"字从《御览》改），迺道之文也。"括号内正文夹校核对底本其误有二：一是此校字应在"鼓天下之动者"之后，二是"宇"为"字"之误。《宗经》"《礼》以（一作"贵"）立体（一本下于"宏用"二字）"，后一括号内"于"字当为"有"字①。《丽辞》"刘琨诗言（元作"诗"字上）"，括号内"作"字当为"在"字②。《颂赞》"邱明、子高并为诵"，"并"下脱"谍"字；"虽浅深之不同"，"之"字衍。《祝盟》"黩祀陷祭"，"陷"为"谄"之误③。《哀吊》"驾龙来云"，"来"为"乘"之误。《杂文》"诰典誓问"，当作"典诰誓问"；"总括具名"，"具"为"其"之误④。《论说》"引者乱辞"，"乱"为"胤"之误，底本作"**亂**"，乃缺笔避讳。《诏策》"岂真取美当时"，"真"为"直"之误；"常指事而语"，"常"为"当"之误。《檄移》"其来久矣"，当作"其来已久"⑤。《定势》"言世殊也"，"世"为"势"之误⑥。《比兴》"莫不纤（疑作"织"）综其义"，"其"为"比"之误。《事类》"此引事之实膠也"，"膠"为"谬"之误。《练字》"岂真才悬"，"真"为"直"之误⑦。《养气》"岂虚语哉"，"语"为"造"之误；"恒惕之盛（一作"成"）疾"，"恒"底本为"怛"；"既暄之以藏序"，"藏"为"岁"之误。《附会》"类多支派"，"支"为"枝"之误。《时序》"兰陵鸞其茂俗"，"鸞"为"鬱"之误⑧。《才略》"而坎壇盛世"，"壇"为"壞"之误；"迭百短长"，"百"为"用"之误；"何宴《景福》"，"宴"为"晏"之误；"挚虞迷怀"，"迷"为"述"之误⑨。

---

① 范文澜．文心雕龙讲疏：卷 1［M］．天津：新懋印书局，1925：7，22．
② 范文澜．文心雕龙讲疏：卷 7［M］．天津：新懋印书局，1925：61．
③ 范文澜．文心雕龙讲疏：卷 2［M］．天津：新懋印书局，1925：68，88．
④ 范文澜．文心雕龙讲疏：卷 3［M］．天津：新懋印书局，1925：23，35．
⑤ 范文澜．文心雕龙讲疏：卷 4［M］．天津：新懋印书局，1925：25，47，50，59．
⑥ 范文澜．文心雕龙讲疏：卷 6［M］．天津：新懋印书局，1925：32．
⑦ 范文澜．文心雕龙讲疏：卷 8［M］．天津：新懋印书局，1925：5，19，21．
⑧ 范文澜．文心雕龙讲疏：卷 9［M］．天津：新懋印书局，1925：12，15，29．
⑨ 范文澜．文心雕龙讲疏：卷 10［M］．天津：新懋印书局，1925：7，9，10．

　　注释标号错乱衍脱是正文存在的另一个突出问题。如《宗经》"譬万钧之洪钟，无铮铮之细响矣"一句后注〔11〕当删，因为注文只到〔10〕为止。《颂赞》"变为序引，岂不褒过而谬体哉"后注〔15〕当删，以下注〔16〕〔17〕〔18〕〔19〕，应依次改为〔15〕〔16〕〔17〕〔18〕，"有似黄白之伪说矣"后当补注〔19〕；"又纪传后评，亦同其名"后注〔5〕，当移至上句"及迁《史》固《书》，托赞褒贬，约文以总录，颂体以论辞"之后，因为注〔6〕才是解释"纪传后评"的。《诔碑》"树碑述亡者，同诔之区焉"后注〔8〕当删，应将其上注〔7〕移到此处。《定势》"陈思亦云：'世之作者，或好烦文博采，深沉其旨者；或好离言辨白，分毫析厘者。所习不同，所务各异'"，此处漏标注〔3〕。《比兴》"炎汉虽盛，而辞人夸毗，讽刺道丧，故兴义销亡"，此处漏标注〔2〕。《指瑕》"夫赏训锡赉，岂关心解？抚训执握，何预情理"，此处漏标注〔2〕。《总术》"凡精虑造文……盖有征矣"，此处漏标注〔1〕。此外，正文还有标点错乱、分段不当等问题，不复一一列举。

二、注文问题

　　相较正文之讹误脱衍与标号错漏，注文的问题则更多。首先是引文出处问题。范老曾批评黄注所引之书往往"不著其出处"，《讲疏》在这方面虽有较大的进步，但也存在诸多不规范之处。《原道》注"仲尼翼其终"："《史记·孔子世家》：'孔子晚而好《易》，序《彖》《系》《象》《说卦》《文言》。'"注"爰自风姓"："《史记》：'伏羲氏以风为姓。'"同引古代文献，前者注篇名，后者又不注篇名，殊为不妥。诸如此类，尚有很多，如引《老子》《庄子》《淮南子》《吕氏春秋》等，或注篇名，或不注篇名，甚为随意。再如《诠赋》第二段注〔3〕〔4〕引王应麟曰，《明诗》第三段注〔5〕引沈归愚（德潜）云，《宗经》第二段注〔4〕引沈钦韩曰、叶德辉曰等，俱不注引文出处。即使引用近现代学者的文章典籍，如李详、黄侃、刘师培等，也多不注明出处。其实，《讲疏》引古代典籍或近代学者之说而未详细标示篇名和出处的，很大一部分系从黄注或《札记》中原样照录的。

　　不明出处之外，引文还常有讹误。《正纬》注"黄金紫玉之瑞"引《礼斗威仪》曰："君乘金而王，其政平，则黄金见深山。"① 引文"政"下脱"象"字，"则"字衍，"金"当作"银"，"见"后当加逗号，"深山"前脱"紫玉见

---

　　① 范文澜. 文心雕龙讲疏：卷1〔M〕. 天津：新懋印书局，1925：4，7，43.

于"。短短 14 个字的引文就有 5 处错误，脱衍讹失无所不有，可见疏漏程度！《颂赞》第二段注［1］引《尚书大传》曰："舜为宾客，禹为主人。乐正进赞曰：尚考大室之义，唐为虞宾，至今衍于四海，成禹之变，垂于万世之后，于是俊乂百工，相和而歌《庆云》。"① 最后一句当作"于时卿云聚，俊乂集，百工相和而歌《庆云》"。《谐隐》第二段注［3］引《史记·楚世家》曰："庄王即位三年，不出号令，日夜为乐，令国中曰：'敢谏者死！'伍举入……曰：'愿有进隐。曰有鸟在阜，三年不蜚不鸣，是何鸟也？'王曰：'三年不蜚，一蜚冲天；三年不鸣，鸣将惊人。举退矣，吾知之矣！'"② "伍举入"后脱"谏"字，"有鸟在"后脱"于"字，"王曰"前脱"庄"字，"一蜚冲天"当作"蜚将冲天"。此类讹误尚多矣！

除了讹误，还有错乱。《原道》第一段注［10］解释"草木贲华"："《易·释文》引傅氏云：'贲，古斑字，文章貌。'《尚书·皋陶谟》曰：'戛击鸣球。'《说文》：'球，玉磬也。锽，钟声也。'"③ 引《尚书·皋陶谟》和《说文》的文字是解释下文"泉石激韵，和若球锽"的，放在这里显然不妥。

《明诗》第三段注［1］解释："张衡怨篇，清典可味"："'典'一作'曲'，纪云：'曲字是，曲字作婉字解。'李详云：'梅庆生凌云本并作清曲。《御览》八百九十三引衡《怨诗》曰：秋兰，嘉美人也。嘉而不获用，故作是诗也。其词曰：猗猗秋兰，植彼中阿；有馥其芳，有黄其葩；虽曰幽深，厥美弥嘉；之子云遥，我劳如何。"④ 这是据《札记》加以扩充，因疏忽而导致淆乱。李详《黄注补正》原文为："黄注于衡诗，但作'其辞曰'云云，不记所出。案《御览》八百九十三载衡《怨诗》曰：'秋兰，嘉美人也。嘉而不获用，故作是诗也。'此是诗序，当并录之。诗与黄引同。明梅庆生、凌云本，并作'清曲'。纪文达云：'是清曲，曲字作婉字解。'黄据《困学纪闻》改'典'非也。"⑤ 可见，李详云一段中的"其辞曰……"系黄注，而李补所谓"《御览》八百九十三"当为"九百八十三"之误⑥。

《乐府》："暨武帝崇礼，始立乐府。总赵代之音，撮齐楚之气。延年以曼声

① 范文澜. 文心雕龙讲疏：卷 2 ［M］. 天津：新懋印书局，1925：83.
② 范文澜. 文心雕龙讲疏：卷 3 ［M］. 天津：新懋印书局，1925：45.
③ 范文澜. 文心雕龙讲疏：卷 1 ［M］. 天津：新懋印书局，1925：2.
④ 范文澜. 文心雕龙讲疏：卷 2 ［M］. 天津：新懋印书局，1925：11-12.
⑤ 李详.《文心雕龙》黄注补正 ［J］. 国粹学报，1910，5（61）：12.
⑥ 详参李平. 范文澜注"张衡怨篇"句辨析 ［J］. 井冈山大学学报. 2018（3）：100-104.

协律，朱马以骚体制歌。"《讲疏》注曰："《礼乐志》：'武帝立乐府，采诗夜诵。'……可见周代乐官，亦有以诵为专职者。"注文至此没有问题。此后的注文则错乱："——有赵代秦楚之讴，以李延年为协律都尉，多举司马相如等数十人，造为诗赋。《佞幸传》亦云：'是时上欲造乐，令司马相如等作诗颂，延年辄承意弦歌所造诗，谓之新声曲。'"破折号后的"有赵代秦楚之讴"出自《礼乐志》，《艺文志》亦记载："自孝武立乐府而采歌谣，于是有代赵之讴，秦楚之风，皆感于哀乐，缘事而发，亦可以观风俗，知薄厚云。""以李延年为协律都尉，多举司马相如等数十人，造为诗赋"，亦出自《礼乐志》。《札记》录此并以上《佞幸传》之文，解释"朱马以骚体制歌"。范老将《礼乐志》"有赵代秦楚之讴"与《札记》所引混杂在一起，致使注文淆乱无序。

《明诗》第二段注［1］［2］［3］序号位置错乱：

［1］郑玄《诗谱序》："迹及商王，不风不雅。"《正义》曰："今无商风雅，唯有其颂，是周世弃而不录。至周则风雅颂大备，今具见于毛诗。"四始见《宗经篇》注。"六义"即风雅颂赋比兴。"环"，《左传》注云"周也。"谓周密而深，与上"备圆"相对成文。

《论语·学而篇》子贡曰："诗云'如切如磋，如琢如磨'，其斯之谓与？"子曰："赐也！始可与言诗已矣，告诸往而知来者。"

［2］又《八佾篇》子夏问曰："巧笑倩兮，美目盼兮，素以为绚兮。何谓也？"子曰："绘事后素。"曰："礼后乎？"子曰："起予者商也！始可以言诗已。"案子贡长于应对，子夏传授《诗》义，故孔子称之。《左传》襄公二十七年：郑伯享赵孟于垂陇，七子从。赵孟曰："七子从君以宠武也，请皆赋以卒君贶，武亦以观七子之志……赵孟曰：诗以言志，志诬其上而公怨之，以为宾荣，其能久乎？"僖公二十四年：介子推曰："言，身之文也。"

［3］春秋列国朝聘酬酢，必赋诗言志，然皆讽诵旧章，辞非己作，故彦和云然。①

这里，注号［2］应置于"《论语·学而篇》"前，注号［3］应置于"《左传》襄公二十七年"前，另列一段。

---

① 范文澜. 文心雕龙讲疏：卷2［M］. 天津：新懋印书局，1925：30-31，4-5.

三、附录问题

详附材料是《讲疏》的一大特色，为了使所附材料醒目便用，范老在目录中，于有附录材料的篇名下，详列材料题目。然而，由于体例不明及疏忽大意，致使目录所列与正文所附之间存在诸多问题。

首先是体例混乱，篇末附与随注附相混杂，即材料是全部附录在一篇之末，还是逐条附录于注文之下，全书缺乏统一安排。《原道》所附阮元《文言说》《书梁昭明太子文选序后》《与友人论古文书》三文，《声律》所附沈约《宋书·谢灵运传论》、陆厥《与沈约书》、沈约《答陆厥书》及《诗品下》四文，《夸饰》所附刘师培《美术与征实之学不同论》一文，《总术》所附学海堂《文笔策问》一文，俱在篇末。而《正纬》所附刘师培《谶纬论》，《杂文》所附潘勖《拟连珠》，《史传》所附班彪《史记论》，《封禅》所附张纯《泰山刻石文》，《神思》所附陆机《文赋》一节，《镕裁》所附章学诚《古文十弊篇》一节、《史通·叙事篇》等更多的材料，则在篇中随注而附。篇末附与随注附相混杂的问题，不仅存在于不同篇目之间，而且更多地表现在同篇之中。《辨骚》所附《南蒯之歌》《莱人之歌》等与班固《离骚序》《离骚赞序》、王逸《楚辞章句序》，俱为随注而附；但《离骚》又为篇末附。《铭箴》所附黄帝《巾几之铭》，禹《篓簏铭》，汤之《盘铭》等，也是随注而附；然蔡邕《铭论》，张昶《西岳华山堂阙碑铭》，蔡邕《黄钺铭》《鼎铭》，则为篇末附。《丽辞》所附范晔《狱中与诸甥侄书》，刘师培《论文章变迁》，裴度《与李翱书》，是注中附；而阮元《四六丛话序》《文韵说》与李兆洛《骈体文钞序》，却又附于篇末。更奇怪的是，挚虞的《文章流别论》，《明诗》第二段注［13］、《诠赋》第一段注［11］、《颂赞》第一段注［18］、《铭箴》第一段注［26］、《哀吊》第一段注［8］等均有引录，几乎是残文的全篇了，然《序志》之末又单独附录。其实，篇末附与随注附各有短长，无论采用哪种都无可厚非，关键是体例要统一。

其次是标准不一，什么材料于目录中列示，什么材料不于目录中列示，什么材料属于附录材料，什么材料仅为注释内容，书中的处理都甚为随意，甚至相互矛盾，前后不一。《正纬》第二段注［4］谓："近儒刘氏申叔，著《谶纬论》，谓纬有五善，其说甚精，可与本篇相发明，录之如下。"① 目录于"正纬第四"后列示"附刘师培《谶纬论》"。而同注又谓："《隋书·经籍志·六艺

---

① 范文澜. 文心雕龙讲疏：卷 1［M］. 天津：新懋印书局，1925：34.

纬类序》足备参考，录之如下。"同在注［4］，同谓"其说甚精"或"足备参考"，同是"录之如下"，一者上目录，一者不上目录，岂不太随意！更难理解的是，《明诗》第二段注［9］引《毛诗·召南·行露篇》、注［10］据《孟子·离娄篇》引《孺子歌》俱上目录，然注［11］据《国语·晋语》录优施舞词、注［12］据《汉书·五行志》录成帝时歌谣又不上目录。《乐府》末段注［3］据《汉书·外戚传》录汉武帝《哀李夫人诗》："是耶非耶？立而望之，偏何姗姗其来迟！"此仅3句依然上目录，而其上注［2］据《史记·乐书》录汉高祖过沛诗《三侯之章》："大风起兮云飞扬，威加海内兮归故乡，安得猛士兮守四方！"此亦3句却不上目录。上与不上标准何在？《诠赋》第一段注［11］，先录《文章流别论》一大段，谓："挚氏此论，可谓明畅切中，与彦和丽词雅义符采相胜之论，互相发明。兹录《汉书·艺文志·诗赋略序》及章太炎《国故论衡·辨诗篇》一节，以明赋之原委。"这里，《文章流别论》《汉书·艺文志·诗赋略序》俱不上目录，唯《国故论衡·辨诗篇》一节上目录，又是出于什么原因？《颂赞》第一段注［13］附：《周颂·清庙》1章，8句；《鲁颂·駉》4章，章8句，录其首章；《商颂·那》1章，22句。而目录仅列示《周颂·清庙》1章，岂非怪哉！另外，有些材料非常简短，完全可以作为注释内容处理的，却上了目录；而有些材料属于大段引录，适宜作为附录材料安排的，则没有上目录。如《明诗》第一段注［6］所引《南风之诗》，《铭箴》第一段注［1］［2］［3］所引《巾几之铭》《簋簠铭》《盘铭》等，都只有几句且属于注释之文，完全没有必要列入目录所附篇目。而《正纬》末段注［6］所谓"《后汉书》载谭论谶事，录之如下……"注［8］所谓"案平子文检核伪迹，至为精当，兹全录《后汉书》本传所序于下……"注［9］所谓"荀悦《申鉴·俗嫌篇》曰……"俱为大段引录，很有必要列入目录所附篇目。

再次是多有脱误，根据目录所列篇目，检视正文所附内容，其中脱误者尚多。如《原道》目录所列当补刘师培《论文杂记》片段、黄侃论文辞封略等，《征圣》当补《史通·烦省篇》、《日知录》论文章繁简、刘师培论古代文词句简语文之故等，《正纬》当补《隋书·经籍志·六艺纬类序》《申鉴·俗嫌篇》等，《明诗》当补黄侃《诗品讲疏》等，《诠赋》当补挚虞《文章流别论》片段，《杂文》当补扬雄连珠文2条，《诸子》当补《汉书·艺文志》一节，《诏策》当补光武帝敕邓禹，《檄移》当补《司马法·仁本篇》征师辞及军令，《丽辞》当补李翱《答王载言书》，《练字》当补田北湖论文字与语言之关系，《指瑕》当补曹植《与杨德祖书》、《颜氏家训·文字》节录、《金楼子·杂记篇》，

《序志》当补桓谭《新论》数条。还有,《乐府》目录仅列"黄先生论诗乐之分合",而篇中尚有多处引"黄先生曰",亦当补入;《章句》目录只是笼统地附"黄先生论文",当据篇中所附具体列示:"黄先生释章句之名""黄先生辨汉师章句之体""黄先生论句读有系于音节与系于文义之异""黄先生论古书文句异例""黄先生论安章之总术""黄先生论无韵之文以四字六字为适中""黄先生论有韵文之字数""黄先生论句末用韵""黄先生作词言通释"。此外,目录和附录尚有一些讹误之处。如目录遗漏"《颂赞》第九"。《明诗》注"太康败德,五子咸怨"曰:"伪《五子之歌》文。(《墨子·非乐篇》引《五子之歌》,见下《才略篇》)"① 这里,"伪《五子之歌》文"系从《札记》逐录,括号内文字是范老的标注,原想提示《五子之歌》见《才略篇》注,然此注下已附《五子之歌》,却忘了删提示语。《才略》注"五子作歌"曰:"《书》伪《五子之歌》文已见前引,兹录《墨子·非乐篇》《武观》之诗如下……"② 《颂赞》目录附马融《东巡颂》,然《颂赞》正文注[15]则曰:"案《东巡颂》佚文见《古文苑》。"③ 按目录所列,注中当附《东巡颂》;撰写注文时,又谓"见《古文苑》",以致有目无文。如此等等,俱为疏忽所致。

四、其他不足

《讲疏》的其他不足之处,概而言之主要有:对黄叔琳《辑注》和黄侃《札记》颇为依赖,承袭过多;不仅文本出典释义多有空白,字句校雠比勘更是遗漏甚多;此外还有少量注解不当、校字讹误的现象。

1. 承袭过多

《讲疏》的不足之处首先表现在对黄注和黄札承袭过多上,作者在《声律》自谓:"此篇文颇难读,前后释义,盖采黄先生之说为多云。"④ 在《才略》又自注:"以下多引黄注,不复备举。"⑤ 其实,不只是《声律》《才略》两篇多采黄注与黄札,这种现象在全书也很普遍,下篇尤为突出。

范老对其师《札记》的承袭,从体例到方法、从观点到材料、从出典到校字,可谓无所不包。当年一篇介绍《讲疏》的书讯说:"范君劬学,传习师训,

---

① 范文澜. 文心雕龙讲疏:卷2[M]. 天津:新懋印书局,1925:59,3.
② 范文澜. 文心雕龙讲疏:卷10[M]. 天津:新懋印书局,1925:6.
③ 范文澜. 文心雕龙讲疏:卷2[M]. 天津:新懋印书局,1925:77.
④ 范文澜. 文心雕龙讲疏:卷7[M]. 天津:新懋印书局,1925:14.
⑤ 范文澜. 文心雕龙讲疏:卷10[M]. 天津:新懋印书局,1925:6.

广为讲疏，旁征博引，考证诠释。于舍人之旨，惟恐不尽；于黄氏之说，唯恐或遗。亦已勤矣。"① 事实诚然如此，范老采取探囊揭箧之法，几乎将其师讲授《文心》的内容，无分巨细地全部纳入《讲疏》之中，即使与自己的注疏相抵牾也全然不知。《颂赞》："马融之《广成》《上林》，雅而似赋，何弄文而失质乎？"《讲疏》谓："《上林》无可考。黄注谓《上林》疑作《东巡》。案《东巡颂》佚文见《古文苑》。"此乃沿袭黄札。然在下文"挚虞品藻，颇为精核"一句的注疏中，范老引挚虞《文章流别论》云："颂，诗之美者也。古者圣帝明王，功成治定，而颂声兴。于是史录其篇，工歌其章，以奏于宗庙，告于鬼神；故颂之所美者，圣王之德也。则以为律吕，或以颂声，或以颂形，其细已甚，非古颂之意。昔班固为《安丰戴侯颂》，史岑为《出师颂》《和熹邓后颂》，与《鲁颂》体意相类，而文辞之异，古今之变也。扬雄《赵充国颂》，颂而似雅，傅毅《显宗颂》，文与《周颂》相似，而杂以风雅之意。若马融《广成》《上林》之属，纯为今赋之体，而谓之颂，失之远矣！"此已明言"若马融《广成》《上林》之属"，真是以己之矛伐己之盾！此外，由于大段迻录而不加辨析，以致内容混乱。如《明诗》第二段注 [13] 全部照录《札记》，先是分段引"黄先生《诗品讲疏》曰……"，再分段录"挚仲治《文章流别论》曰……"，而此段文字中又有"以挚氏之言推之……"，显然错乱！黄札引《文章流别论》至"不入歌谣之章"已结束并画上句号，下面"以挚氏之言推之……"系黄侃的申说。范老不察，于"不入歌谣之章"后加逗号，并接"以挚氏之言推之"，遂致淆乱②。因此，说《讲疏》是《札记》的扩展版也不为过。

　　然而，这并不意味着范老对其师之说就没有加工改造。实际上，《讲疏》亦尝试对《札记》进行选择加工、扩展完善的工作，只是显得还很不够。如《正纬》等篇的题解就是据《札记》之说而予以扩展，《乐府》第二段注 [4] 又对师说做了充分的补充。关于"武帝崇礼，始立乐府"，黄侃谓："此据《汉书·礼乐志》文。《乐府诗集》则云：'孝惠时，夏侯宽为乐府令，始以名官，至武帝乃立乐府云。'"③《讲疏》据此引《礼乐志》"武帝立乐府，采诗夜诵"，又引钱大昭、周寿昌之说，并通过考证认为"钱说非也""周说亦非也"，最后得出结论："'夜''绎'音同义通，是'夜诵'即'绎诵'矣。……歌辞必讽诵

---

① 章用.《文心雕龙讲疏》提要 [J]. 甲寅周刊，1925，20（1）：24-25.

② 范文澜. 文心雕龙讲疏：卷 2 [M]. 天津：新懋印书局，1925：77，78-79，8-11.

③ 黄侃. 文心雕龙札记 [M]. 北京：中华书局，1962：35.

而益明了。讴谣初得自里间，辞旨暗昧，故必抽绎以见意义，讽诵以协声律，然后能合八音之调，所谓'采诗夜诵'者此也。"① 对《文心》中的有些典故，范老有自己的理解，则未采用师说。如《体性》"仲宣躁锐，故颖出而才果"，黄侃谓："《程器篇》亦曰：'仲宣轻脆以躁竞。'《魏志·王粲篇》曰：'之荆州，依刘表，表以粲貌寝而体弱通悦，不甚重也。'案此彦和所本。"②《讲疏》则谓："《魏志·王粲传》：粲与人共行，读道边碑。人问曰：'卿能暗诵乎？'曰：'能'。因使背而诵之，不失一字。观人围棋，局坏，粲为覆之。棋者不信，以帕盖局使更以他局为之，用相比较，不误一道，其强记默识如此。善属文，举笔便成，无所改定。此锐之征也。陈寿评曰：'粲特处常伯之官，兴一代之制，然其冲虚德宇，未若徐干之粹也。'此又躁之征也。"③ 范老虽然与其师同引《魏志·王粲传》，但是各自征引的材料不相同。《札记》所引材料侧重于说明王粲的相貌、体型和性格方面的特点，《讲疏》所录材料偏重于印证王粲的博闻强识和天纵神笔方面的特质④。而与其师有不同意见时，范老亦直陈己见。关于《通变》"唐歌在昔"，《讲疏》先引黄先生曰："上文黄歌断竹，下文虞歌卿云，夏歌雕墙。'断竹''卿云''雕墙'皆歌中字，此云'在昔'，独无所征。疑'在昔'当作'在蜡'。《礼记》载伊耆氏蜡辞，见郊特牲。伊耆氏或云尧也。"接着案曰："'在蜡'亦非歌中字，与黄虞诸歌仍不合，或彦和时有此歌，今则亡矣！"⑤ 关于《比兴》"无从于夷禽"，《讲疏》先引纪评"'从'字疑误"，再案以己说："案《国策·秦策》注曰：'从，合也。''义取其贞，无从于夷禽'，犹言仅取贞义，非谓与夷禽（常禽也，谓鸤鸠）合德也。"⑥ 而《札记》谓："'从'当为'疑'字之误。"⑦ 范老亦未从师说。

范老在致力订补黄叔琳《辑注》的同时，对其亦多有承袭。其自序曰："黄注有未善，则多为补正，其或不劳更张，则直书'黄注曰云云''黄注引某书云云'。"⑧ 如《征圣》第二段注［3］"黄注曰"，《祝盟》第一段注［17］"黄注

① 范文澜. 文心雕龙讲疏：卷2［M］. 天津：新懋印书局，1925：30-31.
② 黄侃. 文心雕龙札记［M］. 北京：中华书局，1962：97.
③ 范文澜. 文心雕龙讲疏：卷6［M］. 天津：新懋印书局，1925：20-21.
④ 关于此间的联系与区别，详参李平. 范文澜注"仲宣躁锐""仲宣轻脆以躁竞"考辨［J］. 国学研究，2016（38）：45-61.
⑤ 范文澜. 文心雕龙讲疏：卷6［M］. 天津：新懋印书局，1925：28.
⑥ 范文澜. 文心雕龙讲疏：卷8［M］. 天津：新懋印书局，1925：3.
⑦ 黄侃. 文心雕龙札记［M］. 北京：中华书局，1962：175.
⑧ 范文澜. 文心雕龙讲疏·自序［M］. 天津：新懋印书局，1925：4.

云"，《铭箴》第一段注［23］"黄注云"，《诸子》第二段注［2］［11］"黄注曰"，《论说》第二段注［9］［22］"黄注曰"，《诏策》第一段注［3］［4］"黄注曰"，《檄移》第三段注［4］"黄注曰"，《封禅》第三段注［1］"黄注曰"等皆是。再如《颂赞》第一段注［5］"黄注引《孔丛子》"，《祝盟》第三段注［3］"黄注引《穀梁传》隐八年云"、注［5］"黄注引常璩《巴志》"，《诸子》第一段注［20］"黄注引《韩诗外传》"、第三段注［8］"黄注引《晋书》曰"，《论说》第一段注［15］"黄注引《王衍传》云"，《诏策》第三段注［2］"黄注引《国语》"、注［10］"黄注引《晋书·庾翼传》云"，《章表》第三段注［2］"黄注引《孙楚传》"，《奏启》第一段注［1］"黄注引《汉书·平帝纪》"、［2］"黄注引蔡质《汉仪》曰"，第二段注［10］"黄注引《汉书·杜周传》"、［11］"黄注引《国语》"、［13］"黄注引《王常传》"，《议对》第一段注［2］"黄注引《管子》"、［4］"黄注引《世纪·赵世家》"、［5］"黄注引《世纪·商君列传》"、［22］"黄注引《韩非子》"、第二段注［7］"黄注引《晋书》"等亦是。

如果说以上所录"黄注曰""黄注引"还算正常的话，那么《书记》第二段一共只有34条注，而"黄注曰"竟高达22条，这就不正常了。此类情况在下篇更为突出，如《时序》第一段15条注，"黄注曰"6条；第二段22条注，"黄注曰"13条；第三段12条注，"黄注曰"6条；第四段9条注，"黄注曰"6条；第五段3条注，全是"黄注曰"；第六段7条注，"黄注曰"6条；最后一段6条注，"黄注曰"4+3条，其中注［1］又含2条"黄注曰"、注［2］又含3条"黄注曰"；全篇74条注，"黄注曰"竟高达47条，让人直把《讲疏》当"黄注"。大概范老自己也觉得这样不妥，于是在《才略》第一段注［8］"黄注曰"后以小字标注："以下多引黄注，不复备举。"凭此说明，以下注［9］至［14］全部照录黄注而不标示，第二段注［2］至［15］（注［11］［14］标"黄注曰"），第三段注［1］至［14］（注［6］标"李详曰"，［10］标"黄注曰"），亦全部照录黄注而不标示，三处标示"黄注曰"者，是因为此三处黄注均有说明性文字，非直接出典，故难以袭用，乃不得已而标示。这样，《才略》全篇注文几乎都以黄注代之，难免遭人诟病！此外，稍微改换眉目而加以袭用，便不复归诸原人、标明注者的，则更是不胜枚举①。

2. 失注失校

《讲疏》的不足之处还表现在正文多有失注失校之处，由于特殊的时代背景，《讲疏》出版于仓促之中，加之"讲疏"的体裁性质，致使书中存在大量白文，不仅失校而且失注，"补苴之责"尚任重而道远！

《镕裁》第二段没有注，只有 1 个案："文章首贵首尾圆合，条贯统序，此义人尽知之，然何术而能得此？则镕之用尚矣……"第三段也没有注，只有 1 个案："上节论镕，此节论裁。裁者，剪截浮词之谓。《史通·叙事篇》论省句省字之法至为精核，兹节录之如下……"② 全篇只有首尾两段各有 2 个注，其他都是讲疏性质。《章句》亦是，第一段、第二段都是 1 个注，第三段 4 个注，第四段、第五段都没有注，全篇大量迻录的都是黄侃所论。例如，第一段迻录："黄先生释章句之名曰""又辨汉师章句之体曰""又论句读有系于音节与系于文义之异曰""又约论古书文句异例曰"；第二段迻录："黄先生论安章之总术曰"；第三段迻录："黄先生论有韵文之字数曰"；第四段迻录："黄先生论句末用韵曰"；第五段迻录："黄先生作词言通释曰"。这明显是以疏代注，属于札记讲疏体了。

此外，正常标注的篇目，也多有白文失注之处。如《辨骚》第二段一大段原文只有 2 个注，且一是引"黄先生曰"，一是引"李详曰"。而黄注本段原有 27 个注："陈尧舜""称汤武""讥桀纣""虬龙""云蜺""掩涕""君门""云龙""丰隆求宓妃""鸩鸟媒娀女""康回倾地""木夫九首""土伯三目""彭咸""子胥""士女杂坐，乱而不分""娱酒不废，沉湎日夜""博徒""《九章》""《九歌》""《九辩》""《远游》""《天问》""《招魂》""《大招》""《卜居》""《渔父》"。相比之下，《讲疏》不仅没有尽"补苴之责"，反而较黄注倒退远甚！而这种情况绝非个别现象，如《夸饰》末段无注，《章表》末段、《丽辞》《物色》第二段都只有 1 个注，《比兴》第三段也仅有 2 个注，而《风骨》《通变》《定势》全篇的注也很少，不超过 10 个。

至于失校现象则更为严重，因为《讲疏》本来就不以校勘为重，除正文据底本过录的明清校勘成果外，注文涉及的校勘大致有这样几类：（一）引黄叔琳

---

① 如《原道》"玄黄"，黄注引《易》，《讲疏》加"坤卦文言"四字；"方圆"，黄注引《大戴礼记》，《讲疏》加"曾子天圆篇"五字。皆不复冠以黄注字样。详参李笠. 读《文心雕龙讲疏》［J］. 图书馆学季刊，1926，1（2）：344-345.

② 范文澜. 文心雕龙讲疏：卷 7［M］. 天津：新懋印书局，1925：7，9.

的校字；（二）据《札记》略例而录的孙诒让、李详的校字；（三）转录黄札、纪评的校字；（四）范老本人的校字。具体情况如下：

《杂文》"崔瑗《七厉》"，《讲疏》谓"崔瑗《七厉》当作《七苏》"。黄注已谓"瑗本传有《七苏》，无《七厉》"。《事类》"乃相如接人"，《讲疏》谓"'接人'疑当作'推之'是也"。此乃据底本黄校。《才略》"李尤（元作'充'，王改）赋铭"，《讲疏》引黄注曰："原作'李充'。按《后汉书·独行传》：李充，陈留人，不言有著述。晋《中兴书》：李充，江夏人，著《学箴》。然此在贾逵之后，马融之前，则李尤也。尤在和帝时，拜兰台令史，有《函谷》诸赋，并《车》诸铭。而贾逵仕明帝时，马融仕顺恒时，以序观之，乃李尤无疑。"

《正纬》"倍摘千里"；《祝盟》"舜之祠田云：荷此长耜，耕彼南亩，四海俱有。利民之志，颇形于言矣"；《诔碑》"扬雄之《诔元后》，文实繁秽，沙麓撮其要，而挚疑成篇，安有累德述尊，而阔略四句乎"；《诸子》"若夫陆贾《典语》"；《论说》"仲宣之《去代》"；《檄移》"三驱弛刚""惟压鲸鲵"；《奏启》"皁饬司直"；《才略》"赋《孟春》而选典诰"；《诸子》"而战伐所记者也"。以上各条校字均引自孙诒让，其中首条系从《札记》转引，末条系暗袭孙诒让校字。《奏启》"王观教学"；《练字》"《尚书大传》有'别风淮雨'，《帝王世纪》云'列风淫雨'，'别''列''淮''淫'，字似潜移，'淫''列'义当而不奇，'淮''别'理乖而新异，傅毅制诔，已用'淮雨'"；《谐隐》"歆固编文，录之歌末"。以上前二者明引李补校字，末条暗袭李补校字。

《原道》"业峻鸿绩"；《议对》"鲁桓务议"；《定势》"文之体指实强弱""往日论文，先辞而后情，尚势而不取悦泽，及张公论文，则欲宗其言"；《声律》"南郭之吹竽耳"；《序志》"夫有肖貌天地"。以上明引黄札校字。《乐府》"朱马以骚体制歌"；《诠赋》"结言揵韵"；《议对》"而谀辞弗剪"；《声律》"故言语者，文章神明枢机，吐纳律吕，唇吻而已""夫商徵响高，宫羽声下""寄在吟咏，吟咏滋味""及张华论韵，谓士衡多楚，《文赋》亦称知楚不易"；《指瑕》"始有赏际奇至之言，终无抚叩酬即之语"。以上暗袭黄札校字。《原道》"剬诗缉颂"；《明诗》"至尧有大唐之歌"。以上乃据黄札补充或稍改。《诠赋》"拓宇于《楚辞》"；《谐隐》"则髡祖而入室"；《史传》"昔者夫子闵王道之缺"；《诸子》"子自肇始"；《封禅》"《录图》曰""《典引》所叙，雅有懿乎"；《情采》"研味李老"；《夸饰》"验理则理无不验"；《隐秀》"义主文外"；《养气》"志于文也"。以上引纪评校字。

　　《诠赋》"明不歌而颂""遂客主以首引";《铭箴》"温峤《傅臣》";《谐隐》"虽抃推席";《史传》"左史记事者,右史记言者""列传以总侯伯""荀张比之于迁固";《诸子》"是以世疾诸混同虚诞""乃称羿毙十日";《论说》"故仰其经目""而检迹如妄""故言咨悦怿";《诏策》"汉初定仪则,则命有四品""君子以制度数""兆民尹好";《檄移》"令有文告之辞";《章表》"降及七国,未变古式,言事于主,皆称上书,秦初定制,改书曰奏";《奏启》"自汉置八仪""卓饬司直";《体性》"习亦凝真";《通变》"唐歌在昔";《定势》"力止襄陵";《章句》"而体之篇";《比兴》"无从于夷禽";《夸饰》"至《东都》之比目";《练字》"暨乎后汉,小学转疏,复文隐训,臧否大半";《指瑕》"虽宁僭无滥";《养气》"恒惕之盛疾";《时序》"薰风诗于元后"。以上各条俱为范老校字。

　　综上所述,《讲疏》在文本字句校雠方面,据黄注 3 条,据孙校 10 条,据李补 3 条,据黄札 16 条,据纪评 10 条,自校 29 条,合计 71 条。这些校勘散落全书中,也就显得寥若晨星了。在《文心》校勘方面,《讲疏》不仅与后出的杨明照《文心雕龙校注拾遗》(《以下简称《拾遗》》)和王利器《文心雕龙校证》(简称《校证》)相差甚远,就是与明代《文心》校者相比也有一定的距离。有人统计,明代朱郁仪校出 40 字,徐兴公校出 50 字,梅庆生校出 62 字,王惟俭校出 137 字①。然而,就《讲疏》自校的价值而言,范老博综群书,旁引经史,补遗刊衍,汰彼涫讹,所施校雠胜义纷呈,大发人覆。例如,校《铭箴》"温峤《傅臣》":"《晋书·温峤传》:'峤迁太子中庶子,在东宫,数陈规讽,献《侍臣箴》。'此云'傅臣',当是'侍臣'之误。"校《谐隐》"虽抃推席":"'推'字当是'帷'字之误,'抃帷席'即所谓众坐喜笑也。"②校《史传》"列传以总侯伯":"案'列传'疑当作'世家'。班彪《史记论》曰:'公侯传国,则曰世家。'《史通·世家篇》曰:'司马迁之记诸国也,其编次之体,与本纪不殊,盖欲抑彼诸侯,异乎天子,故假以他称,名谓世家。'据此知,'总侯伯'者,乃世家而非列传也。"③ 如此等等,均为后人珍若拱璧,视为定谳。《文心》之受益于范老者,亦自不浅!

---

① 汪春泓. 明代关于《文心雕龙》校勘注释之成就以及某些焦点问题探讨之总结 [M] //中国《文心雕龙》学会. 文心雕龙研究. 保定:河北大学出版社,2002 (5):325.

② 范文澜. 文心雕龙讲疏:卷 3 [M]. 天津:新懋印书局,1925:9, 43.

③ 范文澜. 文心雕龙讲疏:卷 4 [M]. 天津:新懋印书局,1925:6.

3. 校注不当

《讲疏》不足之处的另一个表现是存在少量误校误注的现象，虽然为数不多，亦当予以披露，免致厚诬前贤，尘秽原著。如《原道》注［1］释"文之为德"为"文德"曰："'文德'之论，见王充《论衡》。《论衡·佚文篇》云：'文德之操为文。'又云：'上书陈便宜，奏记荐吏士，一则为身，二则为人。繁文丽辞，无文德之操。'《魏书·文苑传》：'杨遵彦作《文德论》。'"① 此乃录章太炎《国故论衡·文学总略篇》以为说，然章氏"文德"之说与彦和之意不侔，可谓拟非其伦②。《论说》"引者乱辞"，《讲疏》注曰："'乱'，理也，治也。"此"乱"为"胤"之误，"胤"有继续之意，与"引"相同。若以误字释义，则文义踬驳难通。《诏策》"昔郑弘之守南阳，条教为后所述"，《讲疏》注曰："《后汉书·郑弘传》：'政有仁惠，民称苏息，迁淮阴太守。'刘攽曰：'案汉郡无淮阴者，当时淮阳，此时未为陈国也。'案黄注引《郑弘传》曰：'弘为南阳太守，条教法度，为后所述。'考弘传并无此语，未知其何见而云然？窃疑'昔郑弘之守南阳'，当作'昔郑弘之著南宫'。本传云：'弘前后所陈有补益王政者，皆著之南宫，以为故事。'据此'阳'是'宫'之误，南宫既误南阳，后人乃改'著'字为'守'字，不知弘实未为南阳太守也。"③ 范老仅据《后汉书·郑弘传》（郑巨君）出典，而不知黄注所引乃《汉书·郑弘传》（郑穉卿）所云，以致大误④。《镕裁》："二意两出，义之骈枝也；同辞重句，文之疣赘也。"《讲疏》注曰："'二意两出'者，谓二义踬驳，不可贯一，必决其取舍，始能纲领昭畅，文无滞机也。"⑤ 这里，"二意"为"一意"之误，范老疏于校雠而作牵强附会之解。李笠批评道："盖上下二句，'两'与'重'同，'骈枝'与'疣赘'义又同；而'二'与'同'异，对句不称，可疑一也。且'二意两出'何侈于性？不能谓之'骈枝'明矣。词义不通，可疑二也。则'二'之为'一'，确切不移，即无所据之本，犹当改之矣。"⑥

文本出典释义不当之外，亦有字句校雠不恰者。《史传》"荀张比之于迁固"，《讲疏》谓："'张'谓'张华'，'荀'未知何指。本传云：'张华将举寿

① 范文澜.文心雕龙讲疏：卷1［M］.天津：新懋印书局，1925：1.
② 详参李平.试论《文心雕龙注订》对范注的因袭与补正——以范文澜、张立斋《文心雕龙·原道》注为例［J］.中北大学学报，2018（3）：7-13.
③ 范文澜.文心雕龙讲疏：卷4［M］.天津：新懋印书局，1925：28，56-57.
④ 详参李平.杨明照"范注举正"述评［J］.中国文论，2019（5）：152-178.
⑤ 范文澜.文心雕龙讲疏：卷4［M］.天津：新懋印书局，1925：7.
⑥ 李笠.读《文心雕龙讲疏》［J］.图书馆学季刊，1926，1（2）：344-345.

为中书郎，荀勖忌华而疾寿，遂讽吏部，迁寿为长广太守。'是比之迁固者，非勖明矣。疑'荀'当是'范'之误。本传云：'寿卒，梁州大中正尚书郎范頵等上表曰：昔汉武帝诏曰：司马相如病甚，可遣悉取其书。使者得其遗书，言封禅事，天子异焉。臣等按故书侍御史陈寿作《三国志》，辞多劝诫，明乎得失，有益风化。虽文艳不如相如，而质直过之，愿垂采录。'据此，范頵所比者为司马相如，非司马迁也。"① 此说不妥！《华阳国志·后贤志》记载："吴平后，（陈）寿乃鸠合三国史，著魏、吴、蜀三书六十五篇，号《三国志》。又著《古国志》五十篇，品藻典雅。中书监荀勖、令张华深爱之，以班固史迁，不足方也。"此即彦和所本，则"荀"为"荀勖"无疑②。其实，范老亦知"范頵所比者为司马相如，非司马迁也"，与文本"荀张比之于迁固"不合，而依然强作解人，以致贻笑大方！《章句》"而体之篇"，《讲疏》谓："'而体之篇'疑当作'而古诗之篇'。案《明诗篇》曰：'又《古诗》佳丽，或称枚叔，其《孤竹》一篇，则傅毅之词，比类而推，两汉之作乎？'此云成于两汉，当是指《古诗》矣。"③ 王惟俭、冯本"而"后空一格，底本谓"而"后"疑有脱字"，范老循此补"古诗"二字取代"体"。此校亦误。梅庆生六次本、何校本改"而"为"两"，"而""两"形近而误，当作"两体之篇"，"两体"指上六言七言。《养气》"恒惕之盛（一作"成"）疾"，《讲疏》谓："疑当作'恒惕之备极'。案《尚书·洪范》：'一极备凶，一极无凶。（传曰：一者备极，过甚则凶；一者极无不至亦凶；谓不失时叙。）'……"④ 此校不妥。"恒惕之盛疾"，当作"怛惕之成疾"，意为迫促伤害以致成疾。"怛"张之象本误为"恒"，"盛"梅六次本改"成"。

① 范文澜. 文心雕龙讲疏：卷4［M］. 天津：新懋印书局，1925：10.
② 杨明照. 增订文心雕龙校注：上册［M］. 北京：中华书局，2000：221.
③ 范文澜. 文心雕龙讲疏：卷7［M］. 天津：新懋印书局，1925：42.
④ 范文澜. 文心雕龙讲疏：卷9［M］. 天津：新懋印书局，1925：12.

第二章

文化学社本《文心雕龙注》

对于《讲疏》的问题与不足，范老本人最为清楚。1927 年 5 月，范老因面临被捕的危险而从天津潜回北京。到北京后，他先后在北京大学、北京师范大学、北京女子师范大学、中国大学、朝阳大学、中法大学、辅仁大学任教。因为重新回到当时的文化学术中心，遇到赵万里、孙蜀丞等人，从而为修订《讲疏》提供了良好的学术环境，于是他开始着手修订、改造自己的第一部学术著作。

第一节　修订情况概览

范老这次对《讲疏》的修订，可以说是全方位的、颠覆性的改造，从结构到体例，从校勘到出典，增删订补，匡讹纠谬，钩玄剔抉，取精用弘，几于重造。王运熙在《范文澜的〈文心雕龙讲疏〉》一文中说："《讲疏》卷首原有梁启超序一篇，范氏自序一篇；《注》不录此两序，而有'例言'10 条。'例言'中没有提到《注》是在《讲疏》基础上扩展而成，似觉可怪。"① 其实，如果从范老立志另起炉灶，别撰新注的角度看，《讲疏》只是为文化学社本范注准备了一些基本的材料，现在要从书名、内容、形式各个方面，对《讲疏》进行脱胎换骨的彻底重造，从而创作出一部崭新的学术著作，而不是在《讲疏》的基础上简单地扩展而成。这正是范老在文化学社本《文心雕龙注》"例言"中不提《讲疏》、不录梁序的原因。

近来，学界对王运熙"似觉可怪"的问题似乎颇感兴趣，陆续有人发表文

---

① 王运熙. 文心雕龙探索（增补本）[M]. 上海：上海古籍出版社，2005：317.

章，探幽索隐，以究个中三昧，以期大发人覆。张海明在四万余字的长文《范文澜〈文心雕龙讲疏〉发覆》中指出："对于《文心雕龙》研究者来说，范文澜的《文心雕龙注》无疑是必读之书，但范氏早年之作《文心雕龙讲疏》却鲜为人知。而所以如此，根源乃在范氏讲疏大量抄录黄侃《文心雕龙札记》，致使黄、范二人失和。此后范氏另起炉灶，完成《文心雕龙注》一书的写作，而绝口不提此书与《文心雕龙讲疏》之关系；黄侃则悄然中断了《文心雕龙札记》的写作，且终其一生不再讲授《文心雕龙》。事实上，范氏与黄侃虽有师生之谊，却不是黄侃入门弟子，难称'黄门侍郎'；而范文澜《文心雕龙讲疏》抄录黄侃《文心雕龙札记》处固多有说明，然直接袭用或稍加变化以为己意者亦不在少数。揭橥这段往事，不仅有助于更好地认识黄、范二人及相关著述之真实关系，而且可为《文心雕龙》之现代研究提供新的理解。"①

然而，张文虽长，但多为假设猜测，缺乏有力的证据，故推导出来的结论也难以令人信服。因此，在张文发表后不久，微信公众号"程门问学"即推出署名秦大敦的文章《黄侃在中央大学没有讲授〈文心雕龙〉吗》，从"黄侃停止讲授《文心雕龙》了吗""黄侃出版《文心雕龙札记》是和范文澜较劲吗""骆鸿凯做了那么多吗""黄侃不爽了吗""'近人吾乡某甲'是范文澜吗"五个方面，一一对张文进行驳正。诚如秦大敦所说："遗憾的是，读罢张文，我只感觉：'史实'不足，离'真'尚远，'谜'也完全没有解开。张文所谓的'结论'，实乃'胸中先持一成见'，再'曲引古籍以证成其说'（金毓黻语），因而对史料的解读存在一定问题；不少结论建立在假设的基础上，经不起推敲；尤其对于当事人内心想法的判断，因为没有史料相佐证，多出臆测，难以让人信服。"②

刘文勇在《民国时期的〈文心雕龙〉研究》（上）一文中，也对王运熙"似觉可怪"的问题发表了自己的看法。"范文澜先生《文心雕龙讲疏》中有梁启超的序和作者的自序，但在后来的《文心雕龙注》中这两序均未录入，这一奇怪现象在《文心雕龙讲疏》面世后近八十年的 2003 年，被王运熙先生观察到。王先生写道：这种'可怪'现象的原因估计王运熙先生应该已经有答案了，只是为前辈讳而不肯明说而已，王先生在全文照录了梁启超的序后又写道：'梁

---

① 张海明. 范文澜《文心雕龙讲疏》发覆［J］. 清华大学学报，2020（4）：45-71.
② 秦大敦. 黄侃在中央大学没有讲授《文心雕龙》吗［N］. 微信公众号"程门问学"，2020-07-28.

氏博学多识，从此序可知他对汉魏六朝文学批评与《文心雕龙》均有相当的理解。序文末段提到的张伯苓，是一位著名教育家，任南开大学校长多年。上文提到，《讲疏》是范氏在南开执教时的讲稿，故托张伯苓请梁氏作序文.'梁氏赐序当为著作者的荣光，很多人求之而不得，但却被范文澜先生在《讲疏》的扩充版《文心雕龙注》中取消不载，这也确实令人奇怪，但综观当时的那些批评以及王运熙先生文中的某种暗示，大体可以推测出其中的某些奥秘，也许是范文澜先生悔其前作且自认为该书对不起梁启超先生的序，故而在《文心雕龙注》出版时候在心理上欲斩断《注》与《讲疏》的关系，既不提《注》是在《讲疏》基础上扩充而成，也不录入梁序与自序。再者，'托张伯苓请梁氏作序文'是辗转托人写序，这在学界也不是一件很有面子的事情，而这事又在梁氏序文中暴露了出来，估计这也是《文心雕龙注》中不载梁序的原因。"①

一、结构例言

《讲疏》的篇章结构是各篇原文分为若干段落，注文附于每段之后，注号每段重新编排。文化学社本，范老将《文心》50篇正文集中于上册，而把内容丰富的注文安排在中册和下册，中册为上篇25篇的注文，下册为下篇25篇的注文，使正文与注文分册而列，相对独立，各篇注号顺序一贯到底。

另外，《讲疏》成书于匆忙之中，仅有梁序和自序，缺乏明确的体例。文化学社本首先确定了10条"例言"置于卷首：

一、《文心雕龙》以黄叔琳校本为最善，今即依据黄本，再参以孙仲容先生手录顾（千里）黄（荛圃）合校本、谭复堂先生校本，及近人赵君万里校唐人残写本。畏友孙君蜀丞亦助我宏多（孙君所校有唐人残写本、明抄本《太平御览》及《太平御览》三种），书此识感。

二、黄注流传已久，惜颇有纰缪，未厌人心。聂松岩谓此注及评，出先生客某甲之手，晚年悔之已不可及。今此重注，非敢妄冀夺席，聊以补苴昔贤遗漏云尔。

三、刘氏之书，体大思精，取材浩博，绝非浅陋如予，所能窥测。敬就耳目所及，有关正文者，逐条列举，庶备参阅。切望明师益友，毋吝余

---

① 刘文勇. 民国时期的《文心雕龙》研究（上）　[J]. 古代文学理论研究，2020，50（1）：174−202.

论，匡其不逮，以启柴塞。

四、王悬河《三洞珠囊》每卷称某书某卷；李匡义《资暇录》引《通典》多注出某卷，此例极善。兹依其成法，凡有征引，必详记著书人姓氏及书名卷数。

五、昔人颇讥李善注《文选》，释事而忘意。《文心》为论文之书，更贵探求作意，究极微旨。古来贤哲，至多善言，随宜录入，可资发明。其架空腾说，无当雅义者，概不敢取，藉省辞费。

六、刘氏所引篇章，亡佚者自不可复得。若其文见存，无论习见罕遇，悉为抄入，便省览也。惟《京都》大赋，《楚辞》众篇及马融《广成颂》、曹植《辩道论》之类，或卷帙累积，或冗繁已甚，为刊烦计，但记出处，不复逐录。

七、古人文章，每多训诂深茂，不附注释，颇难读解。兹为酌取旧说，附见文内，以省翻检。又如郑玄《戒子书》不为父母昆弟所容，据陈仲鱼跋知不字衍文；《晋书·潘尼传》载其《乘舆箴》，序中所称高祖，据《颜氏家训·风俗篇》知是家祖之误。如此之类，亦随时校正，虽无关本书，而有便循览。

八、古来传疑之文，如李陵《答苏武书》、诸葛亮《后出师表》等篇，本书虽未议及，而昔人雅论，颇可解惑，删要采录，力求简约。至时贤辨疑，亦多卓见，因未论定，暂捐勿载。

九、愚陋之质，幸为师友不弃，教诲殷勤，注中所称黄先生，即蕲春季刚师，陈先生即象山伯弢师。其余友人则称某君，前辈则称某先生，著其姓字，以识不忘。

十、凡例之末，类附乞言，而真能虚心承教者或尟。彼以善意来，我以护短拒，此学者之大蔽也。吾虽不肖，实怀延伫之诚，苟蒙箴其瑕疵，攻其悖谬，无不再拜书绅，敬俟再版，备录简端。昔郭象盗窃向书，千古不齿，李善四注《文选》，迄今流传，明例具悬，敢不自鉴。①

以上"例言"明确交代了注书所据底本及参校本，陈述了著述缘由，指出有关正文逐条出典，征引文献详标出处，以及注疏贵在探求作意、究极微旨的方法和原则，同时强调详附材料、酌取旧说、采录雅论的写作特点，并说明注

---

① 范文澜. 文心雕龙注：上册［M］. 北平：文化学社，1929：3-5.

中有关称谓简称所指，最后表明祈盼读者批评指正的态度。

二、修订条目

范老对《讲疏》的修订，全面、详尽而又彻底。我们将文化学社本《文心雕龙注》对《讲疏》的修订，分为新补注释条目、修改原注条目、保留原注条目和删除原注条目四类，分篇列表如下，可以清楚地看到新注几于重造的特点。

表1：文化学社本《文心雕龙注》对《文心雕龙讲疏》修订情况表

篇　　名	新补条目	修改条目	保留条目	删除条目	合　计
原道第一	8	16	11	1	36
征圣第二	12	9	8	2	31
宗经第三	13	14	7	6	40
正纬第四	11	8	8	2	29
辨骚第五	22	7	8	0	37
明诗第六	10	28	2	0	40
乐府第七	8	20	8	0	36
诠赋第八	17	17	5	0	39
颂赞第九	5	16	11	0	32
祝盟第十	8	17	13	0	38
铭箴第十一	4	27	3	0	34
诔碑第十二	4	19	2	0	25
哀吊第十三	8	18	1	0	27
杂文第十四	5	18	5	2	30
谐隐第十五	6	13	9	1	29
史传第十六	14	34	2	0	50
诸子第十七	16	27	7	0	50
论说第十八	8	26	6	1	41
诏策第十九	7	26	8	0	41
檄移第二十	5	13	5	1	24
封禅第二十一	7	9	4	1	21

续表

篇　名	新补条目	修改条目	保留条目	删除条目	合　计
章表第二十二	6	20	1	1	28
奏启第二十三	6	17	18	0	41
议对第二十四	7	18	12	1	38
书记第二十五	12	39	10	1	62
神思第二十六	4	18	5	0	27
体性第二十七	2	11	8	0	21
风骨第二十八	11	8	0	0	19
通变第二十九	13	7	1	0	21
定势第三十	11	6	2	0	19
情采第三十一	6	12	4	1	23
镕裁第三十二	5	6	0	0	11
声律第三十三	4	14	4	0	22
章句第三十四	4	6	0	0	10
丽辞第三十五	6	4	2	2	14
比兴第三十六	3	8	1	0	12
夸饰第三十七	3	6	2	0	11
事类第三十八	7	11	3	1	22
练字第三十九	11	11	1	1	24
隐秀第四十	0	2	1	0	3
指瑕第四十一	5	11	1	0	17
养气第四十二	2	4	7	0	13
附会第四十三	1	7	1	2	11
总术第四十四	2	7	2	0	11
时序第四十五	6	24	1	1	32
物色第四十六	8	6	0	0	14
才略第四十七	21	23	0	1	45
知音第四十八	3	9	1	0	13
程器第四十九	2	10	0	0	12
序志第五十	6	14	2	2	24
总计	375	721	223	31	1350

从上表可以看出，新补注释条目和修改原注条目，合计 1096 条，占全部条目的 80% 以上；而保留原注，未做任何修订的，只有 223 条，不到全部条目的 17%。故曰几于重造。

第二节 修订内容分析

范老对《讲疏》的修订，就具体内容来看，大致包含这样几个部分，一是对《讲疏》存在的讹误和不足予以纠正，二是对《讲疏》失校失注之处给以增补，三是对《讲疏》注文内容进行完善。

一、纠正讹误不足

如上所述，《讲疏》在正文、注文以及附录中，存在诸多不足与问题。此次修订，范老对这些不足与问题进行了纠正与完善。首先，《讲疏》据底本所录《文心》原文及正文夹校存在的讹误脱衍问题，除《养气》"岂虚语哉"（"语"为"造"之误）外，其他已全部乙正。其次，《讲疏》注文在引文出处方面多有不规范之处，故新注"例言"特别强调："凡有征引，必详记著书人姓氏及书名卷数。"如《讲疏》注《原道》"爰自风姓"，引《史记》而不注篇名，文化学社本则不再引《史记》出典，而是改为："《左传》僖公二十一年：'任宿须句颛臾风姓也，实司太皞与有济之祀。'《礼记月令正义》引《帝王世纪》云：'太皞帝庖牺氏风姓也。'"同篇引《尚书中候·握河纪》注"玉版金镂之实，丹文绿牒之华"，文化学社本则补出处"马国翰《玉函山房辑佚书》"。《正纬》注 [11] 又引《尚书中候·握河纪》和《尚书中候·我应》，文化学社本补谓"两条均录自《玉函辑佚书》"。同篇注"事丰奇伟，辞富膏腴，无益经典而有助文章"，《讲疏》引刘师培《谶纬论》，文化学社本则标明"见乙巳年《国粹学报·文篇》"。而文化学社本《辨骚》题注引李详《黄注补正》，亦谓"见乙酉年《国粹学报·文篇》"。《明诗》注"唯嵇志清峻，阮旨遥深，故能标焉"，《讲疏》引沈德潜说未标出处，文化学社本则标明："沈德潜《说诗晬语》云……"[1]"沈德潜《古诗源注》云……"这就弥补了《讲疏》引古代典籍或

---

[1] 范文澜. 文心雕龙注：中册 [M]. 北平：文化学社，1929：8，5，33，39，44，89.

近代学者之说，未详细标示篇名和出处之不足。

　　《讲疏》注文中的一些讹误与错乱，也是此次修订要纠正的问题。如《正纬》注"黄金紫玉之瑞"，文化学社本引《礼斗威仪》已更正为："君乘金而王，其政象平，黄银见，紫玉见于深山。"《颂赞》注"昔虞舜之祀，乐正重讚，盖唱发之辞也"，文化学社本引《尚书大传》也更正了《讲疏》之误："舜为宾客，禹为主人。乐正进赞曰：尚考大室之义，唐为虞宾，至今衍于四海，成禹之变，垂于万世之后。于是（时）卿云聚，俊乂集，百工相和而歌《庆云》。"对《讲疏》注中引文不足之处，《讲疏》也做了进一步完善。如《乐府》注〔11〕："《礼记·乐记》：'子夏（对魏文侯）曰：今君之所好者，其溺音乎？文侯曰：敢问溺音何从出也？子夏（对）曰：郑声好滥，淫志；宋音燕女，溺志；卫音趋数，烦志；齐音敖辟，乔志（谓傲辟骄志也）；此四者，皆淫于色而害于德，是以祭祀弗用也。'"《铭箴》注〔5〕："周公《金人铭》，无可考。案严可均（《全上古文》卷一《金人铭》注）云：'《金人铭》旧无撰人名，据《太公阴谋》《太公金匮》，知即黄帝六铭之一，《金匮》仅载铭首廿余字，《说苑（·敬慎篇）》载其全文。'录之如下：（孔子之周，观于太庙。右陛之前，有金人焉，三缄其口而铭其背曰）"① 以上括号中文字，均为文化学社本所补。此外，《讲疏》中《原道》第一段注〔10〕、《明诗》第二段注〔1〕〔2〕〔3〕、《乐府》第二段注〔4〕等注文与序号错乱问题，范老修订时也均予以纠正。

　　《讲疏》校注不当则更是要纠正的问题。如《论说》"引者乱辞"，文化学社本已更改为"引者胤辞"，并注曰："《说文·肉部》：'胤，子孙相承续也。''胤'有继续之义，引申为牵引之义。《文选·长笛赋》'曲胤之繁会丛杂'，《琴赋》'曲引向阑'，'引'与'胤'同义。故曰'引以胤辞'。"② 再如《章句》"六言七言，杂出诗骚，而体之篇，成于两汉"，《讲疏》谓"而体之篇"疑当作"而古诗之篇"，文化学社本否定了这种说法："'而体之篇'疑当作'二体之篇'。'二体'指上六言七言。盖六言七言杂出诗骚，而未有全篇用之者。"又如《讲疏》中《养气》"恒惕之盛疾"，文化学社本已改为"怛惕之盛（一作"成"）疾"，并注曰："《说文》：'怛，憯也。'《毛诗·匪风》'中心怛兮'，《传》云：'怛，伤也。'《文选》嵇康《忧愤诗》：'怛若创痏。'《说文》'惕，惊也。'《一切经音义》七：'惕，怵惕，悚惧也。''怛惕'有迫促伤害之

　　① 范文澜.文心雕龙注：中册〔M〕.北平：文化学社，1929：39，188，108，212.
　　② 范文澜.文心雕龙注：中册〔M〕.北平：文化学社，1929：356.

义。'盛'一作'成'，是。"①

二、增补出典校字

据统计，文化学社本新补注释条目共 375 条，仅次于修改原注条目，可见此次修订增补力度非常大，从而有效地解决了《讲疏》存在的大量失注失校问题，使文化学社本在征典释义、字句校雠方面有了长足的进步。

1. 增补题注

范老此次修订的增补工作，除了一般的出典、释义和校字外，还特别重视题注的增补。《讲疏》中没有一个题注，文化学社本给 26 篇的题目增加了题注。如《原道》题注："《淮南子》有《原道训》。高诱注云：'原，本也。本道根真，包裹天地，以历万物，故曰原道。'按彦和于篇中屡言'心生而言立，言立而文明，自然之道也'；'夫岂外饰，盖自然耳'；'故知道沿圣以垂文，圣因文而明道'。综此以观，所谓道者，即自然之道，亦即《宗经篇》所谓恒久之至道……彦和所称之道，自指圣贤之大道而言，故篇后承以《征圣》《宗经》二篇，义旨甚明，与空言文以载道者殊途。纪评曰：'自汉以来，论文者罕能及此。彦和以此发端，所见在六朝文士之上。'又曰：'文以载道，明其当然；文原于道，明其本然。识其本乃不逐其末。首揭文体之尊，所以截断众流。'又曰：'齐梁文藻日竞雕华，标自然以为宗，是彦和吃紧为人处。'"② 题解将黄侃强调的"自然之道"与彦和推崇的"圣贤大道"融合在一起，揭示《原道》《征圣》《宗经》三篇的义旨，再以纪评的高度评价作结。

《征圣》题注："征，验也，谓验之于圣人遗文也。扬雄《法言·学行篇》：'学者审其是而已矣。或曰：焉知是而习之？曰：视日月而知众星之蔑也，仰圣人而知众说之小也。'又《吾子篇》：'好书而不要诸仲尼，书肆也；好说而不要诸仲尼，说铃也。'彦和此篇所称之圣，指周公孔子。"③ 这里不仅解题，而且指出了刘勰征圣思想的理论渊源。

《辨骚》题注："《汉书·艺文志》屈原赋二十五篇。二十五篇中《离骚》为最重，后人因以骚名其全书。《时序篇》谓：'爰自汉室，迄于成哀，虽世渐百龄，辞人九变，而大抵所归，祖述《楚辞》，灵均余影，于是乎在。'以其影

---

① 范文澜. 文心雕龙注：下册 [M]. 北平：文化学社，1931：87，145.
② 范文澜. 文心雕龙注：中册 [M]. 北平：文化学社，1929：1-2.
③ 范文澜. 文心雕龙注：中册 [M]. 北平：文化学社，1929：13-14.

响甚大，故彦和于《诠赋篇》外别论之。《史记屈原列传索隐》：'应劭曰：离，遭也。骚，忧也。又《离骚序》云：离，别也。骚，愁也。'案屈原履忠被谤，不胜愤懑，文中再三申言弃国远游之意，王逸解'离'为'别'，于意较善。纪昀评曰：'《楚辞》之源出于骚，浮艳之根亦滥觞于骚，辨字极为分明。'又评曰：'《离骚》乃《楚辞》之一篇，统名《楚辞》为骚，相沿之误也。'李详《文心雕龙黄注补正》曰：'周中孚《郑堂札记》云《史记·太史公自序》屈原放逐著《离骚》。又云作辞以讽谏，连类以争议，《离骚》有之。《汉书·迁传》屈原放逐，乃赋《离骚》。皆举首政以统号其全书。据此知彦和亦统全书而言，纪氏殆未审也。'"① 这里将屈原作品的数量，《离骚》的含义及与《楚辞》的关系，《辨骚》设置的原因等都解释得非常清楚，对于阅读正文大有裨益。

《祝盟》题注："案《周礼·春官》大祝掌六祝，作六辞，此《祝盟》命篇之本。篇中祝之类，有'祝''祈''祠''告''祷''诅'诸名，兹分别解说之……以上六名，虽义兼善恶，而祭神祈福则同，故彦和以祝为名，举一而包余事也。纪评曰：'此篇独崇实而不论文，是其识高于文士处。非不论文，论文之本也。'"② 此乃探本之论，于题注疏解祝之类别，以收纲举目张之效。

《神思》题注："萧子显《南齐书·文学传论》：'属文之道，事出神思，感召无象，变化不穷。俱五声之音响，而出言异句；等万物之情状，而下笔殊形。'《文心》上篇剖析文体，为辨章篇制之论；下篇商榷文术，为提挈纲维之言。上篇分区别囿，恢宏而明约；下篇探幽索隐，精微而畅朗。孙梅《四六丛话》谓彦和此书，总括大凡，妙抉其心，五十篇之内，百代之精华备矣，知言哉！兹将下篇二十篇，列表于此，可以知其组织之靡密。（上册九二页之表，作于八九年前，殊不惬意，故改为下表。）"③

---

① 范文澜. 文心雕龙注：中册 [M]. 北平：文化学社，1929：43-44.
② 范文澜. 文心雕龙注：中册 [M]. 北平：文化学社，1929：193-194.
③ 范文澜. 文心雕龙注：下册 [M]. 北平：文化学社，1931：1.

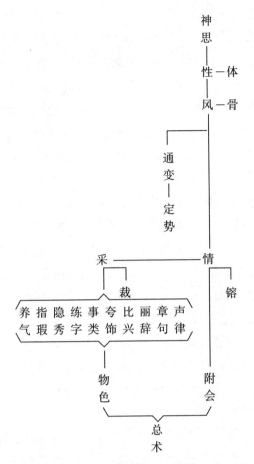

图 3：文化学社本《文心雕龙注》下篇创作论结构示意图

　　题注不仅出典解释了"神思"的含义，而且概括了《文心》上下篇的性质和特点，还修改了上册"下篇提要"所附创作论结构图。在 1929 年出版的上册中，"下篇提要"对《讲疏》未做任何修订，1931 年出版的下册借为《神思》增补题注的机会，范老对《讲疏》和文化学社本上册所附创作论结构示意图做了重要修订。原图以总术为统领，以情志、事义、辞采、宫商为核心；现图以神思为统领，以剖情析采为核心。

　　《练字》题注："《章句篇》以下，《丽辞》《比兴》《夸饰》《事类》四篇所论，皆属于句之事。而四篇之中，《事类》属于《丽辞》，以《丽辞》所重在于事对也。《夸饰》属于《比兴》，以比之语味加重则成夸饰也。《练字篇》与上四篇不相联接，当直属于《章句篇》。《章句篇》云'积字而成句'，又云'句之清英，字不妄也'；练训简，训选，训择，用字而出于简择精切，则句自清英矣。《词学指南》引宋景文云：'人之属文，有稳当字，第初思之未至也。'即此义矣。本篇首段教人'贯练雅颂，总阅音义'，此探本之论也。又恐作者好怪，若樊宗师、宋子京之流，用字艰僻，义背随时，则告之曰'趣舍之间，不可不察'；'义训古今，兴废殊用'。太史公撰史，凡用《尚书》之文，必以训诂字代之，诚千古文章之准绳矣。"题注不仅概括了本篇大旨所在，而且指出其"与上四篇不相联接，当直属于《章句篇》"。如果说这里还只是隐约地怀疑《练字》位置不当的话，那么在《物色》题注中，范老就直接提出了篇次调整的意见："《文选》赋有物色类。李善注曰：'四时所观之物色而为之赋。'又云：'有物有文曰色，风虽无正色，然亦有声。'本篇当移在《附会篇》之下，《总术篇》之上。盖物色犹言声色，即《声律篇》以下诸篇之总名，与《附会篇》相对而统于《总术篇》，今在卷十之首，疑有误也。"① 这一意见已经体现在他对创作论结构图的修订中，图中根据对《物色》篇次的怀疑，而将之列于《附会》之左，隶属于创作论部分。对《物色》等篇篇次位置的怀疑滥觞于范老，后来杨明照、刘永济，尤其是郭晋稀诸先生，都对《文心》篇次提出了不同的调整意见。不管人们对范老等人的调整意见能不能接受，但有一点是肯定的，即篇次的调整是对文本内在逻辑性与合理性的探讨，而这种探讨对于研究《文心》的理论体系是十分有益的。

范老对题注的增补，除了别撰新注外，有时也通过修改节录《讲疏》有关注文作为题注，如《正纬》《封禅》《丽辞》《夸饰》几篇题注即是。当然，更多的还是引录纪评和黄札以为题注，如《史传》《诸子》《才略》《序志》即逐录纪评为题注，《风骨》《定势》《情采》《镕裁》《章句》《事类》《指瑕》《总术》又是节录黄札为题注，而《通变》则引纪评与黄札为题注。如此之类，不再一一胪列。

2. 增补出典

《讲疏》正文多有失注之处，如《镕裁》全篇只有首尾两段各有 2 个注，第二、三两段没有注，只是各有 1 个案，结尾赞词部分也没有注。经过修订，第一段增加了 1 个注，第四段增加了 2 个注，第二、三两段各增加 3 个注，取消了原来的案，赞词部分也增加了 1 个注，加上题注一共有 15 个注，接近原来的四倍。《章句》第一、二段也都只有 1 个注，第三段 4 个注，第四、五段没有注，

---

① 范文澜 . 文心雕龙注：下册［M］. 北平：文化学社，1931：123，189.

全篇大量迻录黄侃所论。修订之后，全篇增至 10 个注，又将原来第三段中的注［2］［3］［4］合并为 1 个注（注［8］），所以净增值更大。此外，《辨骚》第二段只有 2 个注，文化学社本增至 16 个注；《定势》第一段只有首句 1 个注，文化学社本增至 8 个注。

当然，出典数量的增加还仅仅是一个方面，更重要的是文化学社本增补的新注质量也很高。如《正纬》"篇条滋蔓，必假孔氏，通儒讨核，谓（伪）起哀平，东序秘宝，朱紫乱矣"，补注："《尚书序正义》曰：'纬文鄙近，不出圣人，前贤共疑，有所不取，通人考正，伪起哀平。'《正义》之文，盖本彦和。唐写本作'谓伪起哀平'，语意最明。"新注指明了《正义》所本，揭示了彦和之说对后世的影响。《杂文》"或文丽而义睽，或理粹而辞驳，观其大抵所归，莫不高谈宫馆，壮语畋猎，穷瑰奇之服馔，极蛊媚之声色，甘意摇骨体，艳词动魂识，虽始之以淫侈，而终之以居正"，补注："观此数语，益信七之源于《大招》。《大招》取《招魂》而扩充之，已稍流于淫丽，汉魏撰七诸公，更极淫丽，使人厌恶。"① 此阐发有利于读者深入理解原文。

再看《史传》的几个补注。"自《史》《汉》以下，莫有准的。"补注："班彪论《史记》，谓其细意委曲，条理不经。范晔谓班氏最有高名，既任情无例，不可甲乙辨。彦和之说本此。然《史》《汉》一为通史，一为断代，皆正史不祧之祖，后之撰史者，无能逾其规范，所谓'莫有准的'，特以比《春秋经传》为不足耳。"不仅指出彦和之说所本，而且强调了应该辩证地理解"莫有准的"的含义。"然纪传为式，编年缀事，文非泛论，按实而书。岁远则同异难密，事积则起讫易疏，斯固总会之为难也。"补注："纪以编年，传以缀事。《史通·烦省篇》本彦和此说，文载《征圣篇》。"这里又指明彦和之说对后世的影响。"若夫追述远代，代远多伪。公羊高云'传闻异辞'，荀况称'录远略近'。盖文疑则阙，贵信史也。然俗皆爱奇，莫顾实理。传闻而欲伟其事，录远而欲详其迹，于是弃同即异，穿凿傍说，旧史所无，我书则传，此讹滥之本源，而述远之巨蠹也。"补注："'传闻异辞'见《公羊》隐公元年、桓公二年及哀公十四年传。'录远略近'见《荀子·非相篇》。彦和此论，见解高绝，《史通·疑古惑经》诸篇所由本也。孔子修《春秋》，托始乎隐，以高祖以来事，尚可问闻知也。《尚书》托始于尧舜，以尧舜为孔子所虚悬之理想人物，故尧舜二典，谓之尚书；尚书者，上古之书，与夏书商书之有代可实指者，本自有别。《竹书纪

① 范文澜. 文心雕龙注：中册［M］. 北平：文化学社，1929：35，291.

年》起于夏禹，已不可信。司马迁撰《史记》，乃又远推五帝，作《五帝本纪》；张衡欲纪三皇，司马贞本其意补《三皇本纪》；宋胡宏撰《皇王大纪》，又复上起盘古；愈后出之史家，其所知乃愈多于前人，牵引附会，务欲以古复有古相高，信'述远之巨蠹'矣。"既指陈影响，又释义评述，充分显示了范老的远见卓识！"至于寻繁领杂之术，务信弃奇之要，明白头讫之序，品酌事例之条，晓其大纲，则众理可贯。"补注："《史通》全书，皆推阐此四句之义，孰谓彦和此篇，是敷衍足数者。"① 纪评曾谓："彦和妙解文理，而史事非其当行。此篇文句特烦，而约略依俙，无甚高论，特敷衍以足数耳。学者欲析源流，有刘子元之书在。"② 范老对纪评此说颇不以为然，通过补注强调彦和之说对刘知幾的影响，为《史传》正名。

此次增补新注，在出典释义方面，范老并非只重典章制度与名物训诂，且亦关注是非辨正与曲折探讨。如《诸子》"研夫孟荀所述，理懿而辞雅"，补注："孟荀皆战国大儒，传孔门之学，不容轩轾于其间。荀子著书，主于明周孔之教，崇礼而劝学。其中最为口实者，莫过于《非十二子》及《性恶》两篇。王应麟《困学纪闻》据《韩诗外传》所引卿但非十子而无子思孟子，以今本为其徒李斯等所增。不知子思孟子，后来论定为圣贤耳，其在当时固亦卿之曹偶，是犹朱陆之相非，不足讶也。至其以性为伪，杨倞注曰'伪为也'，其义甚明。后人昧于训诂，误以为真伪之伪，遂哗然掊击，是非惟未睹其全书，即《性恶》一篇，自篇首二句以外，亦未竟读矣。彦和称孟荀'理懿而辞雅'，识力远胜韩愈大醇小疵之论，宋儒盲攻，更不足道。"如此辨析评论，遂使事理昭晰。又如《论说》"圣哲彝训曰经，述经叙理曰论"，补注："凡说解谈议训诂之文，皆得谓之为论；然古惟称经传，不曰经论；经论并称，似受释藏之影响。《魏书·释老志》曰：'释迦后数百年，有罗汉菩萨，相继着论，赞明经义，以破外道。皆傍诸藏部大义，假立外问，而以内法释之。'《隋书·经籍志》：'以佛所说经为三部。又有菩萨，及诸深解奥义，赞明佛理者，名之为论。'彦和此篇，分论为二类：一为述经，传注之属；二为叙理，议说之属。八名虽区，总要则二；二者之中，又侧重叙理一边，所谓'论也者，弥纶群言，而研精一理者也。'"③ 谓"经论并称，似受释藏之影响"，乃道人所未道，且与彦和身世经历相吻合，

---

① 范文澜. 文心雕龙注：中册 [M]. 北平：文化学社，1929：326-332.

② [清] 黄叔琳注，纪昀评. 文心雕龙辑注：卷4 [M]. 北京：中华书局，1957：1.

③ 范文澜. 文心雕龙注：中册 [M]. 北平：文化学社，1929：344-345，353-354.

启发了后人从佛学角度探寻《文心》义理。

　　增补新注方面还有一点不可忽略，那就是文化学社本《序志》注［6］对刘勰身世的考订。此注先录清刘毓崧《书文心雕龙后》，接着说："刘氏此文考彦和书成于齐和帝之世，其说甚确，兹本之以略考彦和身世。史料简缺，闻见隘陋，徒凭推想，庶得轮廓而已。《宋书·刘秀之传》云：'东莞莒人，世居京口，弟粹之，晋陵太守。'秀之、粹之兄弟以'之'字为名，而彦和祖名灵真，殆非同父母兄弟，而同为京口人则无疑。彦和之生当在宋明帝泰始元年前后，父尚早没，奉母家居读书。母没于二十岁左右，丁婚娶之年，其不娶者，固由家贫，亦以居丧故也。三年丧毕，正齐武帝永明五六年。《高僧释僧祐传》云：'永明中，勅入吴，试简五众，并宣讲十诵，更伸受戒之法。凡获信施，悉以治定林建初及修缮诸寺，并建无遮大集捨身斋等。及造立经藏，搜校卷轴，使夫寺庙广开，法言无坠，咸其功也。'彦和终丧，值僧祐宏法之时，依之而居，必在此数年中。今假设永明五六年，彦和年二十三四岁，始来居定林寺，佐僧祐搜罗典籍，校定经藏。《僧祐传》又云：'初，祐集经藏既成，使人抄撰要事，为《三藏记》《法苑记》《世界记》《释迦谱》及《弘明集》等，皆行于世。'僧祐宣扬大教，未必能潜心著述，凡此造作，大抵皆出彦和手也。《释超辩传》：'以齐永明十年终于山寺，沙门僧祐为造碑墓所，东莞刘勰制文。'永明十年，彦和年未及三十，正居寺定经藏时也。假定彦和自探研释典以至校定经藏撰成《三藏记》等书，费时十年，至齐明帝建武三四年，诸功已毕，乃感梦而撰《文心雕龙》，时约三十三四岁，正与《序志篇》'齿在逾立'之文合。《文心》体大思精，必非仓卒而成，缔构草稿，杀青写定，如用三四年之功，则成书适在和帝之世，沈约贵盛时也。天监初，彦和始起家奉朝请，计自永明五六年至是已十五六年，彦和之于僧祐，知己之感深矣。二公宾主久处，欢情相接，剡山城山大石佛像，僧祐于天监十二年春就功，至十五年春竟，彦和为作碑铭，残文尚载《艺文类聚》七十六；及祐于天监十七年五月，卒于建初寺，弟子正度立碑颂德，亦彦和为制文，尤可谓始终其事者。天监十六年冬十月去宗庙荐脩，始用蔬果，本传谓勰乃表言二郊宜与七庙同改。彦和上表当即在是冬。本传云：'有敕与慧震沙门于定林寺撰经。证功毕，遂启求出家，敕许之。乃于寺易服，改名慧地，未期而卒。'定林寺撰经，在僧祐没后。盖祐好搜校卷轴，自第一次校定后，增益必多，故武帝敕与慧震整理之。大抵一二年即毕功，因求出家，未期而卒，事当在武帝普通元二年间。慧皎《高僧传》始汉明帝永平十年，终至梁天监十八年，故传中称东莞刘勰制文，不称其僧名，其时或彦和尚未出家，否则似应称其僧名矣。彦和自宋泰始初生，至普通元二年卒，计得五十六七岁。所惜本传简略，文集亡逸，如此贤哲，竟不能确知其生平，可慨也已。"① 刘勰的身世，《梁书》本传记载不详，其他史料又极简缺，致使他的生卒年代、家世经历、著作时间等重要问题，均有待探索。范老在刘毓崧《书文心雕龙后》的基础上，开榛辟莽，筚路蓝缕，经多方考订，细加推算，对刘勰的身世做了周详的论证，补充了《梁书·刘勰传》的空白与不足，也为后人编制更加详备细致的刘勰年谱奠定了坚实的基础。

3. 增补校字

《讲疏》不以校勘为重，以致失校现象严重，故此次修订，范老特别重视字句校雠工作，在增补新注时尽可能顾及校字。然而，文本校雠要取得重大进展，需依赖古本、善本的发现。范老撰写《讲疏》时，唐写本《文心雕龙》残卷（以下简称唐写本）的校勘成果尚未问世。1926 年，赵万里的《唐写本文心雕龙残卷校记》发表。这就使范老修订《讲疏》时，能充分吸纳唐写本的校勘成果，并据以校雠通行本讹误衍脱之弊。

此次修订，范老据唐写本增补的校字特别多。例如，《征圣》"此事蹟贵文之征也"，补校："'蹟'唐写本作'绩'，是。《尔雅释诂》：'绩，功也。'"《宗经》"义既极乎性情，辞亦匠于文理"，补校："赵君万里曰：'唐写本"极"作"挻"，《御览》六百八引作"埏"，以下文"辞亦匠于文理"句例之，则作"埏"是也。唐写本作"挻"，即"埏"字之讹。'案赵说是。"同篇"此圣人之殊致，表里之异体者也"，补校："'圣人'《文学志》作'圣文'，唐写本亦作'圣文'。"同篇"前修文用而未先"，补校："唐写本'文'作'久'是。"《辨骚》："体慢于三代，而风雅于战国，乃雅颂之博徒，而词赋之英杰也。"补校："'体慢'应据唐写本作'体宪'。宪，法也。体法于三代，谓同乎风雅之四事。'风雅'亦应据唐写本作'风杂'。风杂于战国，谓异于经典之四事。《史记·信陵君列传》：'公子闻赵有处士毛公，藏于博徒。'博徒，人之贱者。"同篇"壮志烟高"，补校："'壮志'唐写本作'壮采'是。"《明诗》："或枥文以为妙，或流靡以自妍，此其大略也。"补校："枥文，唐写本作'析文'，按'析文'是。张迁孔耽二碑'析'变作'枥'。《丽辞篇》：'至魏晋群才，析句弥密，联字合趣，剖毫析厘。'"《乐府》"和乐精妙，固表里而相资矣"，补校："唐写本'和乐'下有'之'字，是。'表'谓乐体，'里'谓乐心。"同篇

① 范文澜. 文心雕龙注：下册 [M]. 北平：文化学社，1931：220-222.

"怨志诀绝"，补校："'怨志诀绝'唐写本作'宛诗诀绝'。案唐本近是。'宛'疑是'怨'之误。古辞《白头吟》'闻君有两意，故来相决绝'，《艳歌何尝行》'上惭沧浪之天，下顾黄口小儿'，殆即彦和所指者耶?"《诠赋》"迭致文契"，补校："'迭致文契'唐写本作'写送文势'。赵君万里曰:'案《御览》五八七引此文，与唐本正合。'案唐写本是，'写送'见《晋书·文苑·袁宏传》。"《颂赞》"风雅序人事，兼变正；颂主告神，义必纯美"，补校："此文宜从唐写本作'风雅序人，故事兼变正；颂主告神，故义必纯美'。"同篇"讃者，明也，助也"，补校："谭献校云:'案《御览》有助也二字，黄本从之，似不必有。'案谭说非。唐写本亦有'助也'二字。"《祝盟》"然则策本书赠"，补校："'书赠'唐写本作'书貽'，均通。"《铭箴》"所以箴铭异用，罕施於代"，补校："赵君万里曰:'施下有後字。案唐本是也，与《御览》五八八引合。黄本施下有於字，即後字之讹。'"同篇："铭实表器，箴惟德轨。有佩于言，无鉴于水。秉兹贞厉，敬言乎履。"补校："赵君万里曰:'表器作器表。器表与下句德轨相俪见义。'唐写本'敬言乎履'作'警乎立履'。案唐本是也。此犹《史记·赵世家》误触詟为触龙言（赵策有触詟）。一字误分为二。（此据桂馥《札朴》七为说，王念孙《读书杂志》谓《史记》作触龙不误。）'立履'谓礼也。"《哀吊》"辞定所表，在彼弱弄"，补校："唐写本'定'作'之'，'表'作'哀'，均是。"《杂文》"学坚多饱"，补校："'多'唐写本作'才'，是。"①

当然，唐写本作为抄本，文字方面也多有讹误。张舜徽曾考证过《说文解字》唐写本残卷，指明其中有衍字、脱字、讹体、倒文等。故范老在利用唐写本与通行本对校时，也并非一味盲从唐写本。对唐写本中的有些文字，范老也提出了不同意见，表明自己的看法，甚至明确表示否定态度。例如，《正纬》："经显，圣训也；纬隐，神教也。圣训宜广，神教宜约，而今纬多于经，神理更繁，其伪二矣。"补校："唐写本无两'也'字。寻绎语气两'也'字似不可删。'圣'字唐写本皆作'世'，义亦通。"《辨骚》"称汤武之祗敬"，补校："'汤武'唐写本作'禹汤'。据《离骚》应作'汤禹'。"同篇"虽取镕经意，亦自铸伟辞"，补校："黄先生曰:'二说最谛，异于经典者，固由自铸其辞；同于风雅者，亦再经镕炼，非徒貌取而已。'唐写本'伟'作'纬'，误。"②《乐

① 范文澜．文心雕龙注：中册［M］．北平：文化学社，1929：15，21，25，51，57，92，116，117，151，171，188，204，231-232，279，296．

② 范文澜．文心雕龙注：中册［M］．北平：文化学社，1929：33，50，51．

府》："匹夫庶妇，讴吟土风，诗官采言，乐盲被律，志感丝篁，气变金石。"范注正文夹校："（盲）元作'育'，许改。赵云：'育'作'胥'。"即唐写本作"胥"。注曰："《周礼》瞽矇'掌九德六诗之歌以役大师'，此云'乐盲'，当指大师瞽矇而言。"①《祝盟》"既总硕儒之仪，亦参方士之术"，补校："'仪'唐写本作'义'，案当作'议'为是。'既总硕儒之议，亦参方士之术'，谓如武帝命诸儒及方士议封禅，公玉带上黄帝时明堂图之类。"同篇"毖祀钦明"，补校："唐写本'钦明'作'唾血'，非是。"《哀吊》："或骄贵而殒身，或狷忿以乖道，或有志而无时，或美才而兼累，追而慰之，并名为弔。"补校："骄贵殒身谓如二世，狷忿乖道谓如屈原，有志无时谓如张衡，美才兼累谓如魏武。唐写本'美才'作'行美'，非是。"②

然而，唐写本系残卷，起于《原道》赞词第五句"体"字，迄于《谐隐》篇题，实际只有13篇。故《文心》尚有接近四分之三的篇目，无法通过唐写本进行对校。对于唐写本残卷以外的篇目，范老在修订过程中，尽可能地运用其他校雠方法，如本校、他校和理校等，增补校字条目。例如，《诸子》："咸叙经典，或明政术，虽标论名，归乎诸子。"补校："'咸'一作'或'，作'或'者是。"同篇"博明万事为子，适辨一理为论"，补校："'适'疑当作'述'。《论说篇》云：'述经叙理曰论。'"《书记》"观此四条"，补校："'四条'疑当作'六条'。"③《风骨》："若夫熔铸经典之范，翔集子史之术，洞晓情变，曲昭文体，然后能孚甲新意，雕画奇辞。"补校："《辞学指南》引'铸'作'冶'，'孚'作'荢'，'雕'作'彫'。"《通变》："从质及讹，弥近弥澹。何则？竞今疏古，风味气衰也。"补校："《说文》：'澹，水摇也。'又'淡，薄味也。''弥澹'应作'弥淡'。'风味'疑当作'风昧'。'风昧'与'风清'相对。《说文》：'昧，暗也。'《小尔雅广诂》'昧，冥也。'孙君蜀丞曰：'（味）按作末是也。《封禅篇》云：风末力寡，与此意同。'"《情采》"将欲明经"，"经"汪本、冯本作"理"，补校："'经'作'理'，是。"同篇"夫能设谟以位理"，谢兆申云："（谟）当作模。"补校："'谟'作'模'，是。"《比兴》："张衡《南都》云：'起郑舞，茧曳绪。'此以容比物者也。"补校："张衡《南都赋》曰：'坐南歌兮起郑舞，白鹤飞兮茧曳绪。'注曰：'白鹤飞兮茧曳绪，皆舞人之

---

① 范文澜．文心雕龙注：上册［M］．北平：文化学社，1929：19；范文澜．文心雕龙注：中册［M］．北平：文化学社，1929：107．
② 范文澜．文心雕龙注：中册［M］．北平：文化学社，1929：198，209，270．
③ 范文澜．文心雕龙注：中册［M］．北平：文化学社，1929：353，537．

容。'此云'以容比物'，似当作'以物比容'。"《事类》："是以将赡才力，务在博见，狐腋非一皮能温，鸡蹠必数千而饱矣。"补校："《淮南子·说山训》：'天下无粹白狐而有粹白之裘，掇之众白也。善学者若齐王之食鸡，必食其蹠数十而后足。'高诱注曰：'蹠鸡足踵也。喻学取道众多然后优。'彦和语即本《淮南》文。《淮南》又本《吕氏春秋·用众篇》。'数千'似当作'数十'，数千不将太多乎?"《练字》："及宣成二帝，征集小学，张敞以正读传业，扬雄以奇字纂训，并贯练雅颂，总阅音义。"补校："据《艺文志》及《说文序》，张敞正读在孝宣时，扬雄纂训在孝平时，此云'宣成二帝'，疑'成'是'平'之误。'并贯练雅颂'，'颂'是'颉'字之误。下文云：'雅以渊源诂训，颉以苑囿奇文。'"同篇："凡此四条，虽文不必有，而体例不无。"补校："'虽文不必有，而体例不无'，似当作'而体非不无'。"同篇"字靡异流"，补校："'字靡异流'，《札记》曰'异当作易'。"《指瑕》"夫辩言而数筌蹄"，"言"一作"匹"，"筌"一作"首"，补校："'夫辩言而数筌蹄'，应依一作'辩匹而数首蹄'。"《养气》："夫学业在勤，功庸弗怠，故有锥股自厉，和熊以苦之人。"补校："卢文弨《抱经堂文集》十四《文心雕龙辑注书后》：'《养气篇》故有锥股自厉和熊以苦之人。案下六字吴本无，当本脱四字，不学者妄增成之，而忘其年代之不合也。'《新唐书·柳仲郢传》：'母韩善训子。故仲郢幼嗜学，尝和熊胆丸使夜咀咽以助勤。'"《物色》："若夫珪璋挺其惠心，英华秀其清气，物色相召，人谁获安。"补校："'惠'与'慧'通。钟嵘《诗品序》上：'气之动物，物之感人，故摇荡性情，形诸舞咏。'"同篇："故能瞻言而见貌，印字而知时也。"补校："'印时'当作'即时'。"（"印时"应为"印字"）两"时"字衍或为"字"之误。《才略》："相如好书，师范屈宋，洞入夸艳，致名辞宗。然覆取精意，理不胜辞，故扬子以为'文丽用寡者长卿'，诚哉是言也。"补校："《汉书·司马相如传》：'相如少时好读书。'《法言·吾子》：'文丽用寡长卿也。''覆'疑当作'覈'。"同篇："子云属意，辞人最深，观其涯度幽远，搜选诡丽，而竭才以钻思，故能理赡而辞坚矣。"补校："《汉书·扬雄传》：'雄少而好学……默而好深湛之思。'子云多知奇字，亦所谓'搜选诡丽'也。'搜选诡丽'，辞深也；'涯度幽远'，义深也。'辞人最深'，'人'当作'义'，俗写致讹。"《序志》："茫茫往代，既沉予闻；眇眇来世，倘尘彼观也。"补校："'沉'一作'洗'。《庄子·德充符》：'不知先生之洗我以善耶。'陶弘景《难沈约均圣论》云：'谨备以谘洗，愿具启诸蔽。'洗闻洗蔽，六朝人常语也。"①

以上范老在没有唐写本对校的情况下，凭借其远见卓识和精深博雅，采用本校、他校和理校法，偶尔也引用他人的校雠成果，对《文心》字句进行了补校。其所校字句大多胜义纷呈，为后人珍若拱璧。

三、完善注文内容

《文心雕龙·附会》曰："改章难于造篇，易字艰于代句。"完善注文内容是范老此次修订工作中最大的工程，也是最艰难的任务。大致说来，范老是通过这样几个方面来修订注文内容的：首先是增删出典材料，使注文内容更加精准全面；其次是补充文本校雠，弥补《讲疏》有注无校之不足；再次是提出新的观点，修正原先的看法；最后是调整注释条目，让正文与注文配合更加合理。

1. 增删出典材料

《讲疏》在出典材料的征引方面，时有遗漏不足或繁冗不确之弊，借修订之机，范老分别予以增删订补。先看增补方面。《讲疏》注《原道》"文之为德也大矣"，仅据黄札谓："'文德'之论，见王充《论衡》。《论衡·佚文篇》云：'文德之操为文。'又云：'上书陈便宜，奏记荐吏士，一则为身，二则为人。繁文丽辞，无文德之操。'《魏书·文苑传》：杨遵彦作《文德论》。"② 文化学社本修订时，则先还原《讲疏》所注为章炳麟《国故论衡·文学总略篇》曰："文德之论，发诸王充《论衡》（《论衡·佚文篇》）'文德之操为文'；又云：'上书陈便宜，奏记荐吏，一则为身，二则为人。繁文丽辞，无文德之操。'杨遵彦依用之。（《魏书·文苑传》杨遵彦作《文德论》，以为古今辞人，皆负才遗行，浇薄险忌，唯邢子才、王元景、温子昇彬彬有德素。）而章学诚窃焉。"接着指出"杨文亡佚"，并补引《文史通义·文德篇》云："凡为古文辞者，必敬以恕。临文以敬，非修德之谓也；论古必恕，非宽容之谓也。敬非修德之谓者，气摄而不纵，纵必不能中节也；恕非宽容之谓者，能为古人设身而处地也。嗟乎！知德者鲜，知临文之不可无敬恕，则知文德矣。"再"按《易·小畜·大象》'君子以懿文德'。彦和称文德本此。王、章诸说，别有所指，不与此同。"这里不仅补充了征典材料，而且对王充和章炳麟之说进行辨正，从而揭示彦和

① 范文澜. 文心雕龙注：下册［M］. 北平：文化学社，1931：23，30，44，45，107，120，126，129，130，143，146，189，191，195，196，238.
② 范文澜. 文心雕龙讲疏：卷1［M］. 天津：新懋印书局，1925：1.

之说所本。

同样，《讲疏》注《原道》"剬诗缉颂，斧藻群言"，亦仅录李补为注。修订时则先补引出典材料："《尚书·金縢》'乃元孙不若旦多材多艺。'据《毛诗·豳风·七月序》，《七月》周公所作。据《尚书·金縢》，《鸱鸮》周公所作。据《国语·周语》上，《时迈》亦周公所作。故彦和云'剬诗缉颂'也。《尚书大传》'周公摄政六年，制礼作乐'，此'斧藻群言'也。"再接以李详《黄注补正》云："纪文达云：'剬字即剬字。《说文》训为齐，言切割而使之齐，与诗义无涉。古帖制字多书为剬，此剬字疑为制字之讹。《史记·五帝本纪》'依鬼神以剬义'。注曰'剬有制义'。是三字相乱已久，不必定用本训也。'详案张守节《史记正义·论字例》云：'制字作剬，缘古少字，通共用之，《史》《汉》本有此古字者，乃为好本。'据此，'剬'即'制'字。既不可依《说文》训剬为齐；亦不必辨'制''剬'相似之讹也。"最后指出"李说亦未甚谛"，并补充"钱大昕《三史拾遗》谓：'制篆作𪔂，隶变作剬，字又讹作制，唐人不明小学，误以剬为制之古字。'案钱说是也。《法言·学行篇》'吾未见好斧藻其德，若斧藻其室者也。'"① 如此增补，不唯出典有益，且亦辨正有方。黄札曾谓"李说是也"，范老则补引钱说，谓"李说亦未甚谛"，远胜《讲疏》仅录李补出注。

《宗经》有"诗列'四始'"之说，《讲疏》注曰："子夏《毛诗序》：'是以一国之事，系一人之本，谓之风。言天下之事，形四方之风，谓之雅；雅者正也，言王政之所由废兴也。政有大小，故有小雅焉，有大雅焉。颂者，美盛德之形容，以其成功告于神明者也。是为'四始'，诗之志（至）也。'郑笺：'始者，谓王道兴衰之所由也。'案'四始'"之义，当以此为准。"② 文化学社本在此注后补充曰："其《史记·孔子世家》之'《关雎》之乱，以为风始，《鹿鸣》为小雅始，《文王》为大雅始，《清庙》为颂始'。《诗·大雅·正义》所引《汛历枢》'《大明》在亥，水始也；《四牡》在寅，木始也；《嘉鱼》在己，火始也；《鸿雁》在申，金始也。'皆今文家说，不足据。"③ 这一补充表明：范老认为刘勰是站在儒家古文学派的立场撰写《文心雕龙》的。《通变》注［9］又特别指明："'商诗指《商颂》，彦和用《毛诗》古文说。"④ 王元化

---

① 范文澜．文心雕龙注：中册［M］．北平：文化学社，1929：2, 7.
② 范文澜．文心雕龙讲疏：卷1［M］．天津：新懋印书局，1925：21-22.
③ 范文澜．文心雕龙注：中册［M］．北平：文化学社，1929：21.
④ 范文澜．文心雕龙注：下册［M］．北平：文化学社，1931：28.

先生曾说，在《文心雕龙》的主导思想上，"我个人是同意《范注》儒家古文学派之说的（详《文心雕龙心龙创作论》上篇）"①。

《辨骚》"自《九怀》以下，遽蹑其迹"，《讲疏》引洪兴祖《楚辞章句补注》曰："按《九章》第四，《九辨》第八，而王逸《九章》注云'皆解于《九辨》中'，知《释文》篇第盖旧本也。后人始以作者先后叙之尔。"并谓："据此则彦和所云《九怀》（王褒作）以下，当指东方朔《七谏》、刘向《九叹》、严忌《哀时命》、贾谊《惜誓》、王逸《九思》诸篇。"② 这里的"知《释文》篇第盖旧本也"，让人感觉有点突兀。修订时予以增补，先谓："晁公武《郡斋读书志·楚辞类·楚辞释文》一卷。跋曰：'未详撰人。其篇次不与世行本同。盖以《离骚经》《九辨》《九歌》《天问》《九章》《远游》《卜居》《渔夫》《招隐士》《招魂》《九怀》《七谏》《九叹》《哀时命》《惜誓》《大招》《九思》为次。按今《九章》第四，《九辨》第八，而王逸《九章》注云：皆解于《九辨》中。知《释文》篇第盖旧本也。后人始以作者先后次第之尔。或曰：天圣中陈说之所为也。'"再接以《讲疏》所引洪兴祖《楚辞章句补注》，最后殿以陈振孙《书录解题》云："洪氏从吴郡林宓（当作虙——引者注）得《楚辞释文》一卷乃古本。其篇第与今本不同。首《离骚》，次《九辨》，而后《九歌》《天问》《九章》《远游》《卜居》《渔夫》《招隐士》《招魂》《九怀》《七谏》《九叹》《哀时命》《惜誓》《大招》《九思》。"③ 显然，晁跋解释最全面，故置于首，再接以洪说，最后以陈说做结，出典前后互证，颇利读解原文。

《讲疏》对文本的出典很不全面，常常顾上而不及下，或顾下而不及上。如《宗经》"故能开学养正，昭明有融"，《讲疏》注曰："《易·蒙卦·象辞》：'蒙以养正，圣功也。'《正义》曰：'谓能以蒙昧隐默自养正道，乃成圣之功。'"④ 此注仅为上句"开学养正"出典，修订时则为下句"昭明有融"补典，在此注后接以："《毛诗·大雅·既醉》'昭明有融'，传曰：'融，长也。'"⑤ 同篇"韦编三绝，固哲人之骊渊也"，《讲疏》仅有下句出典："《庄子·列御寇篇》：'夫千金之珠，必在九重之渊，而骊龙颔下。'"⑥ 修订时则为

① 王元化.《日本研究文心雕龙论文集》序［M］//王元化选编.日本研究文心雕龙论文集，济南：齐鲁书社，1983：5.
② 范文澜.文心雕龙讲疏：卷1［M］.天津：新懋印书局，1925：52.
③ 范文澜.文心雕龙注：中册［M］.北平：文化学社，1929：55-56.
④ 范文澜.文心雕龙讲疏：卷1［M］.天津：新懋印书局，1925：22.
⑤ 范文澜.文心雕龙注：中册［M］.北平：文化学社，1929：21.
⑥ 范文澜.文心雕龙讲疏：卷1［M］.天津：新懋印书局，1925：23.

上句"韦编三绝"出典，在此注前补以："《史记·孔子世家》：'孔子晚而喜易，读易韦编三绝。'焦循《易图略》曰：'孔子读易，韦编三绝，非不能解也，正是解得其参伍错综之故，读至此卦此爻，知其与彼卦彼爻相比例，遂检彼以审之。由此及彼，又由彼及此，千脉万络，一气贯通，前后互推，端委悉见，所以韦编至于三绝。若云一见不解，读至千百度，至于韦编三绝乃解，失之矣。'"

另外，对《讲疏》暂告阙如的语源典故，修订时亦尽量予以增补。如《章表》"子贡云'心以制之，言以结之'，盖一辞意也"，《讲疏》谓"子贡语不可考"，文化学社本则为之出典：《左传》哀公十二年，"公会吴于橐皋。吴子使大宰嚭请寻盟。公不欲，使子贡对曰：'盟所以周信也，故心以制之（制其义），玉帛以奉之（奉贽明神），言以结之（结其信），明神以要之'"。《荀子·非相篇》："观人以言，美于黼黻文章。"再如《谐隐》："遂乃应玚之鼻，方于盗削卵；张华之形，比乎握春杵。"《讲疏》谓"应玚、张华事，未详其说"，文化学社本则只谓"应玚事未闻其说"，并为张华事补出典："《世说新语·排调篇》注引《张敏集·头责子羽文》曰：'范阳张华，头如巾齑杵。'谓头著巾，形如齑杵也。"①

增补之外，范老修订时对《讲疏》注文亦多有删节。《讲疏》注《宗经》"故《系》称'旨远辞文，言中事隐'"曰："《易·下系辞》：'其旨远，其辞文，其言曲而中，其事肆而隐。'《正义》曰：'其旨远者，近道此事，远明彼事，是其旨意深远。若龙战于野，近言龙战，而远明阴阳斗争，圣人变革，是其旨远也。其辞文者，不直言所论之事，乃以义理明之，是其辞文饰也。若黄裳元吉，不直言得中居职，乃云黄裳，是其辞文也。'韩康伯注云：'变化无恒，不可为典要，故其言曲而中也。其事肆而隐者，事显而理微也。'"② 文化学社本将韩注调到《正义》前，并删除原引《正义》"若龙战于野，近言龙战，而远明阴阳斗争，圣人变革，是其旨远也""若黄裳元吉，不直言得中居职，乃云黄裳，是其辞文也"两段例文，显得更加简洁，更富有逻辑性。

《讲疏》注《谐隐》"汉世《隐书》，十有八篇，歆固编文，录之歌末"曰："《汉书·艺文志》杂赋十二家，其末列《隐书》十八篇。师古曰：'刘向《别录》云：《隐书》者，疑其言以相问，对者以虑思之，可以无不谕。'王先谦

---

① 范文澜. 文心雕龙注：中册［M］. 北平：文化学社，1929：22，462，303.
② 范文澜. 文心雕龙讲疏：卷1［M］. 天津：新懋印书局，1925：23.

曰：'《晋书》有秦客廋辞于朝。《新序》齐宣王发《隐书》而读之。'"① 文化学社本删"王先谦曰……"，因为前文对文本的释义出典已经很清楚了，再继以"王先谦曰……"，未免画蛇添足。

《指瑕》："若夫注解为书，所以明正事理；然谬于研求，或率意而断。"《讲疏》注曰："纪晓岚云：'此条无与文章，殊为汗漫。'案《论说篇》云：'若夫注释为词，解散论体，杂文虽异，总会是同。'据此，注解为文，所以明正事理，尤不可疏忽从事，贻误后学。彦和于本篇特为指说，殊存微意，纪氏不知而言，未见其可也。"② 接着引《颜氏家训·文章篇》指陈文章用事之疏误纰缪的一大段文字。文化学社本则删《颜氏家训·文章篇》一大段文字，并在"贻误后学"之后补曰："何晏见王弼《老子注》，乃以所注作道德二论，郭象注《庄子》，亦即以意阐发，无异单篇之论，注与论本可通也。"③ 这里主要阐释"注"与"论"通，可以"明正事理"。至于注解中因"谬于研求，率意而断"产生的疏误纰缪，下文有具体的事例，可在下文注解中出典释义。

2. 补充文本校雠

为弥补《讲疏》文本校雠之不足，此次注文修订的一个重要方面，就是补充字句校勘内容，使注文有校有注，校注并行。如《宗经》"故子夏叹书，昭昭若日月之明，离离如星辰之行"，《讲疏》据黄注所引《尚书大传》出典："子夏读书毕，见于夫子。夫子问焉：'子何为于《书》?'子夏对曰：'《书》之论事也，昭昭如日月之代明，离离若参辰之错行。上有尧舜之道，下有三王之义。商所受于夫子，志之于心，弗敢忘也。'"④ 文化学社本在此出典的基础上补曰："唐写本'明'字上有'代'字，'行'字上有'错'字。"⑤ 同篇"其婉章志晦，谅以邃矣"，《讲疏》引黄札出注："黄先生曰：'此《左氏》义。上文五石六鹢之辞，乃《公羊》说。其实《春秋》精谊，并不在此，欲详其说，宜览杜元凯《春秋经传集解序》。'案杜序云：'二曰志而晦，约言示制，推以知例，参会不地，与谋曰及之类是也。三曰婉而成章，曲从义训，以示大顺，诸所讳避，璧假许田之类是也。'"⑥ 文化学社本首先补校字："'谅已邃矣'《文

① 范文澜. 文心雕龙讲疏：卷 3 [M] . 天津：新懋印书局，1925：46.
② 范文澜. 文心雕龙讲疏：卷 9 [M] . 天津：新懋印书局，1925：7-8.
③ 范文澜. 文心雕龙注：下册 [M] . 北平：文化学社，1931：141-142.
④ 范文澜. 文心雕龙讲疏：卷 1 [M] . 天津：新懋印书局，1925：23.
⑤ 范文澜. 文心雕龙注：中册 [M] . 北平：文化学社，1929：23.
⑥ 范文澜. 文心雕龙讲疏：卷 1 [M] . 天津：新懋印书局，1925：25.

学志》作'原已邃矣'。'原'，本也；'已'，甚也，言本义甚深邃也。改'原'为'谅'非是。"① 再接以《讲疏》所引杜预《春秋左氏传序》曰……按，"谅以"文化学社本正文夹校："孙云《御览》作'源已'，唐写本'以'作'已'。"

在修订完善注文的同时，范老也常常兼及校字。如《明诗》开篇："大舜云'诗言志，歌永言'，圣谟所析，义已明矣。"《讲疏》引《尚书·尧典》《礼记·乐记》《毛诗序》《诗品序》等出典，并案："诗之起源，先于散文，稽之中外，莫不皆然。盖情感于物，则形于声，声成文，斯谓之音。考《白虎通》云：'音，饮也。言其刚柔清浊，和而相饮也。'此即韵文之谓矣。太古之时，有声无字，故谣训徒歌，谚训传言，其实皆诗也。诗与歌本系一物，自其体言之谓之诗，自其用言之谓之歌。未形于声谓之诗，既形于声谓之歌。《乐记》曰：'使其声足乐而不流，使其文足论而不息。'声即歌也，文即诗也。《乐府篇》云：'故知诗为乐心，声为乐体。乐体在声，瞽师务调其器；乐心在诗，君子宜正其文。'二者大别，彦和言之详矣。"② 《讲疏》出典甚为繁冗，文化学社本修订为："《尚书·舜典》'诗言志，歌永言'，此舜命夔之辞。王肃注曰：'谓诗言志以导之，歌咏其义以长其言。'《毛诗》郑玄《诗谱序正义》引郑注《尧典》曰：'诗所以言人之志意也。永，长也。歌又所以长言诗之意。''圣谋'唐写本作'圣谟'。黄校本亦改'谋'作'谟'。《尚书·伪伊训》'圣谟洋洋，嘉言孔章'，作'圣谟'是。"③ 相较《讲疏》，修改后的注文，显然更加简明实用，且校注并行。

同篇"诗者，持也！持人情性，三百之蔽，义归无邪。持之为训，有符焉尔。"《讲疏》出典："《古微书》引《诗纬·含神雾》云：'诗者，持也。'《乐记》曰：'先王耻其乱，故制雅颂之声以道之，足以感动人之善心，不使放心邪气得接焉。'《乐记》又曰：'是故先王本之情性，稽之度数，制之礼义，合生气之和，道五常之行，使之阳而不散，阴而不密，刚气不怒，柔气不慑，四畅交于中，而发作于外，皆安其位而不相夺也。'《吕氏春秋·仲夏纪·古乐篇》曰：'成乐有具，必节嗜欲。'此之谓矣。"④ 文化学社本修订注文，先引郑玄《诗谱序正义》曰："名为诗者，《内则》说负子之礼云：'诗负之。'注云：'诗

① 范文澜. 文心雕龙注：中册［M］. 北平：文化学社，1929：25.
② 范文澜. 文心雕龙讲疏：卷2［M］. 天津：新懋印书局，1925：1-2.
③ 范文澜. 文心雕龙注：中册［M］. 北平：文化学社，1929：65.
④ 范文澜. 文心雕龙讲疏：卷2［M］. 天津：新懋印书局，1925：2.

之言承也。'《春秋说题辞》云:'诗之为言志也。'《诗纬·含神雾》云:'诗者,持也。'然则诗有三训:承也,志也,持也。作者承君政之善恶,述己志而作诗,为诗所以持人之行,使不失队,故一名而三训也。"再按以己断:"彦和训诗为持,用《含神雾》说。《论语·为政》'子曰:《诗》三百,一言以蔽之,曰思无邪。'《正义》'思无邪者,此诗之一言,《鲁颂·駉篇》文也。诗之为体,论功颂德,止僻防邪,大抵皆归于正于此一句可以当之也。''有符焉尔'唐写本作'信有符焉',无'尔'字,是。"① 修订后的注文明显胜于《讲疏》,同时增加了校字。

同篇"昔葛天氏乐辞云:玄鸟在曲",《讲疏》引《吕氏春秋·仲夏纪·古乐篇》出典:"昔葛天氏之乐,三人操牛尾投足以歌八阕,其二曰'玄鸟'。"② 文化学社本先补校勘,引赵君万里曰:"唐写本'天'字'氏'字'云'字均无。案此文疑当作'昔葛天乐辞,玄鸟在曲',方与下文'黄帝云门,理不空绮',相对成文。今本衍'氏'字'云'字,唐本夺'天'字,均有误,然终以唐本近是。"并"案赵说是也",再修订出典:"《吕氏春秋·仲夏纪·古乐篇》:'昔葛天氏之乐,三人操牛尾投足以歌八阕:一曰载民、二曰玄鸟、三曰逐草木、四曰夺五谷、五曰敬天常、六曰建帝功、七曰依地德、八曰总禽兽之极。'高诱注曰:'上皆乐之八篇名也。'"③ 校字之外,出典也比《讲疏》更完善。

注文修订时所增补的校字,也多以唐写本为据,或赞成或否定。如《乐府》"至宣帝雅颂,颇效《鹿鸣》",文化学社本谓:"唐写本作'至宣帝雅诗,颇效《鹿鸣》'。案宣帝时君臣侈言富应,正宜有'颂'字方合。"又"暨后郊庙,惟杂雅章,辞虽典文,而律非夔旷",文化学社本谓:"唐写本'后'下有'汉'字,是。'杂'作'新'亦是。'惟新雅章',指东平王苍所制也。"又"故陈思称李延年闲于增损古辞",文化学社本谓:"'李延年'唐写本作'左延年',是。左延年见《魏志·杜夔传》善郑声者也。亦见《晋书·乐志》。"又"缪袭所致,亦有可算焉",文化学社本谓:"'缪袭'唐写本作'缪朱',恐误。缪袭作魏鼓吹曲十二首,又挽歌一首。纪评曰:'致'当作'制'。"又"昔子政品文,诗与歌别,故略具乐篇,以标区界",文化学社本谓:"唐写本'具'

---

① 范文澜. 文心雕龙注:中册 [M]. 北平:文化学社,1929:65-66.
② 范文澜. 文心雕龙讲疏:卷1 [M]. 天津:新懋印书局,1925:2.
③ 范文澜. 文心雕龙注:中册 [M]. 北平:文化学社,1929:66.

作'序'，是。"再如《诠赋》"昔邵公称'公卿献诗，师箴赋'"，文化学社本谓："唐写本'公'下无'卿'字，非是。'箴'下有'瞽'字，应据《国语》改为'瞍'字。"又"观夫荀结隐语，事数自环，宋发巧谈，实始淫丽"，文化学社本谓："'巧谈'唐写本作'夸谈'，是。"又赞词"风归丽则，辞剪美稗"，文化学社本谓："'美稗'唐写本作'稊稗'，是。"《杂文》："唯士衡运思，理新文敏，而裁章置句，广于旧篇。"赵万里谓唐写本"'运'字'理'字均无"，文化学社本谓："唐写本无'运''理'二字，似非。"①

《谐隐》及其以后各篇，没有唐写本可资对校，范老则通过其他各种方法补充校勘内容。如《谐隐》"庄姬托辞于龙尾"，文化学社本引孙君蜀丞曰："案《列女传》'姬'作'姪'。《渚宫旧事》三引《列女传》作'姪'，'姬'字定误。"《诸子》"篇述者，盖上古遗语，而战伐所记者也"，《讲疏》仅谓"'战伐'当作'战代'"。文化学社本则引《札迻》十二，进一步补充《讲疏》校字："'战伐'元本作'战代'（冯本、活字本并同）。案元本是也。《铭箴》《养气》《才略》三篇并有'战代'之文。"《论说》"至石渠论艺，白虎通讲，聚述圣言通经，论家之正体也"，文化学社本引孙诒让说补校字："孙诒让《籀庼述林》四有《白虎通义考》上下二篇，甚详明。其下篇云：'今本《文心雕龙》述上衍聚字，圣下衍言字，应依《御览》引删。'"《诏策》"皇帝御寓，其言也神"，文化学社本通过他校法补校曰："《说文》字，籀文从禹作'寓'。《文选》沈约《奏弹王源》'自宸历御寓'，字亦作'寓'。'御寓'字应改作'御寓'。"又"汉初定仪则，则命有四品"，《讲疏》谓"《叔孙通传》'定宗庙仪法，及稍定汉诸仪法'，以上'则'字当是'法'字之误。"文化学社本补校曰："上'则'字疑当作'法'。《史记·叔孙通列传》：'定宗庙仪法，及稍定汉诸仪法，皆叔孙通为太常所论著也。'本书《章表篇》'汉定礼仪，则有四品。'本篇则五字为句。则字有写作'劓'者，传书者误分为二'则'字，因缀于上句而夺去'法'字。"这里以本校法对《讲疏》校字予以补充，并解释讹误的原因。又"《周礼》曰'师氏诏王为轻命'"，文化学社本补校曰："案此句与上'《诗》云'对文，疑当作'《周礼》曰师氏诏王，明为轻也'。"② 范老据上文"《诗》云'有命在天'，明为重也"，通过理校法得出此句的校勘结

---

① 范文澜.文心雕龙注：中册［M］.北平：文化学社，1929：113，119，127，145，155，168，292.

② 范文澜.文心雕龙注：中册［M］.北平：文化学社，1929：306，334，358，390，392，411.

论，洵为卓见！此外，文化学社本下篇《神思》注［25］、《体性》注［9］、《风骨》注［9］、《情采》注［10］、《声律》注［7］、《章句》注［9］、《比兴》注［8］、《夸饰》注［6］［8］、《事类》注［11］［20］、《练字》注［13］、《附会》注［2］［9］、《总术》注［2］、《时序》注［13］、《知音》注［13］［14］、《序志》注［19］等注文修订中，也都补充了文字校勘方面的内容，限于篇幅，不再一一赘述。

　　3. 修正原先观点

　　范老在修订《讲疏》注文时，不少条目都是完全改变原来的出典，否定原先的看法，提出新的观点，使新注较《讲疏》不仅有了量的提高，更实现了质的飞跃。如《宗经》"经也者，恒久之至道，不刊之鸿教也"，《讲疏》引《白虎通》云："经，常也。有五常之道，故曰五经。"文化学社本不仅对此进行了大量的补充论证，而且在此基础上提出了新的见解："窃疑训经为常，或是后起之义。《国语·吴语》：'十行一嬖大夫，建旌提鼓，挟经秉枹。十旌一将军，载常建鼓，挟经秉枹。'韦昭注曰：'在掖曰挟，挟经兵书也。'此文下有'王乃秉枹亲就鸣钟鼓丁宁錞于振铎，勇怯尽应，三军皆譁釦以振旅，其声动天地。'吴王此战本欲虚声惊敌，故初则拥铎挟经，恐其有声，及后骤发巨声震动天地，晋师乃大骇，所挟之经决非兵书，为理至明，韦说恐未是。经乃金之假字，丁宁錞于之属耳。经金即可通假，疑六经之经，本呼为金。古人凡巨典宝训，或铸钟鼎，或书金策，口曰金口，声曰金声。孔门弟子尊夫子删定之书，称之曰金，其后假经为金，而本义遂湮没不著。（经金韵部不同，而声类则同，但别无左证，故附于此，以当忘说。）"① 此乃范老独见，道他人所未道。

　　《讲疏》引《周易·系辞下》"精气为物"一段，为《宗经》"故象天地，效鬼神，参物序，制人纪，洞性灵之奥区，极文章之骨髓者也"出典，并谓："按此即彦和所称'象天地，效鬼神，参物序，制人纪'也。"② 文化学社本则另引文献出典："《礼记·礼运》'孔子曰：是故夫礼必本于天，殽于地，列于鬼神，达于丧祭射御冠昏朝聘。'《释文》：'殽户教切，法也。'此殆彦和说所本。"③ 这就改变了《讲疏》的语源出处。《正纬》"昔康王河图，陈于东序"，《讲疏》谓："《尚书·顾命》'河图陈于东序。'案河图与大玉夷玉天球并陈，

----

① 范文澜. 文心雕龙注：中册［M］. 北平：文化学社，1929：19.
② 范文澜. 文心雕龙讲疏：卷1［M］. 天津：新懋印书局，1925：21.
③ 范文澜. 文心雕龙注：中册［M］. 北平：文化学社，1929：19-20.

意者天球如浑天仪之类，河图为舆地图之类，要之其为历代相传之宝器无疑。"① 文化学社本出典与《讲疏》相同，但案语则截然相反："案河图与大玉夷玉天球并陈，意者天球如浑天仪之类，河图为舆地图之类，虽历代相传，不必真是神秘之宝器。"又"山渎钟律之要"，《讲疏》谓"'山渎'疑即《山海经》"，文化学社本则引陈先生曰："'山渎'当是《遁甲开山图》《河图括地象》及《古岳渎经》等。"②

《史传》："唐虞流于典谟，商夏被于诰誓。"《讲疏》注曰："《墨子·明鬼篇》曰：'尚书夏书其次商周之书。'刘向《别录》题曰'虞夏书'。马融书传曰有'虞纪为书之始'。自周汉以来，说书者并据虞夏为始。《尧典》亦《虞夏书》，并无唐书之目。此文谓'唐虞流于典谟，商夏被于诰誓'，疑是'虞夏流于典谟，商周被于诰誓'之误。谓虞夏书之流于今世者，为《尧典》《陶谟》诸篇，商周书之传于世者，为《汤誓》《大诰》诸篇也。"③ 文化学社本彻底否定此说，重新出典："《穀梁》隐八年传云：'诰誓不及五帝。'谓典谟唐虞所传，诰誓三王始有也。《尚书》所载皆典谟训诰誓命之文，虽为古史，而体例未具，非史之正宗。至周公制《春秋》，编年之体，于是起也。"④

《诸子》："暨于暴秦烈火，势炎昆冈，而烟燎之毒，不及诸子。"《讲疏》注曰："彦和谓'烟燎之毒，不及诸子。'此谓诸子流传于后者，较为完整，非谓始皇不烧诸子书也。"⑤ 文化学社本注曰："《史记·始皇本纪》：'三十四年，丞相李斯请史官非秦纪皆烧之；非博士官所职，天下敢有藏诗书百家语者，悉诣守尉杂烧之。所不去者，医药卜筮种树之书。若欲有学法令，以吏为师。'彦和云'烟燎之毒，不及诸子'，恐非事实。战国诸子之学，亦有师徒相传，珍守勿失，其书籍又非如六经之繁重，山岩屋壁，藏匿自易，故至汉代求书，诸子皆出也。《论衡·书解篇》：'秦虽无道，不燔诸子，诸子尺书，文篇具在。'此彦和所本。"⑥《讲疏》解释彦和之语的意思是："诸子流传于后者，较为完整，非谓始皇不烧诸子书也。"文化学社本通过出典，指明彦和语所本，即以为"秦虽无道，不燔诸子"，故范老谓彦和所曰"恐非事实"，改变了原先的观点。

---

① 范文澜. 文心雕龙讲疏：卷1［M］. 天津：新懋印书局，1925：39.
② 范文澜. 文心雕龙注：中册［M］. 北平：文化学社，1929：35, 38.
③ 范文澜. 文心雕龙讲疏：卷1［M］. 天津：新懋印书局，1925：2.
④ 范文澜. 文心雕龙注：中册［M］. 北平：文化学社，1929：310.
⑤ 范文澜. 文心雕龙讲疏：卷四［M］. 天津：新懋印书局，1925：17.
⑥ 范文澜. 文心雕龙注：中册［M］. 北平：文化学社，1929：339-340.

《诏策》："孝宣玺书，赐太守陈遂（"赐太守"元作"责博士"，考《汉书》改。汪本作"责博进陈遂"），亦故旧之厚也。"《讲疏》注曰："宣帝赐陈遂玺书：'制诏太原太守。官尊禄厚，可以偿博进矣。妻君宁时在旁，知状。'孙诒让曰：'疑当作责博于陈遂。元本惟'于'字误作'士'，'责博'二字则不误。'"① 文化学社本修订曰：

> 《汉书·游侠传》："陈遵祖父遂，字长子。宣帝微时与有故，相随博弈，数负进。及宣帝即位，用遂，稍迁至太原太守。乃赐遂玺书曰'制诏太原太守。官尊禄厚，可以偿博进矣。妻君宁（遂之妻名）时在旁，知状。'遂于是辞谢，因曰：'事在元平元年赦令前。'其见厚如此。"荀悦《汉纪》云："杜陵陈遂，字长子。上微时与上游戏博弈，数负遂。上即位，稍见进用，至太原太守。乃赐遂玺书曰'制诏太原太守。官尊禄重，可以偿博负矣。'"《札迻》十二"孝宣玺书赐太守陈遂。注云：'赐太守，元作责博士，考《汉书》改。汪本作责博进陈遂。'冯校云：'赐太守，元版作责博士，梅鼎祚所改也。当作责博进。'纪云：'当作偿博进，改为赐太守，似非。'案疑当作'责博于陈遂'。此陈遂负博进，玺书责其偿，《汉书》所载甚明。元本惟'于'字讹作'士'，'责博'二字则不误。梅、黄固妄改，纪校亦误读《汉书》，皆不足凭也。"案孙说亦非也。宣帝微时，依许广汉兄弟及祖母家史氏，其贫可知。陈遂杜陵豪右，何至博负而不偿耶？宣帝谓我赐汝之尊官厚禄，可以抵偿负汝之责矣（钱大昕云，"进"本作"责"）。妻君宁云云者，犹言君宁知我所负之数，明足以相抵也。参以《汉纪》，语意更显。宣帝与遂亲厚，赐玺书以为戏；遂恃有故恩，因曰事在赦令前，亦戏辞也。故《汉书》曰："其见厚如此。"彦和本文当作"偿博于陈遂"。②

修改后的注文，不仅出典材料更加详尽，而且否定了《讲疏》所引孙诒让之说，认为"孙说亦非也"。因为陈遂乃杜陵富豪，不可能赌博输了而偿还不了负债，倒是宣帝在困顿贫穷时，赌博输了难以偿还负债，即位后乃以封官授禄抵偿赌债。故范老提出新解："彦和本文当作'偿博于陈遂'。"关键在于到底

① 范文澜. 文心雕龙讲疏：卷4 ［M］. 天津：新懋印书局，1925：52.
② 范文澜. 文心雕龙注：中册 ［M］. 北平：文化学社，1929：397-398.

是陈遂欠宣帝的赌债，还是宣帝欠陈遂的赌债？孙诒让认为是前者，范老认为是后者，并运用理校法，又引《汉纪》为证，其说甚有说服力。

《风骨》："夫翚翟备色而翾翥百步，肌丰而力沉也；鹰隼乏采而翰飞戾天，骨劲而气猛也。文章才力，有似于此。若风骨乏采，则鸷集翰林；采乏风骨，则雉窜文囿。唯藻耀而高翔，固文笔之鸣凤也。"《讲疏》引纪晓岚云："'风骨乏采'是随笔开合以尽意。"并谓"此评是也"。文化学社本则结论相反："纪评曰：'风骨乏采，是陪笔开合，以尽意耳。'案纪说非是。夏侯湛《昆弟诰》，苏绰《大诰》之属，不得谓为无风骨，而藻采不足，故喻以'鸷集翰林'。'采乏风骨'，则齐梁文章通病也。王应麟《辞学指南》引此文作'若藻耀而高翔，固文章之鸣凤也'。"① 再如《定势》"刘桢云：'文之体指实强弱，使其辞已尽而势有余，天下一人耳，不可得也。'"《讲疏》引黄侃之说："'文之体指实强弱'，黄先生曰此句有误：细审彦和语，疑此句当作'文之体指贵强'，下衍'弱'字。"文化学社本，范老则提出了自己的校勘意见："窃案《抱朴子·尚博篇》云：'清浊参差，所禀有主，朗昧不同科，强弱各殊气。'疑公幹语当作'文之体指，实殊强弱'，《抱朴》语或即本之公幹也。故下文云：'公幹所谈，颇亦兼气。'《诗品》云：'魏文学刘桢，其源出于《古诗》。仗气爱奇，动多振绝，真骨凌霜，高风跨俗。但气过其文，雕润恨少。'案此亦公幹尚气之证。"② 此句有误，人所共知。然究竟作何修改，则见仁见智，各不相同。徐兴公引谢肇淛云："当作'文之体指，虚实强弱。'"王利器从之③。黄侃谓"当作'文之体指贵强'，下衍'弱'字。"刘永济的看法接近黄侃："'体'下疑脱一'势'字。此句当作'文之体势贵强'。'指''弱'二字衍，'实'又'贵'之误。"④ 杨明照则谓："'指'疑为'势'之误。《南齐书·文学·陆厥传》：'刘桢奏书，大明体势之致。'即此引文当作'体势'之切证。本篇以'定势'标目，篇中言文势者不一而足；上文且有'即体成势'及'循体成势'之语，亦足以证当作'体势'也。'实'下似脱一'有'字。原文作'文之体势，实有强弱'。"⑤ 范、杨二家所校，均兼顾本证、他证，所不同者，前者重气，后者主势，实有异曲同工之妙。

---

① 范文澜. 文心雕龙注：下册［M］. 北平：文化学社，1931：22-23.

② 范文澜. 文心雕龙注：下册［M］. 北平：文化学社，1931：38-39.

③ 王利器. 文心雕龙校证：［M］. 上海：上海古籍出版社，1980：203.

④ 刘永济. 文心雕龙校释［M］. 北京：中华书局，1962：112.

⑤ 杨明照. 增订文心雕龙校注：上册［M］. 北京：中华书局，2000：411-412.

《知音》："至如君卿唇舌，而谬欲论文，乃称史迁著书，咨东方朔，于是桓谭之徒，相顾嗤笑，彼实博徒，轻言负诮，况乎文士，可妄谈哉。"《讲疏》引李详曰："案此事无考。《史记太史公自序索隐》：'桓谭云：迁所著书成以示东方朔，朔皆署曰：太史公。'此史迁著书咨东方朔之证，惟彦和指此为君卿所称，而谭嗤之。不识谭此言上下或有诋君卿之说，《索隐》仅就朔言太史公证之。此则予妄测之论，所谓聊胜无也。"① 文化学社本则否定李详之说，认为："据彦和此文，则是桓谭笑楼护之说，《索隐》误记。"②

4. 调整注释条目

《讲疏》注释条目的安排多有不合理之处，文化学社本做了大量的调整，以使注文与正文的配合更加合理。大体而言，此次修订对注释条目的调整，循着扩展与合并两条路径展开，以下分述之。

所谓扩展就是将原来的1条注目，扩展为2条、3条、4条、5条乃至更多。其中，将原来的1条注目扩展为2条的情况最为普遍。如《征圣》："夫子文章，可得而闻，则圣人之情，见乎文辞矣。"《讲疏》仅出一注，文化学社本则分一为二，前两句一注，后两句一注。"书契断决以象夬，文章昭晰以象离。"《讲疏》亦出一注，文化学社本则两句分注。《正纬》："马龙出而《大易》兴，神龟见而《洪范》耀。"《讲疏》两句合注，文化学社本则两句分注。《祝盟》："六宗既禋，三望咸秩。"《讲疏》亦是一注，文化学社本则分一为二，将原注中的"三望"另立注目。"至于商履，圣敬日跻，玄牡告天，以万方罪己，即郊禋之词也。素车祷旱，以六事责躬，则雩禜之文也。"这里"郊禋之词"与"雩禜之文"明为两事，而《讲疏》则并为一注，文化学社本将其分为二注，显然更合理，条目也更清晰。"骈毛白马，珠盘玉敦，陈辞乎方明之下，祝告于神明者也。"《讲疏》亦是一注，文化学社本则前两句与后两句分别出注。《诔碑》："大夫之材，临丧能诔。诔者，累也。累其德行，旌之不朽也。""碑者，埤也。上古帝王，纪号封禅，树石埤岳，故曰碑也。"这两段话，《讲疏》分别各出一注，文化学社本则分别各出两注。《史传》："及班固述汉，因循前业，观司马迁之辞，思实过半。其十志该富，赞序弘丽，儒雅彬彬，信有遗味。""至于后汉纪传，发源《东观》。袁张所制，偏驳不伦。"这两段话，《讲疏》也是分别各出一注，文化学社本则又分别各出两注。《论说》："至如李康《运命》，

① 范文澜. 文心雕龙讲疏：卷10［M］. 天津：新懋印书局，1925：14.
② 范文澜. 文心雕龙注：下册［M］. 北平：文化学社，1931：208.

同《论衡》而过之；陆机《辨亡》，效《过秦》而不及；然亦其美矣。"李康、陆机显系两事，《讲疏》统而注之，实不及文化学社本分而注之。《诏策》："虞重纳言，周贵喉舌。故两汉诏诰，职在尚书。"文化学社本前两句与后两句分注，显然优于《讲疏》四句合注。《奏启》："昔唐虞之臣，敷奏以言；秦汉之辅，上书称奏。陈政事，献典仪，上急变，劾愆谬，总谓之奏。奏者，进也。言敷于下，情进于上也。"《讲疏》笼统注之，意义不明。文化学社本先出典注"上急变""献典仪"，再另立条目注"奏者进也"。《书记》："至如陈遵占辞，百封各意；祢衡代书，亲疏得宜。"陈遵、祢衡，《讲疏》合注，文化学社本分注，孰优孰劣，不言自明。此外，文化学社本下篇《神思》注［2］［3］和注［9］［10］、《风骨》注［12］［13］、《通变》注［7］［8］、《比兴》注［1］［2］、《总术》注［8］［9］、《知音》注［1］［2］等，也都是将《讲疏》之注分一为二。

　　分一为二之外，还有将《讲疏》1条注目分为多条注目的情况，如分一为三、分一为四、分一为五等。《宗经》："《诗》主言志，诂训同书，摛风裁兴，藻辞谲喻，温柔在诵，故最附深衷矣。"《讲疏》仅出一注，文化学社本分一为三，两句一注，使注释条目更加清晰。《哀吊》："短折曰哀。哀者，依也。悲实依心，故曰哀也。以辞遣哀，盖不泪之悼，故不在黄发，必施夭昏；昔三良殉秦，百夫莫赎，事均夭横，黄鸟赋哀，抑亦诗人之哀辞乎。"《讲疏》笼统出注，出典释义甚为混乱；文化学社本不仅增补修订了《讲疏》注文，而且将《讲疏》一注析为三注，分条出典释义，目清义明，远胜《讲疏》。《体性》："故辞理庸俊，莫能翻其才；风趣刚柔，宁或改其气；事义浅深，未闻乖其学；体式雅郑，鲜有反其习。"《讲疏》全据黄侃《札记》，统为一注；文化学社本则引黄札注"风趣刚柔，宁或改其气"，再补注"事义浅深，未闻乖其学"，最后引黄札注"体式雅郑，鲜有反其习"，并作补充。《神思》："故思理为妙，神与物游。神居胸臆，而志气统其关键；物沿耳目，而辞令管其枢机。枢机方通，则物无隐貌；关键将塞，则神有遁心。"《讲疏》仅从心理学角度，用通俗的语言阐释这段话的意思；文化学社本则引《札记》《礼记·孔子闲居》《周易·系辞上》《文赋》等，分别为"思理为妙，神与物游""神居胸臆，而志气统其关键""物沿耳目，而辞令管其枢机""枢机方通，则物无隐貌；关键将塞，则神有遁心"出典释义，将原注一分为四。《杂文》："详夫汉来杂文，名号多品。或典诰誓问，或览略篇章，或曲操弄引，或吟讽谣咏。总括其名，并归杂文之区；甄别其义，各入讨论之域；类聚有贯，故不曲述。"《讲疏》仅有一注解释这段原文，"典诰誓问""览略篇章""曲操弄引""吟讽谣咏"等诸多杂文名号放在一起出注，不便观览。文化学社本则一分为五，先就四组杂文名号分别出注，再出一注作总结："凡此十六名虽总称杂文，然'典'可入《封禅篇》，'诰'可入《诏策篇》，'誓'可入《祝盟篇》，'问'可入《议对篇》，'曲操弄引''吟讽谣咏'可入《乐府篇》，'章'可入《章表篇》，所谓'各入讨论之域'也（"览略篇"或可入《诸子篇》）。"《论说》："详观兰石之《才性》，仲宣之《去代》，叔夜之《辨声》，太初之《本元》，辅嗣之《两例》，平叔之《二论》，并师心独见，锋颖精密，盖论之英也。"《讲疏》也是一注，文化学社本则析之为七，"兰石"至"平叔"每人一注，最后一注为总结："以上皆正始以前人，故上文云'迄于正始'。"①

　　再看合并。所谓合并就是将原来 2 条及以上的注目合并为 1 条，其中合二为一的情况最普遍，其次是合三为一。如文化学社本《明诗》注［20］［21］、《乐府》注［17］、《诠赋》注［3］［5］、《颂赞》注［19］、《祝盟》注［9］［19］［23］［38］、《铭箴》注［9］［10］［11］［12］［13］［16］［17］、《诔碑》注［10］［15］［16］［17］、《哀吊》注［22］、《杂文》注［25］、《谐隐》注［2］、《史传》注［6］［22］［28］［29］［40］、《诸子》注［6］［20］、《论说》注［10］［32］、《诏策》注［3］［20］［32］［33］［39］、《檄移》注［8］［22］、《封禅》注［9］［12］、《章表》注［12］、《奏启》注［32］［37］［40］、《议对》注［36］、《书记》注［38］［39］［47］［57］［58］、《神思》注［17］、《通变》注［20］、《情采》注［4］［5］、《声律》注［6］［11］、《夸饰》注［4］［6］［9］、《隐秀》注［3］、《指瑕》注［4］［7］［9］［12］、《附会》注［8］、《总术》注［2］、《时序》注［1］［7］［14］［17］［18］［24］、《物色》注［2］［9］、《才略》注［15］［16］、《程器》注［10］［11］、《序志》注［15］［16］等，都是将《讲疏》2 条注目合并为 1 条注目。再如文化学社本《诠赋》注［12］、《铭箴》注［25］、《谐隐》注［8］、《论说》注［29］、《奏启》注［22］、《书记》注［45］、《体性》注［1］、《比兴》注［6］、《夸饰》注［8］、《指瑕》注［14］、《养气》注［9］、《时序》注［4］［6］［10］［12］［21］［23］［28］、《才略》注［3］［14］［19］、《知音》注［3］［14］、《程器》注［4］［7］等，都是将《讲疏》3 条注目合并为 1 条注目。

---

① 范文澜. 文心雕龙注：中册［M］. 北平：文化学社，1929：296，368.

还有合四为一的，如《史传》："故本纪以述皇王，列传以总侯伯，八书以铺政体，十表以谱年爵，虽殊古式，而得事序焉。"《讲疏》"本纪""列传""八书""十表"四句分别出注，不免支离；文化学社本合四为一，注曰："《史记》本纪十二，世家三十，列传七十，书八，表十，共一百三十篇。本篇不言世家，恐有脱误。疑当据班彪《史记论》作'本纪以述帝王，世家以总公侯，列传以录卿士'，文始完具……"①《丽辞》："《易》之《文》《系》，圣人之妙思也。序《乾》四德，则句句相衔；龙虎类感，则字字相俪；乾坤易简，则宛转相承；日月往来，则隔行悬合；虽句字或殊，而偶意一也。"《讲疏》于分号四句各出一注，而征引文献均来自《周易》之《文言》与《系辞》，故文化学社本将其合为一注。《比兴》："观夫兴之托谕，婉而成章，称名也小，取类也大。《关雎》有别，故后妃方德；尸鸠贞一，故夫人象义。义取其贞，无从于夷禽；德贵其别，不嫌于鸷鸟；明而未融，故发注而后见也。"《指瑕》："若夫君子拟人，必于其伦，而崔瑗之诔李公，比行于黄虞；向秀之赋嵇生，方罪于李斯；与其失也，虽宁僭无滥，然高厚之诗，不类甚矣。"以上两段都是先述原则，再接以事例，具有相对完整性，《讲疏》均分为4条注目，难免割裂之弊，文化学社本分别将其并为一注。《时序》："越昭及宣，实继武绩，驰骋石渠，暇豫文会，集雕篆之轶材，发绮縠之高喻，于是王褒之伦，底禄待诏。"此段"石渠""绮縠"已分别见于《论说》《诠赋》篇注，而《讲疏》仍将"见《论说篇》""见《诠赋篇》"立为2条注目，共出四注，失之烦琐，故文化学社本合四为一。《才略》："虞夏文章，则有皋陶六德，夔序八音，益则有赞，五子作歌，辞义温雅，万代之仪表也。"《讲疏》于"六德""八音""有赞""作歌"各出一注，均出典于《尚书》，且第四注谓"文已引见前"；修订时，范老以为没有必要分注，遂将其合为一注。《知音》："夫麟凤与麇雉悬绝，珠玉与砾石超殊，白日垂其照，青眸写其形。然鲁臣以麟为麇，楚人以雉为凤，魏氏以夜光为怪石，宋客以燕砾为宝珠。形器易征，谬乃若是，文情难鉴，谁曰易分。"《讲疏》为"鲁臣""楚人""魏氏""宋客"四句出注，然注［1］谓"见《史传篇》"，注［2］［3］均引《尹文子》出典，注［4］引《阙子》出典。为避免烦琐，文化学社本将其合为一注。

此外，将《讲疏》5条及以上注目合而为一的，虽然不多见，但也不是个别现象。如《书记》注［2］、《时序》注［17］、《物色》注［2］，均将《讲

---

① 范文澜. 文心雕龙注：中册［M］. 北平：文化学社，1929：314.

疏》5条合为1条；《书记》注［19］、《夸饰》注［2］、《时序》注［12］
［17］，又将《讲疏》6条合为1条；《比兴》注［4］，将《讲疏》7条合为1
条；《论说》注［21］、《时序》注［5］、《物色》注［3］，则将《讲疏》8条
合为1条；《体性》注［3］，更是将《讲疏》9条合为1条；《诸子》注［7］、
《时序》注［8］，甚至将《讲疏》10条合为1条；而《程器》注［3］，则是创
纪录地将《讲疏》15条合为1条。

与注释条目的扩展或合并相配合，必要时范老也对注文内容进行适当调整，
以便更好地解释正文。《正纬》："有命自天，乃称符谶，而八十一篇，皆托于孔
子；则是尧造绿图，昌制丹书，其伪三矣。"《讲疏》于"孔子""绿图""丹
书"后各出一注，文化学社本不仅合三为一，而且将《讲疏》"昌制丹书"条
注文中所附的刘师培《谶纬论》，改为文末附录。《诠赋》："夫京殿苑猎，述行
序志，并体国经野，义尚光大，既履端于倡序，亦归余于总乱。"文化学社本注
［14］对《讲疏》此条注文做了重要的改造和补充，并将原注引《国语》的出
典内容调整到注［16］中。《祝盟》："及周之太祝，掌六祝之辞，是以庶物咸
生，陈于天地之郊；旁作穆穆，唱于迎日之拜。"文化学社本将此段原注［5］
［6］合并为注［9］，并将原注［5］的内容调整移前到新注［4］中，还对原注
文予以修订完善。《谐隐》："昔齐威酣乐，而淳于说甘酒"；"昔楚庄齐威，性
好隐语"。《讲疏》在第一段注［5］和第二段注［9］中，两次引《史记·滑稽
列传》为这两句话出典；文化学社本则只于注［4］引《史记·滑稽列传》为
前句出典，因后句出典内容已包含在注［4］中，故不再为后句出注。同篇：
"隐语之用，被于纪传。大者兴治济身，其次弼违晓惑。盖意生于权谲，而事出
于机急，与夫谐辞，可相表里者也。"《讲疏》注曰："谐辞与隐语性质相同，
惟一则悦笑取讽；一则隐约示意；苟正以用之，亦可托足于文囿；然若空戏滑
稽，则德音大坏矣。"① 文化学社本则将此注文调整到注［19］，用来注解："昔
楚庄齐威，性好隐语。至东方曼倩，尤巧辞述。但谬辞诋戏，无益规补。"显
然，这一调整是为了更好地配合正文，强调"若空戏滑稽，则德音大坏矣"！
《神思》："至于思表纤旨，文外曲致，言所不追，笔固知止。至精而后阐其妙，
至变而后通其数，伊挚不能言鼎，轮扁不能语斤，其微矣乎！"《讲疏》引《吕
氏春秋·本味篇》《庄子·天道篇》及纪评出典，文化学社本则将《讲疏》所
引《庄子·天道篇》出典内容"轮扁曰：'臣也以臣之事观之，斫轮徐则甘而

---

① 范文澜. 文心雕龙讲疏：卷3［M］. 天津：新懋印书局，1925：46.

不固，疾则苦而不入。不徐不疾，得之于手，而应于心，口不能言，有数存焉于其中。臣不能以喻臣之子，臣之子亦不能受之于臣，是以行年七十而老斲轮'"，前移至注［11］中，作为"独照之匠，窥意象而运斤"一句的出典内容，并谓："'独照之匠'语本此。"①《定势》："自近代辞人，率好诡巧，原其为体，讹势所变，厌黩旧式，故穿凿取新，察其讹意，似难而实无他术也，反正而已。"文化学社本重新注解这段话，而将《讲疏》注解这段话的内容，稍作修改后移至注［18］，作为注解篇末之语用："彦和非谓文不当新奇，但须不失正理耳。上文云'章表奏议则准的乎典雅，赋颂歌诗则羽仪乎清丽'，言文章措辞，势有一定，若颠倒文句，穿凿失正，此齐梁辞人好巧取新之病也。绎彦和之意，措辞贵在得体，贵在雅正。世之作者，或掎摭古籍艰晦之字，以自饰其浅陋，或弃当世通用之语，而多杂诡怪不适之文，此盖采怪奇之标准，故遂成体讹耳。"②

5. 规范引文附目

征引文献是范注注文的重要组成部分，《讲疏》在征引文献及其附目标示上存在诸多问题，文化学社本不仅增益了许多材料，而且做了不少规范性工作，如文化学社本"目录"下特别注明："注中引文成篇者，附目于各篇下。"就是说目录中各篇篇名下列示的文献名，都是注中引文篇幅相对较大且独立成篇者，或足以与本文相互发明而附于篇末者。

文化学社本《原道》篇末附录增加了《易乾文言》《易坤文言》，保留了《讲疏》所附阮元《文言说》《书梁昭明太子文选序后》，删除了《讲疏》所附阮元《与友人论古文书》。《讲疏》所附3篇文献，完全承袭黄侃《札记》，而《札记》在《原道》所附《与友人论古文书》只是节录，另于《丽辞》全录之。故文化学社本于《原道》删之，并于《丽辞》全录之。《讲疏》中《宗经》目录篇名下没有附目，但第二段注［8］则大段引录刘师培曰……文化学社本于目录篇名下增补附目：刘师培《小学发微补》一节。《讲疏》中《正纬》目录篇名下仅附刘师培《谶纬论》1篇，而注中则大段引录多种文献，故文化学社本另补6篇附目：徐养原《纬侯不起于哀平辨》、刘师培《国学发微》一节、《〈隋书·经籍志·六艺纬类〉序》、桓谭上疏论谶、张衡上疏论谶、荀悦《申鉴·俗嫌篇》，其中前2篇属于修订新补，后4篇则为《讲疏》注文所引。《讲

① 范文澜. 文心雕龙注：下册［M］. 北平：文化学社，1931：5.
② 范文澜. 文心雕龙注：下册［M］. 北平：文化学社，1931：40.

疏》中《辨骚》目录篇名下附了很多随注文出现的歌名，注文中这些歌辞大多很简短，因此文化学社本附目中删除了这些歌名，只保留了《讲疏》所附班固《离骚序》《离骚赞序》、王逸《楚辞章句序》、屈原《离骚》几篇，并补入了新征引的成篇文献名，如王逸《离骚经序》《九章序》《九歌序》《九辨序》《远游序》《天问序》《招魂序》《大招序》《卜居序》《渔夫序》。《明诗》目录篇名下附目，删除了篇幅较小的几篇，如《南风之诗》《卿云歌》《毛诗·召南·行露篇》，保留了《五子之歌》《韦孟讽刺诗》《柏梁台诗》《孺子歌》、何晏《拟古诗》一首、《失题诗》一首、嵇康《幽愤诗》、应璩《白一诗》、袁宏《咏史诗》、孙绰《秋日诗》、孔融《离合作郡姓名字诗》、王融《春游回文诗》、钟嵘《诗品》（上中）诸篇，新增了《祠洛水歌》、苏武诗四首、苏武《答李陵诗》《别李陵》、李陵《与苏武诗》三首、录别诗八首、班婕妤《怨诗》、优施《暇豫歌》、成帝时童谣、枚乘《杂诗》九首、古诗十一首、《南齐书·文学传论》、汉《郊祀歌·天马歌》、孔融六言诗三首、汉《郊祀歌·日出入》《毛诗序》、郑玄《诗谱序》等篇。

　　文化学社本《乐府》附目与《讲疏》略有差异，一是删除了《讲疏》所附"黄先生论诗乐之分合"，因为篇中注文尚有多条引黄札，不宜仅列1条，干脆删去！二是删去篇幅短小的2篇《毛诗·唐风·蟋蟀篇》和《毛诗·郑风·溱洧篇》，而《讲疏》据黄札引录的《怨诗明月篇东阿王词七解》也一并删去。三是新增《陌上桑》和《三侯之章》《挽歌二章》《铙歌十八曲》之目。文化学社本《诠赋》附目则与《讲疏》颇有差异，增补篇目较多，除保留《讲疏》的荀况《礼赋》《知赋》、魏文帝《柳赋》、枚乘《菟园赋》、章炳麟《辨诗》一节外，其他14篇均系新补。文化学社本《颂赞》附目略有增补，先将《讲疏》误置于《诠赋》附目的《周颂·时迈》调整到《颂赞》附目之首，接着增补了屈原《橘颂》，再将《讲疏》未列入附目的《鲁颂·駉》和《商颂·那》补上。文化学社本《祝盟》附目则多有更改、替换和补充，一者将《讲疏》附目之首的《孝昭冠辞》，更名为《祭天辞》《祭地辞》《迎日辞》；二者随着注文内容的变化，以《考工记》祭侯辞、曹操《祭桥玄文》，取代《讲疏》董仲舒《救日食祝》《请雨祝》《止雨祝》、汉光武帝《即位祭告天地文》《告祠高庙迁吕后主文》；三者增补《桑林祷辞》《卫太子祷辞》、魏明帝《甄皇后哀策》、秦昭王《与夷人盟辞》。文化学社本《铭箴》附目对《讲疏》进行了增、删、改，一是删《讲疏》所附黄帝《巾几之铭》、禹《簨簴铭》、汤之《盘铭》、孔悝之《鼎铭》、夏《箴》、王朗《井灶箴》，二是增班固《燕然山铭》、李尤《围棋铭》

《权衡铭》、张载《剑阁铭》《百官箴目》、温峤《侍臣箴》和潘尼《侍臣箴》，三是将《讲疏》周武王《户铭》《席四端铭》改为武王铭五首。文化学社本《诔碑》主要是增补，随着注文内容的丰富，篇名附目下共增补16篇引文目录：柳下惠《诔》、扬雄《元后诔》、苏顺《和帝诔》、崔瑗《和帝诔》、潘岳《皇女诔》、蔡邕《郭有道碑》《陈太丘碑》《周勰碑》《胡广碑》、孔融《张俭碑》、孙绰《王导碑》、梁元帝《内典碑铭集林序》《墓志铭考》、赵翼《碑表考》《墓志铭考》《碑表志铭之别考》。文化学社本《哀吊》除删《讲疏》附目首篇《毛诗·秦风·黄鸟篇》外，其余都是增补，如潘岳《刘氏妹哀辞》《王氏哀辞》、吴大徵《叔字说》、贾谊《吊屈原文》、扬雄《反离骚》、班彪《悼离骚》、蔡邕《吊屈原文》、陆机《吊魏武帝文》、李充《吊嵇中散文》。《讲疏》中《杂文》篇名下附目只有潘勖《拟连珠》一篇，文化学社本附目删此篇，另补宝玉《对楚王问》、傅玄《七谟序》《韩非子·众端参观篇》、东方朔《答客难》、扬雄《解嘲》、陆机《演连珠》四首、《穆天子传·世民吟》。《讲疏》中《谐隐》篇名下附目只有束皙《饼赋》和荀卿《蚕赋》2篇，文化学社本在此基础上另增5篇：宋城者讴、宋玉《登徒子好色赋》、邯郸淳《笑林》三节、袁淑鸡《九锡文》、驴山公《九锡文》。

《讲疏》中《史传》附目只有班彪《史记论》1篇，文化学社本增加韩愈《答刘秀才论史书》1篇。《诸子》篇《讲疏》与文化学社本均无附目。文化学社本《论说》篇名下附目，删《讲疏》严尤《三将军论》、王粲《难钟荀太平论》《无为论》残文、《文师篇》4篇，保留其王粲《儒吏论》、傅嘏《难刘劭考课法论》、何晏《无名论》、郭象《庄子序》、裴頠《崇有论》、范睢《上秦昭王书》6篇，另增班彪《王命论》、范宁《王弼何晏论》、王弼《明象论》、李康《运命论》、徐幹《覈辩论》、李斯《上始皇书》《韩非子·说难》、邹阳《上吴王书》8篇。文化学社本《诏策》附目，将《讲疏》汉武帝策封齐王闳、汉武帝策封燕王旦、汉武帝策封广陵王胥三目合而为一，作汉武帝封三王策，这样更加简洁合理。同时删《讲疏》附目汉武帝《赐严助书》、汉宣帝《赐陈遂玺书》、汉光武帝《赐侯霸玺书》和晋明帝手诏4篇，增加潘勖《册魏公九锡文》1篇。《讲疏》中《檄移》篇名下附目只有隗嚣《移檄告郡国》和桓温《檄胡文》2篇，文化学社本增加晋吕相《绝秦辞》、陈琳《为袁绍檄豫州》、钟会《檄蜀将吏》、司马相如《难蜀父老文》、刘歆《移太常博士书》5篇。《讲疏》中《封禅》附目只有张纯《泰山刻石文》1篇，文化学社本增加司马相如《封禅文》、汉武帝《泰山刻石文》、扬雄《剧秦美新》、班固《典引》4篇。

《讲疏》中《章表》附目也只有张骏《请讨石虎李期表》1篇，文化学社本增加孔融《荐祢衡表》、诸葛亮《出师表》、黄式三《读蜀志诸葛传》、黄以周《默记叙》、曹植《求通亲亲表》、羊祜《让表》、庾亮《让表》、刘琨《劝进表》8篇。《讲疏》中《奏启》附目有刘隗《奏劾祖约》《奏劾周莚、刘胤、李匡》2篇，文化学社本增加李斯《治骊山陵上书》、贾谊《上书言积贮》、晁错《上书言兵事》、匡衡《奏议郊祀》、王吉《上疏言礼仪》、路温舒《上书言尚德缓刑》、谷永《上书论鬼神》、杨秉《上疏谏微行》、高堂隆《上疏言天变》、路粹《枉状奏孔融》、傅咸《奏劾王戎》11篇。文化学社本《议对》附目除保留《讲疏》5篇外，另增吾丘寿王《禁民挟弓弩对》、贾捐之《罢珠厓对》、刘歆《不毁孝武皇帝庙议》、陆机《议晋书断限》、公孙宏《对策文》、杜钦《对策文》6篇。同时，改《讲疏》附目何曾《请蠲出女刑议》为程咸《议妇人刑》，因为此乃"曾使程咸上议，非曾自撰"①。文化学社本《书记》附目将《讲疏》6篇合并为5篇，另增郑子家《与赵宣子书》、子产《寓书告赵宣子》、司马迁《报任少卿书》、杨恽《报孙会宗书》、嵇康《与山巨源绝交书》、赵至《与嵇茂齐书》、张敞《奏书谏太后游猎》、丙吉《奏记霍光》、杨绍《买地券》9篇。

范老为《文心》作注，重在名物训诂、词语讨源，故下篇"剖情析采"各篇，注释条目明显减少。与此相应，下篇引文附目也随之锐减。《讲疏》中《神思》附目仅有陆士衡《文赋》一节，文化学社本亦删之。《体性》《风骨》《通变》《定势》《情采》各篇，《讲疏》篇名下俱无附目，文化学社本也仅于《体性》增加《文镜秘府论·论体篇》1篇，于《通变》增加钱大昕《与友人书》1篇。《讲疏》中《镕裁》附目有章实斋《古文十弊》一节、《史通·叙事篇》2篇，文化学社本删前留后，另增《文镜秘府论·定位篇》《日知录·文章繁简》2篇。《讲疏》中《声律》据黄札附目4篇，文化学社本删其《沈约答陆厥书》，另补《文镜秘府论·论八病》。《讲疏》中《章句》大量迻录黄札，而附目仅笼统地标示为黄先生论文，文化学社本则尽可能删除《讲疏》所引黄札，只完整地迻录约论古书文句异例1篇，并于附目标示。《讲疏》中《丽辞》附目6篇，文化学社本删其范晔《狱中与诸甥侄书》、刘申叔《论文章变迁》、裴度《与李翱书》、阮伯元《四六丛话序》4篇，保留其阮元《文韵说》、李兆洛《骈体文钞序》2篇，另增《文镜秘府论·论对》节录、阮元《与友人论古文书》2篇。《讲疏》中《比兴》附目仅杜牧之《晚晴赋并序》，文化学社本增加

---

① 范文澜. 文心雕龙注: 中册 [M]. 北平: 文化学社, 1929: 491.

潘岳《萤火赋》1篇。《夸饰》附目与《讲疏》同，仅刘师培《美术与征实之学不同论》1篇。《讲疏》中《事类》无附目，文化学社本补扬雄《兖州牧箴》1篇。《练字》《隐秀》《指瑕》《养气》《附会》诸篇，《讲疏》与文化学社本俱无附目。《总术》附目与《讲疏》同，仅学海堂《文笔策问》1篇。《讲疏》中《时序》无附目，文化学社本补裴子野《雕虫论》、梁简文帝《与湘东王书》、李谔《上书正文体》3篇。《讲疏》中《物色》《才略》《知音》《程器》俱无附目，文化学社本仅于《才略》增补乐毅《报燕王书》、桓谭《仙赋》、张华《鹪鹩赋》、左思《咏史诗》4篇。末篇《序志》，《讲疏》附目4篇：应场《文质论》、李充《翰林论》、陆云《与兄平原书》、挚虞《文章流别论》。文化学社本除保留这4篇外，另增曹丕《典论·论文》《典论·论文》逸文4条、曹丕《与吴质书》、陆机《文赋》、桓谭《新论》论文5篇。

第三节　修订特色举隅

文化学社本对《讲疏》修订的基本情况和主要内容已如上述，若从修订特色来看，此次修订尚有几点值得注意：一是文本校雠方面吸收了最新的研究成果，再是撰述体例方面消解了原先讲疏体的色彩，三是学术借鉴方面尽量摆脱对二黄（黄叔琳、黄侃）的依傍。

一、利用古刻名椠，校雠文本字句

《讲疏》是范老任教于南开时撰写的讲义，由于当时身处天津，所见版本和资料有限，加之印刷匆忙，故不及仔细校雠文本，其正文夹校内容全部照录底本，因而在文字校勘方面存在不少缺憾。1927年，范老回到北平，得以与孙蜀丞、赵万里、陈准等人相聚相处，从而获得《文心》诸多善本和最新的校勘资料，为其着手校雠文本提供了可能。文化学社本正文夹校内容，正是"例言"第一条提到的诸家校勘成果：一是黄叔琳底本及其所保留的明人校语，二是孙诒让手录顾、黄合校本校语，三是谭献、赵万里和孙蜀丞等人的校语。其中，二、三均为此次修订新增补的校雠内容，而顾、黄合校本及赵、孙所校唐写本，是尤为珍贵的名椠和最新的校勘材料，具有重要的版本价值。

孙诒让手录顾、黄合校本，被李慈铭视为《文心雕龙》"第一善本"。范老通过好友陈准获得了这一善本，陈准在《顾黄合校〈文心雕龙〉跋》中说：

　　刘氏之书，自成一家，昭晰群言，发挥众妙，海内学者所公认也。但校本绝少，注释不详，所以校雠者，非穷源讨流，终难折衷。余于刘氏之书，颇有研究之志，苦无善本耳。但就所知者，惟弘治甲子吴门刊本（顾黄合校引活字本即此本也），嘉靖庚午（子——引者注）新安刊本（顾黄合校引汪一元即此本也），辛丑建安刊本，癸卯新安刊本，万历乙（己——引者注）酉南昌刊本（天一阁书目为万历七年张之象序即此本也），汉魏丛书本，两京遗编本。《绣谷亭书录解题》云：钱功甫有阮华山宋刊本，秘不肯示人，所以传于世者极少也。余杭谭中义藏有顾黄合校本十卷，至详。吾邑孙仲容先生假此本传录。乃从孙先生所校本转移书眉，以留其真，盖抑刘氏之幸矣。顾黄合校本，李慈铭《越缦堂日记》云：顾黄二氏据元刊、弘治活字本、嘉靖汪一元本，朱墨合校，足为是书第一善本。《原道》《时序》篇纪氏云：此书实成于齐代，今题曰梁。按顾氏云：此所题非也。《时序》篇有"暨皇齐驭宝，运（集——引者注）休明。"是彦和此书，作于齐世。又"人文之元，肇自太极，幽赞神明，易象为先。"顾氏所引旧本作"讚"，是也。"素王述训，莫不原道心以敷章。"黄注云："以敷"一作"裁文"，不明来历。今此本注：元刊本"以敷章"作"裁文"，活、汪本同。足见是书胜于各本也。近来，敦煌有唐人写本草书《文心雕龙残卷》十篇，为燕京赵万里先生校记一卷，足以匡正各本之先（失——引者注）。余鉴唐人写本虽不成帙，亦是瑰宝。爰附于后，羽翼而行。余友范君仲澐（文澜——引者注）有《文心雕龙讲疑（疏——引者注）》之作，以未见此本为恨。乃转告朴社，嘱其集资刊行。余感良友之爱，亟付剞劂，俾此书流传海内，学者有所共鉴焉。①

　　顾、黄合校本，所根据的原本有元刊本、弘治活字本、嘉靖汪一元本等重要版本，故被奉为"第一善本"，陈准建议朴社集资刊行，可惜朴社未将这一珍贵的善本印出来。范老著《讲疏》时，曾"以未见此本为恨"。正是通过陈准，范老才得以见到此本，并据以校雠《文心》文本。陈《跋》发表于1928年3月，经范老修订后于1929年出版的《文心雕龙注》，则吸收了顾、黄合校本的成果，如全书开篇于著作人"梁刘勰撰"下便增一注释：

———————

① 陈准. 顾黄合校《文心雕龙》跋 [J]. 图书馆学季刊，1928，2（2）：291.

顾千里云："此所题非也。《时序篇》有：'皇齐驭宝，运集休明，'是此书作于齐世。"纪昀评云："据《时序篇》此书实成于齐代，今题曰梁，盖后人所追题；犹《玉台新咏》成于梁而今本题陈徐陵耳。"案钟嵘《诗品》所录诸人，时代多误，亦其例也。①

在正文夹校中，范老引顾广圻（字千里）校语往往作"顾校"，录黄丕烈（号荛圃）校语通常作"黄云"。例如，《原道》"洛（黄云案冯本'洛'作'雒'）书蕴乎九畴"，"至（黄云案冯本'至'下有'若'字）夫子继圣"；《体性》"故童子雕琢（黄云孙氏本作'瑑'）"，"文辞（黄云冯本校作'体'）繁诡"等，这里的"黄云"均指黄丕烈。而《文心雕龙》"洛"作"雒"，顾广圻与黄丕烈的观点完全一致，如《正纬》"洛（顾校作'雒'）出书"，"荣河温洛（顾校作'雒'）"等，这里所谓的"顾校"即顾广圻校语。同篇"按经验纬，其伪有四：盖纬之成经，其犹织综，丝麻不杂，布帛乃成；今经正纬奇，倍擿千里，其伪一矣（顾校作'也'）。经显，圣训也；纬隐，神教也。圣训宜广，神教宜约，而今纬多于经，神理更繁，其伪二矣（顾校作'也'）。有命自天，乃称符谶，而八十一篇，皆托于孔子，则是尧造绿图，昌制丹书，其伪三矣（顾校作'也'）。商周以前，图箓频见，春秋之末，群经方备，先纬后经，体乖织综，其伪四矣（顾校作'也'）。"② 四个"矣"字，顾校均作"也"字，这里的顾校也都是指顾广圻。最典型的就是《声律》与《事类》，前者"今操琴不调，必知改张，摘（黄云作'摛'）文乖张，而不识所调……良由内（元作'外'，王改。顾校作'外'）听难为聪也。"黄云、顾校前后相继，一"云"一"校"，称谓各别。后者"陈政（黄云案冯本'正'，顾校作'正'）典之训"，黄云、顾校同条同校，前者指黄丕烈，后者指顾广圻③。当然，也有少数例外，如《宗经》"温柔在（顾云'在'作'庄'）诵"，《诔碑》"雾雺（顾云《古文苑》作'淮雨'）杳冥"，《论说》"而检跡如（顾云当作'知'）妄"，《檄移》"令（顾云'令'字衍）有文告之辞"，这些"顾云"也是指顾广圻④。

①　范文澜. 文心雕龙注：中册［M］. 北平：文化学社，1929：1.
②　范文澜. 文心雕龙注：上册［M］. 北平：文化学社，1929：2，99，8，9，10.
③　范文澜. 文心雕龙注：上册［M］. 北平：文化学社，1931：112，123.
④　范文澜. 文心雕龙注：上册［M］. 北平：文化学社，1929：6，35，58，63.

由于采用了顾、黄合校这一珍贵的善本，使范老在文本校雠方面取得了一些重要的突破。例如，《神思》"阮瑀据案（顾校作'鞍'）而制书"，范注："《魏志·王粲传》注引《典略》曰：'太祖尝使瑀作书与韩遂。时太祖适近出，瑀随从，因于马上具草。书成呈之。太祖临笔欲有所定，而竟不能增损。'案当依顾校作'鞌'。"① 王利器谓："'鞌'原作'案'，梅、吴、何、顾四氏俱谓当作'鞌'，王惟俭本作'鞌'，今据改。"② 可见，"鞌"（鞍）为正字。再如，《夸饰》："至《东都》之比目，《西京》之海若，验理则理无不验，穷饰则饰犹未穷矣。"范注："《文选》班固《西都赋》曰：'揄文竿，出比目。'李善注曰：'《说文》曰：揄，引也。音头。'《尔雅》曰：'东方有比目鱼焉，不比不行，其名谓之鲽。'此云东都，盖误记也。《文选》张衡《西京赋》'海若游于玄渚'，薛综注曰：'海若，海神。''验理则理无不验'，纪评曰：'不验当作可验。'纪说是也。顾千里曰：'左太冲《三都赋》云：然相如赋上林而引庐橘夏熟，扬雄赋甘泉而陈玉树青葱，班固赋西都而叹以出比目，张衡赋西京而述以游海若。'"范老此校极精，"东都"为误无疑，而引顾校则进一步坐实己说。又如，《镕裁》："二意两出，义之骈枝也，同辞重句，文之疣赘也。"《讲疏》就"二意"释义，显然不妥。文化学社本则曰："《庄子·骈拇篇》：'骈拇枝指，出乎性哉，而侈于德，附赘县疣，出乎形哉，而侈于性。''二意'黄校本作'一意'，极是。"③ 此乃据黄丕烈所校，纠正《讲疏》之不当。

"1899年（清德宗光绪二十五年己亥），在中国甘肃省敦煌县鸣沙山千佛洞，封闭达九百多年之久的第二百八十八窟被打开，发现了极为丰富的中古文化宝藏。其中，唐写本《文心雕龙》残卷，也是一件稀世的瑰宝。"④ 作为现存最早的《文心雕龙》版本，唐写本之可靠性远非他本所能比，日本户田浩晓教授在《作为校勘资料的〈文心雕龙〉敦煌本》一文中，详细论证了唐写本《文心雕龙》残卷的六大校勘价值：1. 能正形似之讹；2. 能正音近之误；3. 能正语序错倒；4. 能补入脱文；5. 能删去衍文；6. 能订正记事内容。因此，唐写本问世以来，许多学者对其进行了深入细致的研究。1926年，日本学者铃木虎雄的《敦煌本文心雕龙校勘记》、中国学者赵万里的《唐写本文心雕龙残卷校

---

① 范文澜. 文心雕龙注：下册［M］. 北平：文化学社，1931：10.
② 王利器. 文心雕龙校证［M］. 上海：上海古籍出版社，1980：189.
③ 范文澜. 文心雕龙注：下册［M］. 北平：文化学社，1931：112，48.
④ 林其锬，陈凤金. 敦煌遗书文心雕龙残卷集校［M］. 上海：上海书店，1991：1.

记》相继发表①。而几乎与铃木虎雄、赵万里等人同时对敦煌遗书《文心雕龙》残卷进行校勘的还有孙蜀丞，只是因为他的校勘成果没有及时发表而被人遗忘。现代学者在总结和利用唐写本校雠成果时，一般都不提孙蜀丞。事实上，孙蜀丞所校唐写本，无论在质量上还是数量上，均可与铃木虎雄、赵万里等人的校雠成果相媲美②。

范老与孙蜀丞一度为北京师范大学的同事（二人也同为北大学生），这就为他吸纳孙蜀丞的《文心雕龙》校勘成果提供了方便。据"例言"第一条可知，范老此次校雠《文心》所用的唐写本材料，既有赵万里发表于《清华学报》的《唐写本文心雕龙残卷校记》，也有孙蜀丞尚未发表的唐写本校雠成果手稿，而且孙氏手稿对其校雠《文心》帮助最大，其正文夹校所录基本都是孙氏唐写本校语，只是偶尔兼采赵氏校语。故其"例言"特予声明并致谢忱："畏友孙君蜀丞亦助我宏多（孙君所校有唐人残写本、明抄本《太平御览》及《太平御览》三种），书此识感。"据范老正文夹校过录的孙氏校语统计，孙氏所校唐写本《文心雕龙》残卷，不仅范围广泛，而且内容丰富：除仅存赞语后 3 句的《原道》和仅存篇题的《谐隐》2 篇外，其他 13 篇均有校雠；各篇校雠条目，最少的 17 条，最多的 29 条，合计 322 条。

通过吸收唐写本的校勘成果，范文澜纠正了其师黄侃及其自身校注中的不少讹误。例如《征圣》："是以子（元脱，杨补）政论文，必征于圣；稚圭劝学（四字元脱，杨补），必宗于经。"《讲疏》注曰："《汉书·刘向传》：'向字子政，为人简易无仪，廉靖乐道，不交接世俗，专积思于经术。'《汉书·匡衡传》：'衡字稚圭，成帝即位，上疏劝经学。'"③ 文化学社本注曰："唐写本作'是以论文必征于圣，窥圣必宗于经。'赵君万里曰：'案唐本是也，黄本依杨改，政上补子字，必宗于经句下（上——引者注），补稚圭劝学四字，臆说非是。'"④ 《讲疏》据梅本出典，文化学社本则据唐写本校字。王利器案曰："《宗经》篇：'迈德树声，莫不师圣；而建言修辞，鲜克宗经。'《史传》篇：

---

① ［日］铃木虎雄. 敦煌本《文心雕龙》校勘记［J］//内藤博士还历祝贺支那学论丛，1926：979-1011；赵万里. 唐写本《文心雕龙》残卷校记［J］. 清华学报，1926，3（1）：127-146.

② 详参李平. 孙人和唐写本《文心雕龙》残卷校雠辨析与辑佚［J］. 古代文学理论研究，2018，47（2）：121-143.

③ 范文澜. 文心雕龙讲疏：卷 1［M］. 天津：新懋印书局，1925：18.

④ 范文澜. 文心雕龙注：中册［M］. 北平：文化学社，1929：17-18.

'立义选言，宜依经以树则；劝戒与夺，必附圣以居宗。'又云：'宗经矩圣之典。'《论说》篇：'述圣通经，论家之正体也。'皆与此'征圣''宗经'意同，并撮略为言，而不必指实为何人。《乐府》篇：'昔子政论文，诗与歌别。'杨氏盖涉彼妄补，不可从。今改从唐写本。"①

再如《宗经》："故论说辞序，则《易》统其首；诏策章奏，则《书》发其源；赋颂歌赞，则《诗》立其本；铭诔箴祝，则《礼》总其端；纪传铭檄，则《春秋》为根，并穷高以树表，极远以启疆，所以百家腾跃，终入环内者也。"这里"铭"字出现了两次，显然属于讹误。底本"纪传铭（朱云当作'移'）檄"，"朱云"是指明代《文心雕龙》校勘功臣朱郁仪的说法，黄侃亦从朱说，并谓："纪传乃纪事之文，移檄亦论事之文耳。"② 范老早年承袭师说，故《讲疏》谓："纪传铭檄，朱云'铭当作移'，案本书有《檄移》篇，朱说是也，纪传乃记事之文，檄移明义理之辨，《春秋》盖其根柢也。"③ 而随着唐写本校勘成果的问世，范老在尊重唐写本的基础上，改变了《讲疏》的观点。首先，他在正文夹校中补录了孙蜀丞的校语："纪传铭（朱云当作'移'。孙云唐写本'纪'作'记'，'铭'作'盟'。）檄。"④ 其次，他在注文中又补充道："唐写本'纪'作'记'，'铭'作'盟'，是。《汉书·艺文志》云：'右史记事，事为春秋。'《左传》僖公九年葵丘之盟曰：'凡我同盟之人，言归于好。'"⑤ 这一观点得到了绝大多数"龙学"家的认可⑥。

复如《乐府》"延年以曼声协律，朱马以骚体制歌"一句，黄侃认为："案'朱马'为字之误。《汉书·礼乐志》云：'以李延年为协律都尉，多举司马相如等数十人，造为歌赋。'《佞幸传》亦云：'是时上欲造乐，令司马相如等作诗颂，延年辄承意弦歌所造诗，谓之新声曲。'据此，'朱马'乃'司马'之误。"⑦《讲疏》在校注此句时，援引了其师的上述说法，而文化学社本，范老则以唐写本为准，改变了自己原来的看法：

---

① 王利器．文心雕龙校证［M］．上海：上海古籍出版社，1980：9.
② 黄侃．文心雕龙札记［M］．北京：中华书局，1962：15.
③ 范文澜．文心雕龙讲疏：卷1［M］．天津：新懋印书局，1925：27.
④ 范文澜．文心雕龙注：上册［M］．北平：文化学社，1929：7.
⑤ 范文澜．文心雕龙注：中册［M］．北平：文化学社，1929：26.
⑥ 详参李平．文献考证的"二难选择"——《文心雕龙·宗经》"铭"字复见校勘之反思［J］．云南大学学报，2018，17（5）：83-95.
⑦ 黄侃．文心雕龙札记［M］．北京：中华书局，1962：35.

《礼乐志》"以李延年为协律都尉。多举司马相如等数十人造为诗赋。"《佞幸传》"延年善歌，为新变声。是时上方兴天地诸祠，欲造乐，令司马相如等作诗颂。延年辄承意弦歌所造诗，谓之新声曲。"《补注》引周寿昌曰："相如死当元狩五年，死后七年延年始得见。（元鼎六年）是相如等前造诗，延年后为新声，多举者，言举相如等数十人之诗赋，非举其人也。"周说是。陈先生曰："'朱马'或疑为'司马'之误，非是。案'朱'或是朱买臣。《汉书》本传言买臣疾歌讴道中，后召见，言《楚辞》，帝甚说之。又《艺文志》有《买臣赋》三篇，盖亦有歌诗，志不详耳。"谨案师说极精。买臣善言《楚辞》，彦和谓以骚体制歌，必有所见而云然。唐写本亦作"朱马"，明"朱"非误字也。①

可见，正是依据唐写本，范老改变了他原先对其师黄侃说法的信从，转而采信他的另一位老师陈汉章的说法，认为"朱"当指"朱买臣"，非误字。

此外，《诠赋》曰："刘向云：明'不歌而颂'，班固称'古诗之流'也。"《讲疏》谓："案'明'字疑衍。《艺文志》曰：'不歌而颂，谓之赋。'彦和所引当即本此。"② 文化学社本依据唐写本对《讲疏》校雠予以更改："唐写本'刘向'上有'故'字，是。'云'字衍，应删。《汉书·艺文志》'不歌而颂谓之赋''赋者古诗之流也'，班固《两都赋序》语。"③《诠赋》又曰："六义附庸，蔚成大国；遂（许云当作'述'）客主以首引，极声貌以穷文，斯盖别诗之原始，命赋之厥初也。"《讲疏》承黄札之说，谓："'遂'，许云'当作述'，是也。述客主者，词赋之首多托客主之问答也。"④ 文化学社本注曰："《汉书·艺文志》杂赋十二家，首列客主赋十八篇。沈钦韩曰：'子墨客翰林主人盖用其体。'荀子赋皆用两人问对之体，客主赋当取法于此。'述客主以首引'，谓荀卿赋；'极声貌以穷文'，谓屈原赋。故曰'斯盖别诗之原始，命赋之厥初'。"⑤ 这里释义仍以"述"字，然文本校雠已不再坚持"遂"当作"述"了。因为，不仅底本作"遂"，唐写本、《御览》及《玉海》亦均作"遂"，不宜轻易改字！

① 范文澜.文心雕龙注：中册［M］.北平：文化学社，1929：110-111.
② 范文澜.文心雕龙讲疏：卷2［M］.天津：新懋印书局，1925：56.
③ 范文澜.文心雕龙注：中册［M］.北平：文化学社，1929：146.
④ 范文澜.文心雕龙讲疏：卷2［M］.天津：新懋印书局，1925：58.
⑤ 范文澜.文心雕龙注：中册［M］.北平：文化学社，1929：149.

二、消解讲疏特色，以合注书体例

《讲疏》顾名思义内容方面乃既讲又疏。文化学社本更名为《文心雕龙注》，范老尽量消解原书讲疏体的特色，删节讲疏体的内容，以合注书体例。范老同门金毓黻认为《讲疏》不足之一就是："称引故书连篇累牍，体同札记，殊背注体。"①

例如《原道》："云霞雕色，有逾画工之妙；草木贲华，无待锦匠之奇；夫岂外饰，盖自然耳。"《讲疏》于注中大段引录刘师培《论文杂记》与黄侃《札记》之说，显然有违注书体例，文化学社本则尽删刘、黄之说，改引孙蜀丞之说，并据《周易音义》《说苑·反质篇》和《吕氏春秋·慎行论·壹行篇》高诱注，证"贲为文章貌"。《征圣》："故知繁略殊形，隐显异术，抑引随时，变通会适。"《讲疏》引《荀子》曰："久则论略，近则论详。略则举大，详则举小。"并谓"《史通》因之，而作《烦省篇》"，然后节录其文，又详录《日知录》论文章繁简、刘师培论古代文词句简语文之故，尽显讲疏体特色。文化学社本则另起炉灶，谓"会适"当据唐写本作"适会"，并引《周易·系辞》及韩康伯注为证，再引纪评解释"繁略殊形，隐显异术"，颇合注书体例。《宗经》："若禀经以制式，酌雅以富言，是仰山而铸铜，煮海而为盐也。"《讲疏》尊师说、重品评，故只解释前两句："案二语实为本篇之正意（此乃黄札语），而'制'字'富'字尤为精义所在，盖立义不背于经典，始能随宜以变通，酌言必本乎雅丽，故能辞富于山海。彦和以铸铜煮盐喻之审矣。"② 文化学社本重出典、校字，故《讲疏》之品评虽然精当，但因其偏于讲疏而不合注书体例，且系发挥师说，故范老修订时亦尽删之，而只出注校雠后句："'仰'，唐写本作'即'，是。《汉书·货殖传》：'即铁山鼓铸。'师古曰：'即，就也。'"③《练

---

① 金毓黻．静唔室日记［M］．沈阳：辽沈书社，1993：5162．其1943年3月10日日记曰："向李君长之假得《文心雕龙》范注一册。《文心雕龙》注本有四：一为黄叔琳注，二为李详补注，三为先师黄季刚先生札记，四为同门范文澜注。黄先生《札记》只缺末四篇，然往曾取《神思》篇以下付刊，以上则弃不取，以非精心结撰也；厥后中大《文艺丛刊》乃取弃稿付印，然以先生谢世，缺已过半。范君因先生旧稿，并用其他而作新注，约五六十万言，用力甚勤，然余犹以为病者：一、用先生之注释及解说，多不注所出，究有攘窃之嫌；二、书名曰注，而于黄、李二氏之注不之称引，亦有以后铄前之病；三、称引故书连篇累牍，体同札记，殊背注体；四、罅漏仍多，诸待补辑。总此四病，不得谓之完美。"由金氏所谓"范注一册"可知其所假为《文心雕龙讲疏》。

② 范文澜．文心雕龙讲疏：卷1［M］．天津：新懋印书局，1925：15-18，27.

③ 范文澜．文心雕龙注：中册［M］．北平：文化学社，1929：26.

字》："暨乎后汉，小学转疏，复文隐训，臧否大半。"《讲疏》结合中国古代文化学术发展的特点进行释义："西汉以前，文人皆通专门之学，鲜有仅以文称者。东汉文与学分。蔚宗作史，别文苑于儒林不可复合。故彦和曰：'暨乎后汉，小学转疏，复文隐训，臧否大半。'（"大半"疑当作"亦半"，谓优劣参半也）下逮魏晋，文章学术分驰益远，文士不必有学，学者不必善文。追观汉作，翻成阻奥，此由时代之迁变，不可人力强为者也。"① 范老以为此释义不合注书体例，于是文化学社本改为出典，先引《后汉书·马援传》注引《东观记》曰："援上书：'臣所假伏波将军印，书伏字犬外向。城皋令印皋字为白下羊，丞印四下羊，尉印白下人，人下羊。即一县长吏印文不同，恐天下不正者多。符印所以为信也，所宜齐同。荐晓古文字者，事下大司空正郡国印章。'奏可。"再引《说文序》曰："今虽有尉律不课，小学不修，莫达其说久矣。"（莫达六书之说也）最后总结："此皆'小学转疏'之证。"至于"复文隐训，臧否大半"，文化学社本注曰："'复文'谓如有长字斗字而重作马头人之长，人持十之斗。'隐训'谓诡僻之训，如屈中为虫，苟之字止句也之类。'臧否大半'，'大'疑是'亦'字之误，谓后汉之文，有深于小学者，有疏于小学者，臧否各半也。"② 此注出典、释义、校字均针对具体原文，切合注书规范。

《讲疏》因属讲疏体，故范老于注中常常关注时代精神，强调现实之用。因其不合注书体例，范老修订时则尽可能予以删节调整。例如《诸子》："诸子者，入道见志之书。太上立德，其次立言。百姓之群居，苦纷杂而莫显；君子之处世，疾名德之不章。唯英才特达，则炳曜垂文，腾其姓氏，悬诸日月焉。"《讲疏》先引纪评，然后反驳，接着又加以发挥，强调时代之用（见前引），最后录《汉书·艺文志》一节，以明诸子学术思想之重要。文化学社本则将此注一分为三，先引纪评解题，案曰："纪氏此说亦误。柳子厚谓'参之孟荀以畅其支，参之庄老以肆其端'（《答韦中立论师道书》），彦和论文，安可不及诸子耶？"过滤了《讲疏》主观发挥方面的过激之言。再录《汉书·艺文志》"今异家者，各推所长，穷知究虑，以明其指，虽有蔽短，合其要归，亦六经之支与流裔"数言，以注"诸子者，入道见志之书"。删除了《讲疏》多余的引文。最后引《左传》襄公二十四年"太上有立德，其次有立功，其次有立言"、《正义》曰"老庄荀孟管晏孙吴之徒，制作子书，皆是立言者也"、《论语·卫灵公》"子

---

① 范文澜. 文心雕龙讲疏：卷8 [M]. 天津：新懋印书局，1925：23-24.
② 范文澜. 文心雕龙注：下册 [M]. 北平：文化学社，1931：127.

曰：君子疾没世而名不称焉"，为"立德""立言""疾名德之不章"等出典①。相较《讲疏》发挥之言，文化学社本更重出典，只求符合注书体例与规范。

《论说》："论者，伦也；伦理无爽，则圣意不坠。昔仲尼微言，门人追记，故仰其经目，称为《论语》；盖群论立名，始于兹矣。"《讲疏》分辨"论"与"说"之不同，并结合近世辩论术之要旨详细分析（见前引），重时代之用，合讲疏之体。文化学社本则将此注一分为二，尽删《讲疏》采近世辩论术所作发挥之论，严格按照注书体例出典、释义、校字。《神思》："故寂然凝虑，思接千载；悄焉动容，视通万里；吟咏之间，吐纳珠玉之声；眉睫之前，卷舒风云之色；其思理之致乎。"《讲疏》运用心理学想象与联想理论解释这段话（见前引），观点新颖且富时代气息，然有悖注书体例，故文化学社本尽删之，而改引《文赋》之言以为注。《镕裁》"凡思绪初发……骈赘必多"一段，《讲疏》无注号，而是结合陆机《文赋》所论综合释义，再录章实斋《古文十弊》论文无定格一节；"故三准既定……则芜秽而非赡"一段，《讲疏》亦无注号，仅"案上节论镕，此节论裁。裁者，剪截浮词之谓"，并节录《史通·叙事篇》论省句省字之法一大段文字以作解释。此乃典型的讲疏体。文化学社本于前段文字分3条出注：先引遍照金刚《文镜秘府论》四，注"凡思绪初发，辞采苦杂，心非权衡，势必轻重"；再谓"经营之始，心中须先历此三层程序……"，以释"三准"之意；最后指出"'然后舒华布实'至'美材既斫'，谓既形之于文，仍须随时加以修饰之功"，并录《文镜秘府论》四《定位篇》，且谓所录之文"似即本《镕裁篇》而畅演之，不欲割裂其章句，故全录如上"。于后段文字亦分3条出注：一者，保留《讲疏》讲疏文字，以注"故三准既定，次讨字句，句有可削，足见其疏；字不得减，乃知其密"；二者，注"精论要语，极略之体，游心窜句，极繁之体，谓繁与略，随分所好"几句，先引《庄子·骈拇篇》"骈于辩者，累瓦结绳，窜句游心于坚白同异之间"，再录《释文》引司马彪云"窜句谓邪说微隐穿凿文句也"，最后解释"'随分所好'，谓各随作者性之所好"；三者，注剩余文字谓"裁字之义兼增删二者言之，非专指删减也。此节极论繁略之本原，明白不可复加，《日知录》十九《文章繁简》条颇可参阅，录于下……"②。

另外，《讲疏》有些注目既有出典内容，又有讲疏之论，文化学社本则仅保

---

① 范文澜.文心雕龙注：中册[M].北平：文化学社，1929：334.
② 范文澜.文心雕龙注：下册[M].北平：文化学社，1931：48-49，50-53.

留其出典内容，而删除其讲疏之论。如《征圣》"情欲信而辞欲巧"，《讲疏》引《礼记·表记篇》及《正义》出典："子曰：'情欲信，辞欲巧。'注曰：'巧谓顺而说也。'《正义》曰：'辞欲巧者，言君子言辞，欲得和顺美巧，不违逆于理，与巧言令色者异也。'"① 出典之后，又引一大段黄札释"征圣"之意。文化学社本则仅保留其出典内容，删其所引黄札，以合注书体例。又如《情采》赞词后四句："吴锦好渝，舜英徒艳。繁采寡情，味之必厌。"《讲疏》引《毛诗》传曰："舜，木槿也，其华朝生暮落。"又案："'繁采寡情，味之必厌'二语，最为切要。后人好作文章，苦乏真情，不得不以声律藻采，眩感耳目。然以写实自诩，而亦空无意义，其可厌正复与前者伯仲也。"② 文化学社本只对其出典加以订补："《诗·郑风·有女同车》：'有女同行，颜如舜英。'《毛传》：'舜木槿也，英犹华也。'陆机《草木疏》曰：'舜一名木槿，今朝生暮落者是也。'"③ 删其发挥评述之案语。

三、淡化二黄影响，凸显范注价值

《讲疏》的一个明显不足，就是颇为倚重黄叔琳的《辑注》和其师黄侃的《札记》，对黄注和黄札承袭过多。即金毓黻所谓："用先生之注释及解说，多不注所出，究有攘窃之嫌。"在文化学社本中，范老着力淡化二黄的影响，于注中尽可能地减少黄注与黄札的痕迹，以凸显范注自身的价值。

在《讲疏》中，范老唯其师黄侃马首是瞻，凡《札记》所言，几乎悉数收录。因此，削减不厌其烦的"黄先生曰"，淡化遍布全书的黄札痕迹，也就成了范老此次修订的一个重要任务。大致说来，范老通过以下几种方式来淡化黄札对其书的影响。

一是采取最简单的方法，即直接删除《讲疏》据黄札、引黄札的注释条目。例如，《征圣》"体要与微辞偕通，正言共精义并用"，《讲疏》大段引录"黄先生曰"以为注，文化学社本删此条注文。又，"然则圣文之雅丽，固衔华而佩实者也"，《讲疏》引黄先生曰："此彦和《征圣》篇之本意，文章本之圣哲，而后世专尚华辞，离本寝远，故彦和必以华实兼言。孔子曰：'质胜文则野，文胜质则史；文质彬彬，然后君子。'包咸注曰：'野如野人，言鄙略也。史者文多

① 范文澜．文心雕龙讲疏：卷1 [M]．天津：新懋印书局，1925：13.
② 范文澜．文心雕龙讲疏：卷7 [M]．天津：新懋印书局，1925：6.
③ 范文澜．文心雕龙注：下册 [M]．北平：文化学社，1931：45.

而质少，彬彬者，文质相半之貌。'审是则文多者固孔子所讥，鄙略更非圣人所许，奈之何后人欲去华辞，而专隆朴陋哉！如舍人者，得尚于中行者矣。"文化学社本亦删此条注文，连如此重要的概括篇旨之论，范老都忍痛割爱，可见去黄决心之大！再如《宗经》："故论说辞序，则《易》统其首；诏策章奏，则《书》发其源；赋颂歌赞，则《诗》立其本；铭诔箴祝，则《礼》统其端；纪传铭檄，则《春秋》为根。"《讲疏》注这段话的 5 条注文，均系参照黄札以成说。为摆脱对黄札的倚重，文化学社本尽删前 4 条注文，末条注文亦不再遵从师说，而改依唐写本校字。又，"故文能宗经，体有六义"，《讲疏》引黄先生曰："此乃文能宗经之效，六者之中，尤以事信、体约二者为要：折衷群言，俟解百世，事信之征也；芟夷烦乱，剪截浮辞，体约之故也。"① 文化学社本删此条注文。复如，《书记》"三代政暇，文翰颇疏"，《讲疏》袭黄札以为注："古者使受辞命而行，简牍繁累，故用书者少。其见于传与人书最先者，实惟郑子家。"② 此条无出典，黄札敷衍释义，故文化学社本删之。最后，《序志》"陆赋巧而碎乱"，《讲疏》引黄先生曰："碎辞者，盖谓其不能具条贯。然陆本赋体，势不能如散文之叙录有纲，此评或过。"修订时，范老或以此评不足为凭，故删之。又，"傲岸泉石"，《讲疏》引黄先生曰："鲍照《代挽歌》：'傲岸平生中，不为物所裁。'"③ 范老或认为"傲岸"之意，不言自明，无须出典，故亦删之。

二是采取删除黄札，另外出典以代之的方法。例如，《征圣》："或简言以达旨，或博文以该情，或明理以立体，或隐义以藏用。"《讲疏》引黄先生曰："文术虽多，大要不过繁简隐显而已，故彦和征圣举文，立四者以示例。"④ 文化学社本删黄札，另出典："《易·上系》：'显诸仁，藏诸用。'《正义》曰：'藏诸用者，谓潜藏功用，不使物知，是藏诸用也。'"尽管此出典尚不及黄札释义高标，范老仍以其取代黄札。《明诗》："古诗佳丽，或称枚叔，其《孤竹》一篇，则傅毅之词，比采而推，两汉之作乎？"《讲疏》全录黄札以为注，文化学社本则尽删黄札，首先据唐写本校字："赵君万里曰：'两上有故字。乎作也。案《御览》五八六引两上有固字，固故音近而讹。疑此文当作固两汉之作也。'

---

① 范文澜. 文心雕龙讲疏：卷 1 [M]. 天津：新懋印书局，1925：19-20，27.
② 范文澜. 文心雕龙讲疏：卷 5 [M]. 天津：新懋印书局，1925：38.
③ 范文澜. 文心雕龙讲疏：卷 10 [M]. 天津：新懋印书局，1925：29，31.
④ 范文澜. 文心雕龙讲疏：卷 1 [M]. 天津：新懋印书局，1925：14.

案赵说是也。"① 接着录枚乘杂诗九首和古诗十一首，最后录朱彝尊《曝书亭集·书〈玉台新咏〉后》所作辨析。又，"及大禹成功，九序惟歌"，《讲疏》谓："伪《大禹谟》文，引见《原道篇》注。"② 此乃暗袭黄札，文化学社本删之，另引《困学纪闻》卷二："《大传》二曰'歌《大化》《大训》《六府》《九原》'，注谓：'四章皆歌禹之功，所谓九德惟叙。'九德之歌于此犹可考。"③《乐府》："至于斩伐鼓吹，汉世铙挽，虽戎丧殊事，而并总入乐府。"《讲疏》据黄札出注，文化学社本改用其他文献出典，并另录《讲疏》崔豹《古今注》引文。《议对》："周爰谘谋，是谓为议；议之言宜，审事宜也。"《讲疏》沿袭黄札以出注："《说文》：'议，语也；论，议也。'谋，虑难曰谋。谋事曰咨。然则议亦论事之泛称。"④ 文化学社本则删黄札，另出典："《诗·大雅·绵》'爰始爰谋'，笺云：'于是始与豳人之从己者谋。'又'周爰执事'，笺云：'于是从西方而往东之人，皆于周执事，竞出力也。''周爰谘谋'语本此。段玉裁注《说文》议字曰：'议者，谊也，人所宜也。言得其宜之谓议。'《韵会》四寘引《说文》'议语也'下有'一曰谋也'。"⑤《声律》："今操琴不调，必知改张，摘文乖张，而不识所调。响在彼弦，乃得克谐，声萌我心，更失和律，其故何哉？良由内听难为聪也。"《讲疏》照录黄札："言声乐不调，可以闻而得之。独于文章声律，往往不憭。"⑥ 文化学社本删黄札，改引纪评，并补出典校字。纪评曰："'由'字下王损仲本有'外听易为□而'六字。"范老补曰："案□或是'巧'字。'操琴不调，必知改张'，语本《汉书·董仲舒传·对策文》。'摘文'当作'摘文'。"⑦ 范老校字极精，王利器谓："案王惟俭本及范校是，今据补。"⑧ 另，范老所引"纪评"实为"黄批"之误。《章句》："若夫笔句无常，而字有条数，四字密而不促，六字格而非缓。或变之以三五，盖应机之权节也。"《讲疏》引"黄先生论之曰"以为注，文化学社本删之，另引《文镜秘府论》出典。又，"诗人以'兮'字入于句限……况章句软"，《讲疏》无注号，仅录黄札"词言通释"。文化学社本删黄札，引《六朝丽指》以为注。

① 范文澜.文心雕龙注：中册［M］.北平：文化学社，1929：16，82.
② 范文澜.文心雕龙讲疏：卷2［M］.天津：新懋印书局，1925：3.
③ 范文澜.文心雕龙注：中册［M］.北平：文化学社，1929：67.
④ 范文澜.文心雕龙讲疏：卷5［M］.天津：新懋印书局，1925：26.
⑤ 范文澜.文心雕龙注：中册［M］.北平：文化学社，1929：479.
⑥ 范文澜.文心雕龙讲疏：卷7［M］.天津：新懋印书局，1925：13.
⑦ 范文澜.文心雕龙注：下册［M］.北平：文化学社，1931：58.
⑧ 王利器.文心雕龙校证［M］.上海：上海古籍出版社，1980：215.

三是对《讲疏》一些既录黄札又有己注的条目，采取删黄札留己注的方法。如《宗经》"……其婉章志晦，谅以邃矣"，《讲疏》先引黄先生曰："此《左氏》义。上文五石六鹢之辞，乃《公羊》说。其实《春秋》精谊，并不在此，欲详其说，宜览杜元凯《春秋经传集解序》。"再补引杜序："二曰志而晦，约言示制，推以知例，参会不地，与谋曰及之类是也。三曰婉而成章，曲从义训，以示大顺，诸所讳避，璧假许田之类是也。"① 文化学社本则删"黄先生曰"，仅保留自己补录的"杜序"。又如《明诗》"黄帝云门，理不空绮"，《讲疏》引《周礼》注曰："黄帝曰云门大卷，言其德如云之所出，民得以有族类。"下文"'理不空绮'者，谓既有乐名，必有乐词也"②，乃暗袭黄札。文化学社本删暗袭之黄札，在修订自己原注的同时，增补校字："'理不空绮'唐写本作'理不空绹'，是。《诗谱序正义》：'大庭有鼓籥之器，黄帝有云门之乐，至周尚有云门，明其音声和集。既能和集，必不空绹，绹之所歌，即是诗也。'案《正义》'必不空绹'之语即本彦和，是作'绮'者误也。"③ 再如《乐府》"乐府者，声依永，律和声也"，《讲疏》注曰："《舜典》帝曰：'诗言志，歌永言，声依永，律和声。'《孔传》曰：'声谓五声，律谓六律六吕，言当依声律以和乐。'案古者诗皆可歌，歌皆合律，后世文人，不晓丝竹之音节，惟藻采章句是务，诗与乐遂分途，而不可复合。黄先生论之曰……"④ 文化学社本删案语及黄先生所论，并修订原出典："《尚书·舜典》'帝曰：夔，命汝典乐。……声依永，律和声。'王弼注曰：'声谓五声：宫、商、角、徵、羽。律谓六律六吕，十二月之音气，言当依声律以和乐。'"⑤ 又："至于涂山歌于候人，始为南音；有娀谣乎飞燕，始为北声；夏甲叹于东阳，东音以发；殷整思于西河，西音以兴。音声推移，亦不一概矣。"《讲疏》引《吕氏春秋·仲（季）夏纪·音初篇》："孔甲曰：'呜呼！有疾，命矣夫！'乃作为《破斧之歌》，实始为东音。涂山氏之女，令其妾候禹于涂山之阳，女乃作歌，歌曰'候人兮猗'，实始作为南音。周公及召公取风焉，以为周南、召南。殷整甲徒宅西河，犹思故处，实始作为西音。有娀氏有二佚女，作歌一终曰'燕燕往飞'，实始作为北音。"⑥ 接着引

---

① 范文澜．文心雕龙讲疏：卷1［M］．天津：新懋印书局，1925：25.
② 范文澜．文心雕龙讲疏：卷2［M］．天津：新懋印书局，1925：2.
③ 范文澜．文心雕龙注：中册［M］．北平：文化学社，1929：66-67.
④ 范文澜．文心雕龙讲疏：卷2［M］．天津：新懋印书局，1925：22.
⑤ 范文澜．文心雕龙注：中册［M］．北平：文化学社，1929：105.
⑥ 范文澜．文心雕龙讲疏：卷2［M］．天津：新懋印书局，1925：26.

"黄先生曰……"文化学社本删"黄先生曰"一段，修订原出典，并案曰："吕氏之说，不见经传，附会显然，或者谓国风托之以制题，殆信古太甚之失也。"①

下篇《神思》："至于思表纤旨，文外曲致，言所不追，笔固知止。至精而后阐其妙，至变而后通其数，伊挚不能言鼎，轮扁不能语斤，其微矣乎！"《讲疏》在引《吕氏春秋·本味篇》和《庄子·天道篇》出典之后，再引纪评，最后又以"案"的形式附黄札："案自《神思》至《总术》及《物色》篇，析论为文之术；《时序》及《才略》以下三篇，综论循省前文之方。比于上篇，一则为提挈纲维之言，一则为辨章众体之论。"② 文化学社本先引《吕氏春秋·本味篇》："汤得伊尹，祓之于庙，明日设朝而见之。说汤以至味曰：鼎中之变，精妙微纤，口弗能言，志勿能喻。"然后将《讲疏》中《庄子·天道篇》引文用于"然后使玄解之宰，寻声律而定墨；独照之匠，窥意象而运斤；此盖驭文之首术，谋篇之大端"一段出典。再录纪评："补出刊改乃工一层，及思如希夷，妙绝蹊径，非笔墨所能摹写一层，神思之理，乃括尽无余。"删《讲疏》所附黄札之文。《章句》："夫设情有宅，置言有位；宅情曰章，位言曰句。故章者，明也；句者，局也。局言者，联字以分疆；明情者，总义以包体。区畛相异，而衢路交通矣。"《讲疏》除出典、释义外，还完整迻录黄札"释章句之名""辨汉师章句之体""论句读有系于音节与系于文义之异""约论古书文句异例"。文化学社本补充出典："《说文》：'宅，所寄也。'《鲁语》上：'宅，章之次也。'谓章明情志，必有所寄而次序显晰也。郑注《尧典》平章百姓曰：'明也。'《说文》：'句，曲也。'局亦曲也。"保留《讲疏》所引《毛诗·关雎正义》出典之文，并谓"即本彦和为说"，删《讲疏》所录黄札。又："夫裁文匠笔，篇有小大；离章合句，调有缓急；随变适会，莫见定准；句司数字，待相接以为用；章总一义，须意穷而成体。其控引情理，送迎际会，譬舞容回环，而有缀兆之位；歌声靡曼，而有抗坠之节也。"《讲疏》出典之外，又整段迻录黄札"论安章之总术"。文化学社本补充出典："《关雎正义》曰：'句者联字以为言，则一字补制也。以诗者申志，一字则言蹇而不会，故诗之见句，少不减二，即祈父肇禋之类也。'案此说亦通于一切文笔，凡一字不得成为句，句必集

---

① 范文澜．文心雕龙注：中册［M］．北平：文化学社，1929：106.

② 范文澜．文心雕龙讲疏：卷6［M］．天津：新懋印书局，1925：15.

数字而后成。"① 保留《讲疏》所引《礼记·乐记》及《正义》出典之文，删《讲疏》所录黄札。

四是《讲疏》从黄札之说，而文化学社本则改从纪评、陈汉章先生之说，或提出自己的不同看法。如《议对》："及陆机断议，亦有锋颖，而谀辞弗剪，颇累文骨：亦各有美，风格存焉。"《讲疏》全袭黄札以为注："案此谓士衡议《晋书》限断也。李充《翰林论》曰：'在朝辨政，而议奏出，宜以远大为本。陆机议晋断，亦名其美矣。'谀辞，正谓诡谀之辞。纪云'谀当作腴'，未知何据？陆文已阙，《全晋文》（九十七）录其数语……"② 文化学社本改变《讲疏》观点，在《翰林论》引文之后，录纪评曰"'谀'当作'腴'"，并谓："士衡撰文，每失繁富，下云'颇累文骨'，则作'腴'者是也。陆机佚文见《初学记》二十一……"③ 再如《声律》："异音相从谓之和，同声相应谓之韵。韵气一定，故余声易遣；和体抑扬，故遗响难契。"《讲疏》仅录黄札注"异音相从谓之和"："一句之内，声病悉袪，抑扬高下，合于唇吻，即谓之和矣。"④ 文化学社本则删黄札，出注解释各句："'异音相从谓之和'，指句内双声叠韵及平仄之和调；'同声相应谓之韵'，指句末所用之韵。'韵气一定，故（"故"，《四声论》引作"则"，是）余声易遣'，谓择韵既定，则余韵从之，如用东韵，凡与同韵之字皆得选用。'和体抑扬，故遗响难契'，谓一句之中，既须调顺，上下四句间，亦求和适，此调声之术，所以不可忽略也。"并录《文镜秘府论》以证之，再引陈先生曰："彦和此文，实本《左传》晏子曰……"⑤ 最后附以《文镜秘府论》所举调声三术，去黄之意甚明。

范老修订时，本着"我爱吾师，我更爱真理"的精神，常常针对《讲疏》所引黄札，提出自己不同的意见。如《通变》："是以规略文统，宜宏大体，先博览以精阅，总纲纪而摄契，然后拓衢路，置关键，长辔远驭，从容按节，凭情以会通，负气以适变，采如宛虹之奋髯，光若长离之振翼，乃颖脱之文矣。"《讲疏》据黄札出注："览必博，阅必精，然后能识取舍之义，应随时之变。若不博不精，而好变古，必有陷泞之忧矣。"⑥ 文化学社本则针对其师观点，提出

---

① 范文澜. 文心雕龙注：下册［M］. 北平：文化学社，1931：11，76.

② 范文澜. 文心雕龙讲疏：卷 5［M］. 天津：新懋印书局，1925：32.

③ 范文澜. 文心雕龙注：中册［M］. 北平：文化学社，1929：492.

④ 范文澜. 文心雕龙讲疏：卷 7［M］. 天津：新懋印书局，1925：17.

⑤ 范文澜. 文心雕龙注：下册［M］. 北平：文化学社，1931：11，60-61.

⑥ 范文澜. 文心雕龙讲疏：卷 6［M］. 天津：新懋印书局，1925：30.

自己的不同看法："《札记》曰：'博精二字最要。'窃案'凭情以会通，负气以适变'二语尤为通变之要本。盖必情真气盛，骨力峻茂，言人不厌其言，然后故实新声，皆为我用，若情匮气失，效今固不可，拟古亦取憎也。"范老的看法，显然较其师更为通达合理，也更符合创作实际。关于《声律》之篇旨，《讲疏》颇重黄札，不仅于注［9］录黄札以注"左碍而寻右，末滞而讨前"，而且在注中说明"此篇文颇难读，前后释义，盖采黄先生之说为多"，并完整地迻录了黄札关于《声律》篇旨之论。然而，文化学社本之解题则对黄札多有补充与突破。首先，从古代学术传授的特点，论及声律的起源："古代竹帛繁重，学术传授，多凭口耳，故韵语杂出，藻绘纷陈，自《易》之《文言》《系辞》以及百家诸子，大率如此。"其次，从西汉章句盛行及东汉儒林与文苑分途方面，指出声律产生的必然性："文士制作，力有所专，制作益广，今其辞失传者众，考其篇目，固泰半有韵之文也。韵文既极恢宏，自须探求新境，以驭无穷。"再次，从"佛教东传，中国文学，受其熏染"的角度，分析声律产生的背景。又，黄札谓首倡声律者，"惟士衡《文赋》数言"。范老则据《高僧传》所载，谓"曹植既首唱梵呗，作《太子颂》《睒颂》，新声奇制，焉有补煽动当世文人者乎？故谓作文始用声律，实当推原于陈王也"。这些都对黄札做了必要的补充。更重要的是，在对待声律的态度上，范老在文化学社本中开始与其师分道扬镳。"四声之分，既已大明，用以调声，自必有术，八病苛细，固不可尽拘，而齐梁以后，虽在中才，凡有制作，大率声律协和，文音清婉，辞气流靡，罕有挂碍，不可谓非推明四声之功。钟嵘《诗评》独非四声，以为襞积细微，文多拘忌，伤其真美，斯论通达，无以间之。然清浊通流，口吻调利，正复不易。夫大匠诲人，必以规矩，神而化之，存乎其人，何得坚拒声律之术，使人冥索，得之于偶然乎。彦和于《情采》《镕裁》之后，首论声律，盖以声律为文学要质，又为当时新趋势，彦和固教人以乘机无怯者，自必畅论其理。"基于如此看法，范老对黄札之论提出不同之见："而或者谓彦和生于齐世，适当王、沈之时，又《文心》初成，将欲取定沈约，不得不枉道从人，以期见誉，观《南史·舍人传》，言约既取读，大重之，谓深得文理，知隐侯所赏独在此一篇矣。《南史·钟嵘传》云：'嵘尝求誉于约，约拒之。及约卒，嵘品古今诗为评，言其优劣云云。盖追宿憾以此报之也。'二者恐同是推测之论，不敢辄信。"①"或者谓"正是黄札的观点！

---

① 范文澜．文心雕龙注：下册［M］．北平：文化学社，1931：32，54-57.

　　当然，范老淡化黄札对其影响的最常用手法，还是对黄札进行发挥、改造或增删，以避免直接袭用。《正纬》："神道阐幽，天命微显，马龙出而《大易》兴，神龟见而《洪范》耀。"《讲疏》先引黄先生曰："九畴本于雒书，故《庄子》谓之九雒。先儒不言龟负，惟《中候》及诸纬言之，《洪范》伪古传，乃用其说，刘又用伪孔说也。"① 接着又据黄札申述题义。文化学社本解题则改引胡应麟、徐养原、刘师培诸说，以明谶纬性质不同及纬之起源、兴盛等，去黄之意甚明。另对黄札进行扩展、发挥，分别为"马龙出而《大易》兴，神龟见而《洪范》耀"出注。先注前句曰："《礼记·礼运》'河出马图'，郑注云：'马图，龙马负图而出也。'《正义》引《中候·握河纪》：'伏羲氏有天下，龙马负图出于河，法之以画八卦。'又引《握河纪》注云：'龙而形象马。'" 再注后句曰："《易·上系》：'河出图，洛出书，圣人则之。'《正义》引《春秋纬》云：'河以通乾出天苞，洛以流坤吐地符。河龙图发，洛龟书感。河图有九篇，洛书有六篇。孔安国以为河图则八卦是也，洛书则九畴是也。'《尚书·洪范》：'天锡禹以《洪范》九篇。'"②

　　《乐府》"缪袭所致，亦有可算焉"，《讲疏》录黄札"缪袭作魏鼓吹曲十二首，又挽歌一首"以为注，文化学社本先据唐写本补校字："'缪袭'唐写本作'缪朱'，恐误。"然后接《讲疏》所注，再引纪评曰："'致'当作'制'。"又，"昔子政品文，诗与歌别，故略具乐篇，以标区界"。《讲疏》注及附录全据"黄先生曰"，文化学社本则于黄札之后补校字，"唐写本'具'作'序'，是"③，并于附录前增加列表。

　　《诠赋》"赋者，铺也；铺采摛文，体物写志也"，《讲疏》引李详云："《毛诗·关雎序》'诗有六义，二曰赋。'《正义》云：'赋者，铺陈今之政教善恶，其言通正变，兼美刺。'又云：'直陈其事不譬喻者，皆赋辞。'案彦和铺采二语，特指词人之赋而言，非六义之本也。"④ 此乃袭用黄札，文化学社本于此前补引郑注《周礼》大师曰："赋之言铺，直铺陈今之政教善恶，其言通正变，兼美恶。"于此后补引纪评曰："铺采摛文，尽赋之体；体物写志，尽赋之志。"⑤又，"宋玉《风》《钓》"，《讲疏》全据黄札出注："宋玉赋自《楚辞》《文选》

① 范文澜. 文心雕龙讲疏：卷 1 ［M］. 天津：新懋印书局，1925：27.
② 范文澜. 文心雕龙注：中册 ［M］. 北平：文化学社，1929：32.
③ 范文澜. 文心雕龙注：中册 ［M］. 北平：文化学社，1929：127.
④ 范文澜. 文心雕龙讲疏：卷 2 ［M］. 天津：新懋印书局，1925：55.
⑤ 范文澜. 文心雕龙注：中册 ［M］. 北平：文化学社，1929：145.

所载外，有《讽》《笛》《钓》《大言》《小言》五篇，皆在《古文苑》。张惠言氏以为皆五代宋人聚敛假托为之。今录《钓赋》一篇于下……"文化学社本删附录之《钓赋》，并谓"《文选》有《风赋》当可信"。又，"至于草区禽族，庶品杂类"，《讲疏》全据黄札出注："《草木赋》《文选》无载者，兹录魏文帝《柳赋》以示例。《西京杂记》载枚乘《柳赋》一篇，恐非真作也。"① 文化学社本对此注做重要的修订与补充："《汉书·艺文志》有《杂禽兽六畜昆虫赋》十八篇。王应麟曰：'刘向《别录》有《行过江上弋雁赋》《行弋赋》《弋雌得雄赋》。'又有《杂器赋》《草木赋》三十三篇。《西京杂记》虽云出自吴均，然其时或尚及见汉代杂赋之遗，兹录其所载小赋数首于下。"② 除魏文帝《柳赋》外，另补录枚乘《柳赋》、路乔《如鹤赋》、公孙诡《文鹿赋》、羊胜《屏风赋》、邹阳《几赋》、中山王《文木赋》。又，"伟长博通，时逢壮采"，《讲疏》袭黄札以为注："徐幹字伟长，《典论》所称，《玄猨》《漏卮》《圆扇》《橘赋》四篇，并皆不存，所存赋无一完者，惟《齐都赋》一篇多见征引。兹录《水经注》引《齐都赋》曰……"③ 文化学社本对此多有改造，先引《王粲传》："北海徐幹字伟长。文帝《与吴质书》曰：'伟长独怀文抱质，恬淡寡欲，有箕山之志，可谓彬彬君子矣。'"再引《典论·论文》曰："如粲之《初征》《登楼》《槐树》《征思》，幹之《玄猨》《漏卮》《圆扇》《橘赋》，虽张蔡不过也。然于他文未能称是。"最后谓："《全后汉文》辑幹赋有《齐都》《西征》《序征》《哀别冠》《圆扇》《车渠椀》等赋，皆残缺太甚，兹录《齐都赋》一节于下，殆彦和所谓'时逢壮采'者欤？"④ 经过如此改造，黄札痕迹消失殆尽。又，"丽词雅义，符采相胜，如组织之品朱紫，画绘之著玄黄。文虽新而有质，色虽糅而有本，此立赋之大体也。"《讲疏》照录黄先生曰："本司马相如语意。《西京杂记》载相如之词曰：'合纂组而成文，列锦绣以为质。一经一纬，一宫一商，此赋之迹也。若赋家之心，控引天地，总揽人物，错综古今，此得之于内，不可得而言传。'"⑤ 范老先对《讲疏》据黄札所引《西京杂记》之文予以修订补充："司马相如为《上林》《子虚》赋，意思萧散，不复与外事相关。控引天地，错综古今，忽然如睡，焕然而兴，几百日而后成。其友人盛览尝问以作

---

① 范文澜．文心雕龙讲疏：卷2［M］．天津：新懋印书局，1925：57，62．
② 范文澜．文心雕龙注：中册［M］．北平：文化学社，1929：151–152．
③ 范文澜．文心雕龙讲疏：卷2［M］．天津：新懋印书局，1925：65．
④ 范文澜．文心雕龙注：中册［M］．北平：文化学社，1929：162．
⑤ 范文澜．文心雕龙讲疏：卷2［M］．天津：新懋印书局，1925：67．

赋。相如曰：'合綦组以成文，列锦绣而为质，一经一纬，一宫一商，此赋之迹也。赋家之心，苞括宇宙，总揽人物，斯乃得之于内，不可得而传。'览乃作合组歌列锦赋而退，终身不复敢言作赋之心矣。"再做分析："《西京杂记》虽伪托，相如语或传之在昔，故彦和本之。"最后引纪评曰："洞见隐结，针对当时以发挥。"① 如此注释，当然也就没有必要再标"黄先生曰"了！

《议对》"春秋释宋，鲁桓务议"，《讲疏》直接录黄先生曰："李详云：《十驾斋养新录》引惠学士士奇云：按文当作'鲁僖预议'。'预'与'与'同，传写讹为'务'耳。详案《史记·郦生陆贾列传》云：'将相调和，则士务附。'《集解》徐广曰：'务一作豫，豫与预通，作务未为不可。'（侃）案惠说是。以通假说之转迁。"② 为了淡化黄札的影响，文化学社本对此注进行了改造，直接引钱大昕《十驾斋养新录》十四："《文心雕龙·议对篇》'春秋释宋，鲁桓务议'二句，注家皆未详。惠学士士奇云：按文当作'鲁僖预议'。《公羊经》僖二十一年'释宋公'，《传》云：'执未有言释之者，此其言释之，何？公与为尔也。公与为尔奈何？公与议尔也。''预'与'与'同，传写讹为务耳。"③

《书记》："绕朝赠士会以策，子家与赵宣以书，巫臣之遗子反，子产之谏范宣：详观四书，辞若对面。"《讲疏》为这段话出注5条，且全部照录黄札："此用服义说。《左传》文十三年。《正义》曰：服虔云'绕朝以策书赠士会'。若杜注则云：'策，马挝。'临别授之马挝，盖示已所策以示情。《正义》曰：'杜不然者，寿馀请迓，士会即行，不暇书策为辞；且事既密，不宜以简赠人。传称以书相与，皆云与书，此独不宜，云赠之以策知是马挝。'据此解作鞭策，正是杜义；而纪氏乃云：杜氏误解为书策，毋亦劳于攻杜，而逸于检书乎！"④ 以下注曰"见《左传》文十七年""见《左传》成七年""见《左传》襄二十四年""观此益知书所以代言语矣"，皆录自黄札。文化学社本对此予以改造："《左传》文公十三年：'士会乃行。绕朝赠之以策，曰子无谓秦无人，吾谋适不用也。'杜注：'策，马挝。'《正义》引服虔云：'绕朝以策书赠士会。'彦和用服虔说。窃疑彦和此文有二误。士会仓卒归晋，绕朝何暇书策为辞（此说本《正义》），其误一也。下文云：'详观四书，辞若对面。'案《左传》既不载其

---

① 范文澜．文心雕龙注：中册［M］．北平：文化学社，1929：166.
② 范文澜．文心雕龙讲疏：卷5［M］．天津：新懋印书局，1925：26.
③ 范文澜．文心雕龙注：中册［M］．北平：文化学社，1929：480.
④ 范文澜．文心雕龙讲疏：卷5［M］．天津：新懋印书局，1925：38-39.

文，彦和从何详观，其误二也。杜预训'策'为'马挝'，义优于服虔。"① 另增补了文公十七年、成公七年、襄公二十四年的具体出典内容。此外，本篇尚有二十余处，《讲疏》直接袭用黄札，文化学社本除少数保留原貌外，大多做了不同程度的增补，尽量淡化黄札的影响。

《神思》："若情数诡杂，体变迁贸，拙辞或孕于巧义，庸事或萌于新意，视布于麻，虽云未费，杼轴献功，焕然乃珍。"《讲疏》直接引黄先生曰："此言文贵修饰润色，拙辞孕巧义，修饰则巧义章；庸事萌新意，润色则新意出。凡言文不加点，文如宿构者，其刊改之功，已用之平日，练术既熟，斯疵渐除，非生而能然者也。"② 文化学社本联系《文心》前后篇之间的关系，对此注进行改造，先曰："'情数诡杂，体变迁贸'，隐示下篇将论体性。《文心》各篇前后相衔，必于前篇之末，预告后篇所将论者，特为发凡于此。"再接《讲疏》所引"黄先生曰"一段，最后总结："布之于麻，虽云质量相若，然既加杼轴，则焕然可珍矣。"③

《体性》"若总其归涂，则数穷八体……文辞根叶，苑囿其中矣"一段，《讲疏》分9条出注，且全部袭自黄札，如注[5]："黄先生曰：八体之成，兼因性习，不可指若者属辞理，若者属风趣也。又彦和之意，八体并存，文状不同，而皆能成体，了无轻重之见存于其间。下文云：'雅与奇反，奥与显殊，繁与约舛，壮与轻乖。'然此处序列，未尝依其次第，故知涂辙虽异，枢机实同，略举封域，本无轩轾也。"④ 余下注[6][7][8][9][10][11][12][13]并袭黄札。文化学社本将《讲疏》9条注合为一注，在"黄先生曰"后补案："彦和于新奇轻靡二体，稍有贬意，大抵指当时文风而言。次节列举十二人，每体以二人作证，独不为末二体举证者，意轻之也。"不仅对《讲疏》所引黄札做了补充，而且范案与黄札"了无轻重之见存于其间""本无轩轾也"，也存在明显的观点差异，于此不难见出从《讲疏》对黄札的倚重到文化学社本对黄札的超越的发展轨迹。另外，对《讲疏》袭自黄札的以下8条注文，文化学社本亦均予以改造、发挥，正如范老所言："自此以下八条，有用《札记》语者，有出自鄙见者，《札记》书具在，不复分别，以省烦累。"⑤

① 范文澜. 文心雕龙注：中册［M］. 北平：文化学社，1929：500.
② 范文澜. 文心雕龙讲疏：卷6［M］. 天津：新懋印书局，1925：15.
③ 范文澜. 文心雕龙注：下册［M］. 北平：文化学社，1931：11.
④ 范文澜. 文心雕龙讲疏：卷6［M］. 天津：新懋印书局，1925：18.
⑤ 范文澜. 文心雕龙注：下册［M］. 北平：文化学社，1931：12-13.

《声律》："夫音律所始，本于人声者也。声含宫商，肇自血气，先王因之，以制乐歌。故知器写人声，声非学器者也。"《讲疏》照录黄札："《诗大序》疏云：'原夫作乐之始，乐写人音。人音有小大高下之殊，乐器有角徵商羽之异；依人音而制乐，托乐器以写人；是乐本效人，非人效乐。'案冲远此论，与彦和有如合符矣。"① 文化学社本先补校字："'学器'当作'效器'。"再补《毛诗大序》曰："情发于声，声成文谓之音。"然后接以《讲疏》所引《正义》曰，最后修改案语："冲远数用彦和语，此亦其一也。"又："凡声有飞沈，响有双叠，双声隔字而每舛，叠韵杂句而必睽；沈则响发而断，飞则声飏不还，并辘轳交往，逆鳞相比，迕其际会，则往蹇来连，其为疾病，亦文家之吃也。"《讲疏》照录黄札，文化学社本则对此注予以改造，谓"'双声隔字而每舛'，即八病中傍纽病也……'叠韵杂句而必睽'，即八病之小韵病也"，并据《文镜秘府论》出典、校字。只是在注下文时，酌取《讲疏》所引《札记》："飞谓平清，沈谓仄浊。一句纯用仄浊，或一句纯用平清，则读时亦不便，所谓'沈则响发而断，飞则声飏不还'也。'辘轳交往'二语，言声势不顺。黄注引《诗评》释之，大谬。"黄札之后又补以校字、出典、释义。如此之类，《声律》篇甚多，不再枚举。

《章句》："若乃改韵从调，所以节文辞气。贾谊枚乘，两韵辄易；刘歆桓谭，百句不迁；亦各有其志也。昔魏武论赋，嫌于积韵，而善于资代。陆云亦称四言转句，以四句为佳。观彼制韵，志同枚贾。然两韵辄易，则声韵微躁；百句不迁，则唇吻告劳；妙才激扬，虽触思利贞；曷若折之中和，庶保无咎。"《讲疏》仅录黄札"论句末用韵"，文化学社本补引陆云《与兄平原书》出典，随后解释并校字："详士龙此文，所论者乃赋也。《玉海·词学指南》引魏武'论赋'作'论诗'，诗赋亦得通称。'资代'作'贸代'，是。贸，迁也。"再引《南齐书·乐志》永明二年尚书殿中曹奏定庙乐歌诗云，释义曰："观此文知彦和所谓'折之中和'者，是四韵乃转也。"② 最后附《讲疏》所引黄札。

《练字》："子思弟子，于穆不祀者，音讹之异也。"《讲疏》据黄札转录孙诒让云："'祀'当作'似'。《诗·周颂》'于穆不已'，《毛传》引孟仲子说。《正义》引郑谱云：'孟仲子者，子思弟子。'又云：'子思论诗，于穆不已。孟

---

① 范文澜. 文心雕龙讲疏：卷7［M］. 天津：新懋印书局，1925：12.

② 范文澜. 文心雕龙注：下册［M］. 北平：文化学社，1931：57，59，88-89.

仲子曰：于穆不似。'此彦和所本。"① 文化学社本在孙说之后加案语做重要补充："案《弘明集》刘勰《灭惑论》云：'是以于穆不祀，谬师资于周颂。'《周颂·维天之命正义》曰：'此传虽引仲子之言，而文无不似之义，盖取其所说，而不从其读。故王肃《述毛》，亦为不已，与郑同也。'殆彦和所见《毛传》引孟仲子说作'不祀'欤?"②

《讲疏》中《序志》一共只有 20 条注，其中直接引"黄先生曰"达 18 条，可谓基本是黄札。而文化学社本则只有 1 条保留《讲疏》所引黄札原貌，其他都做了或多或少的修订补充，可见去黄之甚。例如："夫文心者，言为文之用心也。昔涓子《琴心》，王孙《巧心》，心哉美矣，故用之焉。"《讲疏》引黄先生曰："涓子，盖即《史记·孟子荀卿列传》之环渊。环渊楚人，为齐稷下先生（此《列仙传》所以称为齐人），言黄老道德之术，著书上下篇（《琴心》盖即此书之名，犹《王孙子》一名《巧心》也）。環，一作蠉，一作蜎，声类并同。"③ 文化学社本先引释慧远《阿毗昙心序》，并谓："彦和精湛佛理，《文心》之作，科条分明，往古所无。盖采取释书法式而为之，故能科条明晰若此。"后接《讲疏》所录"黄先生曰"，再补以"《汉书·艺文志》道家《蜎子》十三篇。自注'名渊，楚人，老子弟子'。又儒家《王孙子》一篇。自注'一曰巧心'。《释名·释言语》：'文者，会集众采以成锦绣，会集众字以成辞义，如文绣然也'"④。

必须说明的是，范老删减、修订黄札主要是从提高注书质量的角度考虑的，并非单纯地为了淡化黄侃的影响。由上可知，除个别之处，绝大部分经过删改、补充、修订的条目，内容质量都较原来有所提高。而在无更好的补充取代内容时，范老宁肯保留《讲疏》所录黄札，也不做硬性删减。甚至《讲疏》未录黄札，只要有助于注解原文，范老修订时也会适当予以补录。例如，《议对》："张敏之断轻侮，郭躬之议擅诛，程晓之驳校事，司马芝之议货钱，何曾蠋出女之科，秦秀定贾充之谥。"《讲疏》每句一注，共六注，全部袭自黄札，文化学社本亦基本保持原貌。此外，"晋代能议，则傅咸为宗""及后汉鲁丕，辞气质素，以儒雅中策，独入高第""断理必刚"等，《讲疏》与文化学社本所注，亦并引黄札。再如，《书记》："盖圣贤言辞，总为之书，书之为体，主言者也""及七

---

① 范文澜．文心雕龙讲疏：卷8［M］．天津：新懋印书局，1925：25-26.
② 范文澜．文心雕龙注：下册［M］．北平：文化学社，1931：129.
③ 范文澜．文心雕龙讲疏：卷10［M］．天津：新懋印书局，1925：26.
④ 范文澜．文心雕龙注：下册［M］．北平：文化学社，1931：217.

国献书，诡丽辐辏""若夫尊贵差序，则肃以节文，战国以前，君臣同书""崔寔奏记于公府""公幹笺记，丽而规益；子桓弗论，故世所共遗；若略名取实，则有美于为诗矣""刘廙《谢恩》，喻切以至""陆机《自理》，情周而巧""原笺记之为式，既上窥乎表，亦下睨乎书，使敬而不慑，简而无傲，清美以惠其才，彪蔚以文其响，盖笺记之分也""文藻条流，托在笔札；既驰金相，亦运木讷"等，文化学社本亦全从《讲疏》据黄札而注。《体性》"是以贾生俊发，故文洁而体清……士衡矜重，故情繁而辞隐"一段，文化学社本注［9］特别以小字标注"自此至'士衡矜重'多录《札记》语"。故范老对《讲疏》据黄札所出的十余条注，亦多保持原貌，仅少数略作修补。《讲疏》中《声律》前后释义"盖采黄先生之说为多"，文化学社本在去黄的同时，亦保留不少黄札。特别是"古之教歌，先揲以法，使疾呼中宫，徐呼中征""夫商征响高，宫羽声下""又诗人综韵，率多清切；《楚辞》辞楚，故讹韵实繁"几条，《讲疏》出注俱录黄札而不标示，文化学社本亦承《讲疏》录黄札而注，但都标明"《札记》曰"。

除了保留《讲疏》所引的一些黄札外，如果有必要，即使《讲疏》未引黄札，文化学社本亦适当补录。仅以《神思》为例："古人云：'形在江海之上，心存魏阙之下。'神思之谓也。文之思也，其神远矣。"《讲疏》仅引《庄子·让王篇》出典，文化学社本补录《札记》曰："此言思心之用，不限于身观，或感物而造端，或凭心而构象，无有幽深远近，皆思理之所行也。寻心智之象，约有二嵩：一则缘此知彼，有斟量之能；一则即异求同，有综合之用。由此二方，以驭万里，学术之原悉从此出，文章之富，亦职兹之由矣。"① 又，"故思理为妙，神与物游"。《讲疏》解释为："神者，精神作用也；物者，观念也。"②文化学社本补录《札记》曰："此言内心与外境相接也。内心与外境，非能一往相符会，当其窒塞，则耳目之近，神有不周；及其怡怿，则 八极之外，理无不浃。然则以心求境，境足以役心，取境赴心，心难于照境。必令心境相得，见相交融，斯则成连所以移情，庖丁所以满志也。"又，"是以陶钧文思，贵在虚静，疏瀹五藏，澡雪精神；积学以储宝，酌理以富才，研阅以穷照，驯致以怿辞"。《讲疏》运用心理学原理释义，文化学社本则引典释义。先注前四句，引《庄子》《白虎通》及纪评，复录《札记》曰："此与《养气篇》参看。《庄子》

---

① 范文澜. 文心雕龙注：下册［M］. 北平：文化学社，1931：2.
② 范文澜. 文心雕龙讲疏：卷6［M］. 天津：新懋印书局，1925：8.

之言曰：'惟道集虚。'《老子》之言曰：'三十辐共一毂，当其无，有车之用。'尔则宰有者无，制实者虚，物之常理也。文章之事，形态蕃变，条理纷纭，如令心无天游，适令万状相攘。故为文之术，首在治心，迟速纵殊，而心未尝不静，大小或异，而气未尝不虚。执璇机以运大象，处户牖而得天倪，惟虚与静之故也。"再注后四句，先阐释四句之间的关系，再录《札记》曰："此下四语，其事皆立于神思之先，故曰：'驭文之首术，谋篇之大端。'言于此未尝致功，即徒思无益。故后文又曰：'秉心养术，无务苦虑，含章司契，不必劳情。'言诚能秉心养术，则思虑不至有困；诚能含章司契，则情志无用徒劳也。纪氏以为彦和练字未稳，乃明于解下四字，而未遑细审上四字之过也。"①

综上所述，范老修订此书，并非仅仅为了去黄而删除黄札。其对黄札或修订增删，或保留补录，完全视文本注疏的具体情况而定，表现出作者严谨的著述态度和崇高的人格精神。如果说《讲疏》尚处于黄札的襁褓之中，那么文化学社本范注则已从黄札中脱颖而出，名列 20 世纪中国学术经典之林。

黄札以外，《讲疏》亦颇为倚重底本黄注，因此淡化黄注对其影响，减少书中的"黄注曰"，也是此次修订必须要做的事情之一，故亦附论于此。《讲疏》中《书记》共引"黄注曰"23 条，"黄注引"1 条。其中，22 条"黄注曰"集中在第二段。文化学社本除保留第一段 1 条"黄注曰"外，其余尽删之，全部改为自己的出典、释义。《讲疏》中《时序》共引"黄注曰"47 条，文化学社本通过增删订补，将《讲疏》所引"黄注曰"内容，全部融入范注之中，以致"黄注曰"不见踪影。《才略》因以小字标注"以下多引黄注，不复备举"，故录 30 余条黄注而仅有 3 处标示"黄注曰"。文化学社本则对《讲疏》所录黄注或稍加订补，或改换眉目，亦全无"黄注"踪迹，只有注［19］保留 1 条"黄注"，让人感到颇为奇怪。

除《书记》《时序》《才略》三篇集中清理黄注外，其他篇目少量引录黄注者，文化学社本亦予以订补清理。如《祝盟》："在昔三王，诅盟不及，时有要誓，结言而退。周衰屡盟，以及要契。"《讲疏》直接录黄注："黄注引《穀梁传》隐八年云：'盟诅不及三王。'又引《公羊传》桓公三年云：'古者不盟，结言而退。'又引《左传》云：'使王叔氏与伯舆合要，王叔氏不能举其契。'注：要合，要辞理屈，无以为答，故不能举其契要之辞。"② 文化学社本首先据

① 范文澜. 文心雕龙注：下册［M］. 北平：文化学社，1931：3，4-5.
② 范文澜. 文心雕龙讲疏：卷 2［M］. 天津：新懋印书局，1925：99.

唐写本补校字："'以及要契'唐写本作'弊及要劫'，是。"同时改变了出典材料："'要'，谓如《左传·襄公九年》'晋士庄子为载书（载书即盟书）曰，自今日既盟之后，郑国而不唯晋命是听，而或有异志者，又如此盟（如违盟之罚），公子騑趋进曰，天祸郑国，使介居二大国之间，大国不加德音而乱以要之（谓以兵乱之力强要郑），子展曰，要盟无质神弗临也'之类。'劫'，谓如曹沫、毛遂之类。"①《论说》："敬通之说鲍邓，事缓而文繁，所以历骋而罕遇也。"《讲疏》录黄注曰："《后汉书·冯衍传》：'衍字敬通，更始二年，遣鲍永行大将军事，安集北方，衍因以计说永。永素重衍，乃以衍为立汉将军。'"②又录黄注所引刘峻《广绝交论》注。文化学社本则谓黄注出典"文繁不录"，另引章怀注曰："《东观记》（冯）衍更始时为偏将军，与鲍永相善，更始既败，固守不以时下。建武初，为扬化大将军橡，辟邓禹府，数奏记于禹，陈政言事。自明君以下，皆是谏邓禹之词，非劝鲍永之说，不知何据，有此乖违。"又录严可均曰："案章怀注，据《东观记》谓是谏邓禹之词，非说鲍永。今考建武初，衍未辟邓禹府，禹亦未至并州。至罢兵来降，见黜之后，殆诣邓禹耳。此当从范书（《后汉书》）作说鲍永为是。"最后补注："据《东观记》衍数说邓禹，《全后汉文》仅辑得 3 条，亡佚殆尽矣。衍在光武时，被黜，仕不得显，卒至西归故郡，闭门自保，不敢复与亲故通；所谓'历骋而罕遇也'。"③《奏启》"乃称绝席之雄"，《讲疏》引黄注："《王常传》：'常为横野大将军，位次与诸将绝席。'注：'绝席谓尊显之也。'《汉官仪》曰：'御史大夫、尚书令、司隶校尉皆专席，号三独坐。'"④文化学社本则谓："'绝席'疑当作'夺席'。《后汉书·儒林·戴凭传》：'帝令群臣能说经者，更相难诘，义有不通，辄夺其席，以益通者。凭遂重坐五十余席。'黄注引《王常传》'常为横野大将军，位次与诸将绝席'，似非其意。"⑤尽管范注校字值得商榷，然而其去黄之意甚明。《议对》："若不达政体，而舞笔弄文，支离构辞，穿凿会巧，空骋其华，固为事实所摈，设得其理，亦为游辞所埋矣。昔秦女嫁晋，从文衣之媵，晋人贵媵而贱女；楚珠鬻郑，为薰桂之椟，郑人买椟而还珠；若文浮于理，末胜其本，则秦女楚珠，复在于兹矣。"《讲疏》录黄注引《韩非子》出典，文化学社本在黄注

① 范文澜.文心雕龙注：中册［M］.北平：文化学社，1929：206.
② 范文澜.文心雕龙讲疏：卷4［M］.天津：新懋印书局，1925：45.
③ 范文澜.文心雕龙注：中册［M］.北平：文化学社，1929：389.
④ 范文澜.文心雕龙讲疏：卷5［M］.天津：新懋印书局，1925：20.
⑤ 范文澜.文心雕龙注：中册［M］.北平：文化学社，1929：477.

所引出典之后继续补引："……今世之谈也，皆道辩说文辞之言，人主览其文而忘其用。墨子之说，传先王之道，论圣人之言，以宣告人；若辩其辞，则恐人怀其文忘其用，直以文害用也。此与楚人鬻珠，秦伯嫁女同类。"并谓"彦和语意本此"①，而不再标示"黄注"。《练字》："晋之史记，三豕渡河，文变之谬也。"《讲疏》录黄注引《家语》曰："子夏见读史志者云：'晋师伐秦，三豕渡河。'子夏曰：'非也，己亥耳。'读者问诸晋史，果曰'己亥'。"② 文化学社本改引《吕氏春秋·察传篇》："子夏之晋，过卫。有读史记者曰：'晋师三豕涉河。'（《意林》作"渡河"）子夏曰：'非也，是己亥耳。'夫'己'与'三'相近，'豕'与'亥'相似。至于晋而问之，则曰：'晋师三豕涉河也。'辞多类非而是，多类是而非，是非之经，不可不分。"《指瑕》："服乘不只，故名号必双，名号一正，则虽单为疋矣。疋夫疋妇，亦配义矣。"《讲疏》录黄注引《左传》及《正义》《易·中孚·象》《尔雅·释诂》出典，文化学社本则仅引《白虎通》释义："匹，偶也。与其妻为偶，阴阳相成之义也。"③ 《附会》赞曰："如乐之和，心声克协。"《讲疏》录黄注引《左传》："如乐之和，无所不谐。"④ 文化学社本删此注。《物色》："盖阳气萌而玄驹步，阴律凝而丹鸟羞，微虫犹或入感，四时之动物深矣。"《讲疏》录黄注引《大戴礼记·夏小正》出典，文化学社本对黄注引文加以订补，并按："八月天气已凉，萤食蚊蚋，恐无是理。彦和引以助文，不必拘滞。"⑤ 《程器》："周书论士，方之梓材，盖贵器用而兼文采也。是以朴斫成而丹腌施，垣墉立而雕杇附。"《讲疏》引黄注曰："《书·梓材》：'若作室家，既勤垣墉，惟其涂墍茨。若作梓材，既勤朴斫，惟其涂丹腌。'"⑥ 文化学社本补《传》曰："为政之术，如梓人治材为器，已劳力朴治斫削，惟其当涂以漆丹以朱而后成，以言教化亦须礼义然后治。"再补以"《五子之歌》'峻宇彫墙'。《说文》：'杇，所以涂也。秦谓之杇，关东谓之槾'"⑦。

以上经过订补的条目，在文化学社本中已经全部删除"黄注"字样。不仅如此，一些稍微变更眉目的条目，文化学社本亦不再标示"黄注"，以达到淡化

---

① 范文澜. 文心雕龙注：中册［M］. 北平：文化学社，1929：493.
② 范文澜. 文心雕龙讲疏：卷8［M］. 天津：新懋印书局，1925：26.
③ 范文澜. 文心雕龙注：下册［M］. 北平：文化学社，1931：129，143.
④ 范文澜. 文心雕龙讲疏：卷9［M］. 天津：新懋印书局，1925：18.
⑤ 范文澜. 文心雕龙注：下册［M］. 北平：文化学社，1931：189.
⑥ 范文澜. 文心雕龙讲疏：卷10［M］. 天津：新懋印书局，1925：20.
⑦ 范文澜. 文心雕龙注：下册［M］. 北平：文化学社，1931：210-211.

黄注的目的。如《议对》："昔管仲称轩辕有明台之议，则其来远矣。"《讲疏》谓："黄注引《管子》'黄帝立明台之议者，上观于贤也。'"① 文化学社本仅将《管子》改为《管子·桓公问》。《练字》："至于经典隐暧，方册纷纶，简蠹帛裂，三写易字。"《讲疏》录黄注引《抱朴子》曰："书三写，鱼成鲁，帝成虎。"② 文化学社本改为《抱朴子·遐览篇》，引文加"故谚曰"三字，"帝成虎"作"虚成虎"。因为"帝"亦作"虚"。《指瑕》赞词"羿氏舛射"，《讲疏》录黄注引《帝王世纪》曰："帝羿有穷氏与（从）吴贺北游。贺使羿射雀左目，误中右目，羿仰（俯）首而愧，终身不忘。"③ 文化学社本改为《史记·夏本纪正义》及《御览》八十二引《帝王世纪》，并更正《讲疏》引文中的两个误字。《养气》"叔通怀笔以专业"，《讲疏》录黄注引《后汉书·曹褒传》："褒字叔通，博雅疏通，常憾（恨）朝廷制度未备，慕叔孙通为汉礼仪，昼夜研精，沈吟专思，寝则怀抱笔札，行则诵习文书，当其念至，忘所之适。"④ 文化学社本除"憾"作"恨"外，与《讲疏》完全相同，只是少了"黄注"字样。

当然，对于新发现的黄注不足之处，范老也是给予及时纠正。如《奏启》"上急变"，范引陈先生曰："《汉书·丙吉传》：'驿骑持赤白囊，边郡发奔命书。'此即所云'上急变'。黄注引《平帝纪》：'乙未，义陵寝神衣在柙中。丙申旦，衣在外床上。寝令以急变闻。'未得其意。"并案："《汉书·车千秋传》云：'上急变讼太子冤。'师古曰：'所告非常。故云急变也。'师古说是。"⑤

第四节　遗留问题指陈

文化学社本在纠正《讲疏》讹误的同时，自身也存在一些问题，不仅正文有问题，注文也有不少问题，而且有些还是比较严重的问题。以下分述之。

一、正文问题
文化学社本正文存在的问题主要表现在三个方面，一是正文注号的脱误错

① 范文澜．文心雕龙讲疏：卷5［M］．天津：新懋印书局，1925：26.
② 范文澜．文心雕龙讲疏：卷8［M］．天津：新懋印书局，1925：25.
③ 范文澜．文心雕龙讲疏：卷9［M］．天津：新懋印书局，1925：10.
④ 范文澜．文心雕龙讲疏：卷9［M］．天津：新懋印书局，1925：12.
⑤ 范文澜．文心雕龙注：中册［M］．北平：文化学社，1929：462.

置，二是文本字句的讹误，三是正文夹校的讹误脱倒。

先看正文注号问题。《征圣》正文注号至［29］结束，而中册注文部分则至［31］结束。这是因为正文"《易》称'辩物正言，断辞则备'"后脱漏注号［27］，原来注号［27］至［29］当顺改为［28］至［30］，"赞曰"后脱漏注号［31］。《宗经》正文注号至［37］结束，而中册注文部分则至［38］结束。因为正文"夫文以行立，行以文传，四教所先，符采相济"后脱漏注号［37］，末注［37］当改为［38］。《明诗》"黄帝云门，理不空绮"后脱漏注号［6］。《诠赋》"遂客主以首引，极声貌以穷文，斯盖别诗之原始，命赋之厥初也"，脱漏注号［10］；"迭致文契"后脱漏注号［15］。《祝盟》赞曰"毖祀钦明"后脱漏注号［42］。《铭箴》注［34］原在"铭实表器，箴惟德轨"后，当移至"敬言乎履"后。《哀吊》"至于苏慎张升，并述哀文，虽发其情华，而未极心实"，脱漏注号［7］；"及潘岳继作……莫之或继也"，脱漏注号［9］；"及晋筑虒台，齐袭燕城，史赵苏秦，翻贺为弔，虐民搆敌，亦亡之道"，脱漏注号［16］。《史传》正文注号［50］至［54］当依次顺改为［48］至［52］。《诏策》"孝宣玺书，赐太守陈遂，亦故旧之厚也"，脱漏注号［19］。《檄移》"张仪檄楚，书以尺二，明白之文，或称露布，布诸视听也"，脱漏注号［8］。《书记》"……张敞奏书于胶后，其义美矣"，脱漏注号［23］；注［36］当为［46］。《丽辞》"并贵共心，正对所以为劣也。又以对事对，各有反正，指类而求，万条自昭然矣。"脱漏注号［9］。《比兴》"《关雎》有别……故发注而后见也"，脱漏注号［4］；注［8］当移至"信旧章矣"后。《练字》注［22］当为［23］。《才略》注［38］当为［28］。

次看文本字句问题。《祝盟》"是生稷黍"，"稷黍"据底本当作"黍稷"。《铭箴》"而下臼杵"，"下"为"在"之误；"作卿尹州二十五篇"，"州"后脱"牧"字。《论说》"乃班彪《王命》"，"乃"为"及"之误；"傅嘏王桀"，"王桀"乃"王粲"之误；"五都隐账而封"，"账"为"赈"之误。《檄移》"书之尺二"，"之"当作"以"；"奸阉携养"，"奸"前遗"虽"字。《通变》"推而论之"，"推"为"摧"之误。《丽辞》"奇偶通变"，"通变"乃"适变"之误。《事类》"可称理得而义要矣"，"可称"当作"可谓"；"信赋忘书"，"忘"当作"妄"；"辞自乐预"，"乐预"当作"乐豫"。《练字》"曹摅诗称"，"曹摅"当作"曹摅"；"淫列义常而不奇"，"常"当作"当"。《指瑕》"马俨骖服"，"马俨"当作"马俪"；"令章靡疾"，"疾"当作"疢"。《养气》"岂虚语哉"，"虚语"当作"虚造"。《时序》"至大禹敷土"，"敷士"当作"敷土"；

"并体茂英逸","体茂"当作"体貌"。《物色》"阴凝之志远","阴凝"当作"阴沈";"矜肃之宪深","宪"当作"虑";"故重沓殊状","殊"当作"舒"。《才略》"则仲戠作诰","作"当作"垂";"故扬子以文丽用寡者长卿","以"字后脱"为"字;"吐纳轻范","轻范"当作"经范";"故绝笔于锡命","绝笔"当作"绝群";"然自卿渊以前","以前"当作"已前";"士龙明练","明练"当作"朗练";"非群华之韡萼也","韡萼"当作"韡萼"。《知音》"知实难逢","逢"当作"逢";"阅乔衡以形培塿","乔衡"当作"乔岳"、"然后能平理若岳","若岳"当作"若衡",此乃"衡""岳"互倒;"见文者披文以入情","见"当作"观"。《程器》"垣墉立而雕朽附","朽"当作"朽"。《序志》"至于割精析采","割精"当作"割情",《文心》各版本均作"情",惟扫叶山房石印本作"精",可见范注以此为底本,并出校语:"'割精'当作'剖情',情指《神思》以下诸篇,采则指《声律》以下也。"①

再看正文夹校问题。《祝盟》正文夹校"赵云'处'作'虔'","虔"当作"寐"。《诔碑》正文夹校"孙云唐写本'制'作'治'","治"当作"致"。《哀吊》正文夹校"赵云二'奢'字均在'夸'","均在"当作"均作"。《杂文》正文夹校"《玉海》作'扬雄覃思文阔,碎文璀语,肇为连珠'","文阔"当作"文阁"。《史传》正文夹校"(昔者)二字从《御览》改","改"当作"增";"黄云案冯本'总会'校云'总会'《御(览)》作'胒合'","览"字遗漏;"孙云唐写本《御览》'枉'下有'论'字","唐写"当作"明抄"。《诸子》正文夹校"脱疑",当作"疑脱"。《诏策》正文夹校"黄云案冯本'寓'","冯本"后遗"作"字;"孙云唐览作'魏文以下'","唐览"为"《御览》"之误。《议对》正文夹校"黄云案冯本'文'校云《御览》作'其'","文"为"又"之误。《书记》正文夹校"孙云《御览》作'故'","故"为"固"之误。《体性》正文夹校"黄云孙氏本作'琢'","琢"当作"璬"。《通变》正文夹校"原作'手',曾改","手"为"毛"之误,"曾改"当作"曹改"。《情采》正文夹校"谢云当作'谟'","谟"当作"模"。《章句》"顾云《玉海》作'诗'是","顾云'资'《玉海》作'贸'是",两"是"字衍。《时序》正文夹校"疑作'照'","照"当作"熙"。《序志》正文夹校"黄云活字本作'鉼'","鉼"当作"鉼"。

---

① 范文澜.文心雕龙注:下册[M].北平:文化学社,1931:237.

二、注文问题

首先，注文序号有错漏。例如，《宗经》注［29］误为［92］。《正纬》注文序号终于注［27］，而正文则终于注［29］，注文脱注［28］序号及注释内容，"彦和生于齐世……"前当补注号［29］。《颂赞》注文"《史记》载泰山……"前脱注号［10］。《史传》注［46］后误为［49］至［54］，当依次改为注［47］至［52］。《议对》注［32］错置于"本传载弘对策曰"前，当移至"《汉书·董仲舒传》"前。《才略》"左思三都见《诠赋》篇注"前漏注号［31］。

其次，注文引文亦多有讹误。《征圣》注［23］引《易·上系辞》"易有四象，所以文也"，"文"为"示"之误。注［25］引《易·上系》，应为《易·下系辞》。注［26］引赵君万里曰："案唐写本是，黄本依杨校，'政'上补'子'字，'必宗于经'句下，补'稚圭劝学'四字，臆说非是。""'必宗于经'句下"当作"'必宗于经'句上"，赵万里误，范注亦未改！《宗经》注［17］引《正义》曰："……其辞文者，不直言所论之事，乃以义理明之，是其辞之饰也。""之饰"当作"文饰"。《辨骚》注［5］录班固《离骚序》，"五子胥"当作"伍子胥"；"虽分明智之器，可偶妙才者也"，"分""偶"为"非""谓"之误。《乐府》注［30］"怨志訣绝"当作"怨志誺绝"；注［38］引黄先生曰"……此乃部所拘"，当作"此乃为部类所拘"。《诠赋》注［38］引孙君蜀丞曰："陆士衡《文赋》云'言旷者无隘'，此彦和所本。"《文赋》本作"言穷者无隘，论达者唯旷"，孙氏有可能据唐写本"言旷"，而误书《文赋》为"言旷者无隘"，也有可能孙氏原不误，系范注引用时误书。若为孙氏原误，范注引用时当正之；若为范注引用时笔误，则更属不该。《颂赞》注［20］引挚虞《文章流别论》云"……昔班固为《安丰载侯颂》……扬雄《充国颂》而似雅……而论之颂"，"《安丰载侯颂》"当作"《安丰戴侯颂》""《充国颂》"当作"《赵充国颂》""而论之颂"当作"而谓之颂"。《杂文》注［6］："宋玉《对楚王问》为对问类。《文议》标目多可议，此亦其一也。""为"前遗"标"字，"《文议》"当作"《文选》"。《史传》注［24］"吕后以计诈名他人子，杀其母养后宫，令孝患子之，立以为后。""孝患"为"孝惠"之误。《论说》注［1］"所谓'论也者，弥论群言，而研精一理者也'"，"弥论群言"当作"弥纶群言"；注［6］"故曰'引以胤辞'"，"以"当作"者"。《诏策》注［19］引《札迻》十二"……《汉书》所载甚明。明元本惟'于'字讹作

'士'",第二个"明"字衍①。《镕裁》注〔2〕"文以情理以根本",第二个"以"乃"为"之误。《声律》注〔9〕引《札记》曰"飞为平淡……飞则声飚不远也","为"当作"谓","远"当作"还"。《隐秀》注〔3〕引纪评"此一类词殊不类",前一"类"字为"页"字之误。《物色》注〔10〕"'印时'当作'即时'",两"时"字衍,当删。《知音》注〔12〕引《庄子·天地篇》:"大声不入于里耳,折杨皇荂,嗑然而笑。是故高言不正于众人之心,至言不出,俗言胜也。""嗑"前遗"则"字,"不正"当作"不止"。又引《文选》宋玉《对楚王问》"是以曲弥高,其和弥寡","曲"前遗"其"字。②

再次,注文还存在错乱问题。《颂赞》注〔17〕:"《古文苑》十二载班固《车骑将军窦北征颂》,严可均《全后汉文》辑得傅毅《西征颂》一条,兹分录于下。"接下来当录班固《北征颂》和傅毅《西征颂》佚文,然在所录班、傅作品前又曰:"窦宪迁大将军,以傅毅为司马,班固为中护军。班有《窦将军北征颂》《东巡颂》《南巡颂》。傅有《窦将军北征颂》《西征颂》。《古文苑》载班之《北征颂》,又载傅之《东巡颂》。注云:'一本作崔骃。'其文不完,兹不录。录班氏《北班(征)颂》如左。""又曰"一段系《讲疏》注文,文化学社本已对此注文修改如上注〔17〕。由于疏忽,将当删之《讲疏》注文蹿入文化学社本新注中。《祝盟》注〔8〕内容错乱,注文前半部分引《墨子·兼爱下》及《吕氏春秋·顺民篇》之文字,当移至注〔7〕之末。《诏策》注〔24〕末段:"《三国志·刘放传》:'放善为书檄,三祖诏命,有所招喻,多放所为。'《晋书·张华传》:'华迁长史,兼中书朗,朝议表奏,多见施用。'"③ 前引《刘放传》之文与注〔25〕引文重复,后引《张华传》之文为注〔25〕引同传其他文字取代,均当删。《练字》注〔1〕"《神思篇》云'捶字坚而难移'",此乃《风骨》所云。《附会》注〔9〕:"《世说新语·文学篇》袁宏尝与王珣、伏滔同在温坐,温令滔读其《北征赋》,至'岂一物之足伤,乃致伤于天下',其本至此便改韵。珣云:今于'天下'之后,移韵徙事,然于写送之致,似为未尽。"引文节录自《晋书·文苑·袁宏传》,与《世说新语·文学篇》刘注引《晋阳秋》之文差异甚大,当据引文改出处。《才略》注〔41〕谓:"孙盛、干

---

① 范文澜. 文心雕龙注:中册〔M〕. 北平:文化学社,1929:17-18,22,46-47,117,127,168,184,284,320,354,356,397.

② 范文澜. 文心雕龙注:下册〔M〕. 北平:文化学社,1931:47,59,132,191,210.

③ 范文澜. 文心雕龙注:中册〔M〕. 北平:文化学社,1929:179,195,403.

宝，见《才略篇》注。"① 此篇正是《才略》，且无注涉及孙盛、干宝。《史传》注〔34〕："《隋志》'《晋纪》二十三卷'（干宝撰，讫愍帝）。《考证》云《晋书·干宝传》：'宝字令升。著《晋纪》，自宣帝讫于愍帝，五十三年，凡二十卷。其书简略，直而能婉，咸称良史。'……"注〔35〕："《隋志》'《晋阳秋》三十二卷'（讫哀帝，孙盛撰）。《考证》云《晋书·孙盛传》：'盛字安国。著《晋阳秋》，词直而理正，咸称良史。'《文心雕龙·才略篇》曰：'孙盛干宝，文盛为史，准的所拟，志乎典训，户牖虽异，而笔彩略同。'"可见，当谓"见《史传篇》注"。

三、其他问题

序号错漏及注文讹误错乱之外，还有其他一些严重的问题。例如，《宗经》注〔15〕引陈先生曰："《宗经篇》'易惟谈天'至'表里之异体者也'二百字，并本王仲宣《荆州文学志》文。"又案："仲宣文见《艺文类聚》三十八，《御览》六百八。《文史通义·说林》曰：'著作之体，援引古义，袭用成文，不标所出，非为掠美，体势有所不暇及也。亦必视其志识之足以自立，而无所藉重于所引之言；且所引者，并悬天壤，而吾不病其重见焉，乃可语于著作之事也。'"②《序志》注〔21〕又引《札记》曰："此义最要。同异是非，称心而论，本无成见，自少纷纭。故《文心》多袭前人之论，而不嫌其钞袭，未若世之君子必以己言为贵也。即如《颂赞篇》大意本之《文章流别》，《哀吊篇》亦有取于挚君，信乎通人之识，自有殊于流俗已。"并补充道："《宗经篇》取王仲宣成文，不以为嫌，亦即此意。"③ 然而，此为陈汉章先生所误记，范注未检原书而因之，且录章学诚及黄侃之语，为彦和袭用王粲之语辩护，显系失察。杨明照指出："《艺文类聚》三十八引王粲《荆州文学记官志》无此文，《御览》六百七引王粲《荆州文学官志》亦然。其六百八所引'自夫子删述'至'表里之异体者也'二百余字，明标为《文心雕龙》，非《荆州文学官志》也。陈氏盖据严辑《全后汉文》为言。范氏所注出处，亦系迻录严书。皆未之照耳！"④ 又曰："余前疑此误始自张英纂《渊鉴类函》始，严氏仍之；昨假得明活字本《御览》比对，其六百七引《荆州文学官志》一则下，即接'夫易惟谈天'二

---

① 范文澜.文心雕龙注：下册〔M〕.北平：文化学社，1931：124，150，206.
② 范文澜.文心雕龙注：中册〔M〕.北平：文化学社，1929：325，21-22.
③ 范文澜.文心雕龙注：下册〔M〕.北平：文化学社，1931：237-238.
④ 杨明照.范文澜《文心雕龙注》举正〔J〕.文学年报，1937（3）：319.

百字，是张、严二氏之误，乃从此本出；信矣，书之贵善本也。"①

《明诗》注［19］仍然沿袭《讲疏》之误，先录"黄先生《诗品讲疏》曰……"，再引"挚虞《文章流别论》曰……"。相较《讲疏》，仅将"挚仲治"改为"挚虞"，并在《文章流别论》后以小字注明出处"《艺文类聚》五十六"。然而，在《文章流别论》的引文中，竟然有"以挚氏之言推之……"，可见范老并非据《艺文类聚》摘引，而是从《札记》中转录，且未做甄别。因为，黄札引《文章流别论》至"不入歌谣之章"已结束，下面"以挚氏之言推之……"系黄侃的申说。范注不小心，将挚虞之言与其师所论混为一体，遂致淆乱。又，注［24］解释"张衡怨篇，清典可味；仙诗缓歌，雅有新声"：

　　"典"一作"曲"，纪云"曲字是。曲字作婉字解。"李详《黄注补正》云："梅庆生、凌云本并作'清曲'。《御览》八百九十三引衡怨诗曰：'秋兰，嘉美人也。嘉而不获用，故作是诗也。'其辞曰：'猗猗秋兰，植彼中阿；有馥其芳，有黄其葩；虽曰幽深，厥美弥嘉；之子云遥，我劳如何。''仙诗缓歌'今已无考，黄注引《同声歌》当之，纪氏讥之是也。"②

据两广节署本、《四部备要》本，纪评原文为："是'清曲'，曲字作婉字解。"《太平御览》卷第九百八十三香部三引张衡《怨诗》诗序并辞，李详错标为"八百九十三"，范注沿袭此误。更为重要的是，注中所引李详之说，并非仅是李详《黄注补正》之文，其中还杂糅了黄注、纪评和黄札③。

《颂赞》注［18］："'上林'，疑当作'东巡'。《后汉书·马融传》：'融字季长。邓太后临朝，邓骘兄弟辅政。俗儒世士，以文德可兴，武功宜废。融以为文武之道，圣贤不坠，五材之用，无或可废。上《广成颂》以讽谏。太后怒，遂令禁锢之。安帝亲政，出为河间王长史。时车驾东巡岱宗，融上《东巡颂》。召拜郎中。'《广成颂》文繁冗不录。《东巡颂》载《艺文类聚》三十九，《初学记》十三，《御览》五百三十七。兹自《全后汉文》迻录于下。"④"'上林'疑

①　杨明照．评开明本范文澜《文心雕龙注》［J］．燕京学报，1938（24）：254.
②　范文澜．文心雕龙注：中册［M］．北平：文化学社，1929：87.
③　详参李平．范文澜注"张衡怨篇"句辨析［J］．井冈山大学学报．2018（3）：100-104.
④　范文澜．文心雕龙注：中册［M］．北平：文化学社，1929：181.

作'东巡'"乃黄注及黄札从《马融传》之说，范老《讲疏》即沿袭其说，文化学社本进一步补充《后汉书·马融传》之文。然，注[20]又录挚虞《文章流别论》云："……若马融《广成》《上林》之属，纯为今赋之体，而谓之颂，失之远矣！"此已明言马融有《广成》《上林》之作。《序志》注[9]据《艺文类聚》附曹丕《典论》逸文："李尤字伯仲，年少有文章。贾逵荐尤有相如、扬雄之风，拜兰台令史，与刘珍等共撰《汉记》。议郎马融以永兴中，帝猎广成，融从。是时北州遭水潦蝗虫，融撰《上林颂》以讽。"此又"广成""上林"并称。范注未及细辨，以致前后矛盾。

《才略》："景纯艳逸，足冠中兴，《郊赋》既穆穆以大观，《仙诗》亦飘飘而凌云矣。"注[39]谓："《世说新语·文学篇》注引《璞别传》：'文藻粲丽，诗赋赞颂，并传于世。'《郊赋》见《才略篇》注。《文选》郭景纯《游仙诗》七首。李善注曰：'凡游仙之篇，皆所以滓秽尘网，锱铢缨绂，飡霞倒景，饵玉玄都。而璞之制，文多自叙，虽志狭中区，而辞无俗累，见非前识，良有以哉。'"① 此谓"《郊赋》见《才略篇》注"，而此篇正是《才略》，此处正当注《郊赋》，着实令人费解！遍搜范注全书，涉及郭璞注者，尚有《明诗》注[33]："郭璞字景纯，著《游仙诗》十四篇。《诗品》中云：晋宏农太守郭璞诗，宪章潘岳，文体相辉，彪炳可玩。始变永嘉平淡之体，故称中兴第一，翰林以为诗首。但《游仙》之作，辞多慷慨，乖远玄宗，而云'奈何虎豹姿'，又云'戢翼栖榛梗'，乃是坎壈咏怀，非列仙之趣也。"《诠赋》注[31]："《晋书·郭璞传》：'郭璞字景纯，河东闻喜人也。博学有高才，而讷于言论，词赋为中兴之冠。'《世说新语·文学篇》注引《璞别传》云：'文藻粲丽，诗赋赞颂，并传于世。'《文选·江赋》注引《晋中兴书》曰：'璞以中兴王宅江外，乃著《江赋》，述川渎之美。'彦和称景纯'缛理有余'，'缛'谓文藻粲丽，'理'则如《江赋》'忽忘夕而宵归，咏采菱以叩舷；傲自足于一呕，寻风波以穷年'之类。"② 前者引《诗品》解释郭璞《游仙诗》，后者引《文选》注解释《江赋》，均未涉及《郊赋》。只有《讲疏》出注涉及《郊赋》："《郭璞传》'璞博学有高才，辞赋为中兴冠，尝作《南郊赋》，帝见而嘉之。'"③ 不过，《讲疏》此注乃袭用黄注。文化学社本可能于《诠赋》注[31]后又附记"《郊赋》见

---

①　范文澜．文心雕龙注：下册[M]．北平：文化学社，1931：206，224.

②　范文澜．文心雕龙注：中册[M]．北平：文化学社，1929：94，165.

③　范文澜．文心雕龙讲疏：卷十[M]．天津：新懋印书局，1925：12.

《才略篇》注",而到为《才略》作注时,为了淡化黄注,便对《讲疏》所录黄注进行替换,于是将《诠赋》注［31］略作修改,取其《世说新语·文学篇》注引《璞别传》内容,删其所注《江赋》内容,并补李善注《游仙诗》内容。然而,由于疏忽大意,未能删除《诠赋》原注附记的"《郊赋》见《才略篇》注",遂致此讹误。

四、误黄批为纪评

文化学社本范注的注文还一个最严重的问题就是误黄批为纪评,这是由于范老所选底本不精所致。范注在黄叔琳《辑注》的基础上,补苴罅漏,别撰新注。然其所据底本并非养素堂本或两广节署本,而是据两广节署本覆刻的坊间流俗本,具体来说,就是扫叶山房石印本①。黄批和纪评虽然于一些初版原刻中,形式各别,粲然可分,但是在一些覆刻衍生的版本中,则易混易淆,几难辨识。而范注就是因为运用了覆刻衍生的流俗本,于是在引用时屡误黄批为纪评,导致疑似两淆之症。

杨明照先生在《范文澜〈文心雕龙注〉举正》一文的附录中,举正了14条范注误黄叔琳批为纪昀评者②。

(1)《征圣》:"故知繁略殊形,隐显异术。"范注［25］纪评曰:"繁简隐显,皆本乎经。后来文家,偏有所尚,互相排击,殆未寻其源。八字精微,所谓文无定格,要归于是。"

(2)《乐府》:"并无诏伶人。"范注［34］纪评曰:"唐人用乐府古题及自立新题者,皆所谓无诏伶人。"

(3)《颂赞》:"原夫颂惟典雅……其大体所底,如斯而已。"范注［23］纪评曰:"陆士衡云'颂优游以彬蔚',不及此之切合颂体。"

(4)《铭箴》:"铭者,名也,观器必也正名。"范注［15］纪评云:"李习之论铭,谓盘之辞可迁于鼎,鼎之辞可迁于山,山之辞可迁于碑。惟时之所纪,而不必专切于是物。其说甚高,然与观器正名之义乖矣。"

(5)《杂文》:"枝附影从,十有馀家。或文丽而义暌,或理粹而辞驳。观

① 详参 1. 李平.《文心雕龙》黄批纪评辨识述略［J］. 中国典籍与文化,2019(3):42-49. 2. 李平. 范文澜注"张衡怨篇"句辨析［J］. 井冈山大学学报. 2018(3):100-104.

② 杨明照. 范文澜《文心雕龙注》举正［J］. 文学年报,1937(3):117-127. 又,杨先生举正的范注系北平文化学社本。

其大抵所归，莫不高谈宫馆，壮语畋猎。穷瑰奇之服馔，极蛊媚之声色。甘意摇骨体，艳词动魂识，虽始之以淫侈，而终之以居正。"范注［22］纪评曰："凡此数子，总难免屋上架屋之讥。七体如子厚《晋问》，对问则退之《进学解》，体制仍前，而词义超越矣。"

（6）《封禅》："构位之始，宜明大体，树骨于训典之区，选言于宏富之路，使意古而不晦于深，文今而不坠于浅，义吐光芒，辞成廉锷，则为伟矣。"范注［20］纪评曰："能如此，自无格不美。"

（7）《神思》："机敏故造次而成功，虑疑故愈久而致绩。"范注［28］纪评曰："迟速由乎禀才，若垂之于后，则迟速一也，而迟常胜速。枚皋百赋无传，相如赋皆在人口，可验。"

（8）《声律》："良由内听难为聪也。"范注［7］纪评曰："由字下王损仲本有'外听易为□而'六字。"

（9）《比兴》："故兴义销亡。"范注［8］纪评曰："非特兴义销亡，即比体亦与三百篇中之比差别。大抵是赋中之比，循声逐影，拟诸形容，如鹤鸣之陈诲，鸱鸮之讽谕也。"

（10）《事类》："是以属意立文，心与笔谋，才为盟主，学为辅佐，主佐合德，文采必霸，才学褊狭，虽美少功。夫以子云之才，而自奏不学，及观书石室，乃成鸿采。表里相资，古今一也。"范注［10］纪评曰："才禀天授，非人力所能为，故以下专论博学。"

（11）《事类》："是以综学在博，取事贵约，校练务精，捃理须核。"范注［14］纪评曰："徒博而校练不精，其取事捃理不能约核，无当也。"

（12）《练字》："后世所同晓者，虽难斯易，时所共废，虽易斯难。"范注［12］纪评曰："六经之文，有三尺童子胥知者，有师儒宿老所未习者，岂有一定之难易哉，缘于世所共晓与共废耳。"

（13）《物色》："善于适要，则虽旧弥新矣。"范注［11］纪评曰："化臭腐为神奇，秘妙尽此。"

（14）《才略》："九代之文……此古人所以贵乎时也。"范注［1］纪评曰："《时序篇》总论其势（世），《才略篇》各论其人。上下百家，体大而思精，真文囿之巨观。"

这14条举正中，12条为误黄批为纪评，2条是混黄批与纪评为一体。如《征圣》注［25］："繁简隐显，皆本乎经。后来文家，偏有所尚，互相排击，殆未寻其源"系黄批；紧接其后的"八字精微，所谓文无定格，要归于是"为纪评。再如《才略》注［1］"纪评曰'《时序篇》总论其势（世），《才略篇》各论其人"是纪评，"上下百家，体大而思精，真文囿之巨观"为黄批。此外，《诔碑》："夫碑实铭器，铭实碑文，因器立名，事先于诔。是以勒石赞勋者，入铭之域；树碑述己者，同诔之区焉。"范注［27］纪评曰："碑非文名，误始陆平原。"① 此条亦为黄批，杨明照《举正》遗漏此条。

　　修订后的《讲疏》更名为《文心雕龙注》，1929—1931 年由北平文化学社分上、中、下三册出版。新版《文心雕龙注》虽然订正了原书的许多问题与不足，更符合注书体例与学术规范，然而原书所具有的"多作讲疏""关注时代"等特色，亦有明显的淡化，这不能不说也是一种遗憾！

---

　　①　范文澜. 文心雕龙注：中册［M］. 北平：文化学社，1929：252.

第三章

开明书店本《文心雕龙注》

范文澜先生对其《文心雕龙注》一书可谓情有独钟，1931 年 6 月文化学社本出齐后，他并没有停下脚步，而是本着精益求精、不断完善的治学态度，又开始着手对文化学社本进行修订，并于 1936 年由上海开明书店出版了七册线装本《文心雕龙注》，这一版也是范老本人修订的最后定本。

第一节　修订情况一瞥

从《讲疏》到文化学社本《文心雕龙注》，经过大幅度的修订、改编，范老已基本完成了对其书的重造任务，大致确立了《文心雕龙》笺注的体例与范型，接下来要做的主要是局部调整与细节完善工作。

一、改编结构体例

从结构体例上看，开明书店本与文化学社本最大的区别，就是前者将后者集中在中、下册的注文，移到了每篇正文之后，以便正文与注文相互对照，不仅方便阅读，而且也符合现代著述规范。开明书店本还将黄校本原序和元校姓氏，移至卷首的《梁书·刘勰传》之后和"例言"之前，因为这些都是原来底本所有，故将其集中在一起。"例言"仍然保持 10 条，只是"例言一"补充了"铃木虎雄先生《校勘记》"，"例言六"将原来例举的文繁不录篇目中的曹植《辨道论》改为陆机《辨亡论》，因为《论说》注 [29] 已补附曹植的《辨道论》。至于原来统领和概括全书的"上篇提要"和"下篇提要"，开明书店本也忍痛割爱，不再单独保留，而是将其中部分内容，修订后纳入《原道》和《神思》注文中，以合注书体例。

二、单列征引篇目

开明书店本将文化学社本目录篇名下所附征引篇目集中起来，于目录后另附"《文心雕龙注》征引篇目"。与文化学社本相比，开明书店本的征引篇目，除个别删除外，绝大部分是增补。具体情况如下：《宗经》删原附刘师培《小学发微补》一节；《乐府》补曹植《明月篇》；《颂赞》补傅毅《西征颂》佚文；《铭箴》补《礼记·卫孔悝鼎铭》，删《百官箴目》，以潘尼《乘舆箴》取代其《侍臣箴》；《杂文》补扬雄《连珠》二首；《史传》补《史通·二体篇》节文、《论赞篇》节文、《曲笔篇》节文；《论说》补严尤《三将军论》佚文、曹植《辨道论》；《诏策》补班昭《女诫序》；《奏启》补陈蕃《上书言封赏》；《书记》补崔瑗《与葛元甫书》；《体性》补王闿运论文；《通变》补裴度《寄李翱书》、纪昀《爰鼎堂文集序》、桂馥《书北史苏绰传后》；《镕裁》补章学诚《古文十弊》一节；《声律》补沈约《答陆厥书》；《章句》删原附黄侃《约论古书文句异例》一篇，另补刘大櫆《论文偶记》、《文镜秘府论·论句》节录、孙梅《四六丛话·凡例》、孙德谦《六朝丽指·论虚字》、陆以湉《冷斋杂识·论用字》、陈鳣《对策》六篇；《丽辞》补刘师培《论文章变迁》、程杲《识孙梅四六丛话》；《事类》补郎廷槐《师友诗传录》；《附会》补陈澧《复黄苄香书》；《时序》补刘师培《中古文学史》两节、阮元《四六丛话后序》；《才略》补赵壹《穷鸟赋诗》二首、挚虞《思游赋序》、夏侯湛《周诗》；《序志》补刘毓崧《书文心雕龙后》、曹植《与杨德祖书》。

三、调整注释条目

至于注目的增删调整，开明书店本仅涉及《原道》《征圣》《铭箴》《体性》四篇数条，可以说基本保持了文化学社本的注目格局。《原道》"唐虞文章，则焕乎始盛"，开明书店本增补注［25］："《论语·泰伯篇》：'子曰：大哉尧之为君也……焕乎其有文章。'何晏《集解》曰：'焕明也，其立文垂制又著明。'"此注系从文化学社本《征圣》注［8］移植过来，原注是为"是以远称唐世，则焕乎为盛"一句出典，与《原道》正文内容一致，故以先出为注，后同则略，删《征圣》注［8］。同样，《原道》"赞曰"，开明书店本增补注［36］："本书《颂赞篇》云：'赞者，明也，助也。'案《周礼》州长，充人，大行人注皆曰：'赞助也。'《易·说卦传》云：'幽赞于神明而生蓍。'韩康伯注曰：'赞明也。'

此彦和说所本,《说文》无'讚'字,自以作'赞'为是。"① 此注系从文化学社本《征圣》注［31］移植过来,原注也是注"赞曰",现移至首篇,删《征圣》注［31］。《铭箴》"铭实表器""敬言乎履",文化学社本于注［34］合注之,开明书店本一分为二,以注［34］［35］分注之。《体性》"……文之司南,用此道也",开明书店本增补注［23］,以录王闿运《湘绮楼文集》论文曰一段。此外,全部保持文化学社本注目未动。

四、附录章氏《校记》

开明书店本与文化学社本相较,书末还多了一个附录,即章锡琛的《校记》。章氏为开明书店的创办人,范老之书在其书店再版,他曾亲施校勘。据王伯祥记载:"仲澐此注,原名讲疏,今重加增订,繇开明书店为之印行,雪邨自任校勘,发书比对,经年乃毕,并据宋刊《太平御览》所引作校记附于书末。出版之顷,予为署耑,发行前,撰述人例得赠书二十部,雪邨因书告仲澐,豫取两部,一以自存,一以见贻。予惟彦和一脉之长绵,赖此不坠,而予以傍役,复获躬与其事,深用忻愉,爰于得书之日,略记因缘如此。时丙子大暑后一日,汗流浃背中。容翁书于沙泾寓庐。"②

文化学社本正文校勘,范老充分吸收了孙蜀丞利用明抄本及刻本《太平御览》的校勘成果。然而,校勘如扫浮尘,随扫随落,即使同据《太平御览》校雠《文心雕龙》,由于发现新版本也会取得突破性进展。从孙蜀丞校勘的具体内容来看,他所据《御览》版本中还没有宋本。例如,《原道》"若迺河图孕乎八卦"中"迺"的字,宋本作"乃",孙失校;同篇"写天地之辉光",孙云《御览》"辉光"作"光辉",而宋本则作"辉光",不作"光辉";《诠赋》"文虽新而有质",孙云唐写本"新"作"杂",《御览》"质"作"实",而宋本《御览》"新"亦作"杂",同唐写本。

现存《太平御览》南宋闽刊本(建本)和南宋蜀刊本残片,因各种原因流落日本。"民国十七年戊辰(公元 1928 年),张元济赴日本访书,在帝国图书寮,京都东福寺获见宋蜀刊本,因借影印,又于静嘉堂文库借摄所藏闽刊本(建本)。民国二十四年乙亥(公元 1935 年),上海涵芬楼将张元济从日本借照携归的宋闽刊本、宋蜀刊本《太平御览》影印,编入商务印书馆出版的《四部

---

①　范文澜. 文心雕龙注: 卷 1［M］. 上海: 开明书店, 1936: 5, 7.

②　王伯祥. 庋橡偶识［M］. 北京: 中华书局, 2008: 105.

丛刊·三编·子部》，其宋蜀本、宋闽本所缺本、缺页，则以日本活字本补足。"① 孙氏当时尚无缘见到宋本，1936 年开明书店出版范老修订改编的《文心雕龙注》时，章锡琛便将其据日本静嘉堂文库藏宋刊本《太平御览》所校内容附之卷末。章氏《校记》曰：

> 《文心雕龙》一书，为吾国文学批评之先河，其识见之卓越，文辞之瑰丽，自古莫不称善。旧有黄崑圃注，盖出其门客之手，纰缪疏漏，时或不免。余友范君仲澐，博综群书，为之疏证。取材之富，考订之精，前无古人，询彦和之功臣矣。黄氏尝于诸本异同，亲施校勘，范君更为订补，厘正已多。最近得涵芬楼影印日本帝室图书寮京都东福寺东京岩崎氏静嘉堂文库藏宋刊本《太平御览》，偶加寻检，其中所引《雕龙》文字，颇有同异。尤足珍者，如《哀吊》篇"汝阳王亡"，注谓"汝阳王不知何帝子"，今此本"王"作"主"，则是崔瑗作《哀辞》者，乃公主，非帝子。《史传》篇"左史记事者，右史记言者"，注谓"彦和用《玉藻》说"。此本作"左史记言，右史书事"，则用《汉志》说。《论说》篇"仰其经目"，注谓"疑当作抑其经目"，此本果作"抑"。又如《颂赞》篇"义兼"之为"讚兼"，《诔碑》篇"改盼"之为"顾眄"，《史传》篇"同异"之为"周曲"，"迭贩"之为"屯贩"，《章表》篇"盖阙"之为"然阙"，《书记》篇"遗子反"之为"责子反"，"激切"之为"激昂"，《神思》篇"缀虑"之为"缀翰"，《指瑕》篇"颇疑"之为"颇拟"，义胥较长。他类是者尚众，不遑举缕。辄为签校，附之卷末，尘山露海，倘有稗乎。民国二十五年，六月，章锡琛。②

章氏利用宋本《御览》所做之校勘，不仅解决了一些疑难问题，如"汝阳主"误作"汝阳王"，而且验证了范老通过理校法所做的一些校勘，如"仰其经目"，疑当作"抑其经目"；同时也提出了一些与原注所校相左的校勘结论，如范注谓"左史记事者，右史记言者"用《玉藻》说，宋本《御览》"左史记言，右史书事"则用《汉志》说。此外，章氏所校还弥补了范注许多失校之词，仅《原道》就有 15 处之多，且尚有不少与原校不同之处，如"圣因文而（孙云

---

① 林其锬，陈凤金. 文心雕龙集校合编［M］. 台南：暨南出版社，2002：12-13.
② 章锡琛. 校记［M］//范文澜. 文心雕龙注：卷 7［M］. 上海：开明书店，1936：1.

《御览》"而"作"明"）明道"，章校所据宋本"而"作"以"不作"明"。
这里的不同之处与通行本相同，不仅文辞通顺，而且句义惬当。可见，章氏继
孙蜀丞之后，据宋本《御览》校勘《文心》，在文本校勘方面又取得了重大
突破！

第二节　增补铃木《校勘记》

　　开明书店本在"例言"之后，增补了日本学者铃木虎雄《黄叔琳本文心雕
龙校勘记》的第一部分"绪言"和第二部分"校勘所用书目"。铃木虎雄既是
日本著名的汉学家，又是开启日本《文心雕龙》正式研究的代表人物。其《黄
叔琳本文心雕龙校勘记》是具有现代学术规范的早期"龙学"著作之一，故范
老此次修订不仅充分吸收其校勘成果，还在"例言"后迻录其"绪言"与"校
勘所用书目"。铃木之"绪言"对黄本的源流得失做了充分而又精当的评价，远
胜《札记》之"题辞及略例"，范老曾于《讲疏》卷首节录"题辞及略例"，文
化学社本删除了其师之语，现又改录铃木的"绪言"，表明其择善如流的治学精
神。然而，有人认为："即令是转录，'绪言'之后，亦不必再附其'所用书
目'。"① 此又肤浅之论，铃木《校勘记》的学术价值和独到之处正在其"校勘
所用书目"。这份书目非同寻常，它由上（旧籍著录而已亡佚者）、中（钞校注
解诸专本）、下（引用及摘录校论诸本）三部分组成，辨章学术，考镜源流，大
致反映了《文心雕龙》的发展、流传及影响情况。特别是每条书目后都有详细
的解题，已是比较成熟的版本叙录，对后来杨明照、王利器、詹锳诸家《文心
雕龙》校注的版本叙录都有明显的影响②。
　　文化学社本和开明书店本"例言一"都是交代底本及正文夹校所据校本，
与文化学社本相比，开明书店本多了"铃木虎雄先生《校勘记》"，就是说此
次修订，在正文校勘所据校本方面，增加了铃木的《校勘记》。范注以"黄注"
为底本，而铃木的《校勘记》正好与范注互相发明、相得益彰，故范老及时地

① 王更生．文心雕龙范注驳正［M］．台北：华正书局，1979：17.
② 详参李平．王更生《文心雕龙范注驳正》之驳正［J］．古代文学理论研究，2017，45
（2）：90-120.

补入这一最新的校勘成果①。开明书店本出版后不久，杨明照惊喜地发现其卷首载有铃木《校勘记》的"绪言"和"校勘所用书目"，并撰文说："上海开明书店新印之范文澜《文心雕龙注》，卷首载有日本铃木虎雄《黄叔琳本文心雕龙校勘记》一文，读后颇受启发。惟仅见一斑，未得窥其全豹为歉耳。"② 而其"全豹"所缺者，就是第三部分的具体校勘内容，也就是开明书店本正文夹校中采撷的铃木校语。可见，铃木的《校勘记》是开明书店本增补的最重要的内容。

一、增补情况概览

开明书店本正文夹校增补铃木《校勘记》的具体内容大致有三类，一是对原来失校的文字录铃木校语进行补校，二是在原来底本校语的基础上增补铃木校语，三是对文化学社本"例言一"提到的顾千里、黄莸圃、谭复堂、赵万里和孙蜀丞等人的校语予以增补或替换。详情参见下表：

表2：开明书店本范注正文夹校增补铃木虎雄《校勘记》条目分布情况表

篇名	条数	补失校	补底本校	替补顾黄谭赵孙校
原道	5	2	3	0
征圣	6	1	5	0
宗经	7	2	4*（顾校）	1（补孙校）
正纬	3	1	1	1（补孙校）
辨骚	6	5	1*（孙校）	0
明诗	4	1	1	2（补孙校）
乐府	2	1	0	1（替孙校）
诠赋	1	0	1*（赵校）	0

① 据铃木虎雄"绪言"落款时间，其《黄叔琳本文心雕龙校勘记》（《支那学研究》第一卷，1929年东京斯文会刊）作于昭和三年（1928），而此前的大正十五年（1926），铃木已完成《敦煌本文心雕龙校勘记》（载《内藤博士还历祝贺支那学论丛》），范文澜当时还未见到此本，其文化学社本正文夹校所据系赵万里和孙蜀丞的唐写本校勘成果。铃木的《黄叔琳本文心雕龙校勘记》也吸收了其《敦煌本文心雕龙校勘记》成果，他在"校勘所用书目"中说，其所校唐写本，系"文学博士内藤虎次郎君自巴里将来，余与黄叔琳本对比，大正十五年五月，既有校勘记之作，今之所引，止其若干条耳"。

② 杨明照. 书铃木虎雄《黄叔琳本文心雕龙校勘记》后［M］//杨明照. 学不已斋杂著［M］. 上海：上海古籍出版社，1985：538. 另，其《文心雕龙校注拾遗》已据范注引铃木虎雄的校语。

续表

篇名	条数	补失校	补底本校	替补顾黄谭赵孙校
颂赞	9	3	5*（谭校）	1（补孙校）
祝盟	4	3	0	1（替赵校）
铭箴	3	2	0	1（补孙校）
诔碑	2	1		1（替孙校）
哀吊	5	2	1*（赵校）	2（补孙校）
杂文	3	1	1	1（补孙校）
谐隐	2	1	1	0
史传	6	5	1*（黄校）	0
诸子	9	6	2	1（补黄校）
论说	4	3	1*（孙校）	0
诏策	9	9	0	0
檄移	8	7	0	1（补顾校）
封禅	2	2	0	0
章表	3	3	0	0
奏启	9	8	1*（孙校）	0
议对	11	9	1*（顾校）	1（补孙校）
书记	7	6	1	0
神思	1	1	0	0
体性	1	1	0	0
风骨	1	1	0	0
通变	3	3	0	0
定势	0	0	0	0
情采	0	0	0	0
镕裁	2	1	1	0
声律	4	4	0	0
章句	5	4	1*（黄校）	0
丽辞	2	1	0	1（补谭校）
比兴	2	2	0	0

篇名	条数	补失校	补底本校	替补顾黄谭赵孙校
夸饰	1	1	0	0
事类	2	1	1*（顾孙校）	0
练字	1	1	0	0
隐秀	2	2	0	0
指瑕	3	2	1	0
养气	3	3	0	0
附会	4	4	0	0
总术	3	1	2	0
时序	3	3	0	0
物色	1	1	0	0
才略	9	8	1	0
知音	3	3	0	0
程器	2	2	0	0
序志	16	13	3	0
合计	204	147	41	16

＊表示补底本校的条目中有 1 条兼补顾、黄、谭、赵、孙校。

由上表可见，开明书店本《文心雕龙》50 篇，除《定势》和《情采》2 篇正文夹校没有增补铃木校语外，其余 48 篇都有或多或少的增补，最少的 1 条，最多的 16 条。其中，增补原本失校之处最多，有 147 条，占全部增补条目的超过 70%，增补底本校语的约占 20%，而对文化学社本已有的顾千里、黄荛圃、谭复堂、赵万里和孙蜀丞等人的校语增补最少，不到 10%。经过此次增补，范注在文本校勘方面又向前迈进了一大步。

二、录铃木据唐写本校语

铃木的《校勘记》是 20 世纪初《文心雕龙》最重要的校勘成果，"龙学泰斗"杨明照也认为"读后颇受启发"，并以"未得窥其全豹为歉耳"。开明书店本据以增补正文夹校，增色颇多。唐写本是用以对校通行本的十分珍贵的版本校勘资料，范老在文化学社本中，就曾据赵万里和孙蜀丞的唐写本校勘成果校证文本。然而，由于所据底本不同，就范注所据黄本而言，赵、孙失校之处亦不少①。相反，铃木的《校勘记》所校正是"黄叔琳本"，也就是范老所据底本，且铃木亦多据唐写本施校，这样就能弥补赵、孙校本的某些不足。

《征圣》："郑伯入陈，以文辞为功。""文"，底本黄校："一作'立'。"因所据底本不同，赵、孙于此失校，开明书店本补引铃木云："案诸本作'立'，敦煌本亦作'立'。"并注曰："《左传》襄公二十五年，仲尼称子产曰：'志有之，言以足志，文以足言，不言谁知其志？言之无文，行而不远。晋为霸，郑入陈，非文辞不为功，慎辞也。'"据此，冯舒云："'立'当作'文'。"何焯改作"文"。杨明照按："'立'字是。唐写本、元本、弘治本……并作'立'。黄氏据冯舒、何焯说改'立'为'文'，虽与《左传》襄公二十五年合，而昧其与下'多文'句之词性不侔且相复也。"② 同篇"妙极机神"，"机"，底本黄校："疑作'几'。"赵、孙亦失校，范老补引铃木云："案敦煌本作'机'。"尽管范老认为"'机'当作'几'。《易·上系辞》：'唯几也，故能成天下之务；唯神也，故不疾而速，不行而至。'韩康伯注云：'适动微之会曰几'"③，但是他还是在正文夹校中，补引与黄校和自己意见相左的铃木校，可见其严谨的学风和公正的态度！《释文》曰"'几'本作'机'"，故不烦改字。

《宗经》："夫《易》惟谈天，入神致用。""入"，底本黄校："一作'人'。

---

① 赵万里在《唐写本文心雕龙残卷校记》卷首说："据以迻校嘉靖本，其胜处殆不可胜数，又与《太平御览》所引，及黄注本所改辄合，而黄本妄订臆改之处，亦得据以取正，彦和一书传诵于人世者殆遍，然未有如此卷之完善者也。"(《清华学报》1926 年 6 月第 3 卷第 1 期) 而其自注所谓"嘉靖本"即《四部丛刊》所印之本。《文心雕龙》明嘉靖刻本有二：一为刻于嘉靖十九年（1540）的汪一元本，钱允治跋谓"嘉靖庚子刻于新安"者，即此本；一为刻于嘉靖二十二年（1543）的佘诲本，钱允治跋谓"癸卯又刻于新安"者，即此本。前者版心下方有"私淑轩"三字，故又称"私淑轩本"。杨明照谓："此汪氏原刻，极佳。"后者出于汪氏原刻，其版心下栏尚留有私淑轩本刻工姓名。可见，二本俱佳。若《丛刊》所收某为"明嘉靖本"，当属名椠。然，据杨明照考证，《四部丛刊》所收"上海涵芬楼景印明嘉靖本"，"盖为书贾所欺，而错认颜标耳"，实为万历七年（1579）张之象刻本（《增订文心雕龙校注》，中华书局 2000 年，第 1018-1019 页）。另，杨明照为此专门撰写《涵芬楼影印文心雕龙非嘉靖本》一文，载《中华文史论丛》1979 年第 2 辑，后收入其《学不已斋杂著》中。孙蜀丞所校唐写本《文心雕龙》残卷，无论在质量上还是数量上，均可与铃木虎雄、赵万里等人的校雠成果相媲美（详参拙文《孙人和唐写本〈文心雕龙〉残卷校雠辨析与辑佚》，《古代文学理论研究》第 47 辑），只是因为他的校勘成果没有公开发表而未知其所据底本。从范注引录的情况来看，孙氏所据底本基本可以判断是明本而非黄本。

② 杨明照. 文心雕龙校注拾遗 [M]. 上海：上海古籍出版社，1982：13.

③ 范文澜. 文心雕龙注：卷 1 [M]. 上海：开明书店，1936：9，11.

从《御览》改。"赵、孙失校,范老补引铃木云:"案诸本作'人',敦煌本作'入'。"同篇"故论说辞序,则《易》统其首。""首",底本黄校:"一作'旨'。"赵、孙失校,范老补引铃木云:"梅本'首'作'旨',嘉靖本、敦煌本作'首'。"《正纬》:"篇条滋蔓,必假孔氏。""假",元至正本、明梅庆生本、清黄叔琳本并同,唐写本作"征",赵、孙失校,王利器亦失校,范老补引铃木云:"敦煌本'假'作'征'。"① 杨明照按:"纬书多称引孔子为说,唐写本作'征'较胜。"②《乐府》"缪袭所致",文化学社本引孙蜀丞云:"唐写本'袭'作'朱'。"赵万里同孙校。开明书店本改引铃木云:"敦本'袭'作'朱','致'作'改'。"由于赵、孙所校均只及"袭"字,且范老认为"'缪袭'唐写本作'缪朱',恐误",故改用两字并校的铃木说③。杨明照按:"唐写本'致'作'改'是,'朱'则非也。"④《颂赞》:"讚者,明也,助也。""助也",底本黄校:"二字从《御览》增。"文化学社本补谭校:"案《御览》有'助也'二字,黄本从之,似不必有。"赵、孙失校,开明书店本补铃木云:"《御览》、敦本有二字。"⑤ 王利器说:"今案唐写本正有'助也'二字。下文'并飏言以明事,嗟叹以助辞',即承此'明也,助也'为说。"⑥ 同篇赞曰"镂彩摛文","彩",范老补铃木云:"敦本作'影'。"这一增补非常必要,赵万里校曰:"'镂影摛文','文'作'声'。案唐本是也,黄本作'镂彩摛文',非是。"⑦ 王利器也说:"'影'唐写本以下诸本皆如是,黄注本改作'彩',非是。"

《诔碑》"此碑之制也",文化学社本引孙蜀丞云:"唐写本'制'作'治'。"这里"治"当是"致"之误。开明书店本改引铃木云:"《御览》、敦本'制'作'致'。"赵万里校同铃木:"'制'作'致'。案唐本是也,与《御览》五八九引合。"《哀吊》"盖不泪之悼","不泪",唐写本作"下流",赵、孙均失校。文化学社本引孙云:"(不)明抄本《御览》五九六引作'下'。"开明书店本补铃木云:"《御览》、敦本'不泪'作'下流'。"铃木校是也。王利器校曰:"'下流'旧本作'下泪',黄注本'下'改'不'。《御览》作'下泪'。唐写

① 范文澜. 文心雕龙注:卷1 [M]. 上海:开明书店,1936:13-14,19.
② 杨明照. 文心雕龙校注拾遗 [M]. 上海:上海古籍出版社,1982:29.
③ 范文澜. 文心雕龙注:卷2 [M]. 上海:开明书店,1936:25,37.
④ 杨明照. 文心雕龙校注拾遗 [M]. 上海:上海古籍出版社,1982:60.
⑤ 范文澜. 文心雕龙注:卷2 [M]. 上海:开明书店,1936:62.
⑥ 王利器. 文心雕龙校证 [M]. 上海:上海古籍出版社,1980:63.
⑦ 赵万里. 唐写本《文心雕龙》残卷校记 [J]. 清华学报,1926,3(1):108.

本作'下流'。"再引铃木曰:"作'下流'可从。'下流'指卑者而言。《指瑕》篇曰:'施之下流。'《雕龙》'下流'之义可知。"最后案曰:"铃木说是,今据改。"① 杨明照校曰:"'不泪'唐写本作'下流',宋本、钞本、喜多本《御览》五九六引同(倪刻《御览》作'下泪')。何焯改作'不泪'。按作'下流'是。《三国志·魏志·阎温传》载张就被拘执与父恭疏,有'愿不以下流之爱,使就有恨于黄壤也'语,其用'下流'二字义,正与此同。元本及各明本'不'皆作'下',惟误'流'为'泪'耳。黄本从何焯改'下'为'不',非是。"②

三、录铃木据《御览》校语

《太平御览》作为宋代文献,极具校勘价值,历来备受学界关注。作为明代《文心雕龙》校勘之功臣,朱郁仪的突出贡献在于利用《御览》校正通行本文字之讹误。受朱郁仪影响,徐兴公校字也很重视《御览》,并特别强调以善本《御览》校读《文心》。远绍明人朱郁仪、徐兴公之遗绪,据多种《御览》版本校勘《文心》字句,并取得卓越成就者是民国时期的孙蜀丞。孙氏之所以能继朱郁仪、徐兴公之后,在运用《御览》校勘《文心》方面取得重要成绩,主要因为他具有多种明清《御览》版本。孙氏不仅上绍明人朱郁仪、徐兴公之遗绪,而且下启今人章锡琛、林其锬之新风,使得据《御览》校勘《文心》这一学术传统,在"龙学"界绵延400余年而不衰③。同样,铃木也非常重视利用《御览》校勘黄本,其所用版本为日本安政乙卯(二年,1855)江都喜多邨氏仿宋椠校刻聚珍版本,京都帝国大学所藏。开明书店本录铃木据《御览》校语,以补底本失校或与底本及他人之校互证相参。

《原道》"玉版金镂之实","实",底本失校,铃木云:"《御览》作'宝'。""则焕乎始盛","始",底本黄校:"冯本作'为'。"铃木云:"《御览》亦作'为'。""九序惟歌","惟",底本失校,铃木云:"《御览》'惟'作'詠'。""旁通而无滞","滞",底本黄校:"一作'涯',从《御览》改。"文化学社本引孙云:"'滞'作'涯'。"开明书店本改引铃木云:"予所见《御览》作'涯'不作'滞'。"这样,正文夹校的铃木说正好与注文所引孙蜀丞说相呼

---

① 王利器. 文心雕龙校证 [M]. 上海:上海古籍出版社,1980:65,91.

② 杨明照. 文心雕龙注拾遗 [M]. 上海:上海古籍出版社,1982:109.

③ 详参李平. 孙人和据《太平御览》校雠《文心雕龙》考察与辑佚 [J]. 中国诗学研究,2018,15(1):201-221.

应："'无涯'与'不匮'义近，不当改作'滞'也。《御览》引此文亦作'涯'，不作'滞'，未知所据。"① 王利器亦案："今所见宋本、明钞本、铜活字本、万历薛逢本、汪本、张本、鲍本、学海堂本、日本安政聚珍本《御览》皆作'涯'，不知（黄叔琳——引者注）所据何本。"② 杨明照再按："钱谦益藏赵氏钞本《御览》作'滞'（见冯舒校语），本为误字（所见宋本、钞本、倪本、活字本、喜多本、鲍本《御览》均作"涯"），黄氏据冯舒校语径改为'滞'，非是。"③

《明诗》"子夏监绚素之章"，"监"，范老先引孙云"唐写本作'鉴'"，再接以铃木云"《御览》亦作'鉴'"，前后互证。"两汉之作乎"，也是先引孙云"唐写本'两'上有'故'字"，再接以铃木云"《御览》'两'上有'固'字"，互相参校④。赵万里校曰："'两'上有'故'字，'乎'作'也'。案《御览》五八六引'两'上有'固'字，'固''故'音近而讹，疑此文当作'固两汉之作也'，今本有脱误。"⑤ "怊怅切情"，"怊"，底本失校，补引铃木云："《御览》作'惆'。"《诠赋》"拓宇于《楚辞》也"，"拓"，底本黄校"疑作'括'"，文化学社本补"赵云作'拓'字"。开明书店本又录铃木云"案《御览》、《玉海》、敦本并作'拓'"，以证成赵说⑥。《铭箴》"作卿尹州牧二十五篇"，铃木云"《御览》无'五'字"；"夫箴诵于官"，铃木云"《御览》'官'作'经'"。《诔碑》"逮尼父卒"，铃木云"《御览》'逮'作'迨'"⑦。以上底本均失校，范老录铃木校语以补校。

《诏策》"敕戒州部"，"部"，铃木云"《御览》作'郡'，嘉靖本作'邦'"；"故两汉诏诰"，"诰"，铃木云"《御览》作'令'"。"暨明帝崇学，雅诏间出；安和政弛，礼阁鲜才。" "明帝"，铃木云"《御览》'帝'作'章'"；"安和"，铃木云"《御览》作'和安'"⑧。铃木所校甚是，王利器《校证》已据改，并校曰："'章'原作'帝'，今从《御览》改。此统明章两朝言之。《时序》篇'明章'亦误作'明帝'，与此正同。""'和安'原作'安

① 范文澜. 文心雕龙注：卷1 [M]. 上海：开明书店，1936：1-2，7.
② 王利器. 文心雕龙校证 [M]. 上海：上海古籍出版社，1980：5.
③ 杨明照. 文心雕龙校注拾遗 [M]. 上海：上海古籍出版社，1982：11.
④ 范文澜. 文心雕龙注：卷2 [M]. 上海：开明书店，1936：1.
⑤ 赵万里. 唐写本《文心雕龙》残卷校记 [J]. 清华学报，1926，3（1）：102-103.
⑥ 范文澜. 文心雕龙注：卷2 [M]. 上海：开明书店，1936：1，46.
⑦ 范文澜. 文心雕龙注：卷3 [M]. 上海：开明书店，1936：2，13.
⑧ 范文澜. 文心雕龙注：卷4 [M]. 上海：开明书店，1936：50-51.

和’，今从《御览》乙正。"《檄移》"令有文告之辞"，文化学社本引"顾云'令'字衍"，开明书店本补"铃木云《御览》无'令'字"，以证顾校。王利器删"令"字，并校曰："'有'上原有'令'字，王惟俭本、《御览》无。按《国语·周语上》正作'有威让之令，有文告之辞'。今据改。"①"章密太甚"，铃木云："《御览》'密太'作'实文'。"②王利器《校证》改"密"为"实"，并校曰："'实'原作'密'。梅六次本、徐校本、张松孙本作'实'。按《御览》正作'实'，今据改。"③《奏启》"王吉之观礼"，"观"，夹校引"铃木云《御览》作'劝'"，注末又引《校勘记》："《御览》'观'作'劝'（引文误为"勤"——引者注），是也。诸本皆误。"④《汉书》本传载王吉宣帝时为谏官，曾上疏劝行礼制。杨明照按："'劝'字是。《汉书》本传上疏可证。今本'观'字非由'劝'之形近致误，即涉上文而讹。"王利器《校证》也据《御览》改作"劝"。"总法家之式"，"式"，夹校引"铃木云《御览》作'裁'"。杨明照校曰："'式'，宋本、活字本、喜多本、鲍本《御览》引作'裁'。按《史记》自序：'（司马谈《论六家要指》）法家不别亲疏，不殊贵贱，一断于法。'据此，则作'裁'是。范宁《穀梁传集解序》：'公羊辩而裁。'杨疏：'裁，谓善能裁断。'诘此正合。"⑤

《议对》："春秋释宋，鲁桓务议。""务"，文化学社本引孙云："明抄本《御览》引作'预'。"开明书店本补铃木云："《御览》'桓务'作'僖预'。"铃木所校极是。范注引钱大昕《十驾斋养新录》十四：

> 《文心雕龙·议对篇》"春秋释宋，鲁桓务议"二句，注家皆未详。惠学士士奇云："案文当云'鲁僖预议'。《公羊经》僖二十一年'释宋公'，《传》云：'执未有言释之者，此其言释之何？公与为尔也。公与为尔奈何？公与议尔也。''预'与'与'同，转写讹为'务'耳。"

铃木引《御览》所作"僖预"，正合惠士奇所论。"不以深隐为奇"，"深"

---

① 王利器．文心雕龙校证［M］．上海：上海古籍出版社，1980：139，145.
② 范文澜．文心雕龙注：卷4［M］．上海：开明书店，1936：62-63.
③ 王利器．文心雕龙校证［M］．上海：上海古籍出版社，1980：147.
④ 范文澜．文心雕龙注：卷5［M］．上海：开明书店，1936：19，23.
⑤ 杨明照．文心雕龙校注拾遗［M］．上海：上海古籍出版社，1982：201，205.

字底本失校，范老补正文夹校："铃木云《御览》作'環'。"① 王利器校曰："'環'原作'深'，今据《御览》改。'環'为彦和习用字。"②

《书记》："牒者，叶也。短简编牒，如叶在枝，温舒截蒲，即其事也。议政未定，故短牒咨谋。""短简编牒"，夹校引"铃木云《御览》无此四字"；"议政未定"，夹校引"铃木云《御览》'议'上有'短简为牒'四字，'政'作'事'"③。以上底本失校，按铃木据《御览》所引，当作"牒者，叶也。如叶在枝，温舒截蒲，即其事也。短简为牒，议事未定，故短牒咨谋"，亦可备一说。《事类》"此内外之殊分也"，"分"，底本黄校"《御览》作'方'"；文化学社本补"顾校作'方'，孙云明抄本《御览》作'贫'"；开明书店本又增"铃木云案《御览》作'分'，不作'方'"。《御览》版本众多，不同版本或作"方"，或作"分"，或作"贫"。具体而言，宋本、倪本、活字本、喜多本作"分"，鲍本作"方"，孙蜀丞谓明抄本作"贫"。然最终还是铃木"《御览》作'分'"者是。《庄子·逍遥游》"定乎内外之分"，杨明照谓"亦可为此当作'分'之证"，王利器谓"此彦和所本"④。

由于唐写本系残卷，宋本《文心雕龙》又失传，这样《御览》所引《文心》便具有承上启下的意义，极富校勘学价值。开明书店本增补铃木校语，其中铃木据《御览》校语占据很大比重，《序志》所录铃木校语最多，共 16 条，而据《御览》和《梁书》所出校语就有 12 条。这些校语不仅弥补了底本的失校之处，而且对于纠正底本的讹误衍脱起到了重要的作用。然而，由于铃木所据《御览》并非流落日本的宋闽刊本和蜀刊本，故其所校亦存在诸多遗憾！例如，《哀吊》："及后汉汝阳王亡，崔瑗哀辞，始变前式。"范老注曰："'汝阳王'，不知何帝子。崔瑗仕当安顺诸帝朝，皆未有子封王；哀辞本文又亡，无可考矣。"⑤ 宋本《御览》卷五九六引作"汝阳主"，为和帝女，名刘广，见《后汉书·后纪》。铃木失校，故范注谓"无可考矣"。

四、录铃木据冈本校语

铃木所谓"冈本"，就是日本享保辛亥（十六年，1731）冈白驹校正句读

---

① 范文澜. 文心雕龙注：卷 5［M］. 上海：开明书店，1936：29，31，30.
② 王利器. 文心雕龙校证［M］. 上海：上海古籍出版社，1980：173.
③ 范文澜. 文心雕龙注：卷 5［M］. 上海：开明书店，1936：43.
④ 杨明照. 文心雕龙校注拾遗［M］. 上海：上海古籍出版社，1982：295. 王利器. 文心雕龙校证［M］. 上海：上海古籍出版社，1980：237.
⑤ 范文澜. 文心雕龙注：卷 3［M］. 上海：开明书店，1936：33.

本。"《文心雕龙》在日本的刻本，只有尚古堂刊木活字本和冈白驹（播磨国纲干村人。字千里，号龙洲）的校正训点本二种。"从版本源流的角度看，尚古堂本全据明何允中原刻《汉魏丛书》（实为《广汉魏丛书》）本，冈本则以尚古堂本为底本，"除以冈白驹刻序代替尚古堂本的佘诲序，削除卷首'张遂辰阅'四字和版心'尚古堂'三字，订正一些误字并对全文施加句读训点外，其余均为对尚古堂本的覆刻"。尽管如此，"冈白驹的校订训点本至今仍保持着唯一的《文心雕龙》训点本的地位。就这一点看，冈本的价值固然自不待言"①。更为重要的是，冈本在文本校订方面，亦多有可取之处。如《原道》"业峻鸿绩"，明清《文心》各版本基本相同，而冈本则改作"峻业鸿绩"，颇见卓识。范注引黄先生曰："案'业''绩'同训功，'峻''鸿'皆训大，此句位字殊违常轨。"② 再如《比兴》"繁缛络绎，范蔡之说也"，王利器校曰："'范蔡之说也'，原作'范蔡说之'，冯校、黄本乙补。案据本赋，冯校、黄本是，今从之。"③ 而早在黄本出现之前，冈本就已改为"范蔡之说"。且冈本并没有像黄本一样据本赋补入"也"字，因为"尽可能地不增减底本的文字，而使文意通畅，正是他（冈白驹——引者注）的校订态度"④。故范老于正文夹校亦多录铃木据冈本校语。

　　《正纬》"曹褒撰谶以定礼"，文化学社本引"孙云唐写本'撰'作'选'"，开明书店本补"铃木云冈本'撰'作'制'"⑤。《论说》"穷于有数，追于无形"，底本黄校"两'于'字从汪本改"，文化学社本引"孙云《御览》'于'作'及'"，开明书店本补"铃木云嘉靖本作'穷有数，追无形'，梅本、冈本无两'于'字，'追'下有'究'字"。《诏策》"《诗》云有命在天，明为重也"，"有命在天"，注末引《校勘记》"'在'当作'自'"；"明为重也"，底本失校，开明书店本增补"铃木云冈本（明）作'命'"⑥。王利器《校证》

---

① ［日］户田浩晓.文心雕龙研究［M］.曹旭,译.上海：上海古籍出版社,1992：167，172，194.户田教授同时说："宝历四年刊的《宝历书籍目录》中卷里，有二册本《文心雕龙》之名，杨明照氏在'未见版本'一栏中称之为'宝历本'而置之于冈白驹本之前，享保十四年，即冈白驹本刊行的前年，刊行了《享保书籍目录》，而因为《宝历书籍目录》是收载《享保书籍目录》以后刊行书的集录，故《宝历书籍目录》所载《文心雕龙》，恐即为冈白驹本。被名之为'宝历本'的，应无其他版本。"

② 范文澜.文心雕龙注：卷1［M］.上海：开明书店,1936：6.

③ 王利器.文心雕龙校证［M］.上海：上海古籍出版社,1980：230.

④ ［日］户田浩晓.文心雕龙研究［M］.曹旭,译.上海：上海古籍出版社,1992：195.

⑤ 范文澜.文心雕龙注：卷1［M］.上海：开明书店,1936：19.

⑥ 范文澜.文心雕龙注：卷4［M］.上海：开明书店,1936：30，62，51.

据包括铃木在内的诸家之说，将此句改为"有命自天，明命为重也"①。"《周礼》曰师氏诏王为轻命"，底本失校，夹校补引铃木云："冈本作'诏为轻'，梅本'为'上有'明诏'二字，无'命'字。"范老于注末校曰："案此句与上'《诗》云有命自天，明命为重也'对文，当依梅本作'《周礼》曰师氏诏王，明诏为轻也'。'轻'字下'命'字衍文，当删。"② 户田浩晓曾评说冈本此校的意义：

> 《诏策》篇中有"自教以下，则又有命。《诗》云：'有命在天。'明为重也。《周礼》曰：'师氏诏王。'为轻命"之语。诸本多如上。唯梅庆生《音注》本作"自教以下，则又有命。《诗》云：'有命自天。'明命为重。《周礼》曰：'师氏诏王。'明诏为轻"。而冈本作"自教以下，则又有命。《诗》云：'有命在天。'命为重也。《周礼》曰：'师氏诏王。'诏为轻"。三本相较，诸本多处文意难通，经梅本整理的意思最好。冈本在句法整齐上不及梅本，诗的文句亦未从今本改正。但它对底本作最小限度的改正却成功地疏通了文意，或者更接近刘勰当时的原貌也未可知。卢文弨在《文心雕龙辑注书后》（《抱经堂文集》卷十四）里说：此处当作"《诗》云：'有命自天。'明为重也。《周礼》曰：'师氏诏王。'明为轻也"。比起卢氏之说来，似以冈白驹改为胜。卢氏此"书后"作于乾隆四十六年（1781），相当于冈本刊行后的五十年，假如卢氏看到冈本的话，他会从冈本改订也未可知。铃木博士除改"在"为"自"外，其余从冈本。但正如孙诒让所指出的，刘勰依据的古书，有不少是不同于今本的别本。因此，这里从今本改作"自"还必须慎重。③

此外，《指瑕》"终无抚叩酬即之语"，底本黄校"'即'当作'酢'"，开明书店本补"铃木云冈本作'即酬'"；"至乃比语求蚩"，"蚩"，"铃木云冈本作'媸'"。《养气》"战代枝诈"，"枝"，"铃木云冈本作'技'"。除两京本、《训诂》本及冈本作"技"外，其余明清版本基本都作"枝"④。"枝诈"难通，

① 王利器. 文心雕龙校证［M］. 上海：上海古籍出版社，1980：141-142.
② 范文澜. 文心雕龙注：卷4［M］. 上海：开明书店，1936：51，62.
③ ［日］户田浩晓. 文心雕龙研究［M］. 曹旭，译. 上海：上海古籍出版社，1992：194-195.
④ 范文澜. 文心雕龙注：卷9［M］. 上海：开明书店，1936：1，7.

"技"者巧也，故"技诈"稍胜，且有版本依据。杨明照认为："'枝'与'技'于此均费解……恐非舍人之旧。疑当作'權'。權，俗作权。盖初由權作权，后遂讹为枝（或技）耳。"① 虽然古代文献多以"權诈"连文，毕竟缺乏版本依据。《时序》"傲雅觞豆之前"，"傲"，"铃木云冈本作'俊'"；"顾盼合章"，"合"，"铃木云冈本作'含'"②。如此之类均不失为有识之见，尤其改"合"作"含"甚为精彩。王利器说："日本刊本'合'作'含'。案《原道》篇、《征圣》篇、《神思》篇有'含章'语，下文亦云'文帝以贰离含章'。疑作'含'是。"③

当然，冈本亦有不少讹误。例如，《征圣》"夫鉴周日月"，"周"，"铃木云冈本作'同'"；《声律》"故遗响难契"，"遗"，"铃木云冈本作'遣'"。此皆形近写刻之误，范老未及细审而录入正文夹校，读者自当明察！还有，正文夹校未录的冈本讹误，户田浩晓亦指出不少，例如："'竿'误为'竽'（《声律》），'稚'误作'雅'（《征圣》），'奠'误作'尊'（《祝盟》），'侯'误作'候'（《铭箴》），'含'误作'舍'（《诏策》），'典'误作'興'（《诏策》），'劢'误作'劼'（《议对》），'瞻'误作'赡'（《物色》），'傅'误作'傳'（《程器》）等，都是较显著的例子。……且《体性》第二十七，尚古堂本误作二十二，初刻冈本蹈袭其错误亦作二十二，挖改本一仍其旧，成为改订中最粗漏的一例。"

尽管如此，诚如户田浩晓所说："在黄叔琳本还没有产生的时代，作为一个日本人，不仅加以训点，且在校勘应具的善本大都不能见到的情况下，正确地改正了不少底本中的误字，其学识是不容否定的……因此，冈本不仅仍是今天广大的世界《文心雕龙》读者有益的参考书，其价值也是永不磨灭的。"他在注中又深有感叹地说："在《文心雕龙》研究上成绩斐然的范文澜、杨明照二氏，均未见到冈本，这在中日文化交流方面实在是一个不堪忍受的遗憾。"④ 户田的文章发表于 1958 年，即杨明照《文心雕龙校注》正式出版之年，当时杨氏确实没有见到冈本，至 1982 年《拾遗》出版，杨氏才利用了冈本作为参校本。不过，范文澜在 1936 年出版的开明书店本范注中，通过引录铃木的校语而吸收了

① 杨明照．文心雕龙校注拾遗［M］．上海：上海古籍出版社，1982：317.

② 范文澜．文心雕龙注：卷 9［M］．上海：开明书店，1936：23.

③ 王利器．文心雕龙校证［M］．上海：上海古籍出版社，1980：276.

④ ［日］户田浩晓．文心雕龙研究［M］．曹旭，译．上海：上海古籍出版社，1992：197-201.

不少冈本的校勘成果，则多少弥补了令中日学者"不堪忍受的遗憾"！就此而言，范老将铃木的《校勘记》作为重要的参校本，不仅提高了开明书店本的校勘质量，而且在中日文化交流方面也做出了独特的贡献。

五、录铃木据《玉海》校语

从《校勘记》"校勘所用书目"可知，铃木据以校勘黄本的材料，除了唐写本、冈本、《御览》和明清的珍本名椠外，还有其他一些重要资料，如据以他校的《玉海》等，其中的一些校勘结论，也极具参考价值。

铃木据以他校的宋王应麟撰《玉海》，系嘉庆丙寅（十一年，1806）康基由序，覆刻元至正本，京都帝国大学所藏。《颂赞》"史岑之述熹后"，底本黄校："元作'僖'，曹改。"开明书店本补："铃木云《御览》作'僖'，《玉海》作'熹'，敦本作'燕'。"《玉海》作"熹"是，原注曰："《流别集》及《集林》载史岑《和熹邓后颂并序》。""马融之《广成》《上林》"，"上林"，底本黄校"疑作'东巡'"，铃木云"《玉海》作'上林'"。《玉海》是，挚虞《文章流别论》有言："若马融《广成》《上林》之属。""以皇子为标"，底本失校，开明书店本补："铃木云《玉海》'皇'下有'太'字。""至相如属笔"，孙云"《御览》'笔'作'词'"，铃木云"《玉海》作'词'"，这是以《玉海》补证孙校①。

《铭箴》"昔帝轩刻舆几以弼违"，"昔帝轩"，孙云"《御览》五百九十引作'轩辕帝'"，铃木云"《玉海》作'黄帝'，无'昔'字"，此乃铃木与孙氏并校②。《史传》"欲其详悉于体国"，铃木云"《玉海》'国'下有'也'字"。《诸子》"入道见志之书"，"入"，铃木云"《玉海》作'述'"；"青史曲缀以街谈"，"以"，铃木云"《玉海》作'而'"；"乃称羿弊十日"，铃木云"'弊'当作'獘'，《玉海》及诸本作'獘'"；"嫦娥奔月"，"嫦"，铃木云"《玉海》作'常'，嘉靖本作'姮'"。以上俱以《玉海》补原失校之处。

《论说》"盖人伦之英也"，铃木云："《御览》《玉海》'人伦'作'论'一字。"③ 王利器校曰："'论'原作'人伦'二字，今从《御览》《玉海》改。《章表》篇'并表之英也'、《事类》篇'陈思群才之英也'，句法同。"④《议

---

① 范文澜. 文心雕龙注：卷 2 [M]. 上海：开明书店，1936：62.
② 范文澜. 文心雕龙注：卷 3 [M]. 上海：开明书店，1936：1.
③ 范文澜. 文心雕龙注：卷 4 [M]. 上海：开明书店，1936：2，17，29.
④ 王利器. 文心雕龙校证 [M]. 上海：上海古籍出版社，1980：130.

对》"证验古今"，铃木云："《玉海》作'验古明今'。"① 王利器校曰："'验古明今'元本、冯本、汪本、佘本、张之象本、两京本、谢钞本、吴校本作'验古今'，谢云：'今'上脱一字。王惟俭本作'考验古今'。梅、徐校本作'证验古今'，其后诸本皆从之。《玉海》作'验古明今'。案《玉海》是。《奏启》篇云：'酌古御今。'《事类》篇云：'援古证今。'句法正同，今据补正。《体性》篇'摈古竞今'、《通变》篇'竞今疏古'，句法亦同。"② 此外，《体性》"学慎始习"，"慎"，铃木云"《玉海》作'谨'"；《通变》"则文于唐时"，铃木云"《玉海》引删'则'字"等，亦均补底本失校之处③。

六、录铃木据洪本校语

铃木据以他校的文献还有一种值得注意，那就是宋洪兴祖的《楚辞补注》，这是其他校勘者很少采用的一种文本，铃木称之为"洪本"。《文心雕龙·辨骚》羼入《楚辞》，陈说之本已有明言。宋黄伯思《东观余论》卷下校定《楚辞序》曰："陈说之本，以刘勰《辨骚》在（王逸）序之前。"晁公武《郡斋读书志》记录洪兴祖《补注楚辞》十七卷《考异》一卷曰："凡王逸《章句》有未尽者补之。自序云：'以欧阳永叔、苏子瞻、晁文元、宋景文家本参校之，遂为定本。又得姚廷辉本作《考异》。'且言《辨骚》非《楚辞》本书，不当录。"所谓"'《辨骚》非《楚辞》本书'云云，乃兴祖附记引鲍钦止语"④。

铃木《校勘记》所说的"洪本"，即洪兴祖的《楚辞补注》。户田浩晓在《作为校勘资料的〈文心雕龙〉敦煌本》一文中，引录铃木《校勘记》："案洪本亦作《大招》，是也。"接着解释"洪本"："据铃木博士的《黄叔琳本文心雕龙校勘记》可知：所谓洪本，即指杨升庵先生批点《文心雕龙》（明张墉、洪吉臣参注，康熙三十四年重镌，武林抱青阁刊），笔者未见。"⑤ 此为误解。铃木在《校勘记》"校勘所用书目"中提到的张、洪参注，杨升庵先生批点《文心雕龙》十卷，并非其校记中所说的"洪本"。其版本叙录除户田所引外，还提到"卷头云：西湖张石宗、洪载之两先生参注。又载有武林周兆斗所识凡例，及校雠姓氏……此书全袭梅本者"。铃木对校勘所据校本的简称，一般在版本叙

---

①　范文澜．文心雕龙注：卷5［M］．上海：开明书店，1936：30.

②　王利器．文心雕龙校证［M］．上海：上海古籍出版社，1980：174.

③　范文澜．文心雕龙注：卷6［M］．上海：开明书店，1936：9, 17.

④　孙猛．郡斋读书志校证：下册［M］．上海：上海古籍出版社，1990：806.

⑤　［日］户田浩晓．文心雕龙研究［M］．曹旭，译．上海：上海古籍出版社，1992：119.

录中都有说明。例如：敦煌本《文心雕龙》，"余所称敦本者，即此书也"。明嘉靖本，"余之所称嘉靖本者，即《四部丛刊》本也"。杨升庵先生批点《文心雕龙》十卷，"余所称梅本者，即此书也"。刘子《文心雕龙》五卷，"余所称闵本者，即此书也"。《汉魏丛书》王谟本，"余所称王本者，即指此书；诸家称王本者，王惟俭本也"。《文心雕龙》十卷，"余所称冈本者，即此书也"。黄叔琳《辑注》本，"余所称黄氏原本者，此书是也"。黄叔琳《辑注》附载纪昀评本，"余之所用以为底本者，此节署本也"。张松孙《辑注》本十卷，"余所称张本者是也"。其中，并未提到"洪本"。另，版本叙录曾提到"洪容斋《笔记》七十四卷"，然"洪本"亦非指此。张、洪参注，杨升庵先生批点《文心雕龙》十卷，因"此书全袭梅本"，铃木未据其校勘文字，故版本叙录亦未说明其简称。户田所引《校勘记》"案洪本亦作《大招》"，而该本实作"《招隐》"，可见"洪本"绝非指该本。铃木校语所据"洪本"，集中在《辨骚》篇，故其所指只能是洪兴祖的《楚辞补注》。对此，杨明照和王利器在引铃木据"洪本"校语时，均已指明①。

　　铃木所据"洪本"校勘《辨骚》对后人影响很大。例如，"驷虬乘翳"，铃木云："洪本'翳'作'鹥'，可从。诸本皆误。"杨明照据范注引铃木说，并谓"翳"郝懿行改"鹥"，王利器亦引铃木说，并"案王惟俭本作'鹥'，今据改。""而孟坚谓不合传"，铃木云："洪本'传'下有'体'字。""讥桀纣之猖披"，铃木云："诸本同，洪本'披'作'狂'。""举以为懽"，"懽"，铃木云："洪本作'歡'。""《招魂》《招隐》"，底本黄校："冯云《招隐》，《楚辞》本作《大招》，下云'屈宋莫追'，疑《大招》为是。"文化学社本补引孙云："唐写本《招隐》作《大招》。"开明书店本又补录铃木云："洪本亦（原误作"立"——引者注）作《大招》。""惊才风逸，壮志烟高"，"志"，文化学社本引孙云："唐写本作'采'。"开明书店本又引铃木云："洪本校注云'烟'一作'云'。"② 杨明照校曰："'志'，唐写本作'采'。'烟'，《楚辞补注》旧校云：一作'云'。按'采'字是。《诠赋》篇'时逢壮采'，亦以'壮采'连文。又按《后汉书·逸民传赞》：'远性风疏，逸情云上。'沈约《梁武帝集序》：'笺记风动，表议云飞。'并以'风'、'云'相对，疑此文亦然。"③

---

① 杨明照. 文心雕龙校注拾遗［M］. 上海：上海古籍出版社，1982：34. 王利器. 文心雕龙校证［M］. 上海：上海古籍出版社，1980：29.

② 范文澜. 文心雕龙注. 卷 1［M］. 上海：开明书店，1936：29-30.

③ 杨明照. 文心雕龙校注拾遗［M］. 上海：上海古籍出版社，1982：40.

七、录铃木其他校语

对校与他校之外，范注所补铃木运用本校和理校法的一些校语也甚为精彩，对后人校勘《文心》颇有启发。《宗经》赞曰："三极彝道，训深稽古。"铃木云："案'三极彝训'已见正文，此'道训'二字，疑错置。"① 此乃运用本校法进行校勘，王利器《校证》已据铃木校改正原文，并案"铃木说是，今据改"。

《哀吊》："夫吊虽古义，而华辞未造。"铃木云："案'未'，'末'字之讹。"杨明照引铃木说，并按："铃木说是。《杂文》篇有'暇豫之末造'语。《仪礼·士冠礼》：'夏之末造也。'郑注：'造，作也。'（《礼记郊特牲》亦有此文）"②《论说》："说者，悦也；兑为口舌，故言咨悦怿。"铃木云："（咨）疑作'资'。"③ 王利器已据改，并校曰："'资'原作'咨'，铃木云：'咨'疑作'资'。案作'资'是，《铭箴》篇'箴全御过，故文资确切'、《书记》篇'故谓谱者，普也；注序世统，事资周普'，又：'符者，孚也；征召防伪，事资中孚。'语法与此俱同，今据改。"④《奏启》："说者，偏也。"铃木云："'偏'上疑有脱字。"范注："《后汉·班彪传》下注，《文选·典引》注，皆云说，直言也。《书·益稷·正义》引《声类》云'说言，美言也。'此云'说者偏也'疑有脱字，似当云'说者，正偏也。'《书·洪范》'无偏无党，王道荡荡'。"⑤《章句》"若乃改韵从调"，铃木云："案'从'疑作'徙'。"杨明照按："铃木说是。《文选》嵇康《琴赋》'改韵易调'，《晋书·文苑·袁宏传》'移韵徙事'，可资旁证。"⑥《才略》"故知长于讽论"，铃木云："（论）疑当作'谕'。"王利器校曰："'谕'原作'论'，徐云：'论'当作'谕'。铃木说同。案作'谕'是，今据改。"⑦ 以上俱为理校，范注引《校勘记》以为正文夹校，为行文简洁，不得不舍去其校改依据，而仅取其校勘结论。然而，我们从杨明照、王利器的引录和案语中，不难看出铃木的理校极具功力，常发前修所未见，吉光片羽，海外争诵。

---

①　范文澜. 文心雕龙注：卷 1［M］. 上海：开明书店，1936：14.

②　杨明照. 文心雕龙校注拾遗［M］. 上海：上海古籍出版社，1982：115.

③　范文澜. 文心雕龙注：卷 4［M］. 上海：开明书店，1936：30.

④　王利器. 文心雕龙校证［M］. 上海：上海古籍出版社，1980：132.

⑤　范文澜. 文心雕龙注：卷 5［M］. 上海：开明书店，1936：20，28.

⑥　杨明照. 文心雕龙校注拾遗［M］. 上海：上海古籍出版社，1982：276.

⑦　王利器. 文心雕龙校证［M］. 上海：上海古籍出版社，1980：285.

当然，铃木基于理校的校勘结论，也并非每下一字，泰山不移。其中亦有误判或可商榷之处，如《时序》"叹儿宽之拟奏"，铃木云："（拟）当作'疑'。"杨明照说："此云'拟奏'，明指宽所为奏，其非'已再见却'之'疑奏'可知。不然，汉武何为称叹耶？且'拟奏'始能与上句之'对策'相对。"再如《物色》"漉漉拟雨雪之状"，铃木云："（漉漉）当作'麃麃'。"杨明照按："今《小雅·角弓》作'漉漉'。陈奂《诗毛氏传疏》卷二二云：'漉漉，疑诗本作麃麃，后人加水旁耳。《韩诗外传》四、《荀子·非相篇》《汉书·刘向传》作麃麃。'铃木氏盖本陈氏为说也。又按《角弓释文》'雨音于付反'。是原读去声，属动词。若读上声，则与上句'出日'之'出'词性不合矣。"①

八、录郝懿行校语

开明书店本正文夹校还增补了郝懿行校语，不过只限于《明诗》和《颂赞》两篇，一共只有3条，故附于此。《明诗》"昔葛天氏乐辞云"，文化学社本引"孙云唐写本无'天氏'二字，又无'云'"，开明书店本补录"郝云'云'疑衍"②。杨明照校曰："唐写本无'天''氏''云'三字。郝懿行云：'按云字疑衍。'按唐写本脱'天'字，'氏''云'二字则当据删。《乐府》篇'葛天八阕'，《事类》篇'按葛天之歌'，并止作'葛天'，无'氏'字。《玉海》（一百六）引，正作'昔葛天乐辞'，未衍未脱。"③ "崇盛亡机之谈"，文化学社本引"赵云'亡'作'忘'，孙云《御览》亦作'忘'"，开明书店本补录"郝云梅本作'忘机'"④。杨明照校曰："'亡'，徐燉（兴公）云：'当作忘。'（郝懿行说同）按徐、郝说是。唐写本正作'忘'；《御览》引同。（《选诗约注》二引亦作'忘'，徐氏盖据《御览》校）天启梅本已改'忘'，当从之。（祕书本、张松孙本已照改）"⑤《颂赞》"文理允备"，"郝云一本作'克备'"⑥。杨明照校曰："'理'，凌本作'礼'。'允'，倪刻《御览》《唐类函》引作'克'。按作'礼'非是。《宗经》篇'辞亦匠于文理'，《诏策》篇'文理代兴'，《章表》篇'文理弥盛'，《奏启》篇'文理迭兴'，《通变》篇'非

① 杨明照. 文心雕龙校注拾遗［M］. 上海：上海古籍出版社，1982：336，350.
② 范文澜. 文心雕龙注：卷2［M］. 上海：开明书店，1936：1.
③ 杨明照. 文心雕龙校注拾遗［M］. 上海：上海古籍出版社，1982：43.
④ 范文澜. 文心雕龙注：卷2［M］. 上海：开明书店，1936：2.
⑤ 杨明照. 文心雕龙校注拾遗［M］. 上海：上海古籍出版社，1982：51.
⑥ 范文澜. 文心雕龙注：卷2［M］. 上海：开明书店，1936：61.

文理之数尽',《时序》篇'故知歌谣文理……文理替矣',其以'文理'连文,并与此同。'克'亦误字。颜延之《重释何衡阳》:'案东鲁阶差侨札,理不允备。'(《弘明集》四)可资旁证。《诔碑》篇赞:'文采允集。'其用'允'字谊与此同。"① 可见,郝氏校语有精当可从者,亦有仅备一说者。

第三节　修订完善注文

经文化学社本大幅度地增补、调整和完善,注文内容已基本修订完成。此次有关注文的修订,只是微补略修,做一些完善工作。具体而言,一是完善注文细节,二是增补注文材料,三是丰富校注内容,四是订正文本讹误。当然,在稍作订补、完善细节的基础上,开明书店本对文化学社本的少量注文,也做了重要的修订改造。

一、完善注文细节

开明书店本注文的修订,很重要的一个内容,就是细节打磨,对一些看似细微的不足之处予以修订,以达到完善细节的目的。《原道》注〔2〕在将原"上篇提要"改造为上篇结构图表的同时,亦将原引"注曰'儒,诸侯保氏有六艺以教民者'"中的"注曰"改为"郑注曰";注〔35〕又将原引"《易·上系辞》'鼓天下之动者存乎辞',注曰'辞,爻辞也'"中的"注曰"改为"韩康伯注曰"。《宗经》注〔3〕将原引"《诗·小旻》'匪大猷是经',传'经常也'"中的"传"改为"毛传";注〔9〕将原引"笺云"改为"郑笺云";注〔17〕将原引"韩康伯云"改为"韩康伯注"。注〔7〕将原"十翼见《原道篇》"改为"十翼见上五页《原道篇》注十九";注〔11〕将原"五例见《征圣篇》"改为"五例见上十二页《征圣篇》注二三"。这样的细节修订颇便读者翻阅,可惜未能进行到底,《乐府》注〔3〕即保持原来的"见《明诗篇》注"未作修订,其他各篇也是。

《明诗》注〔3〕原有"'有符焉尔'唐写本作'信有符焉',无'尔'字。是。"开明书店本删此校字,因为正文夹校已有。《乐府》注〔33〕:"《史记·乐书》高祖过沛诗,《三侯》之章,(《索隐》曰:"侯语辞也,令亦语辞,《沛

① 杨明照. 文心雕龙校注拾遗〔M〕. 上海:上海古籍出版社,1982:70.

诗》有三令，故云三侯也。"）令小儿歌之。"① 原无括号内文字，为完善细节而增补。《诠赋》注〔2〕将原引"《国语·周语上》'邵公曰……'"改为"召公曰"。《史传》注〔45〕在"'录远略近'见《荀子·非相篇》"后，补"又见《韩诗外传》卷三"。《诏策》注〔7〕引蔡邕《独断》，在"诏书"一段引文中，以括号形式补入："（《史记·始皇本纪集解》引蔡邕曰："群臣有所奏请，尚书令奏之下，有司曰制，天子答之曰可。"）"《物色》注〔2〕文化学社本按："八月天气已凉，萤食蚊蚋，恐无是理。彦和引以助文，不必拘滞。"开明书店本对此按语略作修改："按丹良即螳螂之转音，丹良即螳螂也。八月萤食蚊蚋，恐无是理。"②《才略》注〔7〕引《札迻》十二云："'选典诰'当作'进典语'。《诸子篇》云'陆贾典语'，并误以'新语'为'典语'也。'进''选''语''诰'，形近而误。"开明书店本补："据孙说当作'进《新语》。"《序志》注〔2〕引释慧远《阿毗昙心序》并谓："彦和精湛佛理，《文心》之作，科条分明，往古所无。（自《书记篇》以上，即所谓界品也，《神思篇》以下，即所谓问论也。）盖采取释书法式而为之，故能科条明晰若此。"③ 括号内文字为开明书店本新补，以完善借《阿毗昙心序》阐释《文心》结构，揭示彦和之书受佛教影响的论述。

二、增补注文材料

适当增补注文材料也是开明书店本修订的一个重要方面，与文化学社本注文修订不同，此次修订一般只是在原注的基础上适当增补一些内容，以使注文更加准确、合理和完整。例如，《原道》"自鸟迹代绳，文字始炳"，原注仅引许慎《说文序》："黄帝之史苍颉，见鸟兽蹄迒之迹，知分理之可相别异也，初造书契，百官以治万民以察，盖取诸夬。"开明书店本补出典、释义和本证："《易·下系辞》：'上古结绳而治，后世圣人易之以书契。''鸟迹'谓'书契'也。《情采篇》'镂心鸟迹之中。'"《宗经》"礼以立体"，开明书店本在原注中间补："《论语·述而》：'诗书执礼，皆雅言也。'邢疏：'礼不背诵，但记其揖让周旋，执而行之，故言执也。'"④《诠赋》"贾谊《鵩鸟》，致辨于情理"，

---

① 范文澜. 文心雕龙注：卷2〔M〕. 上海：开明书店，1936：34.
② 范文澜. 文心雕龙注：下册〔M〕. 北平：文化学社，1931：189；范文澜. 文心雕龙注：卷10〔M〕. 上海：开明书店，1936：2.
③ 范文澜. 文心雕龙注：卷10〔M〕. 上海：开明书店，1936：7，22.
④ 范文澜. 文心雕龙注：卷1〔M〕. 上海：开明书店，1936：5，17.

原注引《史记·贾生列传》："贾生为长沙王太傅，三年，有鸮飞入贾生舍，止于坐隅，楚人命鸮曰服。贾生既以适居长沙，长沙卑湿，自以为寿不得长，伤悼之，乃为赋以自广。其辞曰……（贾生此赋与《鹖冠子·世兵篇》文辞多同）"开明书店本补曰："《史记·伯夷列传》'贪夫殉财'作贾生曰，是《世兵篇》讹也。"又在原注［32］之末补曰："张衡《东京赋》薛综注：'梗概不纤密，言粗举大纲如此之言也。'《东征赋》述名臣功业，皆略举大概，故云'彦伯梗概'。"《颂赞》注［9］在原注引屈原《橘颂》之后，补注："《孟子·万章篇》'颂其诗'，颂诗，即诵诗也。故《橘颂》即橘诵，亦即橘赋。推之汉人所作，尚存此意，王褒《洞箫颂》即洞箫诵，亦即洞箫赋。马融《广成颂》即广成诵，亦即广成赋。盖诵与赋二者音调虽异，而大体可通，故或称颂，或称赋，其实一也。"注［16］引《周颂·清庙》："於穆清庙，肃雍显相，济济多士，秉文之德，对越在天，骏奔走在庙，不显不承，无射于人斯。（无韵。王国维《观堂集林·说周颂篇》谓颂之声较风雅为缓，故风雅有韵而颂多无韵。）"① 括号内文字为此次修订所补。《杂文》注［4］为丰富原注内容，特在注末增补："兹录扬雄《连珠》二首于下……"② 《诸子》注［6］在原注"'子自'当作'子目'，谓子之名目也"之后插补："留存《事始》引《文心》曰：'鬻熊作书，题为《鬻子》。'"再接以原注。另，《铭箴》注［1］、《章表》注［6］、《奏启》注［34］等，也都据留存《事始》增补相关内容。《论说》注［30］先增补："《韩诗外传》六：'辩者，别殊类使不相害，序异端使不相悖，输公通意，扬其所谓，使人预知焉，不务相迷也。是以辩者不失所守，不胜者得其所求，故辩可观也。'"③ 再接以原注。《书记》注［54］也是先增补："《左传》僖公二十年'且曰献状'，杜注'责其功状'。"④ 再接以原注。

　　下篇有些篇目的注文内容也有所增补，且与上篇增补出典内容相比，下篇增补的注文内容，多是关乎创作规律和特点，阐述创作理论和方法方面的材料，虽然引文篇幅稍长，但颇能与正文相发明，使人深受启发。《神思》注［9］在原注末补引袁守定《占毕丛谈》云："陆厥《与沈休文书》曰：'王粲《初征》，他文未能称是，杨修敏捷，《景赋》弥日不献；一人之思，迟速天悬；一家之文，工拙壤隔。夫一人载笔为文，而有迟速工拙之不同者，何也？机为之耳。

---

①　范文澜．文心雕龙注：卷2［M］．上海：开明书店，1936：54-55，59，64，67.

②　范文澜．文心雕龙注：卷3［M］．上海：开明书店，1936：44.

③　范文澜．文心雕龙注：卷4［M］．上海：开明书店，1936：19，44.

④　范文澜．文心雕龙注：卷5［M］．上海：开明书店，1936：63.

机画则文敏而工，机塞则文滞而拙，先辈常养其文之所自出，盖为此也。'"注
[10]亦于原注末补引《占毕丛谈》曰："文章之道，遭际兴会，摅发性灵，生
于临文之顷者也。然须平日餐经馈史，霍然有怀，对景感物，旷然有会，尝有
欲吐之言，难遏之意，然后拈题泚笔，忽忽相遭，得之在俄顷，积之在平日，
昌黎所谓有诸其中是也。舍是虽刿精竭虑，不能益其胸之所本无，犹探珠于渊
而渊本无珠，探玉于山而山本无玉，虽竭渊夷山以求之，无益也。"注[28]于
原注末补引罗大经《鹤林玉露》云："昌黎志孟东野云'刿目怵心，刃迎缕解，
钩章棘句，搯擢胃肾'，言其得之艰难。赠崔立之云'朝为百赋犹郁怒，暮作千
诗转遒紧，摇毫掷简自不供，顷刻青红浮海蜃'，言其得之容易。余谓文章要在
理意深长，辞语明粹，足以传世觉后，岂但夸多斗速于一时哉。"注[29]于原
注末补引刘定之《刘氏杂志》曰："韩退之自言口不绝吟于六艺之文，手不停披
于百家之篇，贪多务得，继晷穷年，其勤至矣。而李翱谓退之下笔时，他人疾
书之，写诵之，不是过也，其敏亦至矣。盖其取之也勤，故其出之也敏。后之
学者，束书不观，游谈无根，乃欲刻烛毕韵，举步成章，彷佛古人，岂不难
哉。"注[30]于原注末补引《韩诗外传》二："凡治气养心之术，莫慎一好，
好一则博，博则精，精则神，神则化，是以君子务结心乎一也。"以上所补，均
有助于进一步笺释《神思》所论创作中的构思之工拙、表达之迟速、艰难与容
易、平日积累与俄顷突发等问题。

《通变》注[3]在原注末补引纪昀《爱鼎堂遗集序》曰："三古以来，文
章日变，其间有气运焉，有风尚焉。史莫善于班马，而班马不能为《尚书》《春
秋》，诗莫善于李杜，而李杜不能为三百篇，此关乎气运者也。至风尚所趋，则
人心为之矣。其间异同得失，缕数难穷。大抵趋风尚者三途：其一厌故喜新，
其一巧投时好，其一循声附和，随波而浮沈。变风尚者二途：其一乘将变之势，
斗巧争长，其一则于积坏之余，挽狂澜而反之正。若夫不沿颓敝之习，亦不欲
党同伐异，启门户之争，孑然独立，自为一家，以待后人之论定，则又于风尚
之外，自为一途焉。"注[17]又在原注末补引桂馥《晚学集·书北史苏绰传
后》曰："传云：自有晋之季，文章竞为浮华，遂以成俗，周文欲革其弊，因魏
帝祭庙，群臣毕至，乃命绰为《大诰》奉行之，自是之后，文笔皆依此体。馥
以为此甚谬举也。文至北魏，诚病浮华，欲革其弊，但可文从字顺，以求辞达，
若必彷佛训诰，袭其形貌，羊质虎皮，叔敖衣冠，率天下以作伪而已。既无真
气，何以自立。且文章递变本不相沿，汉魏诏诰，未尝式准商周，而自为一代
之体；今读绰他文，精神焕发，及读此诰，不欲终篇，何至踵新莽之故智，而

遗笑来世乎。后之效《左》《国》，摹汉魏，戴假面登场者，又绰之罪人也。"①
这些材料分别从发展大势和具体因革两个方面提出了独到的看法，有助于人们
理解"通变"之旨。

关于《声律》之篇旨，《讲疏》多承黄札以为说，文化学社本已对《讲疏》
所论进行了全面的修订。首先，从古代学术传授的特点，论及声律的起源；其
次，从西汉章句盛行及东汉儒林与文苑分途方面，指出声律产生的必然性；再
次，从"佛教东传，中国文学，受其熏染"的角度，分析声律产生的背景。此
外，黄札谓陆机《文赋》首倡声律，范老则谓曹植《太子颂》《睒颂》首唱梵
呗，故作文始用声律者陈王也。在对待声律的态度上，范老开始与其师分道扬
镳。开明书店本《声律》注［1］又对原注做适当增补，一补："或疑陈王所
制，出自僧徒依托，事乏确证，未敢苟同。况子建集中如《赠白马王彪》云：
'狐魂翔故域，灵柩寄京师。'《情诗》：'游鱼潜绿水，翔鸟薄天飞；始出严霜
结，今来白露晞。'皆音节和谐，岂尽出暗合哉。李登在魏世撰《声类》十卷，
为韵书之祖。大辂椎轮，固不得与《切韵》比，然亦当时文士渐重声律之一证
矣。"二补："《隋书》载晋吕静《韵集》六卷，张谅《四声韵林》二十八卷。"
三补："谢庄深明声律，故其所作《鹦鹉赋》，为后世律赋之祖。"四补："且齐
梁以下，若唐人之诗，宋人之词，元明人之曲，旁及律赋四六，孰不依循声律，
构成新制，徒以迂见之流，不了文章贵乎新变，笑八病为妄作，摈齐梁而不谈，
岂知沈约之前，声律方兴而莫阻，沈约之后，鳃理剖析而弥精哉。文学通变不
穷，声律实其关键，世人由之而不自觉，其识又非钟记室之比矣。"最后，对原
结论之语"二者恐同是推测之论，不敢辄信"，亦略作修改："《南史》喜杂采
小说家言，恐不足据以疑二贤也。"此外，注［18］又补梁玉绳《瞥记》："彭
龟年《读书吟示子铉》云：'吾闻读书人，惜气胜惜金，累累如贯珠，其声和且
平；忽然低复昂，似绝反可听；有时静以默，想见绅绎深；心潜与理会，不觉
咏叹淫。昨夕汝读书，厉响醒四邻，方其气盛时，声能乱狂霖；倏忽气已竭，
口亦遂绝吟；体疲神自昏，思虑那得清；安能更隽永，温故而知新；永歌诗有
味，三复意转精。勉汝讽诵馀，且学思深湛。'"

《章句》注［1］原仅录《札记》"释章句之名"，现增补刘大櫆《论文偶
记》曰："神气者，文之最精处也；音节者，文之稍粗处也；字句者，文之最粗
处也。然余谓论文而至于字句，则文之能事尽矣。盖音节者，神气之迹也；字

句者，音节之矩也。神气不可见，于音节见之，音节无可准，以字句准之。"又曰："音节高则神气必高，音节下则神气必下，故音节为神气之迹。一句之中，或多一字，或少一字；一字之中，或用平声，或用仄声；同一平字仄字，或用阴平阳平，上声去声入声，则音节迥异，故字句为音节之矩。"又曰："积字成句，积句成章，积章成篇，合而读之，音节见矣，歌而咏之，神气出矣。"又曰："作文若字句安顿不妙，岂复有文字乎。但所谓字句音节，须从古人文字中，实实讲贯过始得。"注〔7〕又补《四六丛话·凡例》云："四六之名，何自昉乎？古人有韵谓之文，无韵谓之笔。梁时沈诗任笔，刘氏三笔六诗是也。骈俪肇自魏晋，厥后有齐梁体，宫体，徐庾体，工绮递增，犹未以四六名也。唐重文选学，宋目为词学，而章奏之学，则令狐楚以授义山，别为专门。今考樊南《甲乙》始以四六名集，而柳州《乞巧文》云：骈四俪六，锦心绣口，又在其前。《辞学指南》云：制用四六，以便宣读，大约始于制诰，沿及表启也。"注〔10〕又补陆以湉《冷庐杂识》云："作文固无取冗长，然用字有以增益而愈佳者。如欧阳公作《昼锦堂记》云：'仕宦至将相，富贵归故乡，此人情之所荣，今昔之所同也。'后增二字'仕宦而至将相，富贵而归故乡'，乃觉更胜。又作《史炤山亭记》云：'元凯铭功于二石，一置兹山，一投汉水。'章子厚谓宜改作'一置兹山之上，一投汉水之渊'，方为中节，公喜而用之。黄山谷题《仁宗飞白书跋末》云：'誉天地之高厚，赞日月之光华，臣知其不能也。'集中作'臣自知其不能也'，增'自'字语意乃足。于此知作文之法，不得概以简削为高。审是则文家虽立意求简，遇字句中有宜增者，仍依文益之，斯正所以善用其简者欤。"并谓"陈鳣《庄简集》有对策一篇，发助语之条例最详备，今全录之……"①

此外，《丽辞》注〔7〕补充附录材料，谓"程杲《识孙梅四六丛话》论对颇精切，节录以备参阅"。注〔11〕补《庄子·秋水篇》"吾以一足趻踔而行"，文化学社本仅引《韩非子·外储说》为"夔之一足"出典，杨明照曾批评范氏"匪特未审文意，且惑同鲁哀公矣"②。《事类》注〔9〕删原校勘文字："'薑桂同地'，'同'当依《御览》作'因'，谓薑桂虽因地而生，而其性独辛也。"此校勘正文夹校已有，故删之，另补引"《韩诗外传》七：'宋玉因其友见楚襄王，襄王待之无以异，乃让其友。友曰：夫薑桂因地而生，不因地而辛。'亦见

---

① 范文澜. 文心雕龙注：卷7［M］. 上海：开明书店，1936：11-12，16，24，30，32.
② 详参李平. 杨明照"范注举正"述评［J］. 中国文论，2019（5）：152-178.

《新序》。"又补"郎廷槐《师友诗传录》述渔洋之说曰：'司空表圣云：不著一字，尽得风流。此性情之说也。杨子云云：读千赋则能赋。此学问之说也。二者相辅而行，不可偏废。若无性情而侈言学问，则昔人有讥点鬼录，獭祭鱼者矣。学力深，始见性情。此一语是造微破的之论。'又述张历友之说曰：'严沧浪有云：诗有别才，非关学也；诗有别趣，非关理也。此得于先天者，才性也。读书破万卷，下笔如有神，贯穿百万众，出入由咫尺。此得力于后天者，学力也。非才无以广学，非学无以运才，两者均不可废。有才而无学，是绝代佳人唱莲花落也；有学而无才，是长安乞儿著宫锦袍也。'"《练字》注［12］补引袁守定《占毕丛谈》："庾持善字书，每属辞，好为奇字，世以为讥。夫字体数万，人所常用，不过三千，若摭拾古僻不可识者以炫奇，此刘舍人所谓字妖也。然则奇字遂不可用乎？可用也。史迁更遣长者扶义而西，不曰'仗义'而曰'扶义'，有扶持之意也；《范史》邓彪仁厚委随，不能有所匡正，不曰'委靡'而曰'委随'，有随从之意也；又左雄疏或因罪咎，引高求名，不曰'务高'而曰'引高'，有借饰之意也；《南史》沈约云，此公护前，不让则羞死，不曰'护过'而曰'护前'，前字所包更广也。必用此字，其意乃安，其意乃尽耳。然即此便是奇字，非以不可识者为奇也。"①《附会》注［3］补引陈澧《东塾集·复黄芑香书》云："昔时读《小雅》有伦有脊之语，尝告山舍学者，此即作文之法，今举以告足下可乎。伦者，今日老生常谈所谓层次也；脊者，所谓主意也。夫人必其心有意，而后其口有言，有言而其手书之于纸上则为文；无意则无言，更安得有文哉。有意矣，而或不止有一意，则必有所主，犹人不止一骨，而脊骨为之主，此所谓有脊也。意不止一意，而言之何者当先，何者当后，则必有伦次；即止有一意，而一言不能尽意，则其浅深本末，又必有伦次，而后此一意可明也。非但达意当如此，即援引古书，亦当如此。且作文必先读文，凡读古人之文，必明乎古人之文有伦有脊也。虽然，伦犹易为也，必有学有识，而后能有意，是在乎读书，而非徒读文所可得者也。仆之说虽浅，然本之于经，或当不谬。"②

三、丰富校注内容

范注采取校注并行的方式，正文夹校尽可能简洁，使用简称且不判定是非。

---

① 范文澜．文心雕龙注：卷8［M］．上海：开明书店，1936：12-13，18.

② 范文澜．文心雕龙注：卷9［M］．上海：开明书店，1936：11.

而详考语源，判是定非，通常在笺注中进行。开明书店本在校注方面增补了铃木虎雄和郝懿行的研究成果，这些成果在注文修订上也有所体现。

开明书店本注文的修订，有很多就是在原注的基础上，增加了铃木的《校勘记》。《宗经》注［24］在原注末"'故最附深衷矣'，《文学志》作'最称衷矣'"之后，补铃木《校勘记》："《四部丛刊》覆嘉靖本'故'作'敢'，恐非是。《御览》、敦煌本无'故'字。"①《明诗》"雅颂圆备"，注［11］末补《校勘记》："案'圆'字可疑，下云云亦云'周备'，'圆'疑'周'字讹。"《诠赋》："原夫登高之旨，盖睹物兴情。情以物兴，故义必明雅；物以情观，故词必巧丽。"注［33］末补《校勘记》："案据下'物以情观'句，'睹'疑'观'字之误。敦本'情观'之'观'作'睹'。"《颂赞》注［30］末补《校勘记》："挚虞字仲治，作'洽'作'冶'皆误。"②《铭箴》注［35］在原注"唐写本'敬言乎履'作'警乎立履'"之后，补《校勘记》："文当作'警乎言履'。"《哀吊》注［3］末补《校勘记》："《御览》、敦本作'下流'，可从。'下流'，指卑者而言。《指瑕篇》曰'施之下流'，《雕龙》'下流'之义可知。"同篇"体同而事核"，注［18］末补《校勘记》："敦本'同'作'周'。案《诸子篇》曰'吕后鉴远而体周'，此'周'字是也。"③

《史传》："张衡司史，而惑同迁固，元帝王后，欲为立纪，谬亦甚矣。寻子弘虽伪，要当孝惠之嗣；孺子诚微，实继平帝之体；二子可纪，何有于二后哉。"注［23］［24］分别在原注末补《校勘记》："案梅本作'元平二后'。校云：元作'帝王'，孙改。张本亦作'平二'，嘉靖本作'年二'，'年'疑'平'字之讹。""案上文'元帝王后'若正，此'二后'之'二'字宜作'王'；此二字若正，上文'帝王'宜作'平二'。'元平二后'，谓元帝平帝二皇后也。"《论说》："至石渠论艺，白虎通讲；聚述圣言通经，论家之正体也。"注［10］末补《校勘记》："'通'字'言'字并衍，诸本皆误。《玉海》引无'通'字'言'字。"注中亦引孙诒让之说："孙诒让《籀庼述林》四有《白虎通义考》上下二篇，甚详明。其下篇云：'今本《文心雕龙》述上衍聚字，圣下衍言字，应依《御览》引删。'"④孙校作"白虎通讲，述圣通经"，然上下句两'通'字颇为不顺。铃木校作"白虎讲聚，述圣通经"，王利器《校证》

①　范文澜. 文心雕龙注：卷 1［M］. 上海：开明书店，1936：17.
②　范文澜. 文心雕龙注：卷 2［M］. 上海：开明书店，1936：5, 59, 72.
③　范文澜. 文心雕龙注：卷 3［M］. 上海：开明书店，1936：13, 33, 36.
④　范文澜. 文心雕龙注：卷 4［M］. 上海：开明书店，1936：9, 33.

同铃木校，并谓："'白虎讲聚，述圣通经'二句八字，原作'《白虎通》讲聚述圣言通《经》'十字，王惟俭本作'《白虎通》讲聚，述圣□□通《经》'，今据《御览》《玉海》改，徐校亦据《玉海》改。《时序》篇言：'历政讲聚。'亦作'讲聚'。"① 同篇"并烦情入机"，注［44］首先补引《校勘记》："'烦'字可疑。案'烦'当作'顺'，《檄移篇》'顺'误作'烦'，可疑互证。又《封禅篇》'文理顺序'，'顺'元误作'烦'，是亦一证矣。"再接以原注。《诏策》"诏体浮新"，文化学社本正文夹校"孙云《御览》作'杂'"，开明书店本注［16］末再补以《校勘记》："《御览》'新'作'杂'，'杂'字是也。"《檄移》"或称露布，播诸视听也"，注［8］末补《校勘记》："案《御览》引云：'露布者，盖露板不封，布诸视听也。'洪容斋《随笔》引亦云：'露布者，盖露板不封，布诸观听也。'乃知'或称露布'句下脱'露布者盖露板不封'八字，而'播'字则宋时传本或有作'布'者也。""然抗辞书衅，曒然露骨矣。敢指曹公之锋，幸哉免袁党之戮也。"注［12］补《校勘记》："案'矣敢'当作'敢矣'，与下句'幸哉'相对。纪昀曰：'指'当作'撄'。"② 《奏启》"目以豕彘"，文化学社本正文夹校"孙云《御览》作'羊'"，开明书店本注［29］末再补以《校勘记》："《御览》'豕'作'羊'，是也。"③ 《养气》"且或反常"，注［10］补《校勘记》："'且'字疑当作'旦'，盖用孟轲氏所谓平旦之气之意也。'反'，复也。"范老不同意铃木之校，故案："'且'字不误，无待改字。"《附会》"豆之合黄"，注［7］曰："未详其说。《御览》引作'石之合玉'。《校勘记》：'石之合玉，谓玉石之声，其调和合也。'"④

注文除增补铃木《校勘记》外，还增补了郝懿行的《文心雕龙义疏》。郝氏《义疏》兼及校注两方面，开明书店本所补13条，除3条属于校字外，其余

① 王利器．文心雕龙校证［M］．上海：上海古籍出版社，1980：129.
② 范文澜．文心雕龙注：卷4［M］．上海：开明书店，1936：47-48，54，65，67.
③ 范文澜．文心雕龙注：卷5［M］．上海：开明书店，1936：28.
④ 范文澜．文心雕龙注：卷9［M］．上海：开明书店，1936：9，11.

均属义疏①。《宗经》："故子夏叹书，昭昭若日月之明，离离如星辰之行。"注 [21] 补郝懿行曰："子夏叹书之言，见《尚书大传》，而《韩诗外传》二卷则称子夏言诗，是知《诗》《书》一撰，诂训同归，故曰：《尔雅》者《诗》《书》之襟带。"②《明诗》："逮楚国讽怨，则《离骚》为刺。"注 [14] 补郝懿行曰："案《汉志》以《骚》为赋，此篇以《骚》为诗，盖赋者古诗之流，《离骚》者含诗人之性情，具赋家之体貌也。"《乐府》："钧天九奏，既其上帝。"注 [2] 补郝懿行曰："案'其'字疑错，然《章表篇》有'既其身文'句，与此正同，又疑非误。"《颂赞》"并谍为诵"，注 [8] 补郝懿行曰："谍，伺也，又谱也。《后汉书·张衡传》：'子长谍之，烂然有第。'注云：'谍，谱第也，与牒通。'"同篇"马融之《广成》《上林》"，注 [18] 补郝懿行曰："案黄注《上林》疑作《东巡》，从《马融传》也。然挚虞《文章流别》作《广成》《上林》，是必旧有其篇，不见于本传而后世亡之耳。"文化学社本从黄注，谓"《上林》疑当作《东巡》"。开明书店本从郝说，并案："《艺文类聚》引《典论》逸文，亦称融撰《上林颂》，是融确有此文矣。"《祝盟》注 [7] 引《论语·尧曰》："予小子履，敢用玄牡，敢昭告于皇皇后帝。有罪不敢赦，帝臣不蔽，简在帝心。朕躬有罪，无以万方；万方有罪，罪在朕躬。"并补郝懿行曰："案《白虎通·三军·三正篇》并引《论语》'予小子履'数语为汤伐桀告天之辞。"③《哀吊》："吊者，至也。"注 [11] 补郝懿行《义疏》曰："吊者，遖之叚音也。《说文》云'遖，至也。'通作吊。《诗》'神之吊矣'（《小雅·天保》），'不吊昊天'（《小雅·节南山》），'不吊不祥'（《大雅·瞻卬》）。《传》《笺》并云：'吊，至也。'《书》云'吊由灵'（《盘庚下》），《逸周书·祭公篇》云'子维敬省不吊'，其义皆为至也。《诗》'不吊昊天'，《书》

---

① 文化学社本《哀吊》注 [11] 曾引"郝懿行《义疏》曰……"，然全书引郝说仅此 1 条，应该是从他本过录。至开明书店本范老始见郝书，并据以修订增补文化学社本，除正文夹校增补 3 条外，注中共引 13 条郝说。其中，《哀吊》注 [11] 所引与文化学社本一样，标明"郝懿行《义疏》曰"，余则并称"郝懿行曰"，按理，多条引录当于首出标明出处。杨明照说："传录郝懿行校本（吉林大学图书馆藏），底本为思贤讲舍本（书皮残存甘鹏云识语数字，知为甘氏传录）。郝氏批校共二百二十余则，原未刊布，幸赖此传之本得以窥其全豹（范文澜注仅用引十许则，其余间有干没）。"（杨明照. 增订文心雕龙校注 [M]. 北京：中华书局，2000：1039.）不知范注所据是郝氏原本还是甘氏传录本？
② 范文澜. 文心雕龙注：卷 1 [M]. 上海：开明书店，1936：16.
③ 范文澜. 文心雕龙注：卷 2 [M]. 上海：开明书店，1936：5，26，63，68，77.

'无敢不弔'（《柴誓》），郑笺及注并云：'至，犹善也。'《考工记》弓人云'覆之而角至'，郑注以至为善，是至有善义，故弔兼善训矣。"同篇"而华辞未造"，正文夹校补铃木云："案'末'，'末'字之讹。"注［26］补郝懿行曰："'未造'，疑'末造'之讹。"①《论述》："暨战国争雄，辨士云踊；从横参谋，长短角势。"注［37］补郝懿行曰："案刘向《战国策序》，《国策》或曰短长。《困学纪闻》卷十，蒯通善为长短说，主父偃学长短纵横术，边通学短长。"《檄移》："又州郡征吏，亦称为檄，固明举之义也。"注［17］补郝懿行曰："《汉书·申屠嘉传》'为檄召通'，是则公府征吏，亦称为檄。"②《章表》："周监二代，文理弥盛，再拜稽首，对扬休命，承文受册，敢当丕显，虽言笔未分，而陈谢可见。"注［17］末补郝懿行曰："案《左传》载晋文受策之词，又《韩诗外传》载孔子为鲁司寇之命，及孔子答词，皆所谓言笔未分者也。"《奏启》："笔锐干将，墨含淳酖。"注［42］末补郝懿行曰："《困学纪闻》卷十九引夏文庄表云：'诗会馀蚳之文，简凝含酖之墨。'馀蚳，见《诗贝锦笺》。"③《时序》注［31］以郝懿行曰替代原注："'蔚映十代'，并数萧齐而言也。《才略篇》及于刘宋而止，故云九代而已。"④

　　范老修订其书，一直非常重视字句校雠问题，在增补铃木虎雄和郝懿行校注成果的同时，也适当附以自己的校勘意见。如《谐隐》注［17］末增补校字："'纪传'当作'记传'。"⑤《诏策》注［26］末增补校字："'弊'当作'蔽'。"⑥《封禅》注［10］末增补校字："'是史迁八书'句不辞，'是'字下疑脱一'以'字。"注［12］末增补校字："'铺观两汉隆盛'，'隆盛'上似当有'之'字。"注［19］（应为注［20］）末增补校字："'风末'，当作'风昧'，即《通变篇》之'风昧'。"⑦《声律》注［3］原引《札记》曰："'文章'下当脱二字。'者'下一豆，'神明枢机'四字一豆，'吐纳律吕'四字一豆。"并案："'文章'下疑脱'关键'二字，'言语'谓声音，此言声音为文章之关键，又为神明之枢机，声音通畅，则文采鲜而精神爽矣。至于律吕之吐纳，

① 范文澜.文心雕龙注：卷3［M］.上海：开明书店，1936：34-35，40.
② 范文澜.文心雕龙注：卷4［M］.上海：开明书店，1936：45，70.
③ 范文澜.文心雕龙注：卷5［M］.上海：开明书店，1936：11，29.
④ 范文澜.文心雕龙注：卷9［M］.上海：开明书店，1936：33.
⑤ 范文澜.文心雕龙注：卷9［M］.上海：开明书店，1936：57.
⑥ 范文澜.文心雕龙注：卷9［M］.上海：开明书店，1936：58.
⑦ 范文澜.文心雕龙注：卷5［M］.上海：开明书店，1936：3，9.

须验之唇吻，以求谐适，下赞所云'吹律胸臆，调锺唇吻'，即其义也。"① 此次修订在其后增补本校："《神思篇》用'关键枢机'字。"《丽辞》注［11］开头增引纪评校字："'两事相配'，纪评云'两事'当作'两言'。"②《附会》注［4］末增补校字："'易貌'疑当作'遗貌'；遗貌，即失貌也。"③《才略》注［3］末增补校字："'文亦师矣'句有缺字，疑'师'字上脱一'足'字。"④ 这些校勘虽多为理校和本校，但言之成理，不少已成为定谳。

四、订正文本讹误

文本讹误的订正自然亦是此次修订内容的重要组成部分，而开明书店本要订正的文化学社本最大的讹误，就是误黄叔琳批语为纪昀评语。杨明照曾指正文化学社本误黄批为纪评者共有 14 条，此次修订范老订正了其中的 10 条，尚误者还有 5 条，即《征圣》注［25］黄批与纪评混为一体 1 条，《乐府》注［34］、《铭箴》注［15］、《事类》注［10］误黄批为纪评 3 条，外加杨明照失检的《诔碑》注［27］1 条。

对文本遗留的其他讹误，亦同时予以订正。《明诗》注［19］，《讲疏》及文化学社本录"黄先生《诗品讲疏》曰"，再录"挚虞《文章流别论》曰"。而在《文章流别论》引文中，竟然有"以挚氏之言推之"，显然讹误。其实，黄札引《文章流别论》至"不入歌谣之章"已结束，下面"以挚氏之言推之"系黄侃的申说。此次修订，在"挚虞《文章流别论》"前补入"《讲疏》又曰"，以正讹误。《乐府》注［1］将原注中"王弼注"改正为"王肃注"。《祝盟》注［42］将原注中"枚传"改正为"孔传"。《颂赞》注［17］删《讲疏》注文蹿入文化学社本内容："窦宪迁大将军，以傅毅为司马，班固为中护军。班有《窦将军北征颂》《东巡颂》《南巡颂》。傅有《窦将军北征颂》《西征颂》。《古文苑》载班之《北征颂》，又载傅之《东巡颂》。注云：'一本作崔骃。'其文不完，兹不录。录班氏《北班（征）颂》如左。"⑤ 文化学社本《才略》注［41］："'孙盛干宝'，见《才略篇》注。"此篇正是《才略》，误。开明书店本改正为"见《史传篇》注"。《序志》"割情析采"，《讲疏》及文化学社本依底

① 范文澜. 文心雕龙注：下册［M］. 北平：文化学社，1931：57.
② 范文澜. 文心雕龙注：卷7［M］. 上海：开明书店，1936：13，38.
③ 范文澜. 文心雕龙注：卷9［M］. 上海：开明书店，1936：11.
④ 范文澜. 文心雕龙注：卷10［M］. 上海：开明书店，1936：6.
⑤ 范文澜. 文心雕龙注：中册［M］. 北平：文化学社，1929：179.

本作"割精析采",底本误。此句《文心》各版本均作"情",唯范注底本扫叶山房石印本作"精"。开明书店本改作"割情析采",并修订原注:"'割'当作'剖'。'剖情析采','情'指《神思》以下诸篇,'采'则指《声律》以下也。"① 另,此注文错置注〔20〕下,当移至注〔19〕下。

尽管如此,开明书店本还是有一些讹误。这些讹误一是沿文化学社本之误而未做修订的,一是开明书店本新产生的讹误。为便于以后对照修订,特附论于此。

先看前者,《征圣》注〔22〕引《易·上系辞》"易有四象,所以文也","文"为"示"之误。注〔24〕引《易·上系辞》,应为《易·下系辞》。注〔25〕引赵君万里曰:"案唐写本是,黄本依杨校,'政'上补'子'字,'必宗于经'句下,补'稚圭劝学'四字,臆说非是。""'必宗于经'句下"当作"'必宗于经'句上",赵万里误,范注亦未改!《宗经》注〔15〕引陈先生曰:"《宗经篇》'易惟谈天'至'表里之异体者也'二百字,并本王仲宣《荆州文学志》文。"此为陈汉章先生所误记,范注失察。《宗经》注〔17〕引《正义》曰:"……其辞文者,不直言所论之事,乃以义理明之,是其辞之饰也。""之饰"当作"文饰"②。《正纬》注文序号止于注〔27〕,而正文则终于注〔29〕,注文脱注〔28〕序号及注释内容,当据《讲疏》《正纬》赞曰注〔13〕补注〔28〕:"《易·乾凿度》:'帝盛德之应,洛水先温,九日乃寒。'"③ 另于注文"彦和生于齐世……"前补注号〔29〕。《明诗》注〔24〕解释"张衡怨篇,清典可味;仙诗缓歌,雅有新声",注中所引李详之说,并非仅是李详《黄注补正》之文,其中还杂糅了黄注、纪评和黄札。《乐府》注〔30〕"怨志訣绝"当作"怨志訣绝"。《祝盟》注〔8〕前半部分引《墨子·兼爱下》及《吕氏春秋·顺民篇》,当移至注〔7〕"郝懿行曰"之前。《史传》"此又同时之枉",正文夹校引孙云:"唐写本、《御览》'枉'下有'论'字。"此处"唐写本"为"明抄本"之误,因为唐写本系残卷,《史传》已无唐写本。"唯素臣乎",正文夹校引孙云:"《御览》作'懿士心'三字。""士"当作"上"。《论说》注〔1〕末引刘勰所谓:"论也者,弥论群言,而精研一理者也。""论"当作"纶"。注〔6〕录《文心》原文"引以胤辞","以"当作"者"。《诏策》注

① 范文澜. 文心雕龙注:卷10〔M〕. 上海:开明书店,1936:32.
② 范文澜. 文心雕龙注:卷1〔M〕. 上海:开明书店,1936:12,16.
③ 范文澜. 文心雕龙讲疏:卷1〔M〕. 天津:新懋印书局,1925:43.

[19] 引《札迻》十二:"……案疑当作'责博于陈遂'。此陈遂负博进,玺书责其偿,《汉书》所载甚明。明元本惟'于'字讹作'士','责博'二字则不误。""明元本"当作"元本","明"字衍。《议对》注[32]位置误,当移至《汉书董仲舒传》之上。《丽辞》"万条字昭然矣"后,遗漏注号[9]。《事类》"可称理得而义要矣","可称"当作"可谓",《讲疏》不误。《练字》注[1]引《神思》云"捶字坚而难移",此乃《风骨》所云。《附会》注[2]:"'才最学文','最'疑当作'优',或系传写之误,殆由学优则仕意化成此语。"①"才最学文",正文已改作"才量学文",注文仍沿袭文化学社本作"才最学文"。《附会》注[9]引《世说新语·文学篇》,引文节录自《晋书·文苑·袁宏传》,与《世说新语·文学篇》刘注引《晋阳秋》之文差异甚大,当据引文改出处。《物色》注[10]"'印时'当作'即时'",两"时"字衍。《才略》"则仲虺作诰","作"当作"垂";"士龙明练","明"当作"朗"。《才略》注[39]:"《郊赋》见《才略篇》注。"此篇正是《才略》,此处正当注《郊赋》,何出词语?《知音》"阅乔衡以形培塿……然后能平理若岳","衡"字与"岳"字当互换。"见文者披文以入情","见"当作"观"。注[12]引《庄子·天地篇》"嗑"前遗"则"字,"不正"当作"不止"。以上均沿文化学社本之误。

再看后者,《宗经》注[37]与[38]注文误置,当对调,文化学社本不误。另,正文注号[37]当移至"四教所先"之后。《乐府》注[38]原注引黄先生曰"……此乃部所拘",误;此次修订改为"此乃部居所拘",仍误;当作"此乃为部类所拘"。《诠赋》注文序号[30]误作[20],当更正。《颂赞》注[1]:"讚,应作赞,说见《征圣篇》。"此注同文化学社本。然,开明书店本已将《征圣》此注移入《原道》,当改作"说见《原道篇》"。另,赞曰"年积愈远","积"后夹校:"声云'积'作'迹'。""声云"当作"赵云"。文化学社本不误。《哀吊》"虽发其精华",正文夹校:"孙云《御览》无'华'字。铃木云敦本无'精'字。""精"文化学社本作"情",王惟俭本、养素堂本、两广节署本俱作"情",据两广本覆刻的扫叶山房本和《四部备要》本亦均作"情"。开明书店本据铃木所谓"敦本无'精'字",将原本"情"改作"精",误。铃木《敦煌本〈文心雕龙〉校勘记》亦作:"'虽发其情华',无'情'字,《御览》无'华'字。"王利器《文心雕龙新书》及《文心雕龙校证》以开明书店本为底本,亦误作"精"。《谐隐》注[16]括号引孙蜀丞曰:"案《列女传》

① 范文澜. 文心雕龙注:卷9[M]. 上海:开明书店,1936:11.

'佺'作'姬'。《渚宫旧事》三引《列女传》作'佺','姬'字定误。"① 按："佺"作"姬"误，当为"姬"作"佺"，文化学社本不误。《史传》注文序号[1]之后为连续三个[3]，其中首尾两个[3]为[2][4]之误。《诸子》注[9]"《汉志》儒家《孟子》十一窟"，"窟"为"篇"之误。《论说》"八名型分"，"型"为"区"之误。《诏策》注[19]末"彦和本文当作'偿博与陈遂'"，文化学社本作"偿博于陈遂"，开明书店本将"于"误作"与"。《封禅》正文"雅有懿乎"之后当补注号[18]，原注号[18][19][20]当依次改为[19][20][21]。注[17]之末："《章表篇》'应物掣巧'，《御览》作'制'是也。此'骨掣'之挚，亦当作'掣'。'雅自懿乎'，纪评云：'乎'当作'采'。"② 此前当补注号[18]，原注文序号[18][19][20]当依次改为[19][20][21]。又，补注[18]"'骨掣'之挚"，"挚"当作"掣"；"雅自懿乎"，"自"当作"有"。《奏启》"皁囊封事"，"事"为"板"之误。《神思》注[21]引《札迻》十一，"十一"当为"十二"。《定势》"夫本固先辞"，"本"为"情"之误。《声律》"则辞转于吻"，"辞"为"声"之误。《才略》"汉室陆贾，首案奇采"，"案"为"发"之误。

此外，开明书店本所附章锡琛《校记》亦有少量讹误。例如，《宗经》"而训诂茫昧"（"训诂"作"诰训"），"诰训"当作"诂训"。《颂赞》"沿世并作"（"沿"作"沿"），"沿"为"泛"之误。《铭箴》"张昶华阳之碣"，"华阳"当作"华阴"。《史传》"新固总会之为难也"，"新"为"斯"之误。《檄移》"惩其稔恶之时"，"稔恶"当作"恶稔"；"气成而辞断"，"成"为"盛"之误。《书记》"子桓弗録"，"録"为"论"之误。

五、重点注文修订

开明书店本对文化学社本注文的修订，基本是在原注的基础上做一些修补完善工作，但对少量注文也进行了重要的修订改造。下面，选择一些比较重要的修订条目，略作分析。

《原道》注[2]删文化学社本"上篇提要"，将其所附上篇结构图表，改造后附于原注之后，并谓《文心》上篇凡二十五篇，排比至有伦序，列表如下：

① 范文澜. 文心雕龙注：卷3 [M]．上海：开明书店，1936：57.
② 范文澜. 文心雕龙注：卷5 [M]．上海：开明书店，1936：9.

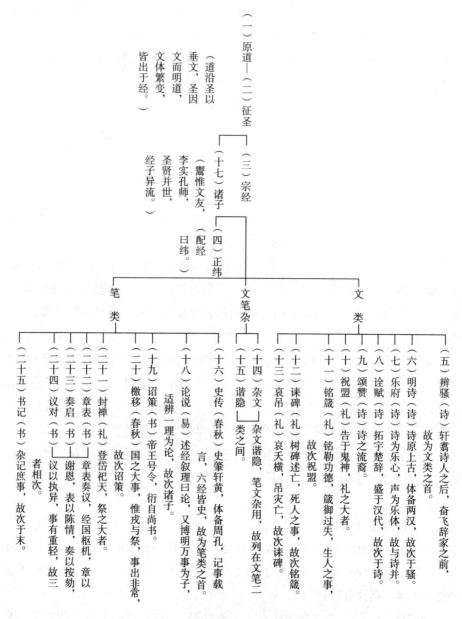

图 4：开明书店本《文心雕龙注》上篇结构图

这张上篇结构图表，相较于文化学社本"上篇提要"所附之图有几点不同：一是以"道沿圣以垂文，圣因文而明道，文体繁变，皆出于经"，为"《原道》→《征圣》→《宗经》"一组的排列依据；二是以"鬻惟文友，李实孔师，圣贤并世，经子异流"为依据，将《诸子》与《宗经》二篇并列；三是将原来以《宗经》"文本于经"说为依据，用《易》《书》《诗》《礼》《春秋》五经统辖各类文体的排列方式，改为以"论文叙笔"为依据，用文类、文笔杂和笔类统领各类文体，其优势是遵循刘勰从有韵到无韵的论文原则，按篇目顺序来排列文体论各篇；四是在各类文体之后标明所依经典，再解释排序原因。

此外，文化学社本《神思》注［1］已对《讲疏》下篇结构体系图做了重大修改。此次修订，不仅删除原"下篇提要"，亦对原图略做修订：

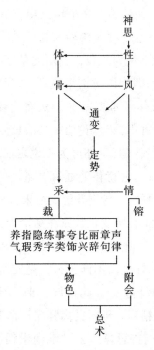

图5：开明书店本《文心雕龙注》下篇结构图

《原道》注［3］解释"文德"，在引《国故论衡·文学总略》之后，原注补录《文史通义·文德》，以证章太炎所谓"章学诚窃焉"。修订时改录《论衡·书解》："夫文德世服也，空书为文，实行为德，著之于衣为服。故曰：德弥盛者文弥缛，德弥彰者人弥明。官尊而文繁，德高而文积。"以合章太炎所谓"文德之论，发诸王充《论衡》"，并释曰："仲任之意，盖指当时儒生讽古经，读古文，不能实行以成德，雕缛以成文，倍有德者必有言之旨，而上书奏记之人徒作丽辞，更无德操。此所谓德指义理情实而言，与彦和文德之意不同。"① 修订之后，释"文德"之意更为明确。

《正纬》"夫六经彪炳，而纬候稠叠"，文化学社本注［6］直接释义："稠叠多也。威蕤盛貌。"② 开明书店本改为出典释义："《说文》：'稠，多也。'《苍颉篇》：'叠，重也，积也。'《史记·司马相如传》'纷纶葳蕤'，《索隐》'乱貌'。"③《辨骚》注［1］不仅在原注"《史记·屈原列传索隐》"后补"引"（应劭曰），在"《离骚序》云"前补"王逸"，以完善细节，而且删原注："案屈原履忠被谤，不胜愤懑，文中再三申言弃国远游之意，王逸解离为别，于义较善。"④ 另补："赵令时《侯鲭录》：'愁忧也。《集韵》扬雄有《畔牢愁》，音曹。今人言心中不快为心曹，当用此愁字，即忧也。'离骚即伍举所谓骚离，扬雄所谓牢愁，均即常语所谓牢骚耳，二字相接，自成一词，无待分训也。"既完善了细节，又作了重要补充，从而更新了结论。注［3］在原注"是所见本与师古不同"后补引："《论语·公冶长》'可使治其赋也'，陆德明《论语音义》'赋，《鲁论》作傅'。亦可为王说之证。"在引杨树达《读汉书札记》卷四中，又补引马瑞辰《毛诗传笺通释》卷一《毛诗诂训传名义考》云："诂训第就经文所言者而诠释之，传则并经文所未言者而引伸之，此诂训与传之别也。"⑤ 结论部分也较原注有所变化，原注结论为："按杨说精当，可以折王氏之疑。然《神思篇》云'淮南崇朝而赋骚'，彦和不应先后矛盾。疑淮南所作者实是离骚赋，《国风》好色而不淫云云，是安所作赋之序文。班固《离骚序》云'淮南王安叙《离骚传》'（此"传"即"傅"之讹），是其证。"⑥ 修订后结论为："杨君说自是精当。班固《离骚序》谓安说五子为伍子胥，似亦作'传'而非作'赋'。本书《神思篇》云'淮南崇朝而赋骚'，彦和不应先后矛盾。疑淮南实为《离骚》作传，略举其训诂，而《国风》好色而不淫云云，是安所作传之叙文。班固谓淮南王安叙《离骚传》，是其证。东京以来，《汉书》传本有作'传'者，有作'傅'者，彦和两采而用之耳。"这一结论比原来要圆润多了！据此，注［4］又改原注"安《离骚赋》之序文"为"安所作《离

---

① 范文澜．文心雕龙注：卷1［M］．上海：开明书店，1936：3.
② 范文澜．文心雕龙注：中册［M］．北平：文化学社，1929：32.
③ 范文澜．文心雕龙注：卷1［M］．上海：开明书店，1936：22.
④ 范文澜．文心雕龙注：中册［M］．北平：文化学社，1929：44.
⑤ 范文澜．文心雕龙注：卷1［M］．上海：开明书店，1936：30-31.
⑥ 范文澜．文心雕龙注：中册［M］．北平：文化学社，1929：45.

骚传》之序文"①。

《乐府》注［38］原注引"黄先生曰……"，开明书店本在其后增补："谨案诗为乐心，声为乐体，诗与歌本不可分，故三百篇皆歌诗也。自汉代有《在邹》《讽谏》等不歌之诗，诸歌遂画然两途。凡后世可歌之辞，不论其形式如何变化，不得不谓为三百篇之嫡属，而摹拟形貌之作，既与声乐离绝，仅存空名，徒供目赏，久之亦遂陈熟可厌。《别录》诗歌有别，《班志》独录歌诗，具有精义，似非止为部居（类——引者注）所拘也。"② 这表明，范老已不同意其师所谓"此乃为部类所拘，非子政果欲别歌于诗也"之说。《诠赋》注［15］原为："'迭致文契'唐写本作'写送文势'。赵君万里曰：'案《御览》五八七引此文，与唐本正合。'案唐写本是，'写送'见《晋书·文苑·袁宏传》。"③ 开明书店本删末句，增补："写送'是六朝人常语，意谓充足也。《附会篇》'克终底绩，寄深写远'，亦谓一篇之终，当文势充足也。"④ 《附会》注［9］校字："'寄深写远'，'写远'当作'写送'。"⑤ 这里利用前后文互证释义，补充原注，甚有见地。徐复《文心雕龙正字》谓："寄深写远——按《诠赋篇》云：'乱以理篇，迭致文契。'宋本《御览》引下句作'写送文势'，与此意略同。疑此'写远'亦为'写送'之误，皆指文势矣。"⑥ 李曰刚《文心雕龙斠诠》亦从范说改作"寄深写送"："刚案此句以'送'误为'远'，一本'深'又作'在'，传写者遂辗转误合，致失本真。"⑦

《铭箴》"昔帝轩刻舆几以弼违"，原注［1］："《汉书·艺文志》道家载《黄帝铭》六篇。蔡邕《铭论》曰'黄帝有巾几之法'。《后汉书·朱穆传》：'古之明君，必有辅德之臣，规谏之官；下至器物，铭书成败，以防遗失。'注曰'黄帝作巾几之法'。《路史·疏仡纪》载黄帝《巾几之铭》曰：'毋翕弱。毋俾德。毋违同。毋傲礼。毋谋非德。毋犯非义。'诸书均作'巾几'，无作'舆几'者。惟宋胡宏《皇王大纪》谓'帝轩作舆几之箴，以警晏安'；岂'巾'字误作'车'，又误为'舆'，宏据《文心》误字而附会为说欤？"⑧ 修订

① 范文澜. 文心雕龙注：卷1［M］. 上海：开明书店，1936：31.
② 范文澜. 文心雕龙注：卷2［M］. 上海：开明书店，1936：37.
③ 范文澜. 文心雕龙注：中册［M］. 北平：文化学社，1929：151.
④ 范文澜. 文心雕龙注：卷2［M］. 上海：开明书店，1936：51.
⑤ 范文澜. 文心雕龙注：卷9［M］. 上海：开明书店，1936：12.
⑥ 詹锳. 文心雕龙义证：下册［M］. 上海：上海古籍出版社，1989：1614.
⑦ 李曰刚. 文心雕龙斠诠：下编［M］. 台北：编译馆中华丛书编审委员会，1982：1357.
⑧ 范文澜. 文心雕龙注：中册［M］. 北平：文化学社，1929：211.

时增补《事始》所载并更新结论："留存《事始》'《文心》曰：轩辕舆几，与弼不逮，即为箴也。'留存唐人，引《文心》作'舆几'，是彦和本作'舆几'别有所本也。宋胡宏《皇王大纪》亦谓'帝轩作舆几之箴，以警晏安'。"①《史传》"至于晋代之书，繁乎著作"，原注［31］："《史通·正史篇》：'皇家贞观中，有诏以前后晋史十有八家，制作虽多，未能尽善。'浦二田释云：'按隋唐二志，正史部凡八家，其撰人则王隐、虞预、朱凤、何法盛、谢灵运、臧荣绪、萧子云、萧子显也。编年部凡十一家，其撰人则陆机、干宝、曹嘉之、习凿齿、邓粲、张盛、刘谦之、王韶之、徐广、檀道鸾、郭季产也。据志盖十九家，岂缘习氏书独主汉斥魏，以为异议遂废不用欤？'案上列诸人有与彦和同时或后于彦和者，然晋书著作之繁，于此可见。"② 修订时几乎尽废原注而重为之："《校勘记》：'繁当作系，字误也。诸本作系。'《晋书·职官志》'元康二年诏曰：著作旧属中书，而秘书既典文籍，今改中书著作为秘书著作。于是改隶秘书省。著作郎一人，谓之大著作郎，专掌史任。又置佐著作郎八人，著作郎始到职，必撰名臣传一人。'《史通·史官建置篇》：'若中朝之华峤、陈寿、陆机、束皙，江左之王隐、虞预、干宝、孙盛，并史官之尤美，著作之妙选也。'"③ 原注从"晋代著作之繁盛"角度出典，修订后出典重在"晋代之书系乎著作（郎）"。

《丽辞》"指类而求，万条自昭然矣"，原注［9］："纪评曰：'贵当作肩。又以四句，当云指类而求万，条目昭然矣。又言对事对，各有反正，于文义乃顺。'案'万'字衍，当于'求'字下加豆。条目昭然，即上所云四对也。"④ 纪评作"条目昭然"，即"自"作"目"，可能系手误，因过于信任纪评，范注以"条目昭然"为词，于"万"字后加豆，又因"指类而求万"不通，遂谓"'万'字衍，当于'求'字下加豆"。开明书店本引纪评已于"求"字后加豆，"目"作"自"，即以"万条自昭然"为句，并案："'万'字衍，'自'为'目'之误，当作'指类而求，条目昭然'，即上所云四对也。"⑤ 范注疑"万"字衍，谓"自"为"目"之误，虽然缺乏版本文献依据，但仍不失为一家之言。

---

① 范文澜. 文心雕龙注：卷3［M］. 上海：开明书店，1936：2.
② 范文澜. 文心雕龙注：中册［M］. 北平：文化学社，1929：324.
③ 范文澜. 文心雕龙注：卷4［M］. 上海：开明书店，1936：11.
④ 范文澜. 文心雕龙注：下册［M］. 北平：文化学社，1931：95.
⑤ 范文澜. 文心雕龙注：卷7［M］. 上海：开明书店，1936：38.

第四节　附录

开明书店本《文心雕龙注》书末所附章锡琛据宋本《太平御览》对《文心雕龙》进行校勘的《校记》，不仅在文本校勘方面取得了重大突破，而且在《文心雕龙》研究史上也具有重要的价值和地位。

一、章锡琛《校记》的价值

现存最早的《文心雕龙》版本为唐写本残卷，然而唐本长期湮没不彰，宋椠又均已亡佚，所幸宋代大型类书对《文心雕龙》多有采摭。其中，《太平御览》采摭《文心雕龙》23篇43则内容，9800余字，占全书四分之一强，几乎可以被视作宋本《文心雕龙》，"有此辑录，就填补了《文心雕龙》版本上所缺的环节，使之上承唐卷，下接元本"①。

《太平御览》作为宋代文献，极具校勘价值，历来备受学界关注。明代《文心雕龙》校勘之功臣朱郁仪的突出贡献，就在利用《御览》校正通行本《文心》文字之讹误。受朱郁仪影响，徐兴公校字也很重视《御览》，并特别强调以善本《御览》校读《文心》。据汪春泓统计，朱郁仪校出40字、徐兴公校出50字，朱、徐二人的校勘成果，见于徐兴公校汪一元私淑轩刻本，今藏北京大学图书馆。远绍明人朱郁仪、徐兴公之遗绪，据多种《御览》版本校雠《文心》字句，并取得卓越成就者是民国时期的孙蜀丞②。然而，由于条件限制，孙氏据以校勘的《御览》版本中还没有宋本。于是，章氏在孙氏之后，据宋本《御览》校雠《文心》，不仅取得了突出的成绩，而且使据《御览》校雠《文心》这一学术传统，绵延400余年而不衰。

为铭记其校勘功绩，特将章锡琛与孙蜀丞及明清以来诸家据《御览》校勘《文心》的具体情况列表对照，以便观览和了解。表中"备注"栏录自范注正文夹校，铃木指铃木虎雄，杨指杨慎，朱指朱谋㙔，谭指谭献，赵指赵万里，顾指顾广圻，孙指孙汝澄，曹指曹学佺，杨指杨慎，谢指谢兆申，黄指黄丕烈，

① 王元化.《文心雕龙集校合编》序［M］//林其锬，陈凤金.文心雕龙集校合编.台南：暨南出版社，2002：2.
② 详参李平.孙人和据《太平御览》校雠《文心雕龙》考察与辑佚［J］.中国诗学研究，2018，15（1）：201-221.

胡指胡孝辕。

二、章锡琛与孙蜀丞及明清以来诸家据《御览》校勘《文心》情况列表

表3：章锡琛与孙蜀丞据《御览》校勘《文心》对照表

篇名	序号	原文	章锡琛校语	孙蜀丞校语	备　注
原道第一	1	调如竽瑟	"竽瑟"作"竽琴"	《御览》五八一引作"竹琴"，明抄本《御览》作"竽琴"	
	2	肇自太极	"太"作"泰"	《御览》五八五引"太"作"泰"	
	3	幽赞神明	"赞"作"讚"	《御览》五八五引"赞"作"讚"	
	4	若迺河图孕乎八卦	"迺"作"乃"		
	5	玉版金镂之實	"實"作"寶"		铃木云《御览》作"寶"
	6	而年世渺邈	"渺"作"眇"		
	7	则焕乎始盛	"始"作"为"		铃木云《御览》作"为"
	8	益稷陈谟	"益稷"作"稷益"；"谟"作"谟"，不作"谋"		"谟"元作"谋"，杨改
	9	九序惟歌	"惟"作"詠"		铃木云《御览》"惟"作"詠"
	10	文王患忧	"患忧"作"忧患"		
	11	繇辞炳曜	"曜"作"燿"		
	12	重以公旦多材	"材"作"才"		

续表

篇名	序号	原文	章锡琛校语	孙蜀丞校语	备　注
原道第一	13	振其徽烈	"振"作"振"，不作"缛"		"振"元作"缛"，朱改
	14	剬诗缉颂	"剬"作"制"，"缉"作"缛"	《御览》"剬"作"制"	
	15	至夫子继圣	"至"下有"若"字		冯本"至"下有"若"字
	16	雕琢情性	"情性"作"性情"	《御览》引"情性"作"性情"	谭献校亦作"性情"
	17	木铎起而千里应	"起"作"启"		
	18	写天地之辉光	作"辉光"，不作"光辉"	《御览》"辉光"作"光辉"	
	19	爰自凤姓	"爰"上有"故"字		
	20	玄圣创典	"玄"作"玄"，不作"元"	明抄本《御览》作"玄"	一作"元"
	21	莫不原道心以敷章	"以敷"作"以敷"，不作"裁文"		铃木云诸本作"裁文"
	22	研神理而设教	"而"作"以"		
	23	取象乎河洛	"取"作"著"		
	24	问数乎蓍龟	"问"作"间"		
	25	发辉事业	"辉"作"挥"	《御览》作"挥"	

续表

篇名	序号	原文	章锡琛校语	孙蜀丞校语	备　注
原道第一	26	故知道沿圣以垂文	"知"字无，"沿"作"沿"		铃木云《御览》无"知"字，"沿"作"沿"
	27	圣因文而明道	"而"作"以"，不作"明"	《御览》"而"作"明"	
	28	旁通而无滞	"滞"作"涯"	"无涯"与"不匮"义近，不当改作"滞"也，《御览》引此文亦作"涯"，不作"滞"	一作"涯"，从《御览》改，铃木云予所见《御览》作"涯"，不作"滞"
	29	鼓天下之动者存乎辞	"鼓"作"皷"，下同；"者"字有		"者"字从《御览》增
	30	迺道之文也	"迺"字无	《御览》无"迺"字	
宗经第三	1	其书言经	"言"作"曰"		赵云"言"作"曰"，《御览》六百八引"言"亦作"曰"。
	2	而大宝咸耀	"咸"作"启"		一作"启"，赵云"咸"作"启"，《御览》引此文亦作"启"
	3	义既极乎性情	"极"作"埏"		赵云《御览》引作"埏"
	4	辞亦匠于文理	"于"作"乎"		
	5	故能开学养正	"正"作"政"		
	6	圣谟卓绝	"谟"作"谟"，不作"谋"		元作"谋"，改"谟"，顾校作"谋"，铃木云王本作"谋"
	7	而吐纳自深	"而"字无，"自"作"者"	明抄本《御览》六百八引"自"作"者"	

续表

篇名	序号	原文	章锡琛校语	孙蜀丞校语	备 注
宗经第三	8	譬万钧之鸿锺	"锺"作"锺",不作"鐘"		铃木云闵本作"鐘"
	9	夫易惟谈天	"夫"字有		"夫"字从《御览》改
	10	入神致用	"入"作"入"不作"人"		一作"人",从《御览》改,铃木云诸本作"人",敦煌本作"入"
	11	故系称旨远辞文	"文"作"文",不作"高"	唐写本作"高"	元作"高",孙改
	12	固哲人之骊渊也	"固"作"固",不作"故"	唐写本作"故"	
	13	书实记言	"记"作"纪"	唐写本作"纪"	
	14	而训诂茫昧	"训诂"作"诂训"	唐写本"训诂"作"诂训"	谭校作"诂训"
	15	昭昭若日月之明	"明"上无"代"字	唐写本"明"上有"代"字	
	16	离离如星辰之行	"行"上无"错"字	唐写本"行"上有"错"字	
	17	言昭灼也	"昭"作"昭",不作"照"	唐写本作"照"	
	18	诗主言志	"主"作"主",不作"之"	唐写本作"之"	
	19	诂训同书	作"诂训",不作"训诂";"同"作"周"	《御览》作"训诂"	
	20	温柔在诵	"在"作"在",不作"庄"		顾云"在"作"庄"
	21	故最附深衷矣	作"最附哀矣",无"故""深"二字	《御览》引此无"故"字	铃木云《御览》、敦煌本无"故"字

续表

篇名	序号	原文	章锡琛校语	孙蜀丞校语	备注
宗经第三	22	礼以主体据事剬范	作"礼以立体据事"，无"剬范"二字	唐写本"剬"作"制"	
	23	采掇生言	"生"作"片"	唐写本作"片"	
	24	春秋辨理	"辨"作"辩"		
	25	五石六鹢	"鹢"作"鸏"	《御览》作"鸏"	
	26	以详略成文	"略"作"备"	《御览》作"备"	
	27	其婉章志晦	"其"字无	《御览》无"其"字	
	28	谅以邃矣	"谅以"作"源已"	《御览》作"源已"，唐写本"以"作"已"	
	29	而寻理即畅	"即"作"则"	《御览》作"则"	
	30	而访意方隐	"意"作"义"		
	31	此圣人之殊致	"人"作"文"，"之"字无	《御览》无"之"字	
明诗第六	1	有符焉尔	"有"上无"信"字	唐写本"有"上有"信"字	
	2	至尧有大唐之歌	"尧"上无"至"字；"唐"作"唐"，不作"章"	唐写本"唐"作"章"	"唐"一作"章"
	3	舜造南风之诗	"舜"作"虞"	《御览》五八六"舜"作"虞"	
	4	九序惟歌	"序"作"序"，不作"叙"		顾校"序"作"叙"
	5	太康败德	"太"作"少"	《御览》"太"作"少"	
	6	五子咸怨	"怨"作"讽"	唐写本"怨"作"讽"，《御览》亦作"讽"	
	7	子夏监绚素之章	"监"作"鉴"	唐写本作"鉴"	铃木云《御览》亦作"鉴"

续表

篇名	序号	原文	章锡琛校语	孙蜀丞校语	备　注
明诗第六	8	可与言诗	"与"作"以"，"诗"下无"矣"字	《御览》作"以"，唐写本（"诗"下）有"矣"字	
	9	自王泽殄竭	"殄"作"弥"，不作"以"	《御览》作"弥"	
	10	风人辍采	作"辍采"，不作"掇彩"	唐写本作"掇彩"	
	11	春秋观志讽诵旧章	"讽"上有"以"字	《御览》"志"下有"以"字	
	12	酬酢以为宾荣	"为"作"为"，不作"成"	唐写本作"成"	
	13	吐纳而成身文	"身"作"声"		
	14	属辞无方	"辞"作"词"	唐写本作"词"，《御览》亦作"词"	
	15	而辞人遗翰	"辞"作"词"，"遗"作"遣"		
	16	所以李陵、班婕妤	无"好"字	唐写本无"好"字，《御览》亦无"好"字	
	17	见疑于后代也	"疑"作"拟"，"后"作"前"，"也"字无	《御览》"后"作"前"	
	18	按召南行露	"召"作"邵"		
	19	阅时取证	"证"作"征"	唐写本"证"作"征"，《御览》亦作"征"	
	20	或称枚叔	"称"下无"于"字	《御览》有"于"字	
	21	比采而推	"采"作"采"，不作"类"	唐写本作"彩"	一作"类"
	22	两汉之作乎	"两"上有"固"字，"乎"作"乎"，不作"也"	唐写本"两"上有"故"字，"乎"作"也"	铃木云《御览》"两"上有"固"字

续表

篇名	序号	原文	章锡琛校语	孙蜀丞校语	备注
明诗第六	23	婉转附物	"婉"作"宛"		
	24	怊怅切情	"怊"作"惆"		铃木云《御览》作"惆"
	25	至于张衡怨篇	"于"作"于"不作"如"	唐写本"于"作"如"	
	26	清典可味	"典"作"典"不作"曲"	《御览》作"典"	一作曲,从《纪闻》改;赵云"曲"作"典"
	27	五言腾踊	"踊"作"踶"	唐写本作"躍"	
	28	叙酣宴	"叙"作"序"		
	29	驱辞逐貌	"貌"作"兒"		
	30	唯取昭晰之能	"晰"作"晰"不作"哲"		顾校"晰"作"哲"
	31	此其所同也	"同"作"用"		
	32	乃正始明道	"乃"作"及"	唐写本作"及",《御览》亦作"及"	
	33	故能标焉	此句无	《御览》无此一句	
	34	辞谲义贞	"贞"作"具"	《御览》作"具"	
	35	亦魏之遗直也	"亦"字无		
	36	张潘左陆	"潘左"作"左潘"	唐写本作"左潘",《御览》亦作"左潘"	
	37	或枡文以为妙	"枡"作"折","妙"作"武"		赵云"枡"作"析"
	38	或流靡以自妍	"妍"作"研"		
	39	溺乎玄风	"乎"作"于"	《御览》作"于"	

续表

篇名	序号	原文	章锡琛校语	孙蜀丞校语	备 注
明诗第六	40	嗤笑徇务之志	"蚩"作"羞"	唐写本作"羞"	
	41	崇盛亡机之谈	"亡"作"忘"	《御览》作"忘"	赵云"亡"作"忘"
	42	袁孙以下	"以"作"已"		
	43	莫与争雄	"与"作"与",不作"能"	唐写本作"能"	
	44	挺拔而为俊矣	"俊矣"作"儁也"	唐写本作"儁",《御览》作"儁也"	
	46	庄老告退	"庄"作"严"		
	47	俪采百字之偶	"字"作"家"	《御览》作"家"	
	48	辞必穷力而追新	"辞"字无		
	49	此近代之所竞也	"竞"作"竟"		
	50	而情变之数可监	"监"作"鉴"	唐写本"监"作"鉴"	
	51	则雅润为本	"则"字有,下句同		两"则"字从《御览》增;铃木云敦本亦并有,诸本无
	52	叔夜含其润	"含"作"合"	唐写本"含"作"合"	
	53	茂先凝其清	"凝"作"拟"	《御览》作"拟"	
	54	兼善则子建仲宣	"兼"上有"若"字	《御览》"兼"上有"若"字	
	55	偏美则太冲公幹	"偏"作"徧"		
	56	鲜能通圆	"通圆"作"圆通"	唐写本作"圆通",《御览》亦作"圆通"	

篇名	序号	原文	章锡琛校语	孙蜀丞校语	备　注
明诗第六	57	忽之为易	"之"作"以"	唐写本"之"作"以"，《御览》亦作"以"	
	58	其难也方来	"来"下有"矣"字		
	59	则明于图谶	"明"作"萌"	《御览》"明"作"萌"	
	60	回文所兴	"回"作"迥"		
诠赋第八	1	铺采摛文	"采"作"采"，不作"彩"	唐写本作"彩"	
	2	昔邵公称公卿献诗	"邵"作"邵"，"卿"字有	唐写本"卿"字无	《吕览》作"召"
	3	师箴赋	"箴"下有"瞽"字	唐写本"箴"下有"瞽"字，《御览》五八七引有"瞽"字	
	4	刘向云	作"故刘向"	唐写本"刘"上有"故"字，"云"字无，《御览》亦有"故"字，无"云"字	
	5	班固称古诗之流也	"也"字无		
	6	结言挜韵	"挜"作"短"	唐写本"挜"作"短"	
	7	虽合赋体	"合"下有"作"字		
	8	然赋也者	"然"下有"则"字	唐写本"然"下有"则"字，《御览》引亦有"则"字	
	9	拓字于楚辞也	"拓"作"拓"，不作"括"，上有"而"字；"也"上有"者"字	《御览》有"者"字	（拓）疑作"括"，赵云作"拓"字，铃木云《御览》、《玉海》、敦本并作"拓"字

续表

篇名	序号	原文	章锡琛校语	孙蜀丞校语	备 注
诠赋第八	10	遂客主以首引	"遂"作"遂"，不作"述"；"主"作"主"，不作"至"；"首"作"首"，不作"守"	（首）唐写本作"守"	（遂）许云当作"述"；（主）元作"至"，赵云"至"作"主"
	11	极声貌以穷文	"声"作"声"，不作"形"	唐写本作"形"	
	12	斯盖别诗之原始	"原"作"源"		
	13	顺流而作	"顺"作"循"	唐写本"顺"作"循"，《御览》亦作"循"	
	14	枚马同其风	"同"作"洞"	唐写本"同"作"播"，《御览》作"洞"	
	15	皋朔已下	"朔"作"朔"，不作"翔"；"已"作"以"		（朔）元作"翔"，曹改；赵云"翔"作"朔"
	16	夫京殿苑猎	"夫"上有"若"字	唐写本"夫"上有"若"字，《御览》亦有"若"字	
	17	述行序志	"序"作"叙"	唐写本作"叙"，《御览》亦作"叙"	
	18	既履端于倡序	"倡"作"唱"	唐写本作"唱"，《御览》亦作"唱"	
	19	亦归余于总乱	"乱"作"词"		
	20	乱以理篇	"乱"作"词"		
	21	迻致文契	作"写送文势"	唐写本作"写送文势"，《御览》亦作"写送文势"	
	22	事数自环	"数"作"义"，"环"作"怀"	《御览》"数"作"义"，"环"作"怀"	

续表

篇名	序号	原文	章锡琛校语	孙蜀丞校语	备注
诠赋第八	23	宋发巧谈	"巧"作"誇"	唐写本作"夸",《御览》作"誇"	
	24	致辨于情理	"理"作"理",不作"衷"	唐写本作"衷"	
	25	明绚以雅赡	"明绚"作"明绚",不作"朋约";"雅赡"作"瞻雅"	《御览》作"瞻雅"	
	26	迅发以宏富	"发"作"拔","以"字无	唐写本作"拔",《御览》亦作"拔"	
	27	構深玮之风	"構"作"搆","玮"作"伟"	唐写本作"伟",《御览》亦作"伟"	
	28	发端必遒	"端"作"篇","遒"作"道"	唐写本作"篇",《御览》亦作"篇"	
	29	伟长博通	"博通"作"博通",不作"通博"	《御览》作"通博"	
	30	底绩于流制	"制"作"製"	《御览》作"製"	
	31	彦伯梗概	"概"作"槩"		
	32	物以情观	"观"作"覩"		
	33	画绘之著玄黄	"著"作"差"	《御览》作"差"	
	34	文虽新而有质	"新"作"杂","质"作"实"	《御览》"质"作"实"	
	35	色虽糅而有本	"本"作"仪"	唐写本作"义"	一作"仪"
	36	虽读千赋	"赋"作"首"	《御览》作"千首"	
	37	愈惑体要	"愈"作"逾"		
	38	遂使繁华损枝	"损"作"折"	《御览》作"折"	
	39	无贵风轨	"贵"作"贯"		

续表

篇名	序号	原文	章锡琛校语	孙蜀丞校语	备注
颂赞第九	1	咸墨为颂	"墨"作"累"	唐写本"墨"作"黑"	
	2	以歌九韶	"韶"作"招"	唐写本"韶"作"招",《御览》五八八引亦作"招"	
	3	自商以下	"商"下有"颂"字,"以"作"已"	《御览》有"颂"字	
	4	文理允备	"允"作"允",不作"克"		郝云一本作"克备"
	5	容告神明谓之颂	"容告神明"作"雅容告神"	"容"上有"雅"字,"明"字无	
	6	事兼变正	作"故事资变正"	"事"上有"故"字,《御览》"兼"作"资"	
	7	义必纯美	"义"上有"故"字	"义"上有"故"字	
	8	鲁国以公旦次编	"国"字"公"字无		元脱,曹补;铃木云敦本无"国"字
	9	商人以前王追录	"人"字无	唐写本无"人"字,《御览》亦无"人"字	
	10	非谦飨之常咏也	"谦飨"作"飨谦","常"作"恒"	《御览》、唐写本作"飨谦","常"作"恒"	
	11	周公所製	"製"作"製",不作"制"	唐写本作"制"	
	12	及三闾橘颂	"及"作"夫"		
	13	情采芬芳	"情"作"情",不作"辞"	唐写本作"辞采"	
	14	比类寓意	"寓意"作"属兴"	《御览》作"属兴"	

篇名	序号	原文	章锡琛校语	孙蜀丞校语	备注
颂赞第九	15	又罩及细物矣	作"又罩及细矣"	唐写本"又"作"乃"，"细"上有"乎"字	
	16	沿世并作	"沿"作"沿"		
	17	孟坚之序戴侯	"序"作"序"，不作"颂"	《御览》作"颂"	
	18	史岑之述熹后	"熹"作"僖"		元作"僖"，曹改；铃木云《御览》作"僖"，《玉海》作"熹"，敦本作"燕"
	19	详略各异	"各"作"有"	《御览》作"有"	
	20	原夫颂惟典雅	"雅"作"懿"	唐写本"雅"作"懿"，《御览》亦作"懿"	
	21	而异乎规戒之域	"乎"作"于"，"戒"作"式"		
	22	汪洋以树义	"义"作"仪"		一作"仪"
	23	唯纤曲巧致	作"虽纤巧曲致"	唐写本"唯"作"虽"，"曲巧"作"巧曲"	
	24	与情而变	"与"作"与"，不作"兴"		赵云"与"作"兴"
	25	其大体所底	"底"作"弘"	唐写本"底"作"弘"，《御览》作"宏"	
	26	助也	二字有		二字从《御览》增；谭云《御览》有"助也"二字，黄本从之，似不必有；铃木云《御览》、敦本有二字
	27	乐正重讚	"讚"作"赞"，下同		

篇名	序号	原文	章锡琛校语	孙蜀丞校语	备注
颂赞第九	28	及益讚於禹	"於"作"于"，下句同		
	29	嗟叹以助辞也	"辞"作"词"，下有"者"字	唐写本"也"字无，《御览》"也"上有"者"字	
	30	以唱拜为讚	"拜"作"拜"，不作"言"		顾校"拜"作"言"
	31	至相如属笔	"至"下有"如"字，"笔"作"词"	《御览》"笔"作"词"	铃木云《玉海》作"词"
	32	及迁史固书，讬讚褒贬	作"及史班书记，以讚褒贬"	唐写本作"及史班固书"，《御览》作"及史班书记，以讚褒贬"	
	33	颂体以论辞	"以"作"而"，"辞"作"词"	唐写本"以"作"而"，"辞"下有"也"字	
	34	又纪传後评	"後"作"後"，不作"佟"		元作"佟"，朱考《御览》改
	35	及景纯注雅	"雅"上无"尔"字		赵云"注"下有"尔"字
	36	动植必讚	"必讚"作"必讚"，不作"讚之"		一作"讚之"，从《御览》改
	37	义兼美恶	"义"作"讚"		赵云"义"作"事"
	38	亦犹颂之变耳	"之"下有"有"字	《御览》有"有"字	
	39	然本其为义	"本"字有		"本"字从《御览》增
	40	促而不广	"广"作"广"，不作"旷"		一作"旷"，从《御览》改，铃木云梅本敦本作"旷"

篇名	序号	原文	章锡琛校语	孙蜀丞校语	备注
颂赞第九	41	盘桓乎数韵之辞	"盤"作"槃","乎"作"于","辞"作"词"		
	42	昭灼以送文	"昭"作"照","送"作"送",不作"策"	《御览》作"策"	
	43	发源虽远	"源"作"言"	《御览》作"言"	
	44	其颂家之细条乎	"乎"作"也"		铃木云《御览》作"也"
铭箴第十一	1	昔帝轩刻舆几以弼违	"帝轩"作"轩辕帝","几"字无	《御览》五百九十引作"轩辕帝"	
	2	大禹勒笱簴而招谏	"笱"作"笱",不作"簴","而"作"以"	唐写本作"簴"	
	3	题必戒之训	"戒"作"诫"	唐写本作"诫",《御览》亦作"诫"	
	4	则先圣鉴戒	"则"字无,"先"作"列"	唐写本、《御览》"则"字无,"先"作"列"	
	5	故铭者名也	"故"字有	唐写本"故"字无	
	6	观器必也正名	"必也"作"必也",不作"必名焉"	唐写本"必也"作"必名焉"	
	7	审用贵乎盛德	"盛"作"慎"	唐写本"盛"作"慎"	
	8	盖臧武仲之论铭也	"武"字有	唐写本无"武"字	
	9	夏铸九牧之金鼎,周勒肃慎之楛矢	"鼎"字"矢"字无	唐写本"鼎"字、"矢"字无,《御览》亦无此二字	
	10	魏颗纪勋于景钟	"鐘"作"鍾"		元作"铭",曹改;赵云"铭"作"鐘"

续表

篇名	序号	原文	章锡琛校语	孙蜀丞校语	备 注
铭箴第十一	11	灵公有蒿里之谥	"蒿"作"夺"		赵云"蒿"作"旧"
	12	吁可怪矣	"吁"作"噫","矣"作"也"	唐写本"吁"作"噫","矣"作"也",《御览》亦作"噫""也"	
	13	赵灵勒迹于番吾	"番吾"作"潘吾"		(吾)元作"禺",杨改
	14	秦昭刻博于华山	"博"作"傅"		元作"傅",朱改
	15	吁可笑也	"笑"作"笑",不作"戒"		元作"茂",又作"戒"
	16	若班固燕然之勒	"若"下有"乃"字	唐写本无"若"字,《御览》"若"下有"乃"字	
	17	张昶华阴之碣	"昶"作"旭"	唐写本"昶"作"旭"	
	18	序亦盛矣	"盛"作"成"		
	19	蔡邕铭思,独冠古今	作"蔡邕之铭,思烛古今"	《御览》作"蔡邕之铭,思烛古今"	
	20	橋公之钺	"橋"作"橘","钺"作"钺"	(钺)《御览》作"箴"	(钺)元作"箴"
	21	吐纳典谟	"吐"上有"则"字,"谟"作"誉"		
	22	至如敬通杂器	"杂"作"新"		
	23	准矱戒铭	作"镬准武铭"	唐写本"戒"作"武"	
	24	而居博奕之中	"中"作"下"	唐写本"中"作"下",《御览》亦作"下"	
	25	而在臼杵之末	"臼杵"作"杵臼"	唐写本作"杵臼",《御览》亦作"杵臼"	

篇名	序号	原文	章锡琛校语	孙蜀丞校语	备注
铭箴第十一	26	唯张载剑阁	"载"作"载",不作"采"		元作"采",谢改
	27	其才清采	"采"作"彩"	唐写本作"清采其才"	
	28	勒铭岷汉	作"铭勒岷汉"	"勒铭"作"诏勒"	
	29	箴者所以攻疾防患喻鍼石也	作"箴所以攻疾除患喻针石垣"	《御览》五八八引此作"箴所以攻疾除患喻针石垣"	
	30	及周之辛甲百官箴一篇	作"及周之辛甲百官箴阙惟虞箴一篇"	唐写本"及"字无,"箴"下有"阙唯虞箴"四字	
	31	楚子训民于在勤	"民"作"人"		
	32	战代以来	"代"作"伐","以"作"已"		
	33	箴文委绝	"委"作"萎"	唐写本作"萎",《御览》亦作"萎"	
	34	作卿尹州二十五篇	"作"字"五"字无,"州"下有"牧"字	唐写本及《御览》皆无"作"字	
	35	罄鉴可征	"鉴可"作"鉴有"		赵云"可"作"有"
	36	信所谓追清风于前古	"信所谓"作"可谓"	唐写本"所"作"可",无"信"字	
	37	温峤傅臣	"傅"作"侍"		赵云"傅"作"侍"
	38	引广事杂	作"引多事寡"		(广)一作"多","杂"一作"寡",赵云作"引多而事寡"
	39	义正体芜	"正"下无"而"字		赵云"正"下有"而"字
	40	乃置巾履	"置"作"实";"履"作"履",不作"屦"		赵云"履"作"屦"

篇名	序号	原文	章锡琛校语	孙蜀丞校语	备　注
铭箴第十一	41	宪章戒铭	"戒"作"武"		赵云作"武"
	42	夫箴诵于官	"官"作"经"		铃木云《御览》"官"作"经"
	43	名目虽异	"目"作"用"		赵云"目"作"用"
	44	故文资确切	"确"作"确",不作"碻"		元作"碻",朱改
	45	其取事也必核以辨,其摘文也必简而深,此其大要也	三句作"取其要也"		
	46	所以箴铭异用	"异"作"实"		赵云"异"作"寡"
	47	罕施于代	"於"作"後"	唐写本"於"作"後",《御览》五八八引亦作"後"	
	48	宜酌其远大焉	"焉"作"矣"		
诔碑第十二	1	大夫之材	"大"上有"士"字,"材"作"才"	明抄本《御览》五九六引"大夫"上有"士"字	
	2	累也	二字无	《御览》五九六无"累也"	
	3	夏商已前	"已"作"以"		
	4	其详靡闻	"详"作"详",不作"词"	唐写本"详"作"词"	
	5	幼不诔长	"不"上有"而"字		
	6	在万乘	"在"作"其"	唐写本"在"上有"其"字	
	7	始及于士	"于"作"於"		
	8	逮尼父卒	"逮"作"迨","卒"上有"之"字	唐写本"父"下有"之"字	铃木云《御览》"逮"作"迨"

续表

篇名	序号	原文	章锡琛校语	孙蜀丞校语	备 注
诔碑第十二	9	观其慭遗之切	"切"作"辞"	唐写本作"辞"，《御览》亦作"辞"	
	10	暨乎汉世	"乎"作"于"		
	11	文实烦秽	"烦"作"烦"，不作"繁"		
	12	沙麓撮其要	"麓"作"鹿"，"其"字有	唐写本无"其"字	
	13	而挚疑成篇	"挚"作"執"	唐写本作"執"	
	14	安有累德述尊	"累"作"诔"	明抄本《御览》作"诔"	
	15	杜笃之诔	"诔"下有"德"字		
	16	而他篇颇疏	"他"作"结"	《御览》作"结"	
	17	而改眄千金哉	"改眄"作"顾盻"		（眄）顾校作"盼"
	18	傅毅所制	"制"作"製"		
	19	孝山崔瑗	"孝山"作"孝山"，不作"苏顺"		赵云"孝山"作"苏顺"
	20	辨絜相参	"絜"作"潔"	唐写本作"潔"	
	21	观其序事如传	"其""事"二字有		黄云活字本无"其""事"二字
	22	潘岳构意	"構"作"搆"；"意"作"意"，不作"思"	唐写本"意"作"思"	
	23	巧于序悲	"序"作"叙"	唐写本作"叙"	
	24	易入新切	"切"作"丽"		《御览》作"丽"
	25	能征厥声者也	"征"作"征"，不作"微"		
	26	工在简要	"工"作"贵"	《御览》作"贵"	

续表

篇名	序号	原文	章锡琛校语	孙蜀丞校语	备　注
诔碑第十二	27	陈思叨名	"叨"作"功"	《御览》作"功"	
	28	旨言自陈	"旨"作"百"		赵云"旨"作"百"
	29	若夫殷臣诔汤	"诔"作"诔",不作"詠"	唐写本作"詠"	
	30	盖诗人之则也	"人"字无;"之"作"之",不作"文"	明抄本《御览》引无"人"字,"之"作"文"	
	31	则触类而长	"则"字无	《御览》无"则"字	
	32	雾雾杳冥	"雾雾"作"雾霞"		顾云《古文苑》作"淮雨"
	33	始序致感	"感"作"感"		一作"惑",从《御览》改
	34	景而效者	"景"作"影"	唐写本作"影"	
	35	弥取于工矣	"工"作"切"	唐写本作"功",《御览》作"工"	
	36	盖选言录行	"言"下有"以"字	《御览》"言"下有"以"字	
	37	道其哀也	"道"作"送",不作"述"	唐写本作"述"	
	38	悽焉如可伤	"如"作"如",不作"其"	唐写本作"其"	
	39	碑者埤也	"埤"作"裨"	唐写本作"裨"	
	40	上古帝皇	"皇"作"皇",不作"王"		
	41	树石埤岳	"埤"作"裨"	唐写本作"裨"	
	42	亦古碑之意也	"古"字有	唐写本无"古"字	
	43	事止丽牲	"止"作"止",不作"正"	《御览》作"止"	元作"正"
	44	而庸器渐缺	"缺"作"阙"		
	45	自后汉以来	"以"作"已"		

续表

篇名	序号	原文	章锡琛校语	孙蜀丞校语	备 注
诔碑第十二	46	词无择言	"词"作"词",不作"句"		一作"句",从《御览》改
	47	周乎众碑	"乎"作"胡"		赵云"乎"作"胡",《御览》亦作"胡"
	48	莫非清允	"非清"作"不精"	《御览》作"精"	
	49	其叙事也该而要	"叙"作"序"		
	50	其缀采也雅而泽	"采"作"采","也"作"已"	(采)《御览》作"辞"	
	51	自然而至	"而至"作"至矣"	《御览》无"而"字,"至"下有"矣"字	
	52	有慕伯喈	"慕"作"慕",不作"摹"		赵云"慕"作"摹"
	53	辨给足采	作"辞洽之来"		
	54	志在碑诔	"碑诔"作"于碑"		赵云作"志在于碑",无"诔"字
	55	温王郄庾	"郄"作"郗"	唐写本"郄"作"郗",《御览》亦作"郗"	
	56	辞多枝杂	"杂"作"离"	《御览》作"离"	
	57	最为辨裁	"裁"下有"矣"字	唐写本有"矣"字,《御览》亦有"矣"字	
	58	夫属碑之体	"夫"字无		
	59	昭纪鸿懿	"昭"作"照"		
	60	此碑之制也	"制"作"致"		铃木云《御览》、敦本"制"作"致"
	61	事光于诔	"光"作"光",不作"先"		

篇名	序号	原文	章锡琛校语	孙蜀丞校语	备 注
诔碑第十二	62	是以勒石赞勋者	"石"作"器"		赵云唐写本作"器"，《御览》亦作"器"
	63	树碑述已者	"已"作"亡"		
哀吊第十三	1	盖不泪之悼	"不泪"作"下流"	（不）明抄本《御览》五九六引作"下"	铃木云《御览》、敦本"不泪"作"下流"
	2	必施夭昏	"夭昏"作"夭昬"		
	3	事均夭横	"横"作"枉"	唐写本"横"作"枉"，《御览》五九六亦作"枉"	
	4	暨汉武封禅	"暨"字无	《御览》无"暨"字	
	5	而霍子侯暴亡	"霍子侯"作"霍嬗"		元作"光病"，曹改；又一本作"霍嬗"
	6	帝伤而作诗	"帝"作"哀"		
	7	亦哀辞之类矣	"矣"作"也"		
	8	及后汉汝阳王亡	"及"上有"降"字，"王"作"主"	"及"上有"降"字，《御览》亦有"降"字	
	9	始变前式	"式"作"式"，不作"戒"		元作"戒"，谢改
	10	然履突鬼门	"履突"作"腹突"		
	11	怪而不辞	"辞"作"辞"，不作"式"	唐写本"辞"作"式"，《御览》亦作"式"	
	12	仙而不哀	"仙"作"僊"		
	13	颇似歌谣	"谣"作"谣"，不作"吟"	明抄本《御览》作"吟"	
	14	亦彷彿乎汉武也	"彷彿"作"髣髴"；"武"作"武"，不作"式"		赵云"武"作"式"

篇名	序号	原文	章锡琛校语	孙蜀丞校语	备 注
哀吊第十三	15	至于苏慎张升	"慎"作"顺"		疑作"顺",铃木云《御览》、敦本作"顺"
	16	虽发其情华	"情"字无	《御览》无"华"字	铃木云敦本无"情"字
	17	而未极心实	"心"作"心",无"其"字	唐写本"心"上有"其"字,《御览》"心"作"其"	
	18	行女一篇	"一"字无		
	19	实踵其美	"踵"作"锺"		赵云"踵"作"锺"
	20	观其虑善辞变	"善"作"赡"	唐写本"善"作"赡",明抄本《御览》亦作"赡"	
	21	情洞悲苦	"悲"作"悲"	唐写本作"哀"	
	22	莫之或继也	"也"字有	唐写本无"也"字	
	23	幼未成德	"德"作"性"	《御览》作"性"	
	24	故誉止于察惠	"誉"作"兴言"	《御览》作"故兴言"	
	25	故悼加乎肤色	作"故悼惜加乎容色"	《御览》作"故悼惜加乎容色"	"悼"字下《御览》有"惜"字,"肤"一作"容"
	26	奢体为辞	"奢体"作"体奢"		
	27	言神至也	"神"下无"之"字	唐写本有"之"字	
	28	以至到为言也	"以"上有"亦"字	《御览》"以"上有"亦"字	
	29	所以不吊矣	"矣"字有	唐写本无"矣"字	
	30	国灾民亡	"民"作"人"		
	31	及晋筑虒台	"虒"作"虎"	《御览》作"虒"	元作"虎",孙改
	32	史赵苏秦	"赵"字有	《御览》有"赵"字	元脱,孙补

续表

篇名	序号	原文	章锡琛校语	孙蜀丞校语	备　注
哀吊第十三	33	虐民构敌	作"害民构怨"	《御览》"虐"作"害"，"敌"作"怨"	
	34	或骄贵而陨身	"而"作"以"	唐写本作"以"	
	35	或狷忿以乖道	"忿以"作"介以"	（以）唐写本作"而"	（忿）《御览》作"介"
	36	或美才而兼累	"美才"作"行美"		赵云"美才"作"行美"
	37	发愤吊屈	"吊"上有"而"字		
	38	体同而事核	"同"作"周"	《御览》作"周"	
	39	及平章要切	"平"作"卒"，"章"下有"意"字	唐写本"平"作"卒"，《御览》亦作"卒"	一作"卒"
	40	扬雄吊屈	"吊"作"序"	明抄本《御览》作"序"	
	41	意深文略	"文略"作"文累"		赵云"文略"作"反骚"
	42	并敏于致语	"于"作"於"，"语"作"诰"	唐写本"语"作"诰"，明抄本《御览》作"诰"	
	43	胡阮之吊夷齐	"胡"上有"故"字		
	44	褒而无闻	"而"上有"丧"字，"闻"作"文"	明抄本《御览》"而"上有"丧"字	
	45	仲宣所制	"制"作"製"		
	46	王子伤其隘	"隘"作"隘"，不作"溢"	明抄本《御览》作"溢"	
	47	各志也	"各"下有"其"字		一本"各"下有"其"字，赵云"各"下有"其"字

篇名	序号	原文	章锡琛校语	孙蜀丞校语	备　注
哀吊第十三	48	序巧而文繁	"序"作"词"	《御览》作"词"	
	49	降斯以下	"以"作"已"		
	50	未有可称者也	"也"作"矣"		
	51	而华辞未造	"未"作"末",不作"末"		铃木云"未","末"字之讹
	52	割析褒贬	"割析"作"析割"		
杂文第十四	1	腴辞云搆	"搆"作"構"	《御览》五百九十作"構"	
	2	扬雄覃思文阅,业深综述,碎文璅语,肇为连珠,其辞虽小而明润矣	无"覃思"至"其辞"十八字	(阅)《御览》作"阁",无下"业深综述"一句,(璅)《御览》作"琐"	《玉海》作"扬雄覃思文阁,碎文璅语,肇为连珠",铃木云《御览》《玉海》"阅"作"阁",《玉海》删"业深综述"四字
	3	凡此三者,文章之枝派	作"此文章之枝流"	《御览》无"凡三者"三字,《唐写本》作"凡此三文",(派)《御览》作"流"	
	4	植义纯正	"植"作"植",不作"指"	唐写本作"指"	
	5	取美于宏壮	"于"字有	《御览》无"于"字	
	6	壮语畋猎	"畋"作"田"	唐写本作"田",《御览》亦作"田"	
	7	甘意摇骨體	"體"作"髓"	唐写本作"髓"	杨云当作"髓"
	8	艳词动魂识	"动"作"洞"	明抄本《御览》作"洞"	
	9	而终之以居正	无"而"字	唐写本无"而"字,《御览》亦无"而"字	

篇名	序号	原文	章锡琛校语	孙蜀丞校语	备　注
杂文第十四	10	子云所谓先骋郑卫之声	无"先""卫""之"三字	唐写本无"先""卫""之"三字，《御览》亦无此三字	
	11	曲终而奏雅者也	"雅"下有"乐"字	《御览》"雅"下有"乐"字	
	12	唯七厉叙贤	"唯"字无；"厉"作"厉"，不作"例"	《御览》无"唯"字，唐写本"厉"作"例"	
	13	自连珠以下	作"自此已后"		
	14	里醜捧心	"醜"作"醜"，不作"配"	《御览》作"醜"	元作"配"，谢改
	15	不关西施之嚬矣	"施"作"子"；"嚬"作"嚬"，不作"鼙"	《御览》作"子"，《御览》作"鼙"	
	16	惟士衡运思，理新文敏	有"思理"二字		赵云无"运""理"二字
	17	而裁章置句	"章置"作"意致"	《御览》作"致"	
	18	岂慕朱仲四寸之璠乎	"朱仲"作"朱仲"，不作"珠中"；"璠"作"璠"	《御览》作"璠"	
	19	足使义明而词净	"词"作"辞"		
	20	磊磊自转	"磊磊"作"磊磊"，不作"落落"		赵云作"落落"
史传第十六	1	史者使也，执笔左右	八字有		八字元脱，按胡孝辕本补
	2	使之记也	"记"作"谓"；"也"作"也"，不作"已"		元作"已"，按胡本补
	3	古者	"古"字有		元脱，孙补

篇名	序号	原文	章锡琛校语	孙蜀丞校语	备 注
史传第十六	4	左史记事者，右史记言者	作"左史记言，右史书事"	《御览》六百三引无两"者"字	
	5	言经则尚书，事经则春秋	无两"则"字，"秋"下有"也"字	《御览》无两"则"字，"秋"下有"也"字	
	6	昔者夫子闵王道之缺	"昔者"二字有，"闵"作"慜"		（昔者）二字从《御览》增，黄云冯本无"昔者"，校云"夫子"上《御览》有"昔者"二字，铃木云诸本皆无"昔者"二字，（闵）《御览》作"慜"
	7	于是就太师以正雅颂	"太"作"大"		
	8	因鲁史以修春秋	"修"作"脩"		
	9	然睿旨存亡幽隐	作"然叡旨幽祕"	《御览》六百四作"然叡旨幽祕"	（存亡）二字衍，黄云冯本"存亡"校云各本衍此二字，功甫本无，此亦误衍，《御览》亦无
	10	丘明同时	"时"作"耻"	《御览》作"耻"	
	11	转受经旨	"受"作"授"		
	12	及至纵横之世	"及"字有		"及"字从《御览》增
	13	盖录而弗叙	"弗叙"作"不序"	《御览》作"不"	
	14	故即简而为名也	"而"字无	《御览》无"而"字	
	15	爰及太史谈	"太"字无	《御览》无"太"字	
	16	甄序帝勣	"勣"作"續"，"續"之误	《御览》作"續"	

篇名	序号	原文	章锡琛校语	孙蜀丞校语	备注
	17	亦宏称也	"也"字有	《御览》有"也"字	元脱，谢补
	18	博雅宏辩之	"宏辩"作"弘辩"		
	19	观司马迁之辞	"司马"二字作"史"	《御览》作"史迁"	
	20	至于宗经矩圣之典	"矩"作"规"	《御览》作"规"	
	21	遗亲攘美之罪	"美"作"善"	《御览》作"善"	
	22	征贿鬻笔之愆	"愆"作"僽"		
	23	袁张所製	"製"作"制"		
	24	偏駮不伦	"駮"作"駁"		
	25	疏谬少信	"疏"作"疎"		
史传第十六	26	若司马彪之详实	"若"字有		"若"字从《御览》增
	27	记传互出	"记"作"记"，不作"纪"；"互"作"并"	《御览》作"并"	
	28	或疏阔寡要	"或"字有	《御览》有"或"字	元脱，谢补
	29	唯陈寿三志	"唯"作"惟"		
	30	以审正得序	"得"作"明"		《御览》作"明"
	31	按春秋经传	"按"作"案"		
	32	举例发凡	"凡"作"目"	明抄本《御览》引"凡"作"目"	
	33	自《史》《汉》以下	"自"字无	《御览》无"自"字	
	34	莫有准的	"有"作"不"		
	35	至邓璨晋纪	"璨"作"粲"	《御览》作"粲"	
	36	又摆落汉魏	"摆落"作"摆落"，不作"撮略"	明抄本《御览》作"摆落"	一作"撮略"，从《御览》改

续表

篇名	序号	原文	章锡琛校语	孙蜀丞校语	备 注
史传第十六	37	虽湘川曲学	"川"作"川"，不作"州"		铃木云诸本"川"作"州"
	38	亦有心典谟	"心"下有"放"字	《御览》有"放"字	
	39	及安国立例	"安"作"安"	《御览》有"安"字	元作"交"，朱改
	40	然纪传为式	"纪传"作"传记"，"记"误"讬"	《御览》作"传记"	
	41	编年缀事	"缀"作"经"	明抄本《御览》"缀"作"经"	
	42	文非泛论	"泛"作"记"	明抄本《御览》"泛"作"纪"	
	43	岁远则同异难密	"同异"作"周曲"		
	44	斯固总会之为难也	"会"作"合"	明抄本《御览》作"合"	黄云冯本校云"总会"《御览》作"脁合"
	45	而数人分功	"而"字无	《御览》无"而"字	
	46	两记则失于复重	"记"作"纪"		
	47	偏举则病于不周	"病"作"漏"	《御览》作"漏"	
	48	故张衡摘史班之舛滥	"摘"作"摘"		
	49	皆此类也	"此"字无		
	50	公羊高云	"高"作"皋"	明抄本《御览》作"皋"	
	51	传闻异辞	"辞"作"词"		
	52	莫顾实理	"实理"作"理实"	《御览》作"理实"	

续表

篇名	序号	原文	章锡琛校语	孙蜀丞校语	备 注
史传第十六	53	于是弃同即异	"棄"作"弃"		
	54	我书则傳	"傳"作"博"	《御览》作"博"	
	55	至于记编同时	"记"作"记",不作"纪"	《御览》作"纪"	
	56	时同多诡	"时"字有	《御览》有"时"字	元脱,胡补
	57	迍败之士	"迍败"作"屯贬"	《御览》作"屯"	
	58	虽令德而常嗤	"常嗤"作"蚩埋"	《御览》无"常"字、"欲"字,"嗤理"作"蚩埋"	(理欲)二字衍
	59	理欲吹霜煦露	"理欲"二字无		
	60	此又同时之枉	"枉"下有"论"字	明抄本《御览》"枉"下有"论"字	
	61	可为叹息者也	"为"字有		"为"字从《御览》改
	62	故述远则诬矫如彼	"故"作"故",不作"欲"	《御览》作"故"	元作"欲",朱改
	63	记近则回邪如此	"记"作"略"	明抄本《御览》作"略"	
	64	唯素臣乎	作"唯懿上心乎"	《御览》作"懿上心"三字	(臣)元作"心",今改
论说第十八	1	论者伦也,伦理无爽	"伦也"二字无;"理"作"理",不作"礼"	明抄本《御览》作"礼"	"无爽"元作"有无"
	2	则圣意不坠	"则"字有;"坠"作"坠",不作"堕"	《御览》五九五引作"则圣意不堕"	"圣"字上无"则"字,从《御览》改
	3	故仰其经目	"仰"作"抑"		
	4	论也者	"也"字无	《御览》无"也"字	
	5	而研精一理者也	"精"字有,无"者"字	《御览》有"精"字	(精)元脱,朱补

续表

篇名	序号	原文	章锡琛校语	孙蜀丞校语	备 注
论说第十八	6	至石渠论艺	"至"下有"如"字，"艺"作"薮"	《御览》有"于"字	
	7	白虎通讲	"通"字无	明抄本《御览》"通讲"作"讲聚"	
	8	聚述圣言通经	言"字无	《御览》无"聚""言"二字	
	9	乃班彪王命	"乃"作"及"		
	10	严尤三将	"尤"作"左"	明抄本《御览》作"左"	（尤）元作"允"，朱改
	11	何晏之徒	"何"上有"而"字		
	12	始盛元论	"元"作"玄"		
	13	与尼父争途矣	"途"作"塗"		
	14	仲宣之去代	"代"作"伐"	明抄本《御览》作"伐"	
	15	太初之本元	"元"作"玄"		黄云活字本作"玄"
	16	锋颖精密	"颖"作"颖"		
	17	盖人伦之英也	"人伦"二字作"论"	《御览》引作"盖论之英也"	铃木云《御览》《玉海》 "人伦"作"论"一字
	18	至如李康运命	"如"作"乃"		
	19	陆机辨亡	"亡"作"亡"，不作"正"		元作"正"，谢改
	20	然亦其美矣	"矣"作"哉"	明抄本《御览》作"哉"	
	21	所以辨正然否	"辨"作"辩"		

篇名	序号	原文	章锡琛校语	孙蜀丞校语	备注
论说第十八	22	穷于有数，追于无形	两"于"字并作"於"	《御览》"于"作"及"	两"于"字从汪本改，铃木云嘉靖本作"穷有数，追无形"，梅本冈本无两"于"字，"追"下有"究"字
	23	迹坚求通	"迹"作"钻"	《御览》作"钻"	一作"钻"
	24	辞忌枝碎	"辞"作"词"，"碎"下有"也"字	《御览》有"也"字	
	25	辞共心密	"辞"作"词"		
	26	斯其要也	"斯"作"斯"，不作"期"	明抄本《御览》作"期"	
	27	是以论如析薪	"如"作"譬"	《御览》作"譬"	《御览》作"辟"
	28	辞辨者反义而取通	"辞"作"词"		
	29	而检跡如妄	"跡如"作"迹知"	《御览》作"知"	顾云当作"知"
诏策第十九	1	皇帝御寓	"御寓"作"驭寓"	《御览》五九三引作"驭"	（寓）黄云冯本作"寓"
	2	渊嘿黼扆	"黼"作"负"	《御览》作"负"	
	3	唯诏策乎	"唯"上有"其"字	《御览》"唯"上有"其"字	
	4	其在三代	"代"作"王"	《御览》"代"作"王"	
	5	誓以训戎	"训戎"作"训诫"	《御览》作"诫"	
	6	并称曰令，令者使也	两"令"字并作"命"		铃木云王本同，嘉靖本梅本下"令"字作"命"，《御览》两"令"字并作"命"，闵本冈本张本同

续表

篇名	序号	原文	章锡琛校语	孙蜀丞校语	备　注
诏策第十九	7	汉初定仪则，则命有四品	作"汉初定仪，则有四品"	《御览》"则"字不重，无"命"字	疑衍一"则"字，以"定仪"为读
	8	四曰戒敕	"敕"作"勑"，下同	《御览》"敕"并作"勑"	
	9	敕戒州部	作"勑戒州郡"		铃木云《御览》作"郡"，嘉靖本作"邦"
	10	诏诰百官	"诰"作"告"		
	11	制施敕命	"敕命"作"敕令"	《御览》作"勑令"	
	12	诏体浮新	"新"作"杂"	《御览》作"杂"	
	13	文同训典	"训典"作"典训"		
	14	劝戒渊雅	"劝"作"劝"，不作"观"		元作"观"，谢改
	15	逮光武拨乱	"逮"作"及"	《御览》作"及"	
	16	留意斯文	"斯文"作"词采"	《御览》作"词采"	
	17	暨明帝崇学	"帝"作"章"		铃木云《御览》"帝"作"章"
	18	雅诏间出	"雅"作"雅"，不作"惟"		元作"惟"，朱改
	19	安和政弛	"安和"作"和安"，"弛"作"**弛**"		铃木云《御览》作"和安"，"弛"作"**弛**"
	20	卫觊禅诰	"觊"作"觊"	《御览》作"觊"	元作"凯"，孙改，顾校作"觊"
	21	符命炳耀	"命"作"采"	《御览》作"采"	
	22	弗可加已	作"不可加也"	《御览》"弗"作"不"，"已"作"也"	
	23	自魏晋诰策	"诰策"作"策诰"	《御览》作"诏策"	

续表

篇名	序号	原文	章锡琛校语	孙蜀丞校语	备　注
诏策第十九	24	互管斯任	"互管"作"管于"	《御览》作"管于"	
	25	施命发号	"命"作"令"	《御览》作"令"	
	26	魏文帝下诏	作"魏文以下"	《御览》作"魏文以下"	
	27	辞义多伟	"辞"作"词"		
	28	故引入中书	"入"字有		元脱，朱按《御览》补
	29	自斯以后	"以"作"已"		
	30	体宪风流矣	"宪"作"宪"，不作"虑"	《御览》作"宪"	元作"虑"，朱改
	31	则义炳重离之辉	"辉"作"晖"		
	32	则气含风雨之润	"风"作"云"	《御览》作"云"	
	33	治戎燮伐	作"启戎燮伐"	《御览》作"启"	
	34	则声有洊雷之威	"有"作"存"		
	35	明罚敕法	"罚"作"诏"		
	36	则辞有秋霜之烈	"辞"作"词"		
	37	当指事而语	"语"作"语"，不作"诰"		一作"诰"，从《御览》改
	38	在三罔极	"罔"作"同"	《御览》作"罔"	元作"同"，许改
	39	汉高祖之敕太子	"祖"字无	《御览》无"祖"字	
	40	及马援已下	"已"作"以"		
	41	足称母师也	"也"作"矣"		
	42	教者效也	"效"作"傚"	《御览》"效"作"傚"	

篇名	序号	原文	章锡琛校语	孙蜀丞校语	备注
诏策第十九	43	言出而民效也	"效"作"劾"	《御览》"效"作"劾"	
	44	契敷五教	此句无	《御览》无此四字	
	45	昔郑弘之守南阳	"弘"作"弘",不作"宏"	《御览》作"宏"	
	46	文教丽而罕于理	"于理"二字作"施"	《御览》"罕"下有"施"字	
	47	若诸葛孔明之详约	"约"作"酌"		
	48	并理得而辞中	"辞"作"词"		
	49	教之善也	"教"作"教",不作"辞"		一作"辞",从《御览》改
檄移第二十	1	昔有虞始戒于国	"虞"下有"氏"字		铃木云《御览》"虞"下有"氏"字
	2	周将交刃而誓之	"而"字无		
	3	古有威让之令	"让"作"让",不作"仪"	明抄本《御览》作"仪"	
	4	令有文告之辞	"令"字无,"告"作"诰","辞"作"词"	明抄本《御览》五九七引"告"作"诰"	
	5	惧敌弗服	"弗"作"不"	《御览》作"不"	
	6	暴彼昏乱	"暴"作"曝"		
	7	刘献公之所谓告之以文辞	"公"下无"之"字,"辞"作"词"	《御览》无"之"字	
	8	董之以武师者也	"武师"作"武师",不作"师武","也"字无	《御览》作"武师"	元作"师武"
	9	诘苞茅之阙	"诘苞"作"诘菁"	《御览》作"菁"	汪本作"菁"

续表

篇名	序号	原文	章锡琛校语	孙蜀丞校语	备　注
檄移第二十	10	奉辞先路	"辞"作"词"		
	11	檄者，皦也	"皦"作"皦"，不作"皎"	明抄本《御览》作"皎"	
	12	宣露于外	"露"作"布"	《御览》作"布"	
	13	或称露布，播诸视听也	"播"作"布"，上有"露布者，盖露板不封"八字	《御览》作"露布者，盖露板不封，布诸视听也"	
	14	则称恭行天罚	"则"字无		
	15	诸侯御师	"御"作"禦"	《御览》作"禦"	
	16	奉辞伐罪	"辞"作"词"		
	17	亦且厉辞为武	"亦且"作"抑亦"，"辞"作"词"	（且）《御览》作"属"	
	18	使声如衝风所击	"衝"作"衝"，不作"晨"	《御览》作"晨"	元作"衡"
	19	惩其恶稔之时	"惩"作"征"	《御览》作"乘"	
	20	摇奸究之胆	"奸究"作"姦凶"		铃木云《御览》作"姦凶"
	21	订信慎之心	"慎"作"顺"	《御览》作"顺"	
	22	布其三逆	"布"作"布"	《御览》作"布"	元作"有"
	23	而辞切事明	"辞"作"意"		铃木云《御览》作"意"
	24	得檄之体矣	"矣"作"也"		
	25	陈琳之檄豫州	"豫州"二字无	《御览》无"豫州"二字	元脱
	26	壮有骨鲠	"有"作"于"	明抄本《御览》作"于"	
	27	虽奸阉携养	"奸"作"奸"		
	28	章密太甚	"密太"作"实太"		铃木云《御览》"密太"作"实文"

篇名	序号	原文	章锡琛校语	孙蜀丞校语	备　注
檄移第二十	29	然抗辞书衅	"抗辞"作"抗词"	《御览》作"据词"	
	30	皦然露骨矣	作"皦然曝露"	《御览》作"曝露"	（骨）元作"固"，孙改，又一本作"暴露"
	31	敢指曹公之锋，幸哉免袁党之戮也	二句无	《御览》无"敢指"二句	
	32	桓公檄胡	"公"作"温"	《御览》作"温"	
	33	或述此休明，或叙彼苟虐，指天时	作"或述休明，或叙否剥"，下无"则剥"二字	明抄本《御览》作"或述休明，或叙否剥"，《御览》"指"上有"则剥"二字	
	34	算强弱	"算"作"验"		铃木云《御览》作"验"
	35	谲诡以驰旨	"谲诡"作"谲诡"	《御览》作"诡谲"	
	36	炜烨以腾说	"烨"作"晔"		
	37	凡此众条	"条"作"则"	明抄本《御览》作"作"	
	38	莫或违之者也	"之"在"或"上	《御览》"之"在"或"字上	
	39	故其植义飏辞	"辞"作"词"		
	40	气盛而辞断	"辞"作"词"		
	41	无所取才矣	"才"作"才"，不作"材"		铃木云当作"材"
	42	令往而民随者也	"民"作"人"		
	43	有移檄之骨焉	"移檄"作"檄移"		
	44	及刘歆之移太常	此句无		

篇名	序号	原文	章锡琛校语	孙蜀丞校语	备注
檄移第二十	45	辞刚而义辨	"辞"作"词"		
	46	言约而事显	"约"作"简"	《御览》作"简"	
	47	顺命资移	"顺命"作"顺众"	《御览》作"顺众"	
	48	坚同符契	"同"作"明"		元作"用",曹改
	49	意用小异而体义大同	"用"作"用",不作"则";"义"字无,"同"下有"也"字	(用)《御览》作"则",("同"后)《御览》有"也"字	
章表第二十二	1	并陈辞帝庭	"辞"作"词"		
	2	则章表之义也	"则"作"即"	《御览》五九四作"即"	一作"即"
	3	伊尹书诫	"诫"作"戒"	《御览》作"戒"	
	4	又作书以讚	"讚"作"讚",不作"纘"	《御览》作"讚"	元作"纘"
	5	文翰献替	"献替"二字无		
	6	言事于主	"主"作"主",不作"王"		黄云冯本作"王",校云"王"《御览》作"主"
	7	汉定礼仪	作"汉初定制"	鲍本《御览》引同今本,明抄本作"汉初定仪"	
	8	四曰议	"议"上有"駮"字	《御览》有"駮"字	
	9	奏以按劾	"按"作"案"		铃木云《御览》作"案"
	10	表以陈请	"请"作"请",不作"情"	《御览》作"情"	
	11	诗云为章於天	"云"作"云","於"作"于"	《御览》作"曰"	
	12	其在文物	"其在"作"其在",不作"在於"	《御览》作"在於",无"其"字	

篇名	序号	原文	章锡琛校语	孙蜀丞校语	备　注
章表第二十二	13	赤白曰章	"赤白"作"青赤"	《御览》作"青赤"	
	14	表者標也	"標"作"摽"，下同	《御览》作"摽"	
	15	谓德见於仪	"於"作"于"		
	16	章表之目	"章表"作"表章"	《御览》作"表章"	
	17	按七略藝文	"按"作"案"，"藝"作"蓺"		
	18	经国之枢机	"之"字无，"机"作"要"	《御览》无"之"字，（机）作"要"	
	19	盖阙而不篡者	"盖"作"然"		
	20	而在职司也	"而"作"布"	《御览》作"布"	
	21	左雄奏议	"奏"作"表"		铃木云《御览》作"表"
	22	胡广章奏	"奏"作"奏"，不作"表"	明抄本《御览》作"表"	一作"表"
	23	足见其典文之美焉	"之"字无		
	24	昔晋文受册	"晋"字无，"册"作"策"	《御览》作"策"	
	25	三辞从命	"辞"字有	《御览》有"辞"字	元脱，朱补
	26	曹公称为表不必三让	"为"作"表"，"必"作"止"	明抄本《御览》作"止"	黄本、活字本、汪本作"止"
	27	所以魏初表章	"表章"作"章表"	《御览》作"章表"	
	28	则未足美矣	"美"字无	明抄本《御览》无"美"字	
	29	至于文举之荐祢衡	"至于"二字作"如"		
	30	志尽文畅	"畅"作"壮"	《御览》作"壮"	

篇名	序号	原文	章锡琛校语	孙蜀丞校语	备 注
章表第二十二	31	应物掣巧	"掣"作"製"	《御览》作"製"	一作"製"
	32	逮晋初笔札	"逮"作"迨"	《御览》作"迨"	
	33	则张华为隽	"隽"作"儁"		
	34	理周辞要	"周"作"同"		
	35	世珍鹪鹩,莫顾章表	二句无	《御览》无此二句	
	36	信美于往载	"载"作"载",不作"册"		一作"册"
	37	序志显类	"显"作"联"	《御览》作"联"	
	38	张骏自序	"骏"作"駿","序"作"叙"	明抄本《御览》作"駿"	
	39	原夫章表之为用也	"之"作"之",不作"文";"也"字无	《御览》无"也"字	(之)元作"文",谢改
	40	昭明心曲	"昭"作"照"		
	41	表以致禁	"禁"作"策"	《御览》作"策"	
	42	以章为本者也	"章"作"文"	《御览》作"文"	元脱,一作"文"
	43	使要而非略	"要"作"典"		铃木云《御览》作"典"
	44	表体多包	"包"作"苞"	《御览》作"苞"	
	45	情伪屡迁	"伪"作"位"		
	46	清文以驰其丽	"驰"作"驱"	《御览》作"驱"	
	47	然恳恻者辞为心使	"恻"作"侧",不作"悢"		元作"悢"
	48	浮侈者情为文使	"文使"作"文出"	《御览》作"屈",下有"必使"二字	(文)元作"出",一作"情为文屈"
	49	繁约得正	上有"必使"二字		
	50	盖一辞意也	"一"作"一",不作"以"		一作"以"

续表

篇名	序号	原文	章锡琛校语	孙蜀丞校语	备　注
奏启第二十三	1	昔唐虞之臣	"唐虞"作"陶唐"		铃木云《御览》作"陶唐"
	2	秦汉之辅	"之辅"作"附之"		铃木云《御览》作"附之"
	3	劾愆谬	"愆"作"愆",不作"僭"		一作"僭",黄云冯本"僭"依《御览》校作"愆"
	4	言敷于下	"言"字无	《御览》五九四引有"言"字	元脱,谢补
	5	情进于上也	"于"作"乎"		铃木云《御览》作"乎"
	6	秦始立奏	"始"下有"皇"字	《御览》有"皇"字	
	7	观王绾之奏勋德	"勋"字无		
	8	事略而意迓	"迓"作"诬"	《御览》作"诬"	
	9	政无膏润	"政"作"故"		《御览》作"故"
	10	自汉以来	"以"字无		
	11	晁错之兵事	"事"作"术"	《御览》作"术"	元作"卒",孙改
	12	王吉之观礼	"觀"作"勸"		铃木云《御览》作"勸"
	13	谷永之谏仙	"谏"作"陈"	明抄本《御览》作"陈"	
	14	辞亦通畅	"畅"作"辨"	《御览》作"辨"	一作"达",又作"辨"
	15	后汉群贤	"贤"作"臣"	《御览》作"臣"	
	16	张衡指摘于史職	"職"作"谶"	《御览》作"谶"	
	17	王观教学	"王"作"黄"	《御览》亦作"黄"	元作"黄",从《魏志》改

续表

篇名	序号	原文	章锡琛校语	孙蜀丞校语	备　注
奏启第二十三	18	王朗节省	"朗"作"朗"，不作"郎"	《御览》作"郎"	
	19	甄毅考课	"甄"作"甄"，不作"瓯"		元作"瓯"，朱改
	20	灾屯流移	作"世交屯夷"	《御览》作"世交屯夷"	
	21	温峤恳恻于费役	"恻"作"恻"，不作"切"		一作"切"
	22	若乃按劾之奏	"按"作"案"		铃木云《御览》作"案"
	23	绳愆纠谬	"纠"作"糺"		
	24	秦之御史	"之"作"有"	《御览》作"有"	
	25	总司按劾	"按"作"案"		
	26	故位在鸷击	"鸷"作"鸷"，不作"挚"		一作"挚"
	27	实其奸回	"奸"作"奸"		
	28	名儒之与险士	"险"作"俭"		
	29	若夫傅咸劲直	作"若夫傅咸果劲"	《御览》作"果劲"	
	30	而按辞艰深	"按辞"作"辞案"		
	31	各其志也	"其"作"有"	《御览》作"有"	
	32	而旧准弗差	"弗"作"不"		
	33	然函人欲全	"函"作"甲"		
	34	术在纠恶	"纠"作"糺"		
	35	势必深峭	作"势入刚峭"	《御览》"必深"作"入刚"	
	36	目以豕彘	"豕"作"羊"	《御览》作"羊"	
	37	既其如兹	"兹"作"此"		

续表

篇名	序号	原文	章锡琛校语	孙蜀丞校语	备 注
奏启第二十三	38	是以世人为文	"世人"作"近世"	《御览》作"近世"	
	39	次骨为戾	"次"作"刺"	《御览》作"刺"	
	40	复似善骂	"复"作"覆","骂"作"詈"	《御览》作"詈"	
	41	然后踰垣者折肱	"垣"作"墙"	《御览》作"墙"	
	42	捷径者灭趾	"趾"作"跡"	《御览》作"跡"	黄云冯本"趾"校"跡"
	43	诟病为切哉	"诟"作"诟",不作"诘";"切"作"巧"	《御览》作"巧"	（诟）元作"诘",谢改
	44	总法家之式	"式"作"裁"		铃木云《御览》作"裁"
	45	气流墨中	"流"作"留"		
	46	直方之举耳	"耳"作"也"	《御览》作"也"	一作"也"
	47	取其义也	"取"作"盖"	《御览》作"蓋"	
	48	故两汉无称	"故"作"後"		
	49	至魏国笺记	"笺"作"牋"	《御览》作"牋"	
	50	或云谨启	作"或云谨启",不作"或谨密启"		铃木云嘉靖本梅本冈本作"或谨密启"
	51	必敛饬入规促其音节	"敛饬"下八字无	《御览》无"敛饬"以下八字	（饬）元作"散",黄云活字本汪本作"徹"
	52	辨要轻清	"辨"作"辩"		
议对第二十四	1	周爰谘谋	"谘"作"咨"	《御览》五九五作"咨"	
	2	宅揆之举	"宅"作"百"	《御览》作"百"	
	3	舜畴五人	"人"作"臣"	《御览》作"臣"	一本作"臣"
	4	鲁桓务议	"桓务"作桓预"	明抄本《御览》引作"预"	铃木云《御览》"桓务"作"僖预"

篇名	序号	原文	章锡琛校语	孙蜀丞校语	备 注
	5	而甘龙交辨	"辨"作"辩"	《御览》作"辩"	
	6	迄至有汉	"至"作"至",不作"今"		(至)元作"今"
	7	始立驳议	"驳"并作"駮"	《御览》"驳"并作"駮"	
	8	杂议不纯	"杂"字无	《御览》无"杂"字	
	9	自两汉文明	"文"作"之"		
	10	可谓捷于议也	"也"作"矣"		
	11	至如主父之驳挟弓	"主父"作"主父",不作"吾丘"		当作"吾丘",顾校作"吾丘",铃木云《御览》作"主父"
	12	安国之辨匈奴	"辨"作"辩"		
议对第二十四	13	贾捐之之陈于朱崖	作"贾捐陈于朱崖"	《御览》无两"之"字	顾校作"珠崖"
	14	刘歆之辨于祖宗	"之"字无,"辨"作"辩"	《御览》无"之"字,(辨)作"辩"	
	15	郭躬之议擅诛	"躬"作"躬",不作"芸"	明抄本《御览》作"芸"	
	16	程晓之驳校事	"程"作"程",不作"陈"		元作"陈"
	17	司马芝之议货钱	"芝"作"芸"		
	18	秦秀定贾充之谥	"谥"作"谥"	《御览》作"谥"	元作"谧"
	19	然仲瑗博古	"瑗"作"援"		
	20	而铨贯有叙	"而"字无,"有"作"以"	《御览》作"以"	
	21	及陆机断议	"断"字无		
	22	亦有锋颖	"颖"作"颖"		铃木云黄氏元本作"颖"

篇名	序号	原文	章锡琛校语	孙蜀丞校语	备　注
议对第二十四	23	而谀辞弗剪	"谀"作"腴","弗"作"不"	《御览》作"腴"	
	24	亦各有美	"各有"作"有其"		铃木云《御览》作"有其"
	25	弛张治术	"弛"作"施"		
	26	採故实于前代	"採故"作"顾事"	《御览》作"采事"	
	27	观通变于当今	"通变"作"变通"	《御览》作"变通"	
	28	理不谬摇其枝	"摇"作"插"		
	29	又郊祀必洞于礼	"又"字无		黄云冯本"又"校云《御览》作"其",又云嘉靖癸卯本亦作"又"
	30	戎事必练于兵	"必"作"宜"	《御览》作"宜"	一作"要",又作"宜"
	31	田穀先晓于农	"田"作"田",不作"佃"		一作"佃"
	32	文以辨洁为能	"辨"作"辩"		
	33	不以深隐为奇	"深"作"環"		铃木云《御览》作"環"
	34	支离構辞	"構"作"搆"		
	35	空骋其华	"空"上无"苟"字		铃木云梅本闵本"空"上有"苟"字
	36	亦为游辞所埋矣	"游"作"浮"	《御览》作"浮"	
	37	从文衣之媵	下无"者"字		一本下有"者"字,顾校有"者"字
	38	楚珠鬻郑	作"楚鬻珠于郑"		

续表

篇名	序号	原文	章锡琛校语	孙蜀丞校语	备 注
议对第二十四	39	末胜其本	"其"上有"于"字		
	40	复在于兹矣	"在"作"存"		铃木云《御览》作"存"
书记第二十五	1	总为之书	"之"作"之",不作"尚"		一作"尚"
	2	书之为体	"书"上无"尚"字		铃木云诸本"书"上有"尚"字
	3	君子小人见矣	"见"上无"可"字		铃木云诸本"见"上有"可"字
	4	陈之简牍	"陈"作"染"	明抄本《御览》五九五作"染"	
	5	取象於夬	"於"作"乎"		
	6	书介弥盛	"介"作"令"	《御览》五九五作"令"	
	7	子家与赵宣以书	"与"作"吊"	明抄本《御览》作"吊"	
	8	巫臣之遗子反	"遗"作"责"		
	9	又子服敬叔进吊书于滕君	"滕"作"滕",不作"知"	明抄本《御览》作"知"	
	10	固知行人挈辞	"固"作"故","挈"作"絜"	明抄本《御览》作"絜"	
	11	多被翰墨矣	"矣"字无		
	12	诡丽辐辏	"辏"作"凑"		顾校作"凑"
	13	辞气纷纭	"气"作"音"	《御览》作"旨"	
	14	东方朔之难公孙	"朔"字无,"难"作"谒"	《御览》无"朔"字,明抄本《御览》作"谒"	
	15	各含殊采	"殊"作"珠"		

篇名	序号	原文	章锡琛校语	孙蜀丞校语	备　注
书记第二十五	16	留意词翰	"词翰"作"翰辞"		
	17	赵至叙离	"至叙"作"壹赠"	（至）明抄本《御览》作"壹"，（叙）《御览》作"赠"，顾校亦作"赠"	（叙）元作"赠"，王性凝改
	18	迺少年之激切也	"迺"作"乃"，"切"作"昂"		
	19	斯又尺牍之偏才也	作"斯皆尺牍之文也"	明抄本《御览》"偏才"二字作"文"	
	20	详总书体	"总"作"诸"	《御览》作"诸"	
	21	言以散郁陶	"言"作"所"	《御览》作"所"	
	22	詫风采	"詫"作"詠"	《御览》作"詠"	
	23	故宜涤畅以任气	"故"作"固"，"畅"作"荡"	《御览》作"固"	（涤畅）《御览》作"涤荡"
	24	优柔以怿怀	"柔"作"游"	《御览》作"游"	
	25	战国以前	作"自战国已前"	《御览》"战"上有"自"字	
	26	其义美矣	作"其辞义美哉"	《御览》作"其辞义美哉"	
	27	而郡将奏牍	作"而郡将奉牍也"		铃木云《御览》"奏"作"奉"，"牍"下有"也"字
	28	表识其情也	"表识"作"识表"	《御览》作"识表"	
	29	崔寔奏记于公府	"寔"作"寔"		
	30	黄香奏牍于江夏	"奏"作"奉"	明抄本《御览》作"奉"	
	31	丽而规益	"丽"上有"文"字		

篇名	序号	原文	章锡琛校语	孙蜀丞校语	备 注
	32	子恒弗论	"弗"作"不"		
	33	陆机自理	"理"作"叙"	《御览》作"叙"	
	34	贱之为善者也	"为"字无	《御览》无"为"字	
	35	清美以惠其才	"美"作"靡"	《御览》作"靡"	
	36	盖贱记之分也	"贱"作"笺"		
	37	符者孚也	"孚"作"孚",不作"厚"		元作"厚",谢改
	38	易以书翰矣	"易"作"代"		
	39	负贩记缯	"贩"作"贩",不作"版";"记缯"二字无	《御览》作"版"	
书记第二十五	40	其遗风欤	"欤"作"也"	《御览》作"也"	
	41	字形半分	"字"作"自"		
	42	则券之楷也	"则"作"则",不作"败";"楷"作"谐"	《御览》"则"作"败","楷"作"谐"	
	43	短简编牒,如叶在枝	作"如叶在枝也,短简为牒"		(短简编牒)铃木云《御览》无此四字
	44	温舒截蒲,即其事也	二句无		
	45	议政未定	"政"作"事"		铃木云《御览》"议"上有"短简为牒"四字,"政"作"事"
	46	故短牒咨谋	"咨"作"谘"		
	47	谓之为籤	"为"字无		

篇名	序号	原文	章锡琛校语	孙蜀丞校语	备 注
神思第二十六	1	意翻空而易奇	"翻"作"飜"		
	2	是以临篇缀虑	"虑"作"翰"		
	3	理郁者苦贫	"苦"作"始"		
	4	然则博见为馈贫之粮	"见"作"见",不作"闻"		一作"闻",黄云《御览》作"见"
风骨第二十八	1	而翾翥百步	"翾"作"翔"	《御览》五八五作"翔"	
	2	鹰隼乏采	"乏"作"无"	《御览》作"无"	
	3	有似于此	"于"作"於"		
	4	唯藻耀而高翔	"唯"作"若","耀"作"曜"	《御览》作"若"	
	5	固文笔之鸣凤也	"笔"作"章"	《御览》作"章"	
定势第三十	1	功在铨别	"功"作"功",不作"切"		一作"切",从《御览》改
	2	则准的乎典雅	"典雅"作"典雅",不作"雅颂"		一作"雅颂",从《御览》改
	3	则师范于核要	"师"作"轨"	《御览》五八五作"轨"	
	4	则体制于宏深	"宏"作"弘"		
	5	则从事于巧艳	"巧"作"功"		
	6	此循体而成势	"循体"作"脩体"		黄云冯本校云"循体"《御览》作"脩本"

续表

篇名	序号	原文	章锡琛校语	孙蜀丞校语	备 注
事类第三十八	1	夫薑桂同地	"同"作"因"	《御览》五八五作"因"	
	2	文章由学	"由"作"泏"		
	3	能在天资	"天资"作"天才",不作"才资"	明抄本《御览》作"才资"	
	4	才自内发	上有"故"字		铃木云《御览》"才"上有"故"字
	5	此内外之殊分也	"分"作"分",不作"方"	明抄本《御览》作"贫"	《御览》作"方",顾校作"方"。铃木云《御览》作"分",不作"方"
	6	是以属意立文	"立"作"於"	《御览》作"於"	
	7	主佐合德	"主佐"二字无;"德"作"德",不作"得"	《御览》无"主佐"二字,"德"作"得";明抄本《御览》亦无"主佐"二字,"德"作"缕"	
指瑕第四十一	1	群才之俊也	"俊"作"儁"		
	2	浮轻有似于胡蝶	"浮轻"作"轻浮","胡"作"蝴"		
	3	永蛰颇疑于昆虫	"疑"作"拟"		
	4	岂其当乎	作"不其蛊乎"		(其)顾校作"有"

续表

篇名	序号	原文	章锡琛校语	孙蜀丞校语	备注
附会第四十三	1	才最学文	"最"作"童"		
	2	宜正体製	"製"作"制"		
	3	事义为骨髓	"髓"作"骾"		铃木云《御览》作"骾"
	4	然后品藻元黄	"元"作"玄"		黄云冯本作"玄"
	5	夫文变多方	"多"作"无"		汪本作"无"
	6	率故多尤	"率"作"变"		铃木云《御览》作"变"
	7	需为事贼	"需"作"而"，"贼"作"贱"		
	8	或尺接以寸附	"尺"作"尺"，不作"片"		一作"片"
	9	夫能悬识腠理	"腠"作"凑"		
	10	然后节文自会	"节文"作"节文"，不作"文节"		一作"文节"
	11	豆之合黄矣	"豆"作"石"，"黄"作"玉"	《御览》五八五"豆"作"石"，"黄"作"玉"	
	12	并驾齐驱而一毂统辐	此句无		
	13	昔张汤拟奏而再却	"拟"作"疑"		铃木云嘉靖本梅本冈本作"疑"
	14	并理事之不明	"理事"作"事理"		铃木云《御览》作"事理"
	15	而词旨之失调也	"词"作"辞"		

续表

篇名	序号	原文	章锡琛校语	孙蜀丞校语	备 注
序志第五十	1	齿在踰立	"踰"作"逾"		
	2	则尝夜梦执丹漆之礼器	"则"字无		铃木云《梁书》无"则"字
	3	旦而寤洒怡然而喜	作"寤而喜曰"		铃木云《御览》无"旦而洒怡然"五字
	4	大哉圣人之难见哉	"哉"作"也"		铃木云《梁书》、《御览》、嘉靖本、冈本、冈本"哉"作"也"
	5	自生人以来	"人以"作"灵已"		铃木云《御览》作"灵"
	6	宏之已精	"宏"作"弘"		铃木云《梁书》、《御览》、梅本作"弘"
	7	就有深解未足立家	二句无		铃木云《御览》无此二句
	8	实经典枝条	作"实经典之枝条"		
	9	五礼资之以成	下有"文"字		铃木云《御览》"成"下有"文"字
	10	六典因之致用	"之"下有"以"字		铃木云《御览》有"以"字
	11	於是搦笔和墨	"於"作"由"		

第四章

人民文学出版社本《文心雕龙注》

　　范文澜本人对其《文心雕龙注》的修订，至开明书店本已告结束，因此开明书店本也可以说是范老本人修订的定本。从开明书店本到人民文学出版社本，表面看没有什么变化，以致有人认为："这两个重印本内容照旧，编辑部仅在文字上作了若干校订。"① 实际上，这两个本子之间的变化还是很大的，修订的内容也颇多，只不过修订者并非范老本人。

　　20世纪50年代初期，人民文学出版社拟再版范文澜的《文心雕龙注》，并想请他写一篇前言。"不想范文澜却不愿意这样做，说这本书是原先的范文澜写的，原先的范文澜已经死了，现在活着的是另一个范文澜，怎么能由我再写一篇前言呢?"② 范老认为那是他"以追踪乾嘉老辈""为全部生活的惟一目标"时期的"旧我"之"旧作"，不值一提! 这种"不惜以今日之我否定昔日之我"的崇高精神和革命情怀，充分显示了范老的高风亮节! 后经再三劝说，范老同意再版其《文心雕龙注》，但认为需要校订注文。1954年7月13日，人民文学出版社致函范老，据已公开的人民文学出版社档案材料"编收字第7028号（1954年7月15日）"，范老回复曰：

　　人民文学出版社总编辑室：
　　　　七月十三日发字第3050号函收悉。
　　　　关于重印拙著《文心雕龙注》一节，我可以同意。惟该书的注文需要校订，以期减少讹字。你处是否存有原书? 请寄给我一部以便校订。因为

---

① 王运熙. 范文澜早期著作［N］. 文汇读书周报，2001-08-11. 详参李平. 也谈范文澜早期著作《文心雕龙注》［J］. 学术界，2003（4）：101-104.

② 陈其泰. 范文澜学术思想评传［M］. 北京：北京图书馆出版社，2000：143-144.

原书我这里已找不到了。

　　此复，致

敬礼

范文澜

七月十四 ①

　　不过，20 世纪 50 年代，范老一直忙于《中国通史简编》《中国近代史上编》的修订再版和《中国近代史资料丛刊》的编辑出版之事。因此，《文心雕龙注》此次再版的校订工作是他请人代做的。林甘泉回忆说："1950 年人民文学出版社再版此书时，曾商请作者校订并撰写序言。范老请当时在近代史所工作的老友金毓黻先生找了一位老先生王寿彭核对引文，详细核阅，但没有同意写序而只题写了书名，以示新版经过作者同意。范老很少题字，这是惟一的一部自题书名的旧著。遗憾的是，1998 年，人民文学出版社再印此书时，竟将著者的题签撤掉，另换了别人的题字。"②可见，范老让老友金毓黻找到王寿彭老先生所代做的工作主要是"核对引文"，他本人对此书的再版并未做什么校订工作。而人民文学出版社 1958 年版的《文心雕龙注》，较之开明书店本有较大的增删损益。这一点，王利器签署的"审稿意见"可以为证：

　　稿名：文心雕龙注　　　　　　　　著译者：范文澜

　　范老此注，颇为详备，足可为阅读《文心》一书之助。原书初印时，尚还存在一些错误，今经范老请人逐一校对，并经我们全部核查，改正了存在的一些错误，并补充了一些注文，经将我们所提出意见，交与范老复审，他都同意修改；惟范老强调修改条数必须修改人署名，他认为不如此便存在了剥削意识；经与范老解释，并取得赵老同意，仍将修改条文，以不署名式，随文列入范老注解之中。

　　此书经这次整理，大约删去旧注约一百二十处，改正旧注约三百处，

---

① 全国古籍整理出版规划领导小组办公室. 功在千秋的事业——新中国古籍整理出版成就［M］. 北京：中华书局，2003：67.

② 林甘泉等. 高山仰止　景行行止——《范文澜全集》编余琐记［N］. 中国社会科学院院报，2004-01-13. 另，1958 年再版的范文澜《文心雕龙注》是作为"中国古典文学理论批评丛刊"之一出版的，1962 年重印时已改为郭绍虞、罗根泽主编的"中国古典文学理论批评专著选辑"之一，但保留了范老题签的书名，至 1978 年重印时已将范老题签的书名换掉。

213

增入约一百六十处，乙正约二十处，较之旧印本是肃清了不少错误，可以重印出版。

王利器　1955 年 10 月 19 日①

那么，这些修订工作是由谁来做的呢？王利器的《我与〈文心雕龙〉》一文给我们提供了线索。据王利器回忆，20 世纪 50 年代他在文学古籍刊行社（后并入人民文学出版社）工作时，曾担任范文澜《文心雕龙注》重版的责任编辑。他说：开始范老不同意重印这部书，认为是"少作"，存在不少问题。他则表示这次做责任编辑，一定尽力把工作做好。在整理过程中，他订补了 500 多条注文，交范老审定时，范老完全同意，并提出："你订补了这么多条文，著者应署我们两人的名字才行。"王利器认为这是责任编辑应当做的分内工作，所以不同意署他的名字。而在他自己的《文心雕龙校证》一书中，他订补的 500 余条注文均未采用②。这一段学坛佳话并不为多少人所知，即使在"龙学"界也很少为人所知。相反，人们一直以为范注从开明书店本到人民文学本的修订工作就是范老本人做的，而"编辑部仅在文字上作了若干校订"。但是，500 多条订补仅在数量上也是相当可观的，完全能与李详的《文心雕龙补注》相比。笔者曾将范注开明书店本与人民文学本放在一起比勘对照，发现两者差别确实不小，除了一些简单的字句正误外，重要的订补也不少。当然，王利器对范注的订补也还存在一些问题。

第一节　王氏订补分类柬释

王利器对范注的 500 余条订补，大致可以分为增补、订误、完善、厘正四类，现择其要者分类柬释如下：

一、增补

范注以字句校雠之严谨，典故引证之详细，赢得了学界的一致好评。范注

①　全国古籍整理出版规划领导小组办公室. 功在千秋的事业——新中国古籍整理出版成就 [M]. 北京：中华书局，2003：67.

②　王利器. 王利器学述 [M]. 杭州：浙江人民出版社，1999：222-223.

校字除正文夹校外，尚有 297 条注涉及校字。通过如此大量的字句校勘，范注对《文心雕龙》原文进行了有效的勘误订正、疏通清理工作，在很大程度上使今本《文心》通畅可读。另外，范注以典故征引为主，对《文心雕龙》做了全面详细的用典考证，提供了丰富翔实的语源材料，为读者正确理解原文含义打下了坚实的基础。尽管如此，遗珠之憾也时或有之。对此，王利器在可能的范围内做了增补。

1. 增补校字

《诔碑》赞曰"颓影岂忒"。"忒"唐写本作"戢"。王利器补注："案唐写本作'戢'是，本赞纯用缉韵，若作'忒'则失韵。《礼记·缁衣》'其仪不忒'，《释文》'忒一作貣'，而貣俗文又作貳，与'戢'形近，故'戢'初误为'貳'，继又误为'忒'也。"① 这就以用韵为理由，证明了唐写本是。检杨明照《拾遗》对此句的校勘与王说完全相同。《隐秀》："并思合而自逢，非研虑之所求也。""求"，黄校："元作'果'，谢改。"王利器补注："案'果'疑'课'字坏文，本书《才略篇》'多役才而不课学。'即与此同义。陆机《文赋》'课虚无以责有，叩寂寞而求音。'则'课'亦有责求义，谢氏臆改非是。"《附会》："夫才量学文，宜正体制。必情志为神明，事义为骨髓。""髓"《御览》作"鲠"。王利器补注："案《御览》五八五引'骨髓'作'骨鲠'，是。本书《辨骚篇》：'骨鲠所树，肌肤所附。'亦是以骨鲠与肌肤对言。"又，本篇"夫文变多方"，"多方"汪本作"无方"。王利器补注："案《御览》五八五引'多方'作'无方'，与汪本同，本书《通变篇》'变文之数无方。'文与此正同，疑作'无方'为是。"《才略》："然自卿渊已前，多俊才而不课学。"王利器补注："案《史通·杂语下》引'俊才'作'役才'，是。"②

以上利用本校和他校法判定是非，确立正字。其所校字句，大多理由充分，论证有力，故为人所从。

2. 增补出典

《正纬》赞曰："荣河温洛，是孕图纬。神宝藏用，理隐文贵。世历二汉，朱紫腾沸。芟夷谲诡，糅其雕蔚。"开明书店本于"荣河温洛，是孕图纬"句后标注［28］，于"芟夷谲诡，糅其雕蔚"句后标注［29］，然均有注无文。王利

① 范文澜．文心雕龙注：上册［M］．北京：人民文学出版社，1958：230.
② 范文澜．文心雕龙注：下册［M］．北京：人民文学出版社，1958：634，653，654，707.

器于注［28］后补注文："《易乾凿度》'帝盛德之应，洛水先温，六日乃寒。'"另，此补注当移至注［27］后，并在注文"彦和生于齐世……"前补注号［29］。《诸子》赞曰："辨雕万物，智周宇宙。"王利器补注："《庄子·天道篇》'辨虽雕万物不自说也。'此彦和所本。《情采篇》亦引此文。"① 《封禅》："然骨掣靡密，辞贯圆通，自称极思，无遗力矣。典引所叙，雅有懿乎。"范注曰："《章表篇》'应物掣巧'，《御览》作'制'是也。此骨掣之'掣'亦当作'制'。雅有懿乎，纪评云：'乎当作采。'"② 此注文显然是解释上引原文的，然开明书店本却将其误入注［17］后，而注［17］则是解释"班固典引"的，这样注文与原文就不统一了。为此，王利器在上引原文后补注［18］，将上引范注归入并补充曰："案纪说是，本书《杂文篇》'班固宾戏，含懿采之华。'亦以懿采评班文。《时序篇》亦有鸿风懿采之文。"《书记》"丧言亦不及文"，王利器补注："《孝经·孝亲章》'孝之子丧亲也，言不文。'本书《情采篇》'孝经垂典，丧言不文。''文'原作'交'，误。"③ 此条增补兼及出典与校字。《孝亲章》当作《丧亲章》。

以上增补虽本着"补苴昔贤遗漏"的目的，但对完善范注却有着重要的意义。

二、订误

范注以黄叔琳注本为基础，充分吸收前人的校注成果，并参以近人在《文心雕龙》研究上的最新创获，在名物训诂、故实征引方面确有总结前人之功。但是，不可否认，范注也还存在一些明显的不足之处，如引文不够精确，判断有失武断等。王利器在为范注重版做责编时，对其中的讹误及不足之处做了大量的订正。这里择其要者示例说明。

1. 订正引文之误

范注引书虽注篇名，但引文有时不能准确说明原文，且与原书有出入。如《铭箴》有言："仲尼革容于欹器，则先圣鉴戒，其来久矣。"开明书店本引《荀子·宥坐篇》注之："孔子观于鲁桓公之庙（《说苑·敬慎篇》作周庙），有欹器焉。孔子问于守庙者曰：'此为何器?'守庙者曰：'此盖为宥坐之器。'

① 范文澜. 文心雕龙注：上册［M］. 北京：人民文学出版社，1958：45，326.
② 范文澜. 文心雕龙注：卷5［M］. 上海：开明书店，1936：9.
③ 范文澜. 文心雕龙注：下册［M］. 北京：人民文学出版社，1958：405，490.

（《敬慎》作右坐之器）孔子曰：'吾闻宥坐之器者，虚则欹，中则正，满则覆。'……孔子喟然而叹曰：'吁，恶有满而不覆者哉！'"杨琼注曰："宥与右同，言人君可置于座右以为戒也。"① 人民文学本则改引《淮南子·道应篇》注之："孔子观桓公之庙（《说苑·敬慎篇》作周庙），有器焉（《荀子·宥坐篇》作欹器），谓之宥卮。孔子曰：'善哉，予得见此器。'顾曰：'弟子取水。'水至灌之，其中则正，其盈则覆。孔子造然革容曰：'善哉持盈者乎。'"② 孔子观欹器事，互见各书，《荀子》虽为早者，然本篇"革容"二字，则本《淮南子·道应篇》。所以，王利器的订正使引文与原文联系得更加紧密。

黄叔琳注、纪昀评《文心雕龙辑注》本的页眉大多为纪评，然其中亦有少数黄批，引用者往往混淆，文化学社本这种情况特别突出，误黄批为纪评多达15条，开明书店本纠正了10条。对其尚误者，王利器亦予以订正。如《征圣》："故知繁略殊形，隐显异术，抑引随时，变通会适。"黄叔琳曰："繁简隐显，皆本乎经。后来文家，偏有所尚，互相排击，殆未寻其源。"纪评："八字精微，所谓文无定格，要归于是。"开明书店本将黄评与纪评混淆起来，统统谓之纪评。人民文学本对此作了订正。再如《乐府》注［34］、《铭箴》注［15］、《事类》注［10］，开明书店本引"纪评"均系"黄批"之误，人民文学本径直改为"黄叔琳曰"。另，范注以黄叔琳《辑注》为基础，但范注引"黄注"时有不加注明的现象，对此王利器也予以订正。如《宗经》："故子夏叹书，昭昭若日月之明，离离如星辰之行，言昭灼也。"黄叔琳注曰："《尚书大传》'子夏读《书》毕，见于夫子。夫子问焉：子何为于《书》？子夏对曰：《书》之论事也，昭昭如日月之代明，离离若参辰之错行，上有尧舜之道，下有三王之义，商所受于夫子，志之于心，弗敢忘也。"③ 开明书店本引这段话，不出黄注，人民文学本补之。又如《书记》"掩目捕雀"条注，开明书店本注［58］曰："《三国魏志·王粲传》袁绍等欲召外兵，向京城以胁太后，进然之。陈琳谏曰：《易》称'即鹿无虞'（《屯卦》六三），谚有'掩目捕雀'。夫微物尚不可欺以得志，况国之大事，其可以诈立乎！"④ 而这一出典实为黄注引《何进传》所云，故人民文学本注［59］订正曰："黄注'《何进传》……'。"再如《程器》注［6］引《晋书·王戎传》也系黄注，开明书店本不注明黄注，人民文学本补之。

---

① 范文澜．文心雕龙注：卷3［M］．上海：开明书店，1936：4.

② 范文澜．文心雕龙注：上册［M］．北京：人民文学出版社，1958：198.

③ ［清］黄叔琳，纪昀．文心雕龙辑注［M］．北京：中华书局，1957：31，40.

④ 范文澜．文心雕龙注：卷5［M］．上海：开明书店，1936：64.

范注引文虽注篇名，然篇名错误者也不少。如《辨骚》注［14］引屈原《九章·悲回风》："浮江淮而入海兮，从子胥而自适。"开明书店本误为《九章·橘颂》，人民文学本订正为《悲回风》。又如开明书店本《颂赞》注［11］："《汉书·艺文志》有李思《孝景皇帝颂》十五篇。案彦和之意，以孝惠短祚，景帝崇黄老，不喜文学；然《郊祀志》尚称'孝惠二年，使乐府令夏侯宽，备其箫管，更名曰《安世乐》，高庙奏《武德》《文始》《五行》之舞，……孝景采《武德舞》以为《昭德》，以尊太宗庙。'故云亦有述容也。"注中《郊祀志》乃《礼乐志》之误，人民文学本纠之。同篇注［32］："……至于赞之为体，大抵不过一韵数言而止，雄《东方画赞》稍长……"①《东方画赞》当为《东方朔画赞》，乃夏侯湛所作，为当时所重，收入《文选》卷四十七，王利器于人民文学本中正之。再如开明书店本《杂文》注［3］引"《艺文类聚》五十七傅玄《七谟序》曰……"人民文学本正之为"《全晋文》据《艺文类聚》五十七《御览》五百九十辑傅玄《七谟序》曰……"。《史传》"此又同时之枉"下正文夹校引孙云"唐写本《御览》'枉'下有'论'字"，"唐写本"系"明抄本"之误；《诸子》注［9］"《汉志》儒家《孟子》十一窟"，"窟"为"篇"之误；《神思》注［21］引《札迻》十一，"十一"当为"十二"。以上人民文学本均已改正。

除了引文篇名有误外，范注引文本身也常有误。例如：《谐隐》注［2］引《左传·宣公二年》："郑伐宋，宋师败绩，囚华元。宋人赎华元于郑。半入，华元逃归宋城，华元为植巡功。城者讴曰：'睅其目，皤其腹，弃甲而复；于思于思，弃甲复来。'骖乘答歌：'牛则有皮，犀兕尚多，弃甲则那。'"②"骖乘答歌"当为"使其骖乘谓之曰"，王利器订正之。

《章表》注［9］引《荀子·儒行篇》"效有防表"，实为《荀子·儒效篇》"行有防表"之误，乃篇名与正文倒错所致。另，同篇注［13］："胡广，字伯起。"胡广，字伯始。篇中"观伯始谒陵之章，足见其典文之美焉"，正作"伯始"不误。以上王利器均订正之。

《议对》注［30］引《汉书·文帝纪》："十三年九月，诏诸侯王公卿郡守举贤良能直言极谏者，上亲策之。""十三年"为"十五年"之误。另，同篇注［36］引《汉书·成帝纪》："鸿嘉三年，行幸云阳。三月，博士行饮酒礼，有

---

① 范文澜.文心雕龙注：卷2［M］.上海：开明书店，1936：66，73.
② 范文澜.文心雕龙注：卷3［M］.上海：开明书店，1936：52.

雉雊集于庭，历阶升堂而雊。"① "三年"乃"二年"之误。以上人民文学本均正之。

2. 订正判断之误

《原道》："玄圣创典，素王述训。"开明书店本注曰："'玄圣'应作'元圣'。《说文》'元，始也。'"② 人民文学本订正曰："'玄圣'一作'元圣'，非是，玄圣与素王并举，见《庄子·天道篇》。又《春秋演孔图》辑本，说孔子母徵在感黑帝而生，故曰玄圣。"③ 案王利器谓"玄圣"为孔子，似可商榷。然"玄圣"不必作"元圣"则有道理。詹锳《文心雕龙义证》："张衡《东京赋》薛综注：'玄，神也。''玄圣'，谓神明的圣王，如伏羲。"④ 李曰刚《文心雕龙斠诠》校曰："案作'元'者避清讳而改。"又注曰："'玄圣创典'，指伏羲氏始画八卦也。应上文'伏羲画其始'句。《新书》：'玄圣，梅云：一作"元圣"。案作"玄圣"是。《庄子·天道篇》："以此处下，玄圣，素王之道也。"此彦和所本。'刚案成玄英疏，庄子所谓玄圣指老君，彦和借用于此，意指伏羲为开创我汉族文化之始圣也。黄注引班固《典引》注，王利器《新书》更引《后汉书·班固传》李贤注，并谓玄圣为孔子，非是。纪评：'玄圣，当指伏羲诸圣，若指孔子，于下句为复。'"⑤

《乐府》："秦燔乐经，汉初绍复，制氏纪其铿锵，叔孙定其容与。"开明书店本注曰："'容与'犹言礼仪节奏。"人民文学本订正曰："'容与'唐写本作'容典'，案《后汉书·曹褒传论》，正作容典。"⑥ 王利器《校证》引《后汉书·曹褒传论》："汉初，天下创定，朝制无文，叔孙通颇采经礼，参酌秦法，虽适物观时，有救崩敝；然先王之容典，盖多阙矣。"注："容，礼容也；典，法则也。"⑦《哀吊》"虽发其精华"，"精"文化学社本作"情"，王惟俭本、养素堂本、两广节署本俱作"情"，据两广本覆刻的扫叶山房本和《四部备要》本亦均作"情"。开明书店本据铃木所谓"敦本无'精'字"，将"情"改作"精"，误。检铃木《敦煌本〈文心雕龙〉校勘记》亦作："'虽发其情华'，无

① 范文澜．文心雕龙注：卷5［M］．上海：开明书店，1936：12，13，38，40．
② 范文澜．文心雕龙注：卷1［M］．上海：开明书店，1936：6．
③ 范文澜．文心雕龙注：上册［M］．北京：人民文学出版社，1958：11．
④ 詹锳．文心雕龙义证：上册［M］．上海：上海古籍出版社，1989：25．
⑤ 李曰刚．文心雕龙斠诠：上编［M］．台北：编译馆中华丛书编审委员会，1982：38-39．
⑥ 范文澜．文心雕龙注：上册［M］．北京：人民文学出版社，1958：106．
⑦ 王利器．文心雕龙校证［M］．上海：上海古籍出版社，1980：46．

'情'字，《御览》无'华'字。"人民文学本不仅将正文改作"虽发其情华"，而且将正文夹校也改为"铃木云敦本无'情'字"。

《诏策》："昔郑弘之守南阳，条教为后所述，乃事绪明也。"开明书店本注曰："《后汉书·郑弘传》'政有仁惠，民称苏息，迁淮阴太守。'刘攽曰'案汉郡无淮阴者，当是淮阳，此时未为陈国也。'案黄注引《郑弘传》曰'弘为南阳太守，条教法度，为后所述。'考《弘传》并无此语，未知其何见而云然。（《后汉书·羊续之传》称其条教可法，为后世所述。黄注盖误记。）窃疑昔郑弘之守南阳，当作昔郑弘之著南宫。本传云'弘前后所陈有补益王政者，皆著之南宫，以为故事。'据此，阳是宫字误，南宫既误南阳，后人乃改著字为守字，不知弘实未为南阳太守也。"① 案黄注引《郑弘传》所云乃《汉书·郑弘传》所载，范注只检《后汉书·郑弘传》，故不知所云，王利器为之订正。

《封禅》"錄图曰……"铃木云嘉靖本作绿。开明书店本注曰："纪评曰：'錄当作绿。'其说无考。"② 王利器订正曰："纪评曰：'錄当作绿。'案本书《正纬篇》'尧造绿图，昌制丹书。'绿图与丹书对文，嘉靖本作绿，是。"③

《体性》："仲宣躁锐，故颖出而才果。"开明书店本注曰："《魏志·王粲传》：'之荆州依刘表，以粲貌寝而体弱通侻，不甚重也。'（裴注"通侻者，简易也。"《王粲传》谓粲善作文，举笔便成，无所改定。此锐之征，又陈寿评曰："粲特处常伯之官，兴一代之制，然其冲虚德宇，未若徐幹之粹也。"此似躁之征。）"④王利器订正曰："案《程器篇》：'仲宣轻脆以躁竞。'此锐疑是竞字之误。《魏志·杜袭传》：'（王）粲性躁竞。'此彦和所本。"⑤ 王氏所举本证与他证均甚有力，而范注则有牵强臆测之嫌。杨明照也据《程器篇》之本证和《魏志·杜袭传》认为："按以《程器篇》'仲宣轻脆以躁竞'验之，'锐'疑'竞'之误。《三国志·魏志·杜袭传》：'魏国既建，为侍中，与王粲、和洽并用。粲强识博闻，故太祖游观出入，多得骖乘；至其见敬，不及洽、袭。袭尝独见，至于夜半。粲性躁竞，起坐曰：不知公对杜袭道何等也？洽笑答曰：天下事岂有尽邪！卿昼侍可矣。悒悒于此，欲兼之乎？'据此，则'锐'应作'竞'必矣。《嵇中散集·养生论》：'今以躁竞之心，涉希静之途。'《颜氏家训

① 范文澜. 文心雕龙注：卷4［M］. 上海：开明书店，1936：61.

② 范文澜. 文心雕龙注：卷5［M］. 上海：开明书店，1936：2.

③ 范文澜. 文心雕龙注：上册［M］. 北京：人民文学出版社，1958：395.

④ 范文澜. 文心雕龙注：卷6［M］. 上海：开明书店，1936：11.

⑤ 范文澜. 文心雕龙注：下册［M］. 北京：人民文学出版社，1958：509.

·省事篇》：'世见躁竞得官者，便谓弗索何获？'亦并以'躁竞'为言。"①

三、完善

范注校字、征典每有不完备之处，王利器在订正过程中常予以完善，并多指明何者为彦和所本，表现出重源流、尚考证、善辨别的求真务实精神。如开明书店本《正纬》注［16］："《尚书序正义》曰：'纬文鄙近，不出圣人，前贤共疑，有所不取，通人考正，伪起哀平。'《正义》之文，盖本彦和。唐写本作谓伪起哀平，语意最明。"王利器补充曰："又《洪范正义》：'纬候之书，不知谁作，通人讨核，谓伪起哀平。'正与唐写本合。"②《颂赞》："赞者，明也，助也。"开明书店本注曰："谭献校云：'案《御览》有助也二字，黄本从之，似不必有。'案谭说非。唐写本亦有'助也'二字。"王利器补充曰："下文'并飏言以明事，嗟叹以助辞。'即承此言为说，正当补'助也'二字。"③《祝盟》："若夫楚辞招魂，可谓祝辞之组纚也。"开明书店本注曰："《楚辞·招魂》王逸注谓宋玉哀原厥命将落，欲复其精神，延其年寿，故作《招魂》。案招祝双声，招魂犹言祝魂。又《招魂》句尾，皆用些字。《梦溪笔谈》曰：'今夔峡湖湘及江南僚人，凡禁咒句尾皆称些，乃楚人旧俗。'咒即祝之俗字。纪评谓《招魂》似非祝词，盖未审招祝之互通也。"这里解释了"招祝"，但"组纚"仍未解释。王利器补充曰："又案'纚也'敦煌本作'麗也'，是。《杨子法言·吾子篇》'雾縠组麗'。李轨注'雾縠虽麗，蠹害女工。'此彦和所本。"④

《杂文》："崔瑗《七厉》，植义纯正。"开明书店本谓："崔瑗《七厉》，据本传应作《七苏》。李贤注曰：'瑗集载其文，即枚乘《七发》之流。'《全后汉文》自《北堂书钞》一百三十五辑得'加以脂粉，润以滋泽'两句。"王利器补证曰："又案傅玄《七谟序》，《七厉》乃马融所作，此或彦和误记。"⑤傅玄《七谟序》云："马季长作《七厉》。"刘勰盖误以季长为瑗，瑗所作为《七苏》。

① 杨明照. 文心雕龙校注拾遗［M］. 上海：上海古籍出版社，1982：237-238.
② 范文澜. 文心雕龙注：卷1［M］. 上海：开明书店，1936：24. 范文澜. 文心雕龙注：上册［M］. 北京：人民文学出版社，1958：38.
③ 范文澜. 文心雕龙注：卷2［M］. 上海：开明书店，1936：71. 范文澜. 文心雕龙注：上册［M］. 北京：人民文学出版社，1958：172.
④ 范文澜. 文心雕龙注：卷2［M］. 上海：开明书店，1936：78. 范文澜. 文心雕龙注：上册［M］. 北京：人民文学出版社，1958：183.
⑤ 范文澜. 文心雕龙注：卷3［M］. 上海：开明书店，1936：47. 范文澜. 文心雕龙注：上册［M］. 北京：人民文学出版社，1958：265.

《史传》"唯素臣乎","臣"原作"心"。开明书店本引纪评曰:"陶诗有'闻多素心人'句,所谓有心人也。似不必改作素臣。"并案曰:"纪说是也,素心,犹言公心耳。"王利器补充曰:"本书《养气篇》'圣贤之素心。'是彦和用素心之证。《文选·陶徵士诔》'长实素心。'亦作素心。"① 《诸子》:"辞约而精,尹文得其要。"开明书店本引《四库提要》曰:"其书本名家者流,大旨指陈治道,欲自处于虚静,而万事万物则一一综核其实;故其言出入于黄、老、申、韩之间。《周氏涉笔》谓其自道自名,自名以至法,盖得其真。"王利器于范注前补充曰:"《汉志》名家《尹文子》一篇。"②

《论说》:"至石渠论艺,白虎通讲,聚述圣言通经,论家之正体业。"开明书店本正文夹校录孙云:"《御览》'至'下有'于'字。"注引孙诒让《白虎通义考》下篇云:"今本《文心雕龙》'述'上衍'聚'字,'圣'下衍'言'字,应依《御览》引删。"又引铃木《校勘记》:"'通'字'言'字并衍,诸本皆误。《玉海》引无'通'字'言'字。"范注虽旁征博引,然并未判断孰是孰非。王利器补证:"又案本书《时序篇》'历政讲聚。'即指此事,亦作讲聚,明钞本《御览》作'讲聚',是。"③ 这就做出了判断。王利器说:"我们搞校勘工作的任务,不仅在求异同,而是要定是非。"其《校证》对这几句的校勘说得更明白:"'白虎讲聚,述圣通经'二句八字,原作'《白虎通》讲聚述圣言通经'十字,王惟俭本作'白虎讲聚,述圣□□通经',今据《御览》《玉海》改。徐校亦据《玉海》改。《时序篇》言:'历政讲聚。'亦作'讲聚'。"④ 杨明照亦谓:"今本'通'字,非缘《白虎通德论》之名,即涉下'通'字而误。'言'字亦涉上文而衍。《御览》及《玉海》六二引,并无'通''言'二字,当据删。"⑤

《檄移》:"齐桓征楚,诘苞茅之阙。""苞",黄校云:"汪本作菁。"开明书店本引《左传》僖公四年:"齐桓以诸侯之师伐楚,……管仲对曰,昔召康公命我先君大公曰,五侯九伯,女实征之,以夹辅周室。赐我先君履,东至于海,

---

① 范文澜.文心雕龙注:卷4 [M].上海:开明书店,1936:16. 范文澜.文心雕龙注:上册 [M].北京:人民文学出版社,1958:306.

② 范文澜.文心雕龙注:卷4 [M].上海:开明书店,1936:25. 范文澜.文心雕龙注:上册 [M].北京:人民文学出版社,1958:321.

③ 范文澜.文心雕龙注:卷4 [M].上海:开明书店,1936:29,33. 范文澜.文心雕龙注:上册 [M].北京:人民文学出版社,1958:333.

④ 王利器.文心雕龙校证 [M].上海:上海古籍出版社,1980:28,129.

⑤ 杨明照.文心雕龙校注拾遗 [M].上海:上海古籍出版社,1982:157.

西至于河南至于穆陵，北至于无棣。尔贡包茅不入，王祭不共，无以缩酒，寡人是征；昭王南征而不复，寡人是问。"王利器补引："《穀梁》僖四年传，'包茅'作'菁茅'，此彦和所本。《管子·轻重篇》，《韩非子·外储说左上》，'包茅'亦作'菁茅'。"①杨明照校曰："舍人此文，盖本《穀梁》（僖公四年）作'菁茅'。（《管子·轻重丁篇》《韩非子·外储说左上》《史记·夏本纪》《新序·杂事四》并有"菁茅"之文）下云'箕郜'（二地名），此云'菁茅'（《禹贡》孔传以为二物），文本相对。若作'苞茅'（《左传》本作"包"，他书多引作"苞"）与《左传》虽合，于词性则失矣。（《禹贡》孔传："其所包裹而致者。"《左传》杜注："包，裹束也。"是"包"为动词）"②

《章表》："及羊公之辞开府，有誉于前谈。"羊公，即羊祜，字叔。加车骑将军开府如三司之仪。开明书店本引《晋书·羊祜传》祜上表固让曰……王利器补充曰："案《御览》五九四引：《翰林论》：'裴公之辞侍中，羊公之让开府，可谓德音矣。'此彦和所本。"《奏启》："若乃按劾之奏，所以明宪清国。昔周之太仆，绳愆纠谬，秦之御史，职主文法；汉置中丞，总司按劾；故位在挚击，砥砺其气，必使笔端振风，简上凝霜者也。"开明书店本为前几句征典出注，而末两句则未注。王利器为之补注："案《初学记》十二引崔篆《御史箴》：'简上霜凝，笔端风起。'此彦和所本。"③

《书记》："辞者，舌端之文，通己于人。子产有辞，诸侯所赖，不可已也。"开明书店本引："《说文》：'辞，讼也。'辞之本训为狱讼之辞，通用为言说之词。《左传》襄公三十一年'叔向曰：辞之不可以已也如是夫。子产有辞，诸侯赖之，若之何其释辞也。'"王利器补引："《韩诗外传》七'君子避三端……避辩士之舌端。'此彦和所本。"④ 《定势》赞曰："枉辔学步，力止襄陵。""襄"，谢云当作"寿"。开明书店本谓："作'寿陵'是。"并引《庄子·秋水篇》："子独不闻寿陵馀子之学行于邯郸欤？未得国能，又失其固行矣，直匍匐而归耳。"王利器补证："本书《杂文篇》'可谓寿陵匍匐，非复邯郸学

① 范文澜．文心雕龙注：卷4［M］．上海：开明书店，1936：64．范文澜．文心雕龙注：上册［M］．北京：人民文学出版社，1958：380．
② 杨明照．文心雕龙校注拾遗［M］．上海：上海古籍出版社，1982：177．
③ 范文澜．文心雕龙注：下册［M］．北京：人民文学出版社，1958：417，432．
④ 范文澜．文心雕龙注：卷5［M］．上海：开明书店，1936：63．范文澜．文心雕龙注：下册［M］．北京：人民文学出版社，1958：490．

步.'正作'寿陵'不误。"①《事类》:"有学饱而才馁,有才富而学贫。学贫者,迍邅于事义;才馁者,劬劳于辞情:此内外之殊分也。""分",《御览》作"方"。开明书店本引《韩诗外传》《南齐书·文学传论》,证明"学饱而才馁"之人。王利器补证:"又案《庄子·逍遥游》:'定乎内外之分。'此彦和所本,作'方'者非是。"②

四、厘正

范注在浩如烟海的文史典籍里,剔抉爬梳,引经据典,有时也难免有错乱。对范注中的一些错乱之处,王利器也尽力厘正疏通,以使注文通畅可读。

《正纬》:"夫六经彪炳,而纬候稠叠。"开明书店本注 [6]:"《说文》:'稠,多也。'《苍颉篇》:'叠,重也,积也。'《史记·司马相如传》:'纷纶葳蕤。'《索隐》:'乱貌。'"③ 这里,"《史记·司马相如传》:'纷纶葳蕤。'《索隐》:'乱貌。'" 不知所注。显然,这是注下文"孝论昭晰,而钩谶葳蕤"的。开明书店本注 [7] 在解释这两句时无上引之文。王利器经过梳理,将其移到注 [7] 下。这样,注文与原文才互相吻合。

《奏启》:"刘隗切正,而劾文阔略。"开明书店本引《晋书·刘隗传》:"隗迁丞相司直,弹奏不畏强御。其奏劾祖约曰:'约幸荷殊宠,显位选曹,铨衡人物,众所具瞻;当敬以直内,义以方外,杜渐防萌,式遏寇害。而乃变起萧墙,患生婢妾,身被刑伤,亏其肤发。群小噂嗒,嚣声远被,尘秽清化,垢累明时。天恩含垢,犹复慰喻;而约违命轻出。既无明智以保其身,又孤恩废命,宜加贬黜,以塞众谤。'"(《晋书·祖约传》:"约妻无男,而性妒,约亦不敢违忤。尝夜寝于外,忽为人所伤,疑其妻所为。欲求去职,帝不听。欲便从右司马营东门私出。司直刘隗劾。")引文"其奏劾祖约曰……"也是《晋书·祖约传》所载,故注文显得杂乱。经王利器梳理调整的注文如下:《晋书·刘隗传》:"隗迁丞相司直,弹奏不畏强御。"又《晋书·祖约传》:"约妻无男,而性妒,约亦不敢违忤。尝夜寝于外,忽为人所伤,疑其妻所为。欲求去职,帝不听。欲便从右司马营东门私出。司直刘隗劾之曰:'约幸荷殊宠,显位迁曹,铨衡人物,众所具瞻;当敬以直内,义以方外,杜渐防萌,式遏寇害。而乃变起萧墙,

---

① 范文澜. 文心雕龙注: 卷 6 [M]. 上海: 开明书店, 1936: 28. 范文澜. 文心雕龙注: 下册 [M]. 北京: 人民文学出版社, 1958: 536.

② 范文澜. 文心雕龙注: 下册 [M]. 北京: 人民文学出版社, 1958: 620.

③ 范文澜. 文心雕龙注: 卷 1 [M]. 上海: 开明书店, 1936: 22.

患生婢妾，身被刑伤，亏其肤发。群小噂嗒，嚣声远被，尘秽清化，垢累明时。天恩含垢，犹复慰喻；而约违命轻出。既无明智以保其身，又孤恩废命，宜加贬黜，以塞众谤。'"①

《议对》开明书店本注［31］中蹿入了［32］的内容，所引"《汉书·董仲舒传》：'仲舒少治《春秋》，武帝即为，举贤良文学之士，前后百数，而仲舒以贤良对策焉。'对策文载本传，文繁不录。又《平津侯传》：'公孙弘使匈奴，还报，不合上意，病免归。元光五年，诏征文学，国人固推弘，弘至太常。时对者百余人，太常奏弘第居下。策奏，天子擢弘对为第一。'又《儿宽传》：'以射策为掌故。'（掌故属太常，主故事之官。）对策文载本传。"② 引这些内容显然是为了说明原文："仲舒之对，祖述春秋，本阴阳之化，究列代之变，烦而不恩者，事理明也。公孙之对，简而未博，然总要以约文，事切而情举，所以太常居下，而天子擢上也。"在这些原文后，开明书店本也标注［32］，但其注文内容却蹿入注［31］中。王利器对此做了调整，使原文标注与注文内容统一起来。

《知音》"阅乔衡以形培塿……然后能平理若岳"，"衡"字与"岳"字错位，系文化学社本排版误置，开明书店本延续此误，人民文学本已将错位二字互调。《序志》"割情析采"注："'割'当作'剖'。'剖情析采'，'情'指《神思》以下诸篇，'采'则指《声律》以下也。"③ 此注文错置注［20］下，人民文学本已移至注［19］下。

第二节　王氏订补不足略述

　　人民文学本范注，虽经王利器订补，也还存在一些问题。因为王利器对范注的订补，也并非尽善尽美。一方面，开明书店本存在的讹误，人民文学本尚有不少未予更正；另一方面，王利器订补本身也有一些可商榷之处。

① 范文澜．文心雕龙注：卷5［M］．上海：开明书店，1936：27 页．范文澜．文心雕龙注：下册［M］．北京：人民文学出版社，1958：433.

② 范文澜．文心雕龙注：卷5［M］．上海：开明书店，1936：38-39.

③ 范文澜．文心雕龙注：卷10［M］．上海：开明书店，1936：32.

一、尚未更正的讹误

由于开明书店本讹误之处颇多，尽管人民文学本已更正了其中不少讹误，但还是遗漏了一些讹误。例如，开明书店本《宗经》注 [15] 引陈先生曰："《宗经篇》'易惟谈天'至'表里之异体者也'二百字，并本王仲宣《荆州文学志》文。"又案："仲宣文见《艺文类聚》三十八，《御览》六百八。"① 《序志》注 [21] 又补充道："《宗经篇》取王仲宣成文，不以为嫌，亦即此意。"② 陈汉章先生此说源于明活字本《御览》，与宋本及他本《御览》不合，非可靠之说。范注因之，且录章学诚及黄侃之语，为彦和袭用王粲之语辩护，有失慎重。杨明照指出："《艺文类聚》三十八引王粲《荆州文学记官志》无此文，《御览》六百七引王粲《荆州文学官志》亦然。其六百八所引'自夫子删述'至'表里之异体者也'二百余字，明标为《文心雕龙》，非《荆州文学官志》也。陈氏盖据严辑《全后汉文》为言。范氏所注出处，亦系迻录严书。皆未之照耳！"③ 又曰："余前疑此误始自张英纂《渊鉴类函》始，严氏仍之；昨假得明活字本《御览》比对，其六百七引《荆州文学官志》一则下，即接'夫易惟谈天'二百字，是张、严二氏之误，乃从此本出；信矣，书之贵善本也。"④ 另，注 [37] 与 [38] 注文误置，当对调；正文注号 [37] 当移至"四教所先"之后，人民文学本均未改。

《颂赞》注 [1]："讚，应作赞，说见《征圣篇》。"此注同文化学社本，该本《征圣》篇末注"赞曰"之"赞"曰："本书《颂赞篇》云：'赞，明也，助也。'按《周礼》州长、充人、大行人注皆曰'赞，助也。'《易·说卦传》：'幽赞于神明而生蓍。'注曰：'赞，明也。'此彦和说所本，《说文》无'讚'字，自以作'赞'为是。"⑤ 然而，开明书店本已将《征圣》此注移入《原道》注 [36]，当改作"说见《原道篇》"。人民文学本沿袭此误。另，赞曰"年积愈远"，"积"后夹校："声云'积'作'迹'。""声云"为"赵云"之误，文化学社本不误，开明书店本始误，人民文学本沿袭此误。

开明书店本《祝盟》注 [8] 前半部分："《墨子·兼爱下》：'汤曰：惟予

---

① 范文澜.文心雕龙注：卷1 [M].上海：开明书店，1936：16.
② 范文澜.文心雕龙注：卷10 [M].上海：开明书店，1936：32.
③ 杨明照.范文澜《文心雕龙注》举正 [J].文学年报，1937 (3)：319.
④ 杨明照.评开明本范文澜《文心雕龙注》[J].燕京学报，1938 (24)：254.
⑤ 范文澜.文心雕龙注：中册 [M].北平：文化学社，1929：18.

小子履，敢用玄牡告于上天后。曰：今天大旱，即当朕身履，未知得罪于上下，有善不敢蔽，有罪不敢赦，简在帝心。万方有罪，即当朕身，朕身有罪，无及万方。'此文与《汤誓》大略相同，据《墨子》意，则汤祷旱之辞也。《吕氏春秋·顺民篇》：'汤克夏而正天下，天大旱，五年不收。汤乃以身祷于桑林曰：余一人有罪，无及万夫，万夫有罪，在余一人，无以一人之不敏，使上帝鬼神伤民之命。于是翦其发，鄌其手，以身为牺牲，用祈福于上帝。民乃甚说，雨乃大至。'"这段引文显然应当属于注［7］，而误蹿入注［8］，因为注［7］乃注正文："至于商履，圣敬日跻，玄牡告天，以万方罪己，即郊禋之词也。"人民文学本未将其移至注［7］。

　　此外，一些注文及正文讹误，人民文学本亦未及订正。如《明诗》"圣谟所析"，范校："'圣谋'唐写本作'圣谟'，黄校本亦改'谋'作'谟'，《尚书伪伊训》'圣谟洋洋，嘉言孔章'，作'圣谟'是。"① 范注正文所作"圣谟"乃据底本黄注，赵万里据唐写本迻校嘉靖本（实为张之象本），故原文作"圣谋"，校语为："'谋'作'谟'。案唐本是也，本书'谋''谟'多形近互讹。"② 范注一般在正文夹校中引赵校，而此处正文底本已作"谟"，故于注中出之。然而，正文夹校与注中校字，情境既已变化，措辞亦当随改。《诠赋》注［38］引孙君蜀丞曰："陆士衡《文赋》云：'言旷者无隘'，此彦和所本。"③《文赋》作"言穷者无隘，论达者唯旷"，此乃笔误。《诔碑》注［27］引纪评曰："碑非文名，误始陆平原。"纪评当为黄批。《谐隐》注［16］括号引孙蜀丞曰："案《列女传》'侄'作'姬'。《渚宫旧事》三引《列女传》作'侄'，'姬'字定误。"④ "'侄'作'姬'"当为"'姬'作'侄'"。《论说》注［6］录《文心》原文"引以胤辞"，"以"当作"者"。《诏策》注［19］"彦和本文当作'偿博与陈遂'"，文化学社本作"偿博于陈遂"，开明书店本将"于"误作"与"。《奏启》注［11］括号内"《左传》闵子骞之词"，"闵子骞"乃"闵子马"之误。《事类》正文"可称理得而义要矣"，"可称"当作"可谓"，《讲疏》不误，文化学社本及开明书店本误。《练字》注［1］引《神思》云"捶字坚而难移"，此乃《风骨》所云。《附会》注［9］引《世说新语·文学篇》，引文节录自《晋书·文苑·袁宏传》，与《世说新语·文学篇》刘注引

①　范文澜．文心雕龙注：卷2［M］．上海：开明书店，1936：77，2．
②　赵万里．唐写本《文心雕龙》残卷校记［J］．清华学报，1926：3（1）：102．
③　范文澜．文心雕龙注：卷2［M］．上海：开明书店，1936：60．
④　范文澜．文心雕龙注：卷3［M］．上海：开明书店，1936：25，57．

《晋阳秋》之文差异甚大，当据引文改出处。《才略》正文"汉室陆贾，首案奇采"，"案"为"发"之误。《才略》注［39］"《郊赋》见《才略篇》注"，此篇正是《才略》，此处正当注《郊赋》，何谓"见《才略篇》注"？显系讹误！以上讹误，人民文学本均未订正。

二、值得商榷的订补

王利器不仅遗漏了一些讹误未予订正，而且其订补内容也不乏可商榷之处。如开明书店本《正纬》正文注号止于［29］，而注文则止于注［27］。实际上，注文［27］有两个问题：一是包含了正文注号［27］［29］两条内容，其中"《文选注》多引纬书语，是'有助文章'之证"为正文注号［27］的注解内容，以下另起一行的"彦和生于齐世"至篇末，为正文注号［29］的注解和附录内容，当补注号［29］。另一个问题是，在"是'有助文章'之证"与"彦和生于齐世"，也就是注［27］与［29］之间，遗漏了正文注号［28］的注解内容。正文于"荣河温洛，是孕图纬"后标注号［28］，然文末脱［28］注号与注文。《讲疏》此句有注："《易·乾凿度》：'帝盛德之应，洛水先温，九日乃寒。'"并案："彦和谓：'纬书无益经典，而有助文章。'此言诚谛，参阅刘氏《谶纬论》，义当益明。"① 这一错乱始自文化学社本，范老本欲在增补新注的同时，也要保留《讲疏》此注，故正文安排了注号［28］。不想，新注增补调整好了以后，欲保留的旧注却遗漏了，且此误一直延续至开明书店本。于是，王利器据《讲疏》在注文末补［28］注号与注文，并将正文"……糅其雕蔚"后原注号［29］删除。这样，正文注号与文末注号虽然统一了，但是注文内容则存在逻辑混乱。正确的更正方法应该是，保留开明书店本正文注号［29］，将所补［28］注号与注文，另行列于注［27］"《文选注》多引纬书语，是'有助文章'之证"之后，再于"彦和生于齐世……"前补注号［29］。如此，不仅正文注号与文末注号相统一，而且注文内容也与正文注号相吻合。

再如《明诗》曰："张衡怨篇，清典可味；仙诗缓歌，雅有新声。"范注对这两句的校注为：

"典"一作"曲"，纪云："曲字是，曲字作婉字解。"李详《黄注补正》云："梅庆生、凌云本并作'清曲'。《御览》八百九十三引衡《怨诗》曰：

---

① 范文澜. 文心雕龙讲疏：卷1［M］. 天津：新懋印书局，1925：43.

'秋兰，嘉美人也。嘉而不获用，故作是诗也。'其辞曰：'猗猗秋兰，植彼中阿；有馥其芳，有黄其葩；虽曰幽深，厥美弥嘉；之子云遥，我劳如何。''仙诗缓歌'今已无考，黄注引《同声歌》当之，纪氏讥之是也。"（乐府古辞有《前缓声歌》。案作"典"字是。《怨诗》四言，义极典雅。）①

注中所引纪云、文化学社本和开明书店本并作"'曲'字是，曲字作婉字解"，人民文学本据范注："案作'典'字是。《怨诗》四言，义极典雅。"将纪评改作"'典'字是，曲字作婉字解"。据两广节署本、《四部备要》本，纪评原文为："是'清曲'，曲字作婉字解。"人民文学本所改"'典'字是"，与纪评所校完全相反，且与下句"曲字作婉字解"分流舛驰。另，范注所引李详之说，并非仅是李详《黄注补正》之文，其中还杂糅了黄注、纪评和黄札，当予以分辨才是②。可见，这里该订正的没有订正，不该改的倒是改了！

又如《诏策》"《周礼》曰师氏诏王为轻命"，开明书店本引孙诒让《札迻》十二："黄注云：'案《周官·师氏》职无此文。'案此据师氏职有掌以媺诏王之文，明以臣诏君，为诏轻于命，非谓《周礼》有为轻命之文也，黄注谬。"并加案曰："此句与上'《诗》云有命自天，明命为重也'对文，当依梅本作'《周礼》曰师氏诏王，明诏为轻也'。'轻'字下'命'字衍文，当删。"③ 王利器于范注前补引："卢文弨《抱经堂文集》十四《文心雕龙辑注书后》当作：'《周礼》曰，师氏诏王，明为轻也。'下衍一'命'字。"④ 此句校勘，文化学社本曰："案此句与上'《诗》云'对文，疑当作'《周礼》曰师氏诏王，明为轻也'。"⑤ 与卢校相同。开明书店本正文夹校引铃木云："冈本作'诏为轻'，梅本'为'上有'明诏'二字，无'命'字。"并案："当依梅本作'《周礼》曰师氏诏王，明诏为轻也'。"此又与卢校不合。王利器于人民文学本增补卢校，显然与范注案语冲突。其实，范老在修订文化学社本时，就曾于《诔碑》注［18］、《隐秀》注［3］、《养气》注［8］引卢文弨《文心雕龙辑注书后》之说，又于《练字》注［21］援引卢氏《钟山札记》之说，可见范老知道卢氏有

① 范文澜．文心雕龙注：卷2［M］．上海：开明书店，1936：15.
② 详参李平．范文澜注"张衡怨篇"句辨析［J］．井冈山大学学报．2018（3）：100-104.
③ 范文澜．文心雕龙注：卷4［M］．上海：开明书店，1936：62.
④ 范文澜．文心雕龙注：上册［M］．北京：人民文学出版社，1958：376.
⑤ 范文澜．文心雕龙注：中册［M］．北平：文化学社，1929：411.

关《文心》校勘成果，并多次加以利用。开明书店本《诏策》不引卢校，实乃事出有因，因为此次修订，范老已改变文化学社本之说，改从梅本，故录铃木之校。王利器于人民文学本增补卢校，实与范校相左。

还有《练字》"虽文不必有，而体例不无"，开明书店本谓："似当作'而体非不无'。"人民文学本改为"似当作'而体非必无'"①。"必"字与上句重复，不妥。杨明照曾谓："'例'字未误，其文意甚显。'体例不无'者，即综言上列四条，缀字属篇，必须练择也。若改作'非'，则下文紧承之'若值而莫悟，则非精解'二句，失所天矣！"② 杨氏联系上下文理校虽不无道理，然亦不可谓范注非。从上句"文"与下句"体"互文的角度看，下句"非"偶上句"不"可谓正恰当，且下文"非"字与此句例不同，并非"失所天矣"。故郭晋稀《文心雕龙注译》从范说："'而体非必无'，原作'而体例不无'。范文澜云：'似当作而体非必无'，今依校改。"③ 李曰刚《文心雕龙斠诠》亦从范说："'虽文不必有，而体非不无'，'非'原作'例'，字误，据范注当作字改。"④

另外，《附会》"夫才量学文"，《讲疏》作"才量"，文化学社本正文与注文俱作"才最"，开明书店本则正文作"才量"，注文仍作"才最"："才最学文，'最'疑当作'优'，或系传写之误。殆由学优则仕意化成此语。"⑤ 人民文学本将注中两"最"字改为"量"字，其实也不妥。赵西陆在《评范文澜〈文心雕龙注〉》一文中校曰："案《太平御览》五百八十五引作'才童'，知'最'盖'童'之讹。《体性篇》云：'童子雕琢，必先雅制。'与此可互证。推彦和之意，不过谓学慎始习耳；与学优则仕意何与耶？"⑥ 赵说甚是，以后各家校字均同赵说。王利器校此句："'才童'原作'才量'，今据《御览》五八五引改。《体性篇》：'童子雕琢，必先雅制。'文意正与此相同。"⑦ 徐复校此句："复按：宋本《御览·文部一》引作'才童'，极是。'量'为'童'字形近之误。本书《体性》云：'童子雕琢，必先雅制。'《通变》云：'今才颖之士，刻

---

① 范文澜. 文心雕龙注：卷 8 [M]. 上海：开明书店，1936：19. 范文澜. 文心雕龙注：下册 [M]. 北京：人民文学出版社，1958：630.

② 杨明照. 范文澜《文心雕龙注》举正 [J]. 文学年报，1937 (3)：125.

③ 郭晋稀. 文心雕龙注译 [M]. 兰州：甘肃人民出版社，1982：434.

④ 李曰刚. 文心雕龙斠诠：下编 [M]. 台北：编译馆中华丛书编审委员会，1982：1804.

⑤ 范文澜. 文心雕龙注：卷 9 [M]. 上海：开明书店，1936：11.

⑥ 赵西陆. 评范文澜《文心雕龙注》[J]. 国文月刊，1945 (37)：29.

⑦ 王利器. 文心雕龙新书 [M]. 台北：成文出版社，1968：112.

意学文.' 正为作'才童'之确诂。"① 杨明照也认为："'才量'当依宋本《御览》五八五引作'才童'。"② 在后来出版的《文心雕龙校注》中又补充说："'量'，宋本《御览》五八五引作'童'。按'童'字极是，'量'其形误也。《体性篇》：'故童子雕琢，必先雅制'；语意与此相同，可证。"③

最后，《序志》："茫茫往代，既沈予闻。"开明书店本注曰："'沈'一作'洗'。《庄子·德充府》：'不知先生之洗我以善耶。'陶弘景《难沈约均圣论》云：'谨备以谘洗，原具启诸蔽。'洗闻洗蔽，六朝人常语也。"王利器订正曰："案《战国策·赵策》赵武灵王曰：'学者沈于所闻。'此彦和所本，作'洗'者不可从。"④ 此说未免武断！"既沈予闻"之"沈"，佘本作"洗"，《广文选》《梁书》《经济类编》引并作"洗"，黄校"一作'洗'"。此句究竟作"沈闻"还是"洗闻"，校勘者意见不一。杨明照认为当作"沈"，刘永济、王利器并同杨说。然而，纪评谓"'洗'字是"。范注进一步证成纪评。斯波六郎曰："杨明照氏证诸《赵策》之'学者沈于所闻'以驳范说，但此处应当以范说为是。铃木先生《校勘记》云：'《梁书》作洗，是也，洗字与尘字相对。'"⑤ 潘重规在权衡纪评、范注与杨说之后，案曰：

> 参详辞义，此文似应作"洗"字。彦和著书，博采前修，自抒卓见，故曰："不述先哲之诰，无益后生之虑。"其书初成，未为时流所称，乃至负书干沈约于车下，其彷徨求索，寄怀来者，惧遂湮灭，没世无闻，衷情盖可想见。夫先哲洗我之蒙蔽，而我不能贻后生以谠言，斯志士之大痛也。"茫茫往哲，既洗予闻"，此彦和受知于前哲者也；"眇眇来世，倘尘彼观"，则己之著述，能入来世之目与否，未可知也。"倘"者，冀望之辞，亦未可必之辞也。前闻沃我，故曰"洗"；人观己作，故谦言"尘"。"尘""洗"文义正相锋对，故知作"洗"为长。若"沈闻""溺闻"，则是为见

---

① 徐复. 后读书杂志［M］. 上海：上海古籍出版社，1996：204.

② 杨明照. 评开明本范文澜《文心雕龙注》［J］. 燕京学报，1938（24）：255.

③ 杨明照. 文心雕龙校注［M］. 上海：古典文学出版社，1958：274.

④ 范文澜. 文心雕龙注：卷10［M］. 上海：开明书店，1936：33. 范文澜. 文心雕龙注：下册［M］. 北京：人民文学出版社，1958：744.

⑤ ［日］斯波六郎. 文心雕龙范注补正［M］//黄锦鋐编译. 文心雕龙论文集，台北：学海出版社，1979：114.

闻所蔽，非彦和此文之意旨矣。①

潘氏从彦和著书立意的高度以及文本上下文词义对应的角度，力证"作'洗'为长"。李曰刚从潘说，并谓："'洗'有推陈出新，承先启后之意，若作'沈闻'，固然有高自傲视，目空往古之嫌，与下句不相贯串；即作'况闻'，亦未免傍人门户，耳食陈言之疾，与上文无以圆说。权衡轻重，皆不若'洗'字为得。周语：'三日姑洗。'韦注：'洗，濯也。'凡除垢令洁者皆可曰洗。"②

三、书末附录《校记》问题

人民文学本书末仍然附录了章锡琛的《校记》，只是因为1958年章氏已被划为右派，故《校记》原来署名的"章锡琛"被替换为"开明书店编辑部"。与开明书店本《校记》比勘对照，人民文学本《校记》更正了原来的一些讹误，如《宗经》"而训诂茫昧"（"训诂"作"诂训"），"诂训"当作"诂训"；《颂赞》"沿世并作"（"沿"作"松"），"松"为"泓"之误；《史传》"新固总会之为难也"，"新"为"斯"之误；《檄移》"气成而辞断"，"成"为"盛"之误。但是，人民文学本也延续了开明书店本的一些讹误，如《铭箴》"张昶华阳之碣"，"华阳"当作"华阴"；《檄移》"惩其稔恶之时"，"稔恶"当作"恶稔"；《书记》"子恒弗录"，"録"当作"论"。此外，开明书店本《檄移》"凡此众条"不误，而人民文学本则误作"凡在众条"。更有甚者，人民文学本《校记》还有脱漏，如《檄移》脱"炜烨以腾说"（"烨"作"晔"），《书记》脱"崔寔奏记于公府"（"寔"作"寔"）。

梁启超曾说："学术者，天下之公器。"1672年，顾炎武到达山西太原，遇到阎若璩。顾炎武向阎若璩出示了自己的《日知录》，阎氏提出了某些补充、纠正，顾氏愉快地采纳了。而阎氏则把自己对《日知录》的50多条补正，以"补正《日知录》"的标题收入自己的《潜邱劄记》之中。现在，范老和王老都已仙游归道，当年的一段学坛佳话已成为一桩学术公案，到了该辨别清楚的时候了。

---

① 潘重规. 读〈文心雕龙〉札记［M］//黄侃. 文心雕龙札记，台北：文史哲出版社，1973：231. 又，潘氏所谓"1960年商务本范注改从杨说"，检文化学社本与开明书店本范注，均未从杨说，人民文学出版社本从杨说，乃王利器作为范注再版的责任编辑，为其订补时所改。

② 李曰刚. 文心雕龙斠诠：下编［M］. 台北：编译馆中华丛书编审委员会，1982：2328.

结　语

　　范文澜先生的《文心雕龙注》，作为 20 世纪中国重要的学术经典，堪称《文心雕龙》研究史上的一座里程碑！从 1925 年天津新懋印书局出版的《文心雕龙讲疏》，到 1929—1931 年北平文化学社更名重造的《文心雕龙注》，再到 1936 年上海开明书店修订再版的《文心雕龙注》，直至 1958 年人民文学出版社重新修订出版的《文心雕龙注》，在范注的不断修订完善和不同时期版本的更新发展中，我们可以清楚地看到，这一学术丰碑的建立，既归功于范老本人精益求精的不懈努力和自我超越的治学精神，也得力于学界同人的无私帮助和默默奉献。

　　如果说《文心雕龙讲疏》是范老在黄注、黄札的基础上，对《文心雕龙》这一传统的学术经典，进行现代学术研究的一次尝试，那么文化学社本《文心雕龙注》则是范老充分吸收前人的校勘成果，特别是孙蜀丞、赵万里等人利用唐写本残卷和《太平御览》校勘《文心雕龙》的最新成果，尽力摆脱对黄注、黄札的依赖，期盼建立《文心雕龙》现代注疏的学术范型的一种努力！而开明书店本《文心雕龙注》，则是这一现代注疏范型的进一步完善：从形式上说，校注条目随正文之后，著述体例更加规范；从内容上讲，增补了铃木虎雄的《黄叔琳本文心雕龙校勘记》，不仅吸收了学界最新的校勘成果，而且弥补了范注没有版本叙录的缺憾。此外，章锡琛利用宋本《太平御览》校勘《文心雕龙》的《校记》，王利器对人民文学出版社《文心雕龙注》的订补，亦为范注匡讹纠谬，增色颇多。

附　录

范文澜《文心雕龙注》订补综论

　　范文澜（1893—1969）先生的《文心雕龙注》是 20 世纪中国学界重要的学术经典，被誉为《文心雕龙》研究史上的一座里程碑！范注脱稿于 1923 年，1925 年由天津新懋印书局以《文心雕龙讲疏》为名刊行，1929—1931 年北平文化学社分上、中、下三册出版更名重造的《文心雕龙注》，1936 年上海开明书店又出版经作者再次修订的七册线装本，1958 年经作者请人核对和责任编辑又一次订正，人民文学出版社分两册重印，这就是现在流行的本子。

　　范注集前人校注之大成，奠后人注书之基石，从深度和广度两个方面，把《文心雕龙》研究推上了一个新的高峰，成为"龙学"研究者必读的进阶书目，范老也由此成为彦和隔世之知音，《文心》异代之功臣。然而，这并不意味着范注已臻完美之境。相反，范注在各方面都还存在一些不足，诸如校字有妄改之病，征典有不精之瑕，释义有不详之疵，录文有繁冗之累。对范注的这些不足之处，人们自有明察，为之订补举正者也代不乏人。这些订补举正持续时间之长，分布地域之广，内容形式之殊，观点态度之异，堪称前所未有，从而构成了 20 世纪学界一道亮丽的风景线！

一、范注订补过程述略

　　20 世纪中国古代文论研究的核心是《文心雕龙》研究，而《文心雕龙》研究的一个重要成果就是范注及其对范注的订补。范注广收博考，纵意渔猎，陶冶万汇，淹通古今。全书将近 55 万字，征典详赡，共有 1375 条注；校雠广博，正文夹校除外，尚有 297 条注涉及校字；材料丰富，卷首"征引篇目"显示的附录材料就多达 356 种。如此皇皇巨著，有一些差池讹失亦属正常，后人通过订补举正来完善范注，是完全必要的。

实际上，对范注的订补举正自其书出版之时便已开始，且贯穿整个 20 世纪，并延续至今，历时之长为古代文论学术史所罕见。《文心雕龙讲疏》出版的同年（1925），《甲寅周刊》就在"书林丛讯"栏目，发表了署名章用的评论文章《〈文心雕龙讲疏〉提要》。该文首先肯定范著的贡献："范君劬学，传习师训，广为讲疏，旁征博引，考证诠释。于舍人之旨，惟恐不尽；于黄氏之说，唯恐或遗。亦已勤矣。"同时也明确指出其不足之处："《讲疏》之作，搜辑群书，考证根据，意求详赡，不惮裒集。乃其割裂篇章，文情不属；以数系注，不按章句；旁引文论，钞撮全篇；囿于师说，并所案语。《明诗》则罗列《诗品》，《辨骚》则全载《骚》经，《诔碑》则杂钞杜、蔡诸篇，《乐府》兼收茂倩叙录。如此，《宗经》则当采群经，《史传》则宜录全史。自非《四库提要》注疏，未宜如此。余以即凡取石他山，用以考错，亦宜断章取义，意以发明本篇为止，勿取其多，以为繁富。又若《章句》泛论篇章，无可采撷，所宜从简，则反致详；《时序》总括文史，推演变迁，本宜加详，则反从略。总观全书，一以黄氏《札记》之繁简为详略焉。《札记》所曾涉者，虽连篇累牍，未厌其多；《札记》所不及者，只依黄注笺释，略有出入。黄氏《札记》，自为一书。注疏自有义例，当以本书为体，未可倚钞袭为能。尚论昔贤，取则不远，今之君子，宜矜式焉。"①

1926 年，即《讲疏》出版的次年，李笠又发表了《读〈文心雕龙讲疏〉》一文，对其书提出增补、修改意见。李笠（1894—1962）字雁晴，浙江瑞安人，与伍叔傥并列"瑞安十才子"。他毕生致力于校勘、训诂之学，历任中山大学、河南大学、厦门大学、武汉大学、暨南大学、江南大学、南京大学、南开大学、复旦大学等校中文系教授。范文澜知其亦尝从事《文心雕龙》研究，故《讲疏》出版后即邮赠李君。李笠阅后便撰书评《读〈文心雕龙讲疏〉》，刊于1926 年《图书馆学季刊》。所谓："刘勰《文心雕龙》在古书中之价值，既尽人而知之；旧注之疏舛，亦学者所公认也。南开大学教授范君仲澐应社会之需要，别撰新疏，详赡宏博，学者便之。书成，邮以示余，以余亦尝从事于刘书也。《春秋》之义，责备贤者。笠于刘书，既已粗尝甘苦，而旁观者明，其亦何能已于言乎？管见所及，以为范书当增补者凡若干事，当整理者凡若干事，胪列如

---

① 章用.《文心雕龙讲疏》提要［J］.甲寅周刊，1925，1（20）：24-25.

次。其有乖谬，幸仲澐与海内贤达有以教之。"① 具体而言，李笠认为《讲疏》当增补者有八：一，书考；二，著者年谱；三，刘勰遗文；四，旁证；五，引书出处；六，注释；七，校勘；八，补辑。当整理者有二：一，正文与注疏之别异；二，注疏自身之区别。对其意见及其研究成果，范老酌情予以采纳，在其后出版的北平文化学社本《文心雕龙注》中，于《诸子》注［52］、《丽辞》注［5］、《程器》注［8］征引"李君雁晴曰"3条。

对范注进行较为全面的订补举正，且影响较大者当属杨明照（1909—2003）先生。1932年秋，杨氏在重庆大学读书，由于课程少，自由支配的时间较多，故能专心致志补正黄叔琳和李详两家注。"日复一日，范围逐步扩大，条目不断增加，某些疑案也有所举正。后购得范文澜注本（解放前北平文化学社印行者），展卷一观，叹其已较详赡，无须强为操觚，再事补缀。但念既多所用心，不忍中道而废。于是弃同存异，另写清本，继续钻研。此后凡有增补，必先检范注然后载笔。不到三年，朱墨杂施，致眉端行间几无空隙。1936年夏，就把它理董为学士学位论文而顺利通过，并博得指导教师好评：'校注颇为翔实，亦无近人喜异诡更之弊，足补黄、孙、李、黄诸家之遗。'"② 可见，杨氏《文心雕龙校注》是对范注的补遗。他在对范注进行校注拾遗的同时，对其书也多有举正：先是于1937年发表了《范文澜〈文心雕龙注〉举正》一文，对北平文化学社本范注中的一些讹误施以订正；接着又于1938年撰写了《评开明本范文澜〈文心雕龙注〉》一文，对上海开明书店本范注中的一些错失进行纠谬。这些举正具有"片言而存疑顿释，只字而纷讼立断"之效，对于进一步完善范注具有十分重要的意义。当然，其中也有立说未惬或失之偏颇之处，须进一步辨析方不枉范注。

20世纪30年代，还有一位特殊的人物以特殊的方式对范注进行了订补，他就是开明书店的创办人章锡琛（1889—1969）先生。1936年，改编修订后的《文心雕龙注》在开明书店出版，章氏曾亲施校勘。据王伯祥记载："仲澐此注，原名讲疏，今重加增订，飺开明书店为之印行，雪邨自任校勘，发书比对，经年乃毕，并据宋刊《太平御览》所引作校记附于书末。"③ 文化学社本正文校勘，范老充分吸收了孙蜀丞利用明抄本《太平御览》的校勘成果。然而，校勘

---

① 李笠．读《文心雕龙讲疏》［J］．图书馆学季刊，1926，1（2）：341.

② 杨明照．我和《文心雕龙》［M］//曹顺庆．岁久弥光——杨明照教授九十华诞庆典暨中国古典文献学国际学术研讨会论文集．成都：巴蜀书社，2001：1-2.

③ 王伯祥．庋槒偶识［M］．北京：中华书局，2008：105.

如扫浮尘，随扫随落，即使同据《御览》校雠《文心》，由于发现新版本也会取得突破性进展。从孙蜀丞校勘的具体内容来看，他所据《御览》版本中还没有宋本。现存《御览》南宋闽刊本（建本）和南宋蜀刊本残片，因各种原因流落日本。"民国十七年戊辰（公元 1928 年），张元济赴日本访书，在帝国图书寮，京都东福寺获见宋蜀刊本，因借影印，又于静嘉堂文库借摄所藏闽刊本（建本）。民国二十四年乙亥（公元 1935 年），上海涵芬楼将张元济从日本借照携归的宋闽刊本、宋蜀刊本《太平御览》影印，编入商务印书馆出版的《四部丛刊·三编·子部》，其宋蜀本、宋闽本所缺本、缺页，则以日本活字本补足。"① 故孙氏当时尚无缘见到宋本，乘开明书店再版《文心雕龙注》之机，章氏将其据日本静嘉堂文库藏宋刊本《太平御览》所校内容附之卷末。其《校记》曰：

> 《文心雕龙》一书，为吾国文学批评之先河，其识见之卓越，文辞之瑰丽，自古莫不称善。旧有黄崑圃注，盖出其门客之手，纰缪疏漏，时或不免。余友范君仲澐，博综群书，为之疏证。取材之富，考订之精，前无古人，询彦和之功臣矣。黄氏尝于诸本异同，亲施校勘，范君更为订补，厘正已多。最近得涵芬楼影印日本帝室图书寮京都东福寺东京岩崎氏静嘉堂文库藏宋刊本《太平御览》，偶加寻检，其中所引《雕龙》文字，颇有同异。尤足珍者，如《哀吊》篇"汝阳王亡"，注谓"汝阳王不知何帝子"，今此本"王"作"主"，则是崔瑗作《哀辞》者，乃公主，非帝子。《史传》篇"左史记事者，右史记言者"，注谓"彦和用《玉藻》说"。此本作"左史记言，右史书事"，则用《汉志》说。《论说》篇"仰其经目"，注谓"疑当作抑其经目"，此本果作"抑"。又如《颂赞》篇"义兼"之为"讃兼"，《诔碑》篇"攺盼"之为"顾昐"，《史传》篇"同异"之为"周曲"，"迍败"之为"屯贬"，《章表》篇"蓋阙"之为"然阙"，《书记》篇"遗子反"之为"责子反"，"激切"之为"激昂"，《神思》篇"缀虑"之为"缀翰"，《指瑕》篇"颇疑"之为"颇拟"，义胥较长。他类是者尚众，不遑举缕。辄为签校，附之卷末，尘山露海，傥有稗乎。民国二十五年，六月，章锡琛。②

---

① 林其锬，陈凤金．文心雕龙集校合编［M］．台南：暨南出版社，2002：12-13.
② 章锡琛．校记［M］．范文澜．文心雕龙注：卷7．上海：开明书店，1936：1.

可见，章氏采用附录形式，据宋本《御览》订补范注，在《文心雕龙》文本校勘方面取得了重大突破！

20世纪40年代对范注进行订补的学者是赵西陆（1915—1987）先生，他于1944年在西南联大任教期间，撰写了《评范文澜〈文心雕龙注〉》一文，举其墨漏疵误。赵氏对范注关注已久，对其版本变迁情况亦甚明了。"范氏原著有《文心雕龙讲疏》，脱稿于民国十二年（北平罗莘田先生有藏本）。据其书前自序，则任南开学校教职时所作。""此注民国十八年九月初刊于北平文化学社。卷首有例言称：'以黄叔琳校本为主，参以孙仲容手录顾（千里）黄（荛圃）合校本，谭复堂校本，及近人赵君万里校唐人残写本，孙君蜀丞所校唐人残写本，据明抄本《太平御览》校，及《太平御览》校三种。'校勘之资，可云详备。继又增入日人铃木虎雄校记及章锡琛据涵芬楼景印宋刊本《太平御览》校记两种，于民国二十五年重刊于上海开明书店，注有未妥，亦少加厘订。即今世间通行本也。"① 赵文对开明书店本的订补计有八类：一曰苟取塞责，二曰望文生训，三曰不究本始，四曰不求本证，五曰不求旁证，六曰动辄阙疑，七曰罕加辨究，八曰抄撮习见。

日本学者斯波六郎（1894—1959）于1952年著成《文心雕龙范注补正》一书，继续订补范注。其书最早由日本广岛大学文学部中国文学研究室印行（1952年11月），后由黄锦铉译成中文发表于台湾《师大国文学报》1978年第7期，后又收入黄锦铉编译的《文心雕龙论文集》，台北学海出版社1979年印行。斯波六郎是日本近代著名的汉学家，他的《补正》是范注问世以来，研究者对其所做的最为全面的一次拾遗订正，涉及全书50篇，总条目443条。其中《史传》最多，23条，《定势》和《谐隐》最少，各有2条。类别上，补遗多达359条，其中出典285条，校勘72条，释义2条；订正仅有84条，其中出典24条，校勘45条，释义15条。斯波之文在补范注之未备与正其讹失方面，既取得了显著的成绩，也存在一些明显的不足。

20世纪50年代，对范注进行订补的还有一位无名功臣——王利器（1912—1998）先生。当时，人民文学出版社拟再版范老的《文心雕龙注》，并想请他写一篇前言。"不想范文澜却不愿意这样做，说这本书是原先的范文澜写的，原先

---

① 赵西陆. 评范文澜《文心雕龙注》［J］. 国文月刊，1945（37）：28.

的范文澜已经死了，现在活着的是另一个范文澜，怎么能由我再写一篇前言呢？"① 范老认为那是他以追踪乾嘉老辈为全部生活的唯一目标时期的"旧我"之"旧作"，不值一提！后经再三劝说，范老同意再版其《文心雕龙注》，但认为需要校订注文。而他当时正忙于《中国通史简编》《中国近代史上编》的修订再版和《中国近代史资料丛刊》的编辑出版之事。因此，再版的校订工作是他请人代做的。林甘泉回忆说："1950 年人民文学出版社再版此书时，曾商请作者校订并撰写序言。范老请当时在近代史所工作的老友金毓黻先生找了一位老先生王寿彭核对引文，详细核阅，但没有同意写序而只题写了书名，以示新版经过作者同意。范老很少题字，这是惟一的一部自题书名的旧著。遗憾的是，1998 年，人民文学出版社再印此书时，竟将著者的题签撤掉，另换了别人的题字。"② 可见，范老让老友金毓黻找到王寿彭老先生所代做的工作主要是"核对引文"，他本人对此书的再版并未做什么校订工作。而人民文学出版社 1958 年版《文心雕龙注》，较之开明书店本有较大的增删损益。那么，这些修订工作是由谁来做的呢？王利器《我与〈文心雕龙〉》一文给我们提供了线索。他当时在文学古籍刊行社（后并入人民文学出版社）工作，曾担任《文心雕龙注》重版的责任编辑。他说开始范老不同意重印这部书，认为是"少作"，存在不少问题。他则表示这次做责任编辑，一定尽力把工作做好。在整理过程中，他订补了 500 多条注文，交范老审定时，范老完全同意，并提出"你订补了这么多条文，著者应署我们两人的名字才行"。王氏认为这是责任编辑应当做的分内工作，所以不同意署他的名字。而在他自己的《文心雕龙校证》一书中，他订补的 500 余条注文均未采用③。这一段学坛佳话并不为多少人所知，即使在"龙学"界也很少为人所知。相反，人们一直以为范注从开明书店本到人民文学本的修订工作就是范老本人做的，而"编辑部仅在文字上作了若干校订"。

20 世纪 60、70 年代，台湾地区两位著名学者接着对范注进行订补举正工作。先是张立斋于 1967 年出版了《文心雕龙注订》一书，正范注之讹失与补其

① 陈其泰.范文澜学术思想评传 [M].北京：北京图书馆出版社，2000：143-144.
② 林甘泉等.高山仰止 景行行止——《范文澜全集》编余琐记 [N].中国社会科学院院报，2004-01-13.1958 年再版的范文澜《文心雕龙注》是作为"中国古典文学理论批评丛刊"之一出版的，1962 年重印时已改为郭绍虞、罗根泽主编的"中国古典文学理论批评专著选辑"之一，但保留了范老题签的书名，至 1978 年重印时已将范老题签的书名换掉。
③ 王利器.王利器学述 [M].杭州：浙江人民出版社，1999：222-223.

所未备；后来王更生又于 1979 年出版了《文心雕龙范注驳正》一书，对范注进行全面的驳正。张立斋（1899—1978）先生出身望族，幼承庭训，曾师从金梁、罗振玉，研究训诂学、文字学。1949 年后赴台，历任东吴大学、政治大学和文化大学教授。张先生也是孕育台湾"龙学"的前辈，不仅最早于政治大学开设《文心雕龙》课程，而且最早在台湾从事《文心雕龙》校注研究，台湾正中书局 1967 年 1 月出版的张氏《文心雕龙注订》，乃台湾"龙学"界最早的一部专著，王更生总编订的《台湾近五十年文心雕龙研究论著摘要》"专门著作"类即以《文心雕龙注订》为首。张氏在《文心雕龙注订·叙》中指出，历代《文心雕龙》注本谬误甚多，未能尽善，于是欲订补诸家，确立善本，以利于今人研读。所谓"至于注订之作，一以正诸本之讹失，与补其所未备"。《注订》一书虽有对纪评、黄注、杨校等诸本的订正，但主要是对范注的订补。据统计，全书言别本误者仅有 8 处，而明指范注非者多达 112 处。因此，《注订》实际是对范注的订正。台湾"龙学"同行明言："政治大学张立斋《文心雕龙注订》，对范文澜《文心雕龙注》作全面订正，为研究奠定根基。"①

王更生（1928—2010）先生系台湾地区著名"龙学"家，曾著《文心雕龙范注驳正》一书，从六个方面对范注进行驳正。（一）采辑未备：没有为刘勰编制年谱；于所引《梁书》本传中不录《序志》原文；板本无考；未收前人之序跋、评点、著录；未收舍人之遗著。（二）体例不当：收录日人铃木虎雄《黄叔琳本文心雕龙校勘记》之绪言和校勘所用书目，观点有偏差，不合著书体例；于《文心雕龙》各篇篇旨或释或不释，无体例可循；校勘或夹入正文，或附注中，或校而不注，或别目单行，无体例可循；称谓不当，前后不一，未合例言；引书不详卷次，与例言不一致。（三）立说乖谬：图表组织体系毫无根据，不按《序志》划分结构；排列顺序错误，"文原论""文体论"不分；不辨是非，《辨骚》入"文原论"；"创作论"体系图牵强附会，致"体性"分途、"风骨"异帜、"通变""定势"散置众篇之下、"附会""物色"异路争驱。（四）校勘不精：范氏鉴于黄注纪评之谬而亲为操觚，其自身误校、失校可商量处很多。（五）注释错讹：范氏不甚明了舍人行文词例、字例以及造语之例，资料选取、剪裁、安排未尽精当；有些注释望文生义、牵强附会。（六）出处不明：出处不明、不当；或引证未博。

在以上对范注订补举正的基础上，20 世纪 80 年代又出现了一篇带有总结

---

① 刘渼. 台湾近五十年来文心雕龙学研究［M］. 台北：万卷楼图书有限公司，2001：25.

性、评论性的范注订补文章，这就是牟世金（1928—1989）先生的《文心雕龙的"范注补正"》一文。牟文的撰写缘于斯波的《补正》，他说："斯波氏的《补注》，不仅有的出典颇有价值，也不止于出典的增补，还纠正了某些范注之误；有的范误已为后来研究者陆续发现，有的则至今还被继续沿用。这就是《补注》之可贵而值得注意了。当然，《补注》的少数意见尚待斟酌，也有某些当补、须正而未补、未正的。凡此种种，将在下面分别列述。"此外，文章还从更广泛的视角，对范注订补予以审视："范注确有某些不妥之处，后继者在它的基础上有所增补和纠正，从而不断有新的发展，这是必然的，也是学术发展的正常现象。范注之后，首先有杨明照先生的《范文澜〈文心雕龙注〉举正》发表，斯波六郎的《补正》继之，略其同而存其异。其后有张立斋的《文心雕龙考异》和《文心雕龙注订》，王叔岷的《文心雕龙缀补》及李曰刚的《文心雕龙斠诠》等，对范注杨校又分别各有增益。"至于文章的主要内容，作者说："兼述诸家增补之美的重任是本文承荷不了的，只打算主要着眼于以下三点粗陈己见，以就教于中日高明：一是斯波六郎《补正》的得失，二是对理解原著尚存歧议的部份内容，三是上述诸家补正所未及的某些问题。"①

在 20 世纪最后 10 年里，范注订补又有了意外的收获。吉林大学中文系教授霍玉厚（1899—1966）先生早年就读于北京大学，曾参加过五四新文化运动。大学毕业后从事教育工作，在讲授《文心雕龙》课程时，对范注之疏漏进行补正，撰成《文心雕龙范注补》文稿。后因迁校而遗失，晚年病重时，始将这一心血结晶口授，由其爱子霍恒昌笔录，脱稿后上交学校。不久，"文革"爆发，文稿下落不明。幸运的是，"文革"期间，霍老的学生、助手刘家相偶然在学校的乱纸堆里发现该稿，一直妥为保管。1978 年，这份历经劫难的文稿又回到霍恒昌手中。虽经好心人多方联系出版，一直未果。后来，霍老的门生，在《社会科学辑刊》杂志社工作的魏鉴勋先生，受霍恒昌夫妇之托，对文稿略加整理，在该刊 1992 年第 4、5、6 期和 1993 年第 1、2、3、4 期连载。霍老序曰："余于1942 年秋担任旧东北大学中文系《文心雕龙》一课，用《文心雕龙范注》为教本。是书博大精深，可叹观止。唯陈义过高，多为同学所未解，间亦有与蔽意相出入者，爰为补注若干条。事同立异，意归盍各，纤埃寸流，或为山海所不弃云。（1943 年秋 霍玉厚谨序）原稿已于旧东大迁校中遗失。是稿系余今夏讲授其义，由霍恒昌笔录而成者也。时历廿余载，余之学识多所转变，尤以解

① 牟世金. 《文心雕龙》的"范注补正"［J］. 社会科学战线，1984（4）：233-234.

放后在党的领导教育下所获尤多，是书虽沿用旧名，而内容则迥非昔比矣。近见刘永济、杨明照诸作，树义精当，有足补范注所未及者，爰为择要列入，以资参证焉。（1965 年秋　霍玉厚又识）"①

综上所述，自范注问世后，各类订补举正绵延不绝，贯穿 20 世纪各个年代，形成了一道亮丽的学术风景线。此外，各类文章典籍中，零星订补举正范注者尚多，且延续至今。刊烦择要，不再一一胪列。

二、范注订补得失评析

范注订补不仅持续时间长，而且分布地域广，海峡两岸以及东邻日本学界于此均有重要成果。此外，在订补的内容形式、观点态度等方面也各有不同。从订补形式看，既有篇幅不大的书讯、书评、读后感一类（如章用、李笠、赵西陆之文），也有长篇的订补举正专论（如杨明照《举正》及牟世金、霍玉厚之文），更有专门的补正著作（如斯波六郎、张立斋、王更生之书），甚至还有以隐性的附录（如章锡琛《校记》）、编校（如王利器）形式出现的订补。这些订补举正，有的指出范注著述体例的不足（如章用、李笠），有的分门别类指正其讹误（如杨明照《评开明本》及赵西陆之文），有的按篇目先后逐篇举正（如杨明照《举正》及章锡琛、斯波六郎、霍玉厚之作），有的是在自己的著作中重点订补范注（如张立斋），有的则以专门的著作驳正范注（如王更生），还有的是以责任编辑的身份兼事订补校正工作（如王利器），有的又是在对范注订补作总结反思的基础上进行补正（如牟世金）。就观点态度而言，总体上否定范注的只有台湾地区学者张立斋和王更生，大部分补正者认为范注博大精深，取精用弘，稍有瑕疵，亦在所难免，故在充分肯定的前提下，对其施以订补，以期进一步完善范注。其中，杨明照的态度稍显复杂，前期既有肯定，批评亦甚尖锐；晚年又提出《文心雕龙》有重注的必要，因为范注有诸多不足。诸家订补，形式各别，观点颇异，尚需对其得失做进一步评析。

章用的《〈文心雕龙讲疏〉提要》所述范著不足之处，有些未必确当，如"割裂篇章，文情不属；以数系注，不按章句；旁引文论，钞撮全篇"。所谓

---

① 霍玉厚口述，霍恒昌笔录.《文心雕龙》范注补［J］. 社会科学辑刊，1992（4）：148.

"割裂篇章，文情不属"，当指《讲疏》于《文心雕龙》上下篇之前各立一个提要，并用图表揭示其关系而言。范老的上下篇提要及其图表着眼于全书的系统结构，主要从逻辑义理上说明各篇之间的内在联系和外在表现，用以构建上下篇的结构体系，并统领上下篇的内容，进而凸显全书的有机整体性，因此并非按原书篇目顺序排列，对少数篇目的位置有所调整。所谓"以数系注，不按章句"，是指《讲疏》将各篇原文分为若干段落，注文分插于每段之后，序号每段重新编号的体例。《讲疏》虽以黄注为底本，但并未保留传统的章句形式，而是采取以数系注的现代著述体例①。至于"旁引文论，钞撮全篇"，则是指责《讲疏》材料附录不精。其实，详备博赡的材料迻录恰好是其书的一个重要特色，范老是有意而为之："凡古今人文辞，可与《文心》相发明印征者，耳目所及，悉采入录。虽《楚辞》《文选》《史》《汉》所载，亦间取之，为便讲解计也。"② 不过，章用说《讲疏》过于倚重黄札，"一以黄氏《札记》之繁简为详略焉"，则是切中肯綮之言！《讲疏》对《札记》的承袭，从体例到方法、从观点到材料、从出典到校字，无所不包。范老采取探囊揭箧之法，几乎将《札记》的全部内容，无分巨细地全部纳入《讲疏》之中，以致与自己的注疏相抵牾而全然不知。章用所谓《章句》宜简反详，《时序》宜详反略，亦皆源于黄札。因此，说《讲疏》是《札记》的扩展版也不为过。

李笠的《读〈文心雕龙讲疏〉》主要针对《讲疏》的体例提出修改意见，认为应当增补书考、著者年谱、刘勰遗文、旁证、引书出处、注释、校勘、补辑。此外，对于行文格式和注疏分类也提出修改建议，如正文与注文字号须分大小，注疏宜统列正文之后，注疏当分正注（数典及诠文）、旁注（旁证及引录近人论文）、附注（与刘书有关之文学作品）等。这些意见，范老后来修订其书时，有些已据以调整，有些则限于体例和著述特点而一仍其旧。其实，范著既曰《讲疏》，体例方面当自有其特点。李氏所述或为著述特点之差异，或为撰写习惯之不同，不必以此为的，强求划一。相反，在具体论述中，李氏倒是对范注做了一些有益的订补。例如，《镕裁》"二意两出，义之骈枝也；同辞重句，文之疣赘也"，《讲疏》注曰："'二意两出'者，谓二义蹉驳，不可贯一，必决

---

① 传统的章句注释体例，风格古雅，注释形式通常为原文大字，注文以小字紧随其后；现代古籍注疏体例，方便实用，一般先列原文，注文在原文之后，按序号集中排列，分条注疏。

② 范文澜．文心雕龙讲疏·自序［M］．天津：新懋印书局，1925：4．

其取舍，始能纲领昭畅，文无滞机也。"① 这里，"二意"为"一意"之误，范老疏于校雠而作牵强附会之解。李笠批评道："盖上下二句，'两'与'重'同，'骈枝'与'疣赘'义又同；而'二'与'同'异，对句不称，可疑一也。且'二意两出'何侈于性？不能谓之'骈枝'明矣。词义不通，可疑二也。则'二'之为'一'，确切不移，即无所据之本，犹当改之矣。"②《讲疏》除了颇为倚重黄札外，对黄注承袭亦多，如《才略》全篇注文几乎都以黄注代之。至于稍微改换眉目而加以袭用，便不复归诸原人、标明注者的为数也不少。李氏文中就指出：《原道》"玄黄"，黄注引《易》，《讲疏》加"坤卦文言"四字；"方圆"，黄注引《大戴礼记》，《讲疏》加"曾子天圆篇"五字；皆不复冠以黄注字样。如此皆进益之言！

1937 年 5 月，杨明照在《文学年报》第 3 期发表了《范文澜〈文心雕龙注〉举正》一文，针对文化学社本范注进行订正。全文共 37 条举正，主要从出典和校勘两方面展开。其中，可正范注讹失者 6 条；出典比范注更准确、更全面，可补范注之未备者 5 条；校字比范注更有据、更合理，可正范注之偏颇者 9 条；出典与范注各有所据，可与范注共观互照者 8 条；校字与范注各有所长，能与范注两说并存者 7 条；校字与范注均未当者 1 条；校字自身不当者 1 条③。1938 年 12 月，杨氏又在《燕京学报》第 24 期发表了《评开明本范文澜〈文心雕龙注〉》一文，对上海开明书店本范注中的一些错失进行纠谬。这篇文章登在《燕京学报》"国内学术界消息"栏目，是作为第 2 条书讯刊发的，原名"《文心雕龙注》（范文澜纂　民国二十五年七月　开明书店出版　七册一函　定价三元六角）"，文章的实际内容是对开明书店本范注的举正，故杨明照在《我和〈文心雕龙〉》一文中开列自己陆续发表的各种相关论文时，将其定名为《评开明本范文澜〈文心雕龙注〉》。不过，此文与前文多有重复，文中举正共 44 条，与前文重复者多达 13 条，只是文章体例与前文有所不同，前文是按《文心雕龙》的篇目顺序举正的，此文则按讹误类型举正；再者，此文举正多为一些小问题，如例言应删者、误断句者、引书失注篇第者、引佚书失注来历及注来历前后不一者、引旧说不注来历及注出处不于首见者、引书旧注不标明者及引书武断者、书名不应简称者、无须出注及无须引纪评者、人名书名号

① 范文澜．文心雕龙讲疏：卷 7 ［M］．天津：新懋印书局，1925：7.
② 李笠．读《文心雕龙讲疏》［J］．图书馆学季刊，1926，1（2）：344-345.
③ 详参李平．杨明照"范注举正"述评［J］．中国文论，2019（5）：152-178.

错标者等。大概杨氏自己也觉得意义不大，故其论文集《学不已斋杂著》没有收录此文。此文举正的条目虽不少，然大体可以分为两类，一类为值得商榷讨论的举正，另一类为可以补正完善范注的举正①。总体来看，杨氏对范注的举正确能订其讹失、补其未备、正其偏颇，对于进一步完善范注，功莫大焉！然而，杨氏文中亦多意气之言，如"故有是瞽说耳""匪特未审文意，且惑同鲁哀公矣""真可谓笑他人之未工，忘己事之已拙者矣"之类，实在没有言之的必要。人非圣贤，孰能无过？一味肆其意气，只能留人恃才傲物、目中无人的印象。

章锡琛先生据宋本《太平御览》对《文心雕龙》进行校勘，弥补了范注的不足，在"龙学"研究史上具有重要的地位。《御览》作为宋代文献极具校勘价值，历来备受学界关注。明代《文心雕龙》校勘之功臣朱郁仪的突出贡献，就在利用《御览》校正通行本《文心》文字之讹误。受朱郁仪影响，徐兴公校字也很重视《御览》，并特别强调以善本《御览》校读《文心》。远绍明人朱郁仪、徐兴公之遗绪，据多种《御览》版本校雠《文心》并取得卓越成就者是民国时期的孙蜀丞②。然而，由于条件限制，孙氏据以校勘的《御览》版本中还没有宋本。章氏在孙氏之后，据宋本《御览》校雠《文心》，不仅取得了突出的成绩，而且使据《御览》校雠《文心》这一学术传统绵延 400 余年而不衰。章氏利用宋本《御览》所作之校勘，不仅解决了一些疑难问题，如"汝阳主"误作"汝阳王"，而且验证了范老通过理校法所做的一些校勘，如"仰其经目"，疑当作"抑其经目"；同时也提出了一些与原注所校相左的校勘结论，如范注谓"左史记事者，右史记言者"用《玉藻》说，宋本《御览》"左史记言，右史书事"则用《汉志》说。此外，章氏所校还弥补了范注许多失校之词，仅《原道》就有 15 处之多，且尚有不少与原校不同之处，如"圣因文而（孙云《御览》"而"作"明"）明道"，章校所据宋本"而"作"以"不作"明"。这里的不同之处与通行本相同，不仅文辞通顺，而且句义惬当。

赵西陆《评范文澜〈文心雕龙注〉》一文，按类别订补范注，胜义纷披，进益良多。如《附会》"夫才最学文，宜正体制"，范注："'最'疑当作'优'，或系传写之误。殆由学优则仕意化成此语。""才最学文"，新懋印书局本作

---

① 详参李平．杨明照"范注举正"续评［J］．中国诗学研究，2017（2）：95-114.

② 详参李平．孙人和据《太平御览》校雠《文心雕龙》考察与辑佚［J］．中国诗学研究，2018（1）：201-221.

"才量"，文化学社本正文与注文俱作"才最"，开明书店本则正文作"才量"，注文仍作"才最"。故杨明照《评开明本范文澜〈文心雕龙注〉》说："按正文原作'才量'，注忽引作'最'，未知所据（余检校二十余本，皆无作"最"）。即以'最'字言之，其形与'优'不近，何缘致误？且'学优则仕'一语，与此文意各别，何尝由其化成？"①赵西陆谓范注乃"望文生训"，案曰："《太平御览》五百八十五引作'才童'，知'最'盖'童'之讹。《体性篇》云：'童子雕琢，必先雅制。'与此可互证。推彦和之意，不过谓学慎始习耳；与学优则仕意何与耶？"赵说甚是，以后各家校字均从赵说。再如《时序》"魏武以相王之尊，雅爱诗章"，范注引《金楼子·兴王篇》"魏武帝御军三十余年，手不舍书"云云。赵西陆谓此乃"不究本始"，案曰："《魏志·武帝纪》裴注引《魏书》曰：'太祖御军三十余年，手不舍书。昼则讲武策，夜则思经传。登高必赋，及造新诗，被之管弦，皆成乐章。'此固《金楼子》所据。王沈之书虽佚，而陈氏《国志》具在；何劳舍近取远转引它籍？"另，赵氏谓《讲疏》"多采心理学家说，强为附会，颇病芜杂"，亦为有识之见。然而，赵文所评亦有不足之处。如《谐隐》："魏文因俳说以著笑书，薛综凭宴会而发嘲调；虽抃推席，而无益时用矣。""推"，黄校"疑误"，赵谓"范氏无注说"，案曰："'推席'不词，明有误字。检本书《时序篇》云：'傲雅觞豆之前，雍容衽席之上。'衽席连文，知'推'盖'衽'形近之讹。（近人潘重规《读〈文心雕龙札记〉》曰："'推'疑当作'帷'"。非是。）"②实际上，范注各本对此俱有校注："'推'当是'帷'字之误，抃帷席，即所谓众坐喜笑也。"后人虽然对此句的校勘也提出一些不同意见，但仍以范校为优，故潘重规、杨明照、刘永济、牟世金等均从范说。所谓"范氏无注说"，不知从何说起？可能是范注"推"字校勘处于本篇注［8］之末行，赵氏忽略未见所致？

斯波六郎接续杨明照补正范注，于范注出典未备、校雠未精、释义未当等方面，补苴罅漏，匡讹纠谬，取得了巨大的成绩，使范注这一里程碑式的著作更近于完璧。斯波之范注补正主要为典故之引证，特别是范注所略词语，其亦尽可能援引原文，以为《文心雕龙》文字提供语源出处。如《原道》"谁其尸之"，范注未出典，斯波引《诗·召南·采苹》"谁其尸之，有齐季女"为其出典。范注以典故引证和材料迻录为主，字句校雠主要在正文夹校中完成，限于

① 杨明照. 评开明本范文澜《文心雕龙注》[J]. 燕京学报，1938（24）：255.
② 赵西陆. 评范文澜《文心雕龙注》[J]. 国文月刊，1945（37）：28-29.

体例而不及判是定非，只有少数字句的校雠，在注中另加判断说明。于是，斯波对范注正文夹校中的字句校雠，采取补加断语和证明材料的方法，判是定非以确立正字。如《明诗》"诗者持也"，范注："孙云唐写本'诗'上有'故'字。"斯波补曰："有'故'字者是，与'故铭者名也'（《铭箴》），'故书者舒也'（《书记》），'故章者明也'（《章句》），'故比者附也'（《比兴》）等，皆同一句法。"对范注释义未惬之处，斯波亦尽力指瑕弼违。如《辨骚》"中巧者猎其艳辞"，范注据黄札以释义："'中巧'犹言'心巧'。"斯波案："此之'中'字为'的中'之'中'，谓喻射。故下用'猎'字。梅音'中，去声'，亦作'的中'解。"① 此言甚是。然而，斯波之补正亦存在诸多问题：很多出典生硬勉强，因而意义不大；一些语源考索有悖范注特点，故而价值不高；有的补充材料范注已引，属于增补不当；还有的指正本身就存在问题，让人殊觉非是。例如《宗经》"道心惟微"，斯波引《尚书·大禹谟》"人心惟危，道心惟微"为之出典。其实，范注《原道》注［37］已为赞词"道心惟微"出典："《荀子·解蔽篇》引《道经》曰：'人心之危，道心之微。'枚赜采此文入《伪大禹谟》，改两'之'字为'惟'字。彦和时不知《古文尚书》伪造，故用其语。"此处出典不仅交代了语源，而且指明枚赜改字及刘勰因不知《古文尚书》伪造而用其语，显然优于斯波之出典②。

王利器堪称范注订补的无名功臣！他为范注所作的 500 多条订补，仅在数量上也是相当可观的，完全能与李详的《文心雕龙补注》相比。笔者曾将范注开明书店本与人民文学本比勘对照，发现两者差别确实不小，除了一些简单的字句正误外，重要的订补也不少。范注虽曰详赡，然无论校字还是征典，遗珠之憾亦时或有之。对此，王利器在可能的范围内做了增补。先看校字，《诔碑》赞曰"颓影岂忒"，"忒"唐写本作"戢"。王利器补曰："案唐写本作'戢'是，本赞纯用缉韵，若作'忒'则失韵。《礼记·缁衣》'其仪不忒'，《释文》'忒一作貣'，而貣俗文又作貸，与戢形近，故戢初误为貣，继又误为忒也。"这就以用韵为理由，证明了唐写本是。杨明照对此句的校勘与王说完全相同。再看征典，《正纬》赞曰："荣河温洛，是孕图纬。神宝藏用，理隐文贵。世历二汉，朱紫腾沸。芟夷谲诡，糅其雕蔚。"开明书店本于"荣河温洛，是孕图纬"

① ［日］斯波六郎. 文心雕龙范注补正［M］//黄锦铉编译. 文心雕龙论文集，台北：学海出版社，1979：4，11-12.
② 详参李平. 斯波六郎"范注补正"的性质与影响［J］. 文化与诗学，2019（2）：212-223. 李平. 斯波六郎"范注补正"得失谈［J］. 北方论丛，2019（1）：32-37.

句后标注［28］，于"芟夷谲诡，糅其雕蔚"句后标注［29］，然均有注无文。王利器于注［28］后补注文："《易乾凿度》'帝盛德之应，洛水先温，六日乃寒。'"① 此外，王氏对范注中的错误及不足之处，也做了大量的订正工作。如《谐隐》注［2］引《左传·宣公二年》"骖乘答歌"，当为"使其骖乘谓之曰"。《章表》注［9］引《荀子·儒行篇》"效有防表"，实为《荀子·儒效篇》"行有防表"之误，乃篇名与正文倒错所致。如此之类，王利器均为之订正。对范注校字、征典不完备之处，王氏亦常予以补充，并多指明何者为彦和所本，表现出重源流、尚考证、善辨别的求真务实精神②。当然，王氏的订补也存在一些问题。一方面，开明书店本存在的讹误，人民文学本尚有不少未予更正；另一方面，王氏订补本身也有一些可商榷之处。这里仅就后者略作陈述。《明诗》曰："张衡怨篇，清典可味；仙诗缓歌，雅有新声。"范注："'典'一作'曲'，纪云：'曲字是，曲字作婉字解。'" 文化学社本和开明书店本均如此，人民文学本据范注"案作'典'字是。《怨诗》四言，义极典雅"，将纪评改作"'典'字是，曲字作婉字解"。据两广节署本、《四部备要》本，纪评原文为："是'清曲'，曲字作婉字解。"人民文学本所改"'典'字是"，与纪评所校完全相反，且与下句"曲字作婉字解"分流舛驰，甚为不当。

台湾地区学者张立斋著《文心雕龙注订》，欲订补范注，以成新书，嘉惠士林，心志所冀，诚可钦也！然而，台湾"龙学"家王更生评其书曰："实际上，行文简要是张氏《注订》的佳处，至于正讹补阙，也许尚待进一步的努力。"③ 台湾"龙学"前辈李曰刚亦谓："其自负亦不浅矣。"④ 笔者将范注与张氏订补两相对照、细加比勘，发现张氏对范注之订补，除偶有进益之解、稍补范注未备之外，多为讹失之评，或仅一家之言。相反，《注订》一书过于倚重范注，其出典与校勘，或直接迻录范注，或部分酌取范注，或间接化用范注，留下了明显的因袭痕迹。如《原道》"高卑定位"，范注："《易·上系辞》：'天尊地卑，乾坤定矣。卑高以陈，贵贱位矣。'"《注订》出典与范注一字不差，如此之类在其书中比比皆是。直接迻录之外，还有部分酌取的，如"玄黄色杂"，范注："《易·坤卦》上六：'龙战于野，其血玄黄。'《文言》曰：'夫玄黄者，天地之杂也，天玄而地黄。'李鼎祚《周易集解》引荀爽曰'天者阳，始于东北，故

---

① 范文澜. 文心雕龙注：上册［M］. 北京：人民文学出版社，1958：230，45.
② 详参李平. 王利器"范注"订补考辨［J］. 文献，2002（2）：276-285.
③ 王更生. 重修增订文心雕龙导读［M］. 台北：华正书局，2000：120.
④ 李曰刚. 文心雕龙斠诠：下编［M］. 台北：编译馆中华丛书编审委员会，1982：2525.

色玄也；地者阴，始于西南，故色黄也。'"《注订》酌取范注《文言》出典：
"《易·坤卦·文言》曰：'夫玄黄者，天地之杂也，天玄而地黄。'"此外，间
接化用范注的也有不少①。

台湾地区著名"龙学"家王更生的《文心雕龙范注驳正》一书，具有特定
的时代政治背景，作者并未能站在公正的立场、秉持客观的态度对待范注，且
对范文澜其人其书均不甚了解，以致即使褒扬范注亦不合实情。而对范注的驳
正，从"采辑未备"到"体例不当"再到"立说乖谬"，多为不实之词。又，
这些驳正意见，李笠早在 1926 年的书评中就已指出，王著在半个多世纪后，旧
话重提，了无新意。此外，作者在对范注校勘不精、注解错讹以及出典不明之
处进行匡讹纠谬的同时，亦时或暴露出自身的纰缪差池，特别是校勘不精、注
解错讹的订正，基本上是综合杨明照与斯波六郎之成说。据检核，王氏主要综
合杨明照《举正》、斯波六郎《补正》及王利器《文心雕龙新书》等成果，完
成其对范注校勘不精、注解错讹的驳正。他认为"从范氏对原文的校勘方面观
察，其中误校、失校，可供商量的地方很多"。在校勘不精的误校方面，王氏一
共列举了 45 条，其中 18 条取自杨明照《举正》和《文心雕龙校注》，17 条取
自斯波六郎《补正》，5 条取自王利器《新书》。此外，并取斯波六郎与杨明照
的 2 条，并取张立斋与斯波六郎的 1 条，取自刘永济《文心雕龙校释》的 1 条，
另有 1 条在综合他人之说的基础上提出了自己的意见。在驳正范注注解错讹方
面，王氏一共列举了 35 条，其中袭用杨明照《举正》的 9 条，袭用斯波六郎
《补正》的 26 条。由于这 35 条均直接来源于《举正》和《补正》，且文字几乎
完全一样，王氏自己也觉得这样有所不妥，于是在书中说了这样一段话："过去
杨明照《校注》、刘永济《校释》和日本斯波六郎的《举正》，多能指斥其（指
范注——引者注）非，今特参综各家成说，择其错讹之确不可易者，条列如
次。"② 然而，这并不能改变其袭用的事实③。

牟世金《文心雕龙的"范注补正"》一文，对一些范注补正的得失、歧义
与未及问题做了具体分析。该文最大的特点是具有反思性，结合对斯波《补正》
的评论，提出改字宜慎、出典求精、加强注义等建议，均甚有见地。如《神思》

---

① 详参李平．试论《文心雕龙注订》对"范注"的订补与因袭——以范文澜、张立斋
　　《文心雕龙·原道》注为例［J］．中北大学学报，2018（3）：7-15.
② 王更生．文心雕龙范注驳正［M］．台北：华正书局，1979：38、69.
③ 详参李平．王更生《文心雕龙范注驳正》之驳正［J］．古代文学理论研究，2017，45
　　（2）：90-120.

"志气统其关键"，范注引《礼记·孔子闲居》以证"志气"当作"气志"。斯波引《书记》"志气槃桓"、《风骨》"志气之符契"，认为其义相同，何独要改《神思》之"志气"为"气志"？同篇"寻声律而定墨"，范注引《礼记·玉藻》"卜人定龟、史定墨"，并谓"此文所云'定墨'，不可拘滞本义"。斯波提出两者无关，甚是。牟世金评曰："标注古书词语的出典有自己的特殊目的，它不一定要找到最原始的出处，而以有助理解所注文义为准则。"在此基础上，他进一步强调："注引出典，虽还有继续努力和加以改进之处，但经前辈多年积累，可补可改者，已不会很多了。今后注释的重点，似应转到字词的意义方面来。"诚哉斯言！对范注订补中的歧义与未及问题，牟文共举 35 例，其中多有创获，既可正范注之误，又可补诸家之未备。如《书记》"观此四条"，黄叔琳疑为"数条"，范注"疑当作六条"，杨明照、王利器、李曰刚等据《檄移》"凡此众条"、《铭箴》"详观众条"等校作"众条"。张立斋《文心雕龙考异》谓："诸校皆非，篇中列举总二十四条，疑'四'字不误，或上脱'廿'字或'念有'二字。①"牟文认为："'四条'不误。查《练字》篇有'凡此四条'之说，《指瑕》篇有'略举四条'之说。本篇上文说'笔札杂名，古今多品'，则以上六类属'多品'，每类各四'名'，即'四条'也。下文说'或事本相通，而文意各异'，正指每类之内的四条而言，如'律''令''契''券'等，就是相通而各异的，各类之间就不存在这种情形。故'四条'实为'各类四条'之省。"牟说甚有道理。各家目光集中于上述"六类"之上，而每类相加又有二十四目之多，故或疑作"六"，或疑作"数"，或疑作"众"，相对忽略了"六类"中各含"四条"。

　　牟文后出转精，新谊创见，层出不穷，然讹失未当之处，亦在所难免。《论说》"唯君子能通天下之志"，牟谓："诸家均补《周易·同人》'唯君子为能通天下之志'，而以斯波《补正》早出。"此说颇有问题，一者"诸家均补"并非事实，海峡两岸《文心雕龙》常见注本中，大陆杨明照、牟世金以及台湾地区李曰刚的注本有此出典，而大陆郭晋稀、周振甫、王运熙及台湾地区王更生的注本均无此出典；二者"斯波《补正》早出"，亦未见得，杨明照《文心雕龙校注》正式出版（1958）虽然晚于斯波之作（1952），但其书是在 20 世纪 30 年代，作者于重庆大学和燕京大学本科及硕士论文基础上完成的，"搁置箧中已十余年"，其出典时间远早于斯波。又，牟文谓："近读杨明照论范注引陈伯弢之

---

① 张立斋. 文心雕龙考异［M］. 台北：正中书局，1974：225.

误（谓《宗经篇》'易惟谈天'等二百字出王仲宣《荆州文学志》），已极佩其精严矣，又读张立斋于1970年在纽约所写《文心雕龙考异序》，已讲到这二百字：'检《艺文类聚》及《御览》并无，是乃范氏引象山陈汉章之言，本出严铁桥《全汉文》所误录。'虽杨说追根溯源，较张说有所发展，但张说已早出十年。"① 此乃据杨氏1982年版《文心雕龙校注拾遗》以为说，而杨氏早在1937年发表的《范文澜〈文心雕龙注〉举正》中就指出其误："《艺文类聚》三十八引王粲《荆州文学记官志》无此文，《御览》六百七引王粲《荆州文学官志》亦然。其六百八所引'自夫子删述'至'表里之异体者也'二百余字，明标为《文心雕龙》，非《荆州文学官志》也。陈氏盖据严辑《全后汉文》为言。范氏所注出处，亦系迻录严书。皆未之照耳！"在次年发表的《评开明本范文澜〈文心雕龙注〉》中对此又有进一步补充："余前疑此误始自张英纂《渊鉴类函》始，严氏仍之；昨假得明活字本《御览》比对，其六百七引《荆州文学官志》一则下，即接'夫易惟谈天'二百字，是张、严二氏之误，乃从此本出；信矣，书之贵善本也。"② 张氏所言正承袭杨说，且晚其远甚，岂可谓"早出十年"！

　　霍玉厚先生的《文心雕龙范注补》失而复得，其最大意义在于填补了20世纪90年代范注订补的空缺。霍补对于完善范注做了很多工作，首先是补充释义，使范注通俗可读。如《原道》"繇辞炳曜"，范注据《周易正义序》释义："卦辞爻辞并是文王所作。"霍按："此注并不误，然于繇辞失解，则文义不明。此处应加黄注所引：'繇卜辞也。'方与范注有所关涉。如将繇音宙亦注出，更便初学矣。范注云云，殊嫌高深。"其次是化解范注内在冲突，使注文前后一贯。同篇"幽赞神明"，范注引《易·说卦》出典："昔者圣人之作《易》也，幽赞于神明而生蓍。韩康伯注曰：幽，深也。赞，明也。"此本不误。然又引顾千里曰："幽赞神明，旧本作讚，是也。《易·释文》云幽赞，本或作讚。《孔龢碑》幽讚神明。《白石神君碑》幽讚天地。汉人正用讚字。孙诒让《札迻》十二'彦和用经语多从别本，如幽讚神明，本《易·释文》或本。'"让人感觉作"赞"为非。而篇末注"赞曰"之赞又回过来说："本书《颂赞篇》云'赞，明也，助也。'按《周礼》州长、充人、大行人注皆曰'赞，助也。'《易·说卦传》云'幽赞于神明而生蓍。'韩康伯注曰'赞，明也。'此彦和说所

---

① 牟世金.《文心雕龙》的"范注补正"［J］.社会科学战线，1984（4）：244，245，238，237，243.

② 杨明照.范文澜《文心雕龙注》举正［J］.文学年报，1937（3）：118.杨明照.评开明本范文澜《文心雕龙注》［J］.燕京学报，1938（24）：254.

本，《说文》无'讚'字，自以作'赞'为是。"让人殊觉非是，不知所从。霍补认为："两注应合为一，作赞本字也，作讚分别字也。本书《颂讚篇》中'及益讚于禹，伊陟讚于巫咸'，孙云唐写本两'讚'字皆作'赞'。讚与赞又合而为一，作本字赞是，作分别字讚亦是。"再次是增补校字依据，判是定非以确立正字。如《征圣》"先王圣化"，范注仅在正文夹校中录："孙云唐写本作声教。"霍补："'圣化'唐写本作'声教'较为具体，当从之。"所言甚是。《练字》即有"先王声教"之说。"文章昭晰以象离"，范注亦仅录："孙云唐写本作効。"霍补："'以象离'之'象'，唐写本作'効'，当从之。"案语确当。上句"书契断决以象夬"，"象"字不当重。《宗经》"励德树声"，霍补："范注训'励德'为'迈德'，不误，但不言其致误所由。按'迈'讹作'劢'，'劢'又讹作'励'耳。相承而误，迹自可见。"当然，霍补也有明显的不足。霍补虽然晚出，然如其序所言，实为当年课堂讲义，于前贤精当之义多有采录，非尽为原创心得。如"草木贲华"（《原道》）、"见乎文辞"（《征圣》）等，基本同于杨明照所校。校字判断亦有欠妥之处，如《征圣》"以文辞为功"，谓："'文'作'立'，铃木云按诸本作'立'，敦煌本亦作'立'，当从之。"①范注已引铃木校语并注曰："《左传》襄公二十五年：'……晋为伯，郑入陈，非文辞不为功，慎辞也。'"② 因"立"与原典不合，故范注未敢遽从唐本。

以上诸家订补举正，虽间有不足可议之处，却俱为范注匡讹纠谬，增色颇多。即使台湾地区两位学者对范注多有否定和不实之词，然亦不乏正补之良言精义，"自是范注之诤友，彦和之功臣"③。

三、范注订补经验总结

经过世纪补正、百年修订，终于造就了一代学术经典——范文澜《文心雕龙注》。在回顾一个世纪的订补过程，分析内容各别的举正得失之后，还有必要总结其中的经验教训。因为，范注的世纪补正、百年修订，不仅为学界增添了一道亮丽的风景，也给后人留下了珍贵的学术遗产，诸如治学的方法、态度、

---

① 霍玉厚口述，霍恒昌笔录.《文心雕龙》范注补［J］. 社会科学辑刊，1992（4）：149.

② 范文澜. 文心雕龙注：上册［M］. 北京：人民文学出版社，1958：18.

③ 李曰刚. 文心雕龙斠诠：下编［M］. 台北：编译馆中华丛书编审委员会，1982：2526.

特点、精神、学风等等,具有重要的学术史意义。对这些经验教训进行反思和总结,不仅可以使我们明白学术经典是怎样诞生的,而且有助于我们在今后的学术活动中端正学风、精益求精,不断完善自己的学术研究,开展正确而必要的学术批评。

首先,范注的补正、修订活动启示我们:学术经典的诞生不是一气呵成的,往往需要经历一个不断提高、完善的过程。《讲疏》是范老的第一部学术著作,该书是应教学急需而编撰的,其出版又与中共地下活动有关,匆忙之中疏漏自然难免①。故其书甫一问世,章用、李笠等就著文指陈其弊。学界的批评促使范老尽快修订其书。1927 年,他一回到北京就着手修订《讲疏》。此次修订对其书做了全方位的、颠覆性的改造,从结构到体例,从校勘到出典,增删订补,匡讹纠谬,钩玄剔抉,取精用弘,几于重造。修订后的《讲疏》更名为《文心雕龙注》,1929—1931 年由北平文化学社分上中下三册出版。王运熙在《范文澜的〈文心雕龙讲疏〉》一文中说:"《讲疏》卷首原有梁启超序一篇,范氏自序一篇;《注》不录此两序,而有'例言'10 条。'例言'中没有提到《注》是在《讲疏》基础上扩展而成,似觉可怪。"② 其实,如果从范老立志另起炉灶,别撰新注的角度看,《讲疏》只是为此次修订准备了一些基本的材料,现在要从书名、内容、形式各个方面,对其进行脱胎换骨的彻底重造,从而创作出一部崭新的学术著作,而不是在其基础上简单地扩展而成。这正是范老在新书"例言"中不提《讲疏》的原因。

文化学社本虽然做了全面的修订改造,然而学无止境,尤其是像《文心雕龙》这样一部博大精深的文论巨典,在千余年的流传过程中,钞写不慎,铅椠屡讹,虽经修订,纰缪差池,实难尽灭。因此,文化学社本出版不久,杨明照就发表了《范文澜〈文心雕龙注〉举正》一文,对书中的一些讹误加以订正。范老自己也意识到新书还存在一些问题和不足,所以在书出齐后,他并没有停

---

① 林甘泉等人回忆说:"此书局(新懋印书局)是地下党天津地委的秘密印刷机构,由时任地委组织部长的彭真主持。范老曾对我说过此事,说:'书局要公开出版一些书作掩护,就把我的讲义拿去印了。'出版前,曾由张伯苓校长送给时在南开任教的梁启超看过。梁氏极为赞赏并为此书写了序言。《讲疏》是纯学术著作,又有梁启超的序言,出版此书,自足以掩人耳目了。但为了不给南开添麻烦,版权页的著者署名,加上了莫须有的'华北大学编辑员'头衔。此书印数甚少,错字很多,是可以理解的。"(林甘泉等. 高山仰止 景行行止——《范文澜全集》编余琐记 [N]. 中国社会科学院院报,2004-01-13.

② 王运熙. 文心雕龙探索(增补本)[M]. 上海:上海古籍出版社,2005:317.

下脚步，而是本着精益求精、不断完善的治学态度，又开始着手对文化学社本进行修订，并于 1936 年由上海开明书店出版了七册线装本《文心雕龙注》，这一版也是范老本人修订的最后版本。

然而，最后版本并不意味着没有问题。相反，开明书店本也存在诸多问题。因此，杨明照又发表《评开明本范文澜〈文心雕龙注〉》一文，对其中错失进行纠谬。而赵西陆、斯波六郎等的批评补正也都是针对开明书店本的。有鉴于此，20 世纪 50 年代，人民文学出版社欲再版此书，范老认为那是"旧作""少作"，存在不少问题，因而不同意再版。后经再三劝说，范老勉强同意再版，但认为需要校订注文，表现出一个学者严谨负责的治学态度和学风。而作为责任编辑的王利器，在整理过程中又订补了 500 多条注文。尽管如此，人民文学本仍然存在一些讹误与不足，台湾地区学者王更生，大陆学者牟世金等均对其有所订补、驳正。可见，范注的经典地位是在不断地补正、修订过程中确立和巩固的，经过一个世纪的补正、修订，范注虽然日臻完善，但并没有解决所有问题。因此，范注的订补工作仍然在路上，而不是已完成。

其次，范注的补正、修订活动告诉我们：学术经典的形成和发展，往往凝聚着众多学者的智慧和心血，是作者与前辈贤达和学界同仁共同创造的，体现了集体的研究成果，代表了一个学术共同体的专业素养和学术诉求。《讲疏》的写作深受其师黄侃《札记》的影响，范老在自序中说："曩岁游京师，从蕲州黄季刚先生治词章之学。黄先生授以《文心雕龙札记》二十余篇，精义妙旨，启发无遗。退而深惟曰：'《文心》五十篇，而先生授我者仅半，殆反三之微意也。'用是耿耿，常不敢忘，今兹此编之成，盖亦遵师教耳。"① 其体例亦本黄札而稍广之，孙诒让《札迻》所校《文心》之语、李详《黄注补正》及黄侃《札记》内容并皆录入。

《讲疏》是范老任教于南开时撰写的讲义，由于当时身处天津，所见版本和资料有限，加之印刷匆忙，故不及仔细校雠文本，因而在文字校勘方面存在不少缺憾。1927 年，范老回到北平，得以与孙蜀丞、赵万里、陈准等人相聚相处，从而获得诸多善本和最新的校勘资料，为其着手校勘文本提供了可能。孙诒让手录顾（千里）、黄（荛圃）合校本，被李慈铭视为《文心雕龙》"第一善本"，范老通过好友陈准获得了这一善本，使其在文本校雠方面取得了一些重要的突破。唐写本作为现存最早的《文心雕龙》版本，日本户田浩晓教授论证其有六

---

① 范文澜. 文心雕龙讲疏·自序 [M]. 天津：新懋印书局，1925：3.

大校勘价值：1. 能正形似之讹；2. 能正音近之误；3. 能正语序错倒；4. 能补入脱文；5. 能删去衍文；6. 能订正记事内容。因此，唐写本残卷被发现以后，许多学者对其进行了深入细致的研究。1926 年，赵万里的《唐写本文心雕龙残卷校记》发表。而几乎与赵氏同时对唐写本进行校勘的还有孙蜀丞，范老与孙氏一度为北京师范大学的同事（二人也同为北大学生），这就为他吸纳孙氏的校勘成果提供了方便。据其书例言可知，范老此次校雠《文心》所用的唐写本材料，既有赵万里发表于《清华学报》的《校记》，也有孙蜀丞尚未发表的唐写本校雠手稿，而且孙氏手稿对其帮助最大，故其"例言"特予声明并致谢忱："畏友孙君蜀丞亦助我宏多（孙君所校有唐人残写本、明抄本《太平御览》及《太平御览》三种），书此识感。"①

开明书店本在"例言"之后，增补了日本学者铃木虎雄《黄叔琳本文心雕龙校勘记》的第一部分"绪言"和第二部分"校勘所用书目"。铃木既是日本著名的汉学家，又是开启日本《文心雕龙》正式研究的代表人物。其《校勘记》是具有现代学术规范的早期"龙学"著作之一，范老此次修订充分吸收其校勘成果。范注以黄注为底本，而铃木的《校勘记》正好与范注互相发明、相得益彰，故范老及时地补入这一最新的研究材料。开明书店版出版后不久，杨明照惊喜地发现其卷首载有铃木《校勘记》的"绪言"和"校勘所用书目"，并撰文说："上海开明书店新印之范文澜《文心雕龙注》，卷首载有日本铃木虎雄《黄叔琳本文心雕龙校勘记》一文，读后颇受启发。惟仅见一斑，未得窥其全豹为歉耳。"② 而其"全豹"所缺者，就是第三部分的具体校勘内容，也就是开明书店本正文夹校中采摭的铃木校语。因此，铃木的《校勘记》就成了开明书店本增补的最重要的内容。此外，开明书店本书末还多了一个附录，即章锡琛的《校记》，从而弥补了孙蜀丞利用《御览》校雠《文心》而缺少宋本《御览》的缺憾。

至于现在通行的人民文学本，其中也包含着王利器的诸多订补，以致范老提出"著者应署我们两人的名字才行"。可见，范老已明确意识到其书是众人智慧的结晶，而不是他的私有产品。王叔岷曾说："校勘古书，最重证据，证据由

---

① 范文澜. 文心雕龙注：上册［M］. 北平：文化学社，1929：3. 详参李平. 范文澜《文心雕龙注》"孙云"考述［J］. 国学研究，2019（43）：227-252.

② 杨明照. 书铃木虎雄《黄叔琳本文心雕龙校勘记》后［M］//杨明照. 学不已斋杂著. 上海：上海古籍出版社，1985：538. 另，其《文心雕龙校注拾遗》已据范注引铃木虎雄的校语。

资料得来，新资料尤为可贵。"① 学术研究要充分借鉴他人最新的研究成果，尽量获取珍稀的版本校勘资料。范注的学术经典地位，实有赖于前贤师友的慷慨相助和无私奉献，在范文澜名字的背后，还有一批学人的身影，在范注的字里行间，渗透着众多学者的识见。从这个意义上说，范注这一学术经典实际上是作者与众多学人共同创造的结果。

再次，对范注的不断订补举正与范老持续的修订完善工作还向我们表明：对待他人指出的讹误与缺失，作者要有从善如流的精神，勇于改正错误与不足；同样，对于自己著作的个性与特色，作者也要有坚持己见的勇气和自信，充分保留自己认为有价值的东西。章用曾指出其书"一以黄氏《札记》之繁简为详略"的问题，范老认为确实如此，不仅虚心接受，而且立即予以修正。在《讲疏》中，范老唯其师马首是瞻，凡《札记》所言几乎悉数收录。因此，削减不厌其烦的"黄先生曰"，淡化遍布全书的黄札痕迹，也就成了文化学社本修订的一个重要任务。大致说来，范老通过以下几种方式来淡化黄札对其书的影响。一是采取最简单的方法，即直接删除《讲疏》据黄札、引黄札的注释条目；二是采取删除黄札，另外出典以代之的方法；三是对一些既录黄札又有己注的条目，采取删黄札留己注的方法；四是《讲疏》从黄札之说，修订时则改从纪评、陈汉章先生之说，或提出自己的不同看法。当然，最常用的手法还是对黄札进行发挥、改造或增删，以避免直接袭用。必须说明的是，范老删减、修订黄札主要是从提高其书质量的角度考虑的，并非单纯地为了淡化黄侃的影响，只要有助于理解、阐发原书，文化学社本对黄札也予以适当保留或补录，体现出作者严谨的著述态度。

杨明照在《举正》一文的附录中，指出文化学社本有 14 条误黄叔琳批语为纪昀评的问题。这是由于范老所选底本不精导致的。范注在黄注的基础上补苴罅漏，然其所据底本并非养素堂本或两广节署本，而是据两广节署本覆刻的坊间流俗本，即扫叶山房石印本。黄批与纪评虽于一些初版原刻中，形式各别、粲然可分，但是在一些覆刻衍生的版本中，则易混易淆、几难辨识②。而范注就是因为采用了覆刻衍生的流俗本，于是在引用时屡误黄批为纪评，导致疑似两淆之症。范老也意识到这是一个严重的失误，于是在开明书店本中订正了其

---

① 王叔岷．庄子校诠：上册［M］．北京：中华书局，2007：20.
② 详参李平．《文心雕龙》黄批纪评辨识述略［J］．中国典籍与文化，2019（3）：42–49.

中的 10 条，尚误者还有 4 条，这 4 条在人民文学本中也由责任编辑全部更正过来。

20 世纪初，在西学东渐的背景下，一些学者如梁启超、王国维等，开始用西方进化论、心理学以及哲学、美学观念和方法研究、阐释中国古典文学，而范老则最早尝试使用西方心理学理论和术语来讲疏《文心》，然其中亦颇多牵强附会之说。赵西陆就指出："观其疏中，多采心理学家说，强为附会，颇病芜杂。殆思遽属稿，为便讲述，征引有不暇抉择者欤？今以与此本互勘，凡斯浮文，已悉从芟汰矣。"① 诚如赵氏所说，对于《讲疏》中滥用心理学名词与理论阐释文本的牵强附会之处，范老在修订时已尽删之。由于新书更名为《文心雕龙注》，修订时也尽量消解原来讲疏体的特色，删节过于冗长的讲疏内容，以合注书体例，使其书朝着科学、规范的方向发展②。

当然，对于他人的意见，范老也并非毫无原则地全盘接受。如章用提出的"旁引文论，钞撮全篇"的批评意见，范老未予采纳。因为他已在书中强调"凡古今人文辞，可与《文心》相发明印征者，耳目所及，悉采入录。虽《楚辞》《文选》《史》《汉》所载，亦间取之，为便讲解计也"，从而使详备博赡的材料迻录构成其书的一个重要特色，这一特色已为当时及后来多数学者认可并加以赞赏："我们读他这部书，旁的好处都不算，至少也可以减少好些翻书的麻烦，经济了好些时间。"③ 至于李笠对其书体例方面提出的要求，所谓"当增补者有八""当整理者有二"。对于这些修改建议，范老有的予以采纳，如引书出处、注释、校勘等方面尽力修订完善，多数则未予接受。因为，即使是规范的学术著作，亦当有符合其书性质和特点的体例方面的自由，不必强求划一。后来，杨明照的《文心雕龙校注》便是按照李笠的体例要求来规划的，于文本校注之后，分门别类地辑录材料，搜罗完备，有"研究《文心雕龙》的小百科全书"之誉。然而，杨注有其体例，范注也有其特点，两者相互补充，各有千秋。这才是范注的价值所在，也是其能长期保持学术经典地位的原因之一。

第四，范注的补正与修订过程也证明了这样一个道理：读者与作者之间的批评、指正与修订、提高的过程，不仅有助于维护和巩固学术经典的地位，而

---

① 赵西陆. 评范文澜《文心雕龙注》［J］. 国文月刊，1945（37）：28.

② 详参李平. 论文化学社本"范注"的修订特色［J］. 古代文学理论研究，2019（2）：644—661.

③ 寿昀. 介绍范文澜著《文心雕龙讲疏》［M］//王文俊. 南开大学校史资料选（1919—1949）. 天津：南开大学出版社，1989：349.

且也有助于提高和完善批评者自身的学术研究。对范注订补内容最厚重的要数杨明照的举正，同样，举正过程中获益最大者也是杨明照先生。杨氏早年也有志于《文心雕龙》的校注工作，见到文化学社本范注后，"叹其已较详赡，无须强为操觚，再事补缀。但念既多所用心，不忍中道而废。于是弃同存异，另写清本，继续钻研。此后凡有增补，必先检范注然后载笔。不到三年，朱墨杂施，致眉端行间几无空隙"①。至其《文心雕龙校注》出版，已由当初区区几十条举正，发展为洋洋大观的学术专著，而其修订充实后再版的《文心雕龙校注拾遗》一书，则成为誉满中外，与范注并驾齐驱的"龙学"经典之作。

杨氏对范注的举正，不仅于其自身校注大有裨益，而且在范注订补过程中承前启后，具有重要的学术史价值。如对范注最为全面的拾遗订正——斯波六郎的《补正》，就是缘于杨氏之举正。"民国二十六年（1937）杨明照氏有范氏《文心雕龙举正》，发表于《文学年报》第三期，民国三十九年（1950）承本校副教授池田末利君之好意借给，得以阅读，始悉该文乃就文化学社出版之范注，加以驳正，计有三十八条，其说颇有与愚说暗合者，余见而异之，因思一吐为快。为避免重复计，除杨氏既已论述与余意见相异数条以外，与杨氏意见相同者，此补正概不记载，读者阅读此稿可与杨氏之举正参看。"② 两者前后相继，杨氏重在订正，斯波偏于拾补，互为补充，各有所得。而斯波在《补正》发表后不久，"又为了倾此书（《文心雕龙》——引者注）底蕴，以《札记》形式对全文作详细的训诂"，于1953—1958年陆续在《支那学研究》杂志上发表了《文心雕龙札记》（未完）③。正是在补正范注的基础上，斯波对《文心》的义理内涵做了进一步的阐述，其《补正》的观点和内容亦多在《札记》中得到融化与升华。如《文心雕龙征圣篇札记》释"鉴周日月，妙极机神"："'鉴'与'妙'都作名词用，'鉴'为'照'（《广雅·释诂》）、'明'之意，谓圣人能究尽事物奥理，无人可望其项背；'妙'者'灵妙'也，意谓圣人能力深玄莫测，能预知机微。参照《赞》中'妙极生知，鉴悬日月'句，则更能明白'鉴'、'妙'的名词性用法。范氏注'鉴周日月，妙极机神'二句云：'《易上

① 杨明照. 我和《文心雕龙》[M]//曹顺庆. 岁久弥光——杨明照教授九十华诞庆典暨中国古典文献学国际学术研讨会论文集. 成都：巴蜀书社，2001：2.

② [日]斯波六郎. 文心雕龙范注补正[M]//黄锦铉编译. 文心雕龙论文集. 台北：学海出版社，1979：2.

③ [日]吉川幸次郎. 评斯波六郎《文心雕龙原道、征圣篇札记》[M]//王元化选编. 日本研究文心雕龙论文集，济南：齐鲁书社，1983：31.

系辞》阴阳之义配日月，鉴周日月，犹言穷极阴阳之道.'以'穷极'解'鉴周'从句法上说来不能成理，以'阴阳之道'解'日月'则有过于穿凿之嫌."①

接着斯波《补正》对范注进行订补的是牟世金先生，他说："去秋（1983）参加以王元化为团长的中国社会科学院《文心雕龙》考察团访问日本，友谊、交流双丰收。承日本友人惠赠以斯波六郎的《文心雕龙范注补正》，则是这次访日丰收的具体内容之一."② 于是，撰写长文《〈文心雕龙〉的"范注补正"》，借着对斯波《补正》的得失品评，进一步就理解原著尚存歧义的部分内容和诸家补正所未及的某些问题展开论述。牟文实际是在其《文心雕龙译注》的基础上，就其译注过程中遇到的一些疑难问题以及独到之见展开论述，是对前期相关研究的总结与升华。如《史传》"宣后乱秦，吕后危汉"，《译注》："宣太后，秦昭王的母亲。秦武王死后，昭王年幼，宣太后自治事，任魏冉（宣太后的异父弟）为政，威震秦国。宣太后理政期间，用魏冉、白起等，对秦国的强大起过一定作用。刘勰所谓'乱秦'，完全从封建正统观念出发."③ 在《〈文心雕龙〉的"范注补正"》一文中又对此说做进一步论证："范注引《史记·匈奴列传》：'秦昭王时，义渠戎王与宣太后乱，有二子.'则'乱'指淫乱。此说用黄叔琳注，斯波及诸家均无补正，且李曰刚及海内诸家以及凡我所见海外译本，都从黄、范而误。细读彦和原文可知，这段话首先反对班固、司马迁为吕后立纪，因为自'庖牺以来，未闻女帝者也'。继举周武王的誓言'牝鸡无晨'、齐桓公的盟词'妇无与国'，以反对妇女参与国政，因而提到'宣后乱秦，吕后危汉'的历史教训。'宣后乱秦'与'吕后危汉'的性质是相同的，都与淫乱毫不相干."再引《史记·穰侯列传》《史记·范睢列传》，指明"乱秦"的部分内容④。

从杨明照的《举正》到斯波六郎的《补正》再到牟世金的《"范注补正"》，历时将近半个世纪，三者前后相因，相互连贯，构成范注订补过程中最亮丽的一道风景。如果说杨氏举正最有价值，斯波补正最为全面，那么牟氏之文则最具特色。要之，三者在范注订补方面都取得了重大的成就，而对各自的

---

① ［日］斯波六郎.《文心雕龙》札记［M］//王元化选编. 日本研究文心雕龙论文集，济南：齐鲁书社，1983：56-57.
② 牟世金.《文心雕龙》的"范注补正"［J］. 社会科学战线，1984（4）：233.
③ 陆侃如，牟世金. 文心雕龙译注：上册［M］. 济南：齐鲁书社，1981：200.
④ 牟世金.《文心雕龙》的"范注补正"［J］. 社会科学战线，1984（4）：236.

"龙学"研究也都形成了有益的补充。斯波在中日关系断绝的艰难时期,依然设法获取中国学者的"龙学"研究资料,在杨文发表13年后始得一见,并立即着手撰写续作。而牟世金也是终身致力于搜集各类"龙学"资料,在斯波之书面世31年后,始承日本友人惠赠,并于归国后立即撰写评论反思文章。这些都表明,学术研究贵在前赴后继、锲而不舍,持续不断地坚持努力,必将取得骄人的成绩!

最后,在对范注的订补活动中,台湾地区两位学者在其著作中所表现的观点、态度和做法,值得我们警惕!张立斋的《注订》被认为是范注订补过程中一个重要的环节,李曰刚说:"惟此书(范注——引者注)素以繁富见称,然引典援证,释文阐义,亦有未谛者,故杨明照有《范文澜〈文心雕龙注〉举正》,日人斯波六郎有《文心雕龙范注补正》,张立斋先生有《文心雕龙注订》,盖长江大河,挟泥沙俱下,亦势所不免也。"① 王更生也认为:"惟此书(范注——引者注)援据用典,间有未审。故中外学者若李笠、杨明照、张立斋,以及日本斯波六郎等,均先后著文商榷。"② 然而,与其他补正者不同,张氏是站在否定范注的立场,本着取而代之的态度进行订补的。他认为:"《雕龙》注本最近出者,有开明范氏《文心雕龙注》若干卷。据黄氏注而广之,收纪评、铃校、李补、黄札为一编,各就原作,逐篇分载,着其勤劳,乏其精采,虽便翻检而拙于发明,少所折衷而务求博览,体要似疏,附会嫌巧,讥李善《文选》释事忽义而犹踵之。不足以便近代学子,仍旧,非佳制也。"③ 他不愿意承认其书是在范注基础上所做的补苴罅漏工作,相反自视甚高,不苟牵合,好似一无依傍、横空出世。而实际情况则是其书甚为倚重范注,不仅因袭痕迹明显,而且订正亦多有不当。这种抓住范注少数讹误缺失便大加鞭挞、肆意否定,而实际绝大部分内容都在因应承袭、酌取化用范注的态度和做法,实在有损其人格、人品!张氏对范注的态度,一方面有其恃才傲物、目空一切的个人意气原因,另一方面也与海峡两岸因政治对峙而造成的学术孤立有关,诚如詹福瑞在张氏《文心雕龙考异》再版序中所说:"那个时期两岸学者的隔膜,也影响到了著者对问题的判断。"④

王更生《驳正》一书严责范注,亦非仅求学术之真,而是有着一定的时代

---

① 李曰刚. 文心雕龙斠诠:下编 [M]. 台北:编译馆中华丛书编审委员会, 1982:2519.
② 王更生. 重修增订文心雕龙导读 [M]. 台北:华正书局, 2000:99-100.
③ 张立斋. 文心雕龙注订 [M]. 台北:正中书局, 1968:3-4.
④ 张立斋. 文心雕龙考异 [M]. 北京:国家图书馆出版社, 2010:4.

政治背景，在其批评驳正的学术话语背后，流露出难以言表的政治因素。其书成于 20 世纪 70 年代末，其时台海阻隔，两岸在学术上各张旗鼓，这种状态严重影响了两岸之间的文化交流与学术研究。在这样的政治背景下，他只能站在批判的立场，以范注为靶的，竭尽否定之能事，在学术上彻底"驳正"范注。事实证明这样做是成功的，作者在当时不仅没有因为研究大陆"集学者和革命家于一身""文武双全的民族英雄"范文澜的书而遭遇不测或被扣帽子，反而其研究成果还"受行政院国家科学委员会奖助"①。然而，这样做的结果也就使得其学术批评难免羼杂政治色彩，导致其在驳正范注时失去了公正的立场和客观的态度，流露出吹毛求疵、无中生有的不良倾向，以致移的就矢，率尔操觚，留下不少孟浪之言。

四、新范型在订补中诞生、确立并巩固

范文澜《文心雕龙注》的世纪补正、百年修订显示：范注能成为一部影响深远的学术经典，绝非偶然之事，而是时代的选择，历史的必然；这一学术丰碑的建立，既归功于范老本人精益求精的不懈努力和自我超越的治学精神，也得力于学界同人持续不断的订补举正和默默无闻的学术奉献。

"中国 20 世纪文艺学学术史，是由古典文论的传统的'诗文评'学术范型向现代文艺学学术范型转换的历史，是现代文艺学学术范型由'诗文评'旧范型脱胎出来，萌生、成形、变化、发展的历史；也可以说是中国传统文论在外力冲击下内在机制发生质变、从而由'古典'向'现代'转换的历史，是学术范型逐渐现代化的历史。"② 五四新文化运动前后，正值中西文化剧烈交锋之时。在重估一切价值的时代背景下，在专注古典新义的现实潮流中，作为诗文评笼头和古文论界碑的《文心雕龙》的校注，如何挣脱传统的束缚，获得古典的新义，完成范型的转换，成了摆在当时学者面前迫切需要解决的问题，也就是说时代需要一部能体现新思想、新思维和新方法的《文心雕龙》新注。

新范型的建立往往要从挣脱并打破旧范型开始。黄叔琳的《文心雕龙辑注》

---

① 王著的扉页有一行醒目的红字："本文曾受行政院国家科学委员会奖助"。
② 杜书瀛，钱竞. 中国 20 世纪文艺学学术史：第 1 部［M］. 上海：上海文艺出版社，2001：23.

作为"龙学"传统研究的集大成之作，也是旧范型的代表①。其书问世后便不断受到质疑和订补，纪昀最早在黄叔琳序之后补长山聂松岩云："此书校本实出先生，其注及评则先生客某甲所为。先生时为山东布政使，案牍纷繁，未暇遍阅，遂以付之姚平山，晚年悔之，已不可及矣。"② 纪评共计 220 条，其中对黄注（包括眉批）的评论有 38 条，而指出黄注错误的多达 37 条，肯定的只有 1 条。其后卢文弨、孙诒让、李详等均对黄注有所订补。于是，黄侃乘着 1914 年在北大开设《文心雕龙》课程的机会，继孙、李订补之后，集中撰文向黄注发起猛烈进攻。所谓："《文心》旧有黄注，其书大抵成于宾客之手，故纰缪弘多，所引书往往为今世所无，辗转取载而不著其出处，此是大病。"并以订补其书为职志："补苴罅漏，张皇幽眇，是在吾党之有志者矣。"③ 据其授课讲义整理出版的《文心雕龙札记》，从传统的校注、评点中超越出来，开创了把文字校注、资料笺证和理论阐述三者结合起来的研究方法，给人以全新的视野，"从而令学术思想界对《文心雕龙》之实用价值，研究角度，均作革命性之调整"④，现代"龙学"由此诞生。

　　然而，现代"龙学"的诞生虽然以黄侃把《文心雕龙》搬上北大课堂为标志，牟世金说："从黄侃开始，《文心雕龙》研究就是一门独立的学科：龙学。"⑤ 但是，真正取代"龙学"旧范型黄注而成为新范型，并实现《文心雕龙》研究由古典向现代转换的则是范注。由于黄侃秉持厚积薄发的原则，主张 50 岁以前不著书⑥，所以他的札记一直是讲义的形式，即使后来结集成书，也基本保持原样。因此，《札记》尽管在典故训释方面博稽精考，义理阐释方面切

---

① 祖保泉说："清朝人对《文心雕龙》研究很重视，取得了重要的研究成果，如《文心雕龙》黄叔琳的辑注和纪昀的评语，就是重要成果之一。《文心雕龙》黄注纪评合刊本，成了现代人研究《文心雕龙》的起点，例如在校注方面，范文澜、杨明照、周振甫诸先生的《文心雕龙》校注，都以黄注本为底本。"（祖保泉. 《文心雕龙》纪译琐议［M］//中国《文心雕龙》学会. 文心雕龙学刊. 济南：齐鲁书社，1984（2）：255.）

② ［清］黄叔琳注，［清］纪昀评. 文心雕龙辑注·序［M］. 北京：中华书局，1957：2.

③ 黄侃. 文心雕龙札记［M］. 北京：中华书局，1962：1.

④ 李曰刚. 文心雕龙斠诠：下编［M］. 台北：编译馆中华丛书编审委员会，1982：2515.

⑤ 中国《文心雕龙》学会. 文心雕龙研究论文集·序［M］. 北京：人民文学出版社，1990：3.

⑥ 其师章太炎先生在《黄季刚墓志铭》中说："（黄侃）始从余问，后自为家法，然不肯轻著书。余数趣之，曰：'人轻著书，妄也。子重著书，吝也。妄不智，吝不仁。'答曰：'年五十当著纸笔矣。'今正五十，而遽以中酒死，独《三礼通论》声类已写定，他皆凌乱，不及次第，岂天不欲存其学耶！"（张晖. 量守庐学记［M］. 北京：生活·读书·新知三联书店，1985：2.）

理恔心，但因出版时间较晚，且篇目不全、体例不明，缺乏系统性和规范性，未能成为取代黄注的新范型①。

在这种情况下，范文澜就成了创立"龙学"新范型的最理想的人选。首先，他有良好的学术素养，出身书香门第，幼承庭训，饱读经史，后又就读北大，"追踪乾嘉""笃守师法"，被名儒耆宿视为衣钵传人。其次，他有绝佳的学术师承，如其所言："那时北大的教员，我们前一班是桐城派的姚永概。我们这一班就是文选派了。教员有黄季刚、陈汉章、刘申叔等人。"② 这三位老师虽然各有所长，但对《文心雕龙》都有研究，对范文澜影响也最大。范老继承三位老师的学风和专长，后来在"龙学"、史学和经学三个方面都取得了卓越的成就。尤其在"龙学"方面，于黄札全盘接受，唯恐或遗。此外，他还有迫切的现实需求。1922 年，他到南开大学任教，主要讲授《文心雕龙》《史通》《文史通义》三种，尤其是《文心雕龙》。他说："予任南开学校教职，殆将两载，见其生徒好学若饥渴，孜孜无怠意，心焉乐之。亟谋所以餍其欲望者。会诸生时持《文心雕龙》来问难，为之讲释征引，惟恐惑迷，口说不休，则笔之于书；一年以还，竟成巨帙。以类编辑，因而名之曰《文心雕龙讲疏》。"③

顺应时代发展大势，满足现实教学需求，继承黄札学术资源，凭借自身根基素养和远见卓识，范老终于创作了自己的第一部学术专著——《文心雕龙讲疏》。以讲疏的形式阐释古代学术经典的微言大义，满足新形势下读者的阅读需求，是古典新义背景下的一个潮流④。范著之前，有其师黄侃的《诗品讲疏》，只是未完稿，且为讲义形式，其部分内容保留在《札记》里；范著之后，有其

---

① 《文心雕龙札记》原是黄侃 1914—1919 年任教北京大学的讲义，但真正的完稿时间很难确定，只能说《札记》并不是一次性完成，而是在授课过程中不断增益的。《札记》在正式出版之前，亦曾零星发表于一些杂志上。1927 年 7 月，北平文化学社将散见的讲义结集成书，名曰《文心雕龙札记》，收录《神思》以下 20 篇。1935 年黄侃逝世后，前南京中央大学所办《文艺丛刊》又将《原道》以下 11 篇发表。1947 年四川大学中文系曾将上述 31 篇合印一册，由成都华英书局发行，主要用于内部传阅，印数较少，至今罕见。1962 年中华书局上海编辑所又将 31 篇合为一集，由黄念田重加勘校，并断句读，正式出版。至此，《札记》全璧方广泛流行于世。

② 蔡美彪. 旧国学传人 新史学宗师——范文澜［M］//萧超然. 巍巍上庠 百年星辰——名人与北大. 北京：北京大学出版社，1998：425—426.

③ 范文澜. 文心雕龙讲疏·自序［M］. 天津：新懋印书局，1925：3.

④ 《隋书·经籍志》载《周易义疏》十九卷注云："宋明帝集群臣讲。梁又有《国子讲易议》六卷；《宋明帝集群臣讲易义疏》二十卷；《齐永明国学讲周易讲疏》二十六卷；又《周易义》三卷，沈林撰。亡。"（魏征等. 隋书：第 4 册［M］. 北京：中华书局，1973：911.）可见，讲疏乃梳理讲义、既讲又疏的诠释形式，侧重义理阐发。

徒许文雨的《文论讲疏》，肇自 1929 年讲学北大，出版于 1937 年年初，书中多引范说。可见，范著接续其师，惠泽其徒，影响颇大。

范老继承黄师职志，发挥《札记》之说，针对黄注不足而补苴罅漏，别撰新疏，体现了一个学者的学术勇气和责任担当。其自序曰："论文之书，莫善于刘勰《文心雕龙》。旧有黄叔琳校注本。治学之士，相沿诵习，迄今流传百有余年，可谓盛矣。惟黄书初行，即多讥难……今观注本，纰缪弘多，所引书往往为今世所无，展转取载，而不著其出处，显系浅人之为……然则补苴之责，舍后学者，其谁任之？"①《讲疏》以黄注为底本而欲补苴超越之，取黄札之长处且又丰富发展之，试图建立《文心雕龙》校注的新范型。对此，范老胸有成竹。因为黄札已经为他奠定了坚实的基础，使他能顺接纪评、孙校、李补等前贤成果；同时其自身的学术素养和识见能力，又给他提供了必要的积累和十足的底气，使他既能在前贤与新锐的基础上"参古定法"，又能在时代与现实的感召下"望今制奇"。

《讲疏》对黄札的汲取和对黄注的订补，充分展现了范老继承乾嘉学风，恪守传统师法的治学精神。然而，他又没有局限于此，而是结合时代背景和现实需要，将新的思想观念和思维方式融入书中。所谓："近时海内鸿硕，努力于文艺之复兴，汲汲如恐不及，高掌远跖，驽骀者固乌足以追之。然窃谓一切读书之士，亦宜从而自勉，不得专责诸三数名宿，以为可以集事也。"以此自勉，范老在书中常常联系现实，既放眼世界又关注当下，使这部古典讲疏之作体现了鲜明的时代特色。在征引典故的同时，他也注重对全书纲领结构、各篇主旨大义的疏通讲解，超越了传统的校勘出典治学模式，凸显了现代学术精神。"读《文心》者，当知崇自然、贵通变二要义；虽谓为全书精神可也。讲疏中屡言之者，即以此故。"② 此外，在西学东渐的背景下，他又通过融合中西学术的方法，最早尝试用心理学理论和术语讲疏《文心雕龙》，给人耳目一新的感觉③。

《讲疏》的出版虽然取得了一定成绩，引起了学界的重视，但是在《文心雕龙》校注方面尚未确立新范型的地位。这是因为《讲疏》尚属草创，其自身还存在诸多不足。这些不足之处主要表现在：第一，对黄札和黄注承袭过多。作者在《声律》自谓："此篇文颇难读，前后释义，盖采黄先生之说为多云。"在

---

① 范文澜．文心雕龙讲疏·自序［M］．天津：新懋印书局，1925：3.
② 范文澜．文心雕龙讲疏·自序［M］．天津：新懋印书局，1925：4.
③ 详参李平．论范文澜《文心雕龙讲疏》的学术特色［J］．中国诗学研究，2019（1）：233-248.

《才略》又自注："以下多引黄注，不复备举。"① 其实，不止《声律》《才略》两篇，这种现象在全书也很普遍，下篇尤为突出。第二，正文多有失校失注之处。由于特殊的时代背景，其书出版于仓促之中，加之"讲疏"的体裁性质，致使书中存在大量白文，不仅失校而且失注，"补苴之责"尚任重而道远！第三，一些新思想、新观念未能很好地融化于古代经典的义理诠释之中，而是强作解人，生硬拼贴，留下牵强附会的斧凿痕迹。第四，其书没有例言，缺乏体例，以致征引文献多有不规范之处。如《宗经》《诠赋》注引"沈钦韩曰"，而沈氏所言出于何处均未说明；至《诸子》注［4］始谓"案王先谦引沈钦韩曰"，然王氏于何处所引仍不清楚；直到注［9］方谓"王先谦《汉书补注》引沈钦韩曰"，才是完整的出处，然注［10］又谓"《补注》引沈钦韩曰"。同引"沈钦韩曰"，居然出现了四种格式，体例凌乱可见一斑。此外，书中正文、注文以及附录，亦多有讹失与不足。

正因为如此，《讲疏》出版后，学界对其体例不明、因袭过多、斧凿牵强以及讹失不当之弊，提出了尖锐的批评。然而，范老并未因此感到失望或气馁，更未因此挫伤其著述的勇气，停止其探索的步伐。相反，他虚心接受批评，并立即着手修订其书。《讲疏》经修订重造更名为《文心雕龙注》，结构上将50篇正文集中于上册，而把内容丰富的注文安排在中册和下册，并增补10条"例言"置于卷首。此次修订最大的亮点，一是据顾、黄合校本，赵、孙所校唐写本等，增加正文夹校内容，弥补《讲疏》校勘不足之弊；二是增补或修改注释条目，其中新补375条、修改721条，合计1096条，从而有效地解决了《讲疏》存在的大量失校失注问题。对于《讲疏》颇为倚重黄注黄札，承袭过多的问题，范老亦借修订之机，着力淡化二黄影响，于注中尽可能地减少黄注黄札的痕迹，凸显范注自身的价值。此外，《讲疏》中常常关注时代精神，强调现实之用，因其不合注书体例，修订时则尽可能予以删节调整。如运用心理学想象与联想理论，解释《神思》的有关论述，虽观点新颖且富时代气息，然有悖注书体例，修订时则尽删之，并改引《文赋》以为注。

修订后的文化学社本《文心雕龙注》，获得了学界的高度称赞，基本确立了《文心雕龙》校注的新范型。日本户田浩晓教授明确指出其在《文心雕龙》研究史上的地位："民国十四年，范文澜的《文心雕龙讲疏》一册，民国十八年，他的《文心雕龙注》三册（范文澜所论第四种）由北京文化学社印行。后者以

---

① 范文澜. 文心雕龙讲疏：卷7，卷10［M］. 天津：新懋印书局，1925：14，6.

前者为蓝本确是事实，但不像郭绍虞氏所说仅是前者的改称。范注虽本黄叔琳注及黄侃札记等书，但却是内容更为充实，也略嫌繁冗的批评著作，是不能否认的《文心雕龙》注释史上的划时代作品。"① 与范老一样，杨明照年轻时亦致力于补正黄注，然见到文化学社本范注后，"叹其已较详赡，无须强为操觚，再事补缀"，"此后凡有增补，必先检范注然后载笔"。他在举正其书时也首先表示范注已超越了黄注："《文心雕龙》，向以黄叔琳《辑注》为善。然疏漏纰缪，所在多有，宜其晚年悔之也。逮范文澜氏之注出，益臻详赡，固后来居上者矣。"② 这表明杨氏已承认范注的权威性，并以其为《文心雕龙》校注的新范型而加以参照，且他以后所著《校注》及《拾遗》，也是在订补范注的基础上完成的，实际是范注的补充。尽管其书已蔚为大观，与范注一起构成《文心雕龙》校注史上的双子星座，但其补注的性质仍未改变。诚如牟世金所说："范注之误已被陆续发现并予补正了不少，杨注主要补范注之不足，但所补只是有得则录，既非全面作注，亦难尽补范注之未备。"③

至开明书店本，范注的新范型地位得到了进一步的巩固。文化学社本经过大幅度的修订、改编，已基本完成了对《讲疏》的重造任务，大致确立了《文心雕龙》校注的体例与范型，接下来要做的主要是局部调整与细节完善工作。结构体例上，开明书店本将注文移到每篇正文之后，以便两者相互对照，不仅方便阅读，而且也符合现代著述规范。原来统领和概括全书的"上下篇提要"，范老也忍痛割爱，不再单独保留，而是将其中部分内容修订后纳入《原道》和《神思》的注文中，以合注书体例。此外，书末还多了一个附录，即章锡琛据日藏宋刊本《御览》对《文心》所作的《校记》，弥补了其书之前没有据宋本《御览》校雠《文心》的缺憾。当然，开明书店本增补的最重要的内容还是铃木虎雄的《黄叔琳本文心雕龙校勘记》，不仅"例言"后增补了《校勘记》的"绪言"和"校勘所用书目"，而且正文夹校也补入了《校勘记》的具体校语。就连以材料搜集见长的杨明照也佩服地说，开明本范注卷首所载铃木《校勘记》一文"读后颇受启发"。

开明书店本是范老亲自修订的一个定本，不仅补入了最新校勘资料，修订了部分校注内容，而且单列征引篇目，完善结构体例，从而使全书内容更加准

① ［日］户田浩晓．文心雕龙研究［M］．曹旭译．上海：上海古籍出版社，1992：30．
② 杨明照．范文澜《文心雕龙注》举正［J］．文学年报，1937（3）：118．
③ 牟世金．台湾文心雕龙研究鸟瞰［M］．济南：山东大学出版社，1985：22．

确，材料更加丰富，形式也更加规范，得到了同行的广泛认可，进一步巩固了其范型地位。曾对其书亲施校勘的章锡琛说："《文心雕龙》一书，为吾国文学批评之先河，其识见之卓越，文辞之瑰丽，自古莫不称善。旧有黄崑圃注，盖出其门客之手，纰缪疏漏，时或不免。余友范君仲沄，博综群书，为之疏证。取材之富，考订之精，前无古人，询彦和之功臣矣。"故以其所补《校记》附于书末，表示对范注新范型地位的尊重与认可。作为《文心雕龙》校注的新范型，范注不仅集传统校注之大成，亦开现代注释之先河。对此，学界予以充分肯定。台湾地区学者李曰刚说："范文澜《文心雕龙注》，虽未完全摆脱旧习，而其旁征博引，革故鼎新，不薄今贤，师法前修之精神与态度，确为《文心雕龙》注释方面开一新纪元。"① 王更生也认为，范注"虽以考据校勘为主，但他的旁征博引，镕故铸新的精神，在《文心》注释史上的确开了一个新纪元"②。大陆学者也有同样的看法，杨明照说："半个多世纪以前，我国最通行最有地位的《文心雕龙》注本，当然要首推黄叔琳的《辑注》。在'龙学'研究领域里，差不多盛行了两个世纪。直到本世纪（20世纪——引者注）30年代，才逐渐由范文澜先生的《注》取而代之。流传广，影响大，后来居上，成为权威著作，这是大家所公认的，无须多说。"③ 陈允锋也说："范注的出现，标志着《文心雕龙》注释由明清时期的传统型向现代型的一大转变，即在继承发展传统注释优点的基础上，受其业师黄侃《文心雕龙札记》的影响，对《文心雕龙》的理论意义、思想渊源及重要概念术语的内涵进行了较为深刻清晰的阐释。"④

如果说《讲疏》是在黄注、黄札的基础上，对《文心雕龙》这一传统学术经典进行现代学术研究的一次尝试，那么文化学社本《文心雕龙注》则是充分吸收前人校勘成果，特别是孙、赵等人利用唐写本和《御览》校勘《文心》的最新成果，尽力摆脱对黄注、黄札的依赖，期盼建立《文心》校注新范型的一种努力！而开明书店本可谓这一新范型的进一步完善：从形式上说，校注条目随正文之后，著述体例更加规范；从内容上讲，增补铃木《校勘记》，不仅吸收了学界最新的研究成果，而且弥补了范注以前没有版本叙录的缺憾；从附录来

① 李曰刚. 文心雕龙斠诠：下编［M］. 台北：编译馆中华丛书编审委员会，1982：2519.
② 王更生. 文心雕龙新论［M］. 台北：文史哲出版社，1991：309.
③ 杨明照.《文心雕龙》有重注必要［M］//饶芃子. 文心雕龙研究荟萃. 上海：上海书店，1992：61.
④ 陈允锋. 评范文澜的《文心雕龙注》［M］//中国《文心雕龙》学会. 文心雕龙研究. 保定：河北大学出版社，2002（5）：354.

看，章锡琛的《校记》，据宋本《御览》订补范注，既在文本校勘方面取得了重大突破，又在"龙学"史上具有重要地位。至人民文学本，经范老请人再次核对引文和王利器进一步订补，终于使范注彻底取代黄注，成为学界普遍接受与认可的学术经典，为后来的《文心雕龙》校注译释提供了新型范式，在中国大陆及港台地区以及海外学界都具有举足轻重的学术地位和持续深远的学术影响。牟世金曾说："自范注问世以后，无论中日学者，都以之为《文心雕龙》研究的基础，这也是不可否认的事实，其于'龙学'的贡献，是应该充分肯定的。"① "在范文澜、杨明照的注本问世之后，无论港台或大陆，近三十年来的注本，无不以范杨二家为基础……居今言《文心》之注，舍范杨而完全另起炉灶者，尚未有所闻。诸家新注，仍不断有新的发展，但总是在他们的基础上，或加详注细，或纠正某些误注，或增补某些出典。"②

可见，范注的出现，不仅意味着传统"龙学"模式的终结，同时标志着现代"龙学"范型的确立；其修订与完善的过程，正是《文心雕龙》研究由传统向现代转换的历程；这一历程以范注的出版、修订、再版为标识，由为其举正、订补、编校的一批学者参与其间而共同完成，体现了一个学术共同体的理想追求与价值标准。

---

① 牟世金.《文心雕龙》的"范注补正"[J].社会科学战线，1984（4）：234.
② 牟世金.台湾文心雕龙研究鸟瞰 [M].济南：山东大学出版社，1985：22.

后 记

　　2014 年以来，我的主要精力都放在范文澜先生《文心雕龙注》的研究上。多年前，我曾写过一篇黄侃《文心雕龙札记》版本变迁方面的文章，而范注从最初出版到现在的通行本，也经历了长期的发展过程和多次的版本变化：1925 年由天津新懋印书局以《文心雕龙讲疏》为名刊行，1929—1931 年北平文化学社分上、中、下三册出版修订重造的新注时更名为《文心雕龙注》，1936 年上海开明书店又出版经作者再次修订的七册线装本，1958 年经作者请人核对和责任编辑又一次订正，人民文学出版社分两册重印，这就是现在流行的本子。于是，在我的范注系列研究中，就有一项关于版本变迁方面的写作计划，以探讨范注各版本之间的发展轨迹及变化情况，分析其内容特点及得失经验，进而与黄侃《札记》版本变迁的那篇文章形成姐妹篇。

　　然而，当我正式着手写作时，却发现范注各版本之间牵涉的问题太多，内容比我当初预想的要复杂得多！为了把涉及的问题搞清楚，我只能采取最笨拙的办法，即将各版本的正文、夹校和注文放在一起，逐一对照，相互比勘，分类归纳，最后再对各版本进行分析总结。当我把范注的四个版本都清理完毕后，发现研究成果的篇幅已超过 20 万字，远非一篇文章的篇幅所能承载，只好另行按照一部专著的体例来编排了。值得欣慰的是，在对范注各版本进行仔细研读的过程中，我也搞清楚了一些悬而未决的疑难问题。

　　首先，范注在黄叔琳《文心雕龙辑注》的基础上，补苴罅漏，别撰新注，其"例言"谓"《文心雕龙》以黄叔琳校本为最善，今即依据黄本"。然而，其所据底本并非养素堂本或两广节署本。关于范注的底本，杨明照先生一直认为是《四部备要》本，即所谓"坊间流俗本"。在仔细比勘范注各版本之后，我发现其底本确为"坊间流俗本"，但不是《四部备要》本，而是"扫叶山房石印本"。

其次，"龙学"界一般认为范注过于倚重黄侃《札记》，对其因袭甚多。然而，通过各版本之间的对比分析，我发现《文心雕龙讲疏》确实存在这样的问题，"一以黄氏《札记》之繁简为详略"，凡《札记》所言皆悉数收录，几于探囊揭箧。不过至文化学社本，范老已自觉地采取多种方法对黄札进行淡化处理，以凸显其书自身的价值，终于使范注成为 20 世纪中国学界一部重要的学术经典，被誉为《文心雕龙》研究史上的一座里程碑。近来学界有人试图借《讲疏》大量抄录黄札之事进行炒作，以今日时风臆测民国学界，仅凭一己之假设猜测，便谓"范文澜抄袭黄侃"，致使师徒失和，同门反目。由于文章缺乏有力的证据，故推导出来的结论也难以令人信服。诚如秦大敦所说："张文所议之事，目前只能说证据不足，难以定论。作为茶余饭后的八卦闲谈，当无可厚非，但言之凿凿写成论文，恐怕有违著述之道。"

再次，台湾著名"龙学"家王更生先生曾谓："观范注《文心》，他的校勘方式，例言中既没有明确的交代，我们便很难看出他行文的程序。所以他有时候随文刊正，有时候又校附注中，有时校而不注，有时又别目单行，可谓五花八门，毫无体例可循。"而事实是，《讲疏》虽无例言，缺乏体例，但随后修订重造的新注便增设了"例言"，以明体例。其正文夹校内容为"例言"首条所列诸家校勘成果：一是黄叔琳校本及其所保留的明人校语，二是孙诒让手录顾、黄合校本校语，三是谭献、铃木虎雄、赵万里和孙蜀丞等人的校语。正文夹校对于诸家校语一律采用省称的方式，至于其他人的校语，则于相关注文中以全称出之，采用校注并行的方式，这就是"范注"的体例。

还有人民文学出版社本订补内容的考辨问题，据王利器《我与〈文心雕龙〉》一文回忆，作者 20 世纪 50 年代在文学刊行社工作时，曾担任范注重版的责任编辑。他说开始范老不同意重印这部书，认为是"少作"，存在不少问题。他则表示这次做责编，一定尽力把工作做好。在整理过程中，他订补了 500 多条注文，交范老审定时，范老完全同意并提出："你订补了这么多条文，著者应署我们两人的名字才行。"王利器认为这是责编应当做的分内工作，所以不同意署他的名字。这段学坛佳话并不为外人所知，相反，人们一直以为由开明书店本到人民文学本的修订工作就是范老本人做的。我将开明本与人民本加以勘对照，对王利器订补的具体内容进行考辨，发现两者差别确实不小，除了一些简单的字句正误外，重要的订补也不少。

在梳理研究的过程中，我也曾将部分成果以专题论文的形式在相关学术刊物先期发表，如《范文澜〈文心雕龙注〉订补综论》《论范文澜〈文心雕龙讲疏〉的学术特色》《论范文澜〈文心雕龙讲疏〉的问题与不足》《论文化学社本"范注"的修订内容》《论文化学社本"范注"的修订特色》《论文化学社本"范注"的修订情况及遗留问题》《论"范注"对黄札的淡化处理》《论"范注"所录铃木虎雄〈黄叔琳本文心雕龙校勘记〉》《王利器"范注"订补考辨》等，在此谨向发表这些论文的学术刊物表示衷心的感谢！其中，我要特别感谢中国《文心雕龙》学会副会长、山东大学儒学高等研究院戚良德教授，他不仅在其主编的《中国文论》（2019 年第 5 辑）刊物上，发表了我将近 35000 字的长文《论文化学社本"范注"的修订内容》，而且在《编后记》中对拙文予以高度评价。由于戚教授的评论大体也能体现本书的特色，故将其附于此：

在本期"学科纵横"栏目下，是李平教授的长文《论文化学社本"范注"的修订内容》。文章指出，范文澜的文化学社本《文心雕龙注》对其初版《文心雕龙讲疏》进行了全方位的、颠覆性的修订改造，从结构到体例，从校勘到出典，增删订补，匡讹纠谬，几于重造，从而为其定本开明书店本《文心雕龙注》奠定了坚实的基础。正因如此，李教授这篇长文的研究就是非常必要而有意义的。文章把修订内容概括为三个大的方面，一是对初版存在的讹误和不足予以纠正，二是对初版失校失注之处给以增补，三是对初版注文内容进行完善。并对每一个方面进行了详细的比对、研究和总结，用力之勤，令人感叹。如："据统计，文化学社本新补注释条目共375 条，仅次于修改原注条目，可见此次修订增补力度非常大，从而有效地解决了初版存在的大量失注失校问题，使文化学社本在征典释义、字句校雠方面有了长足的进步。"对文化学社本之有长足进步的评价来自一个数目的统计，真正一读原书，方知于此需下多少功夫。

当然，更重要的是通过对修订内容的把握，总结有用的研究信息。如谓："范老此次修订的增补工作，除了正常的出典、释义和校字外，还特别重视题注的增补。初版《讲疏》中没有一个题注，文化学社本给 26 篇的题目增加了题注。"这便是一个重要的问题。实际上，此后不少《文心雕龙》译注本都有"题注"或"题解"一项，范注或有开山之功。再如："对

271

《物色》等篇篇次位置的怀疑滥觞于范老，后来杨明照、刘永济，尤其是郭晋稀诸先生，都对《文心》篇次提出了不同的调整意见。不管人们对范老等人的调整意见能不能接受，但有一点是肯定的，即篇次的调整是对文本内在逻辑性与合理性的探讨，而这种探讨对于研究《文心》的理论体系是十分有益的。"这一历史叙述概括了一个重要"龙学"话题的来龙去脉，因而也是极有意义的。又如："刘勰的身世，本传记载不详，其它史料又极简缺，致使他的生卒年代、家世经历、著作时间等重要问题，均有待探索。范老在刘毓崧《书文心雕龙后》的基础上，开榛辟莽，筚路蓝缕，经多方考订，细加推算，对刘勰的身世作了周详的论证，补充了《梁书·刘勰传》的空白与不足，也为后人编制更加详备细致的刘勰年谱奠定了坚实的基础。"事实的确如此。实际上，牟世金先生等对刘勰生平事迹的研究，亦无不受范注之启发。

这篇长文所论涉及问题繁杂、琐细，但李平兄不惮烦琐，不仅资料运用极为细心，一丝不苟，而且很多问题爬梳、分辨之细致，令人叹为观止。如对范文澜讲疏本与文化学社本注释条目分合的研究，既细辨其一条分为二至五条乃至更多条，又认真梳理其将原来两条及以上的注目合并为一条，甚或找出其将五条、六条、八条、九条、十条乃至十五条合为一条者。这看起来完全是一个功夫活，但如作者所说："与注释条目的扩展或合并相配合，必要时范老也对注文内容进行适当调整，以便更好地解释正文。"应该说，如此细致而严谨的为学精神，本为一个真正学者之本分，但在这样一个人文学术不无浮躁之风的时代，还是颇显书生本色及其可贵，因而令人敬佩。当年王元化先生曾称赞牟世金先生的《文心雕龙研究》一书"继承了清人不病琐"的"求实学风"，我们细读李平教授的这篇文章，也可以感受到对这种学风的继承和发扬。读完这篇大作，我觉得能够如此精读范老文化学社本《文心雕龙注》，并以之与讲疏本进行详细比较，从而完全把握其注疏演变情况者，惟李平先生一人耳！范老地下有知，其当惊知己于千古乎！

另外，范注出版以来，各类订补举正绵延不绝，且贯穿整个 20 世纪，形成了一道亮丽的学术风景线。而范注的不断修订与版本变迁，正与学界对其书的订补举正活动密不可分。可以说，范注取代黄注而成为《文心雕龙》校注的新范型，这一地位是在学界同人不断地补正和作者本人持续地修订过程中逐渐建立起来的。缘此之故，书末附以《范文澜〈文心雕龙注〉订补综论》。傅刚先生在《略说寿普暄批正范文澜〈文心雕龙注〉》一文中说："范注在今天仍然是学术界研究《文心雕龙》一书重要的参考书，对其疏误自当能有所指正，以免以讹传讹，贻误耳食之辈。由于范注一书的影响，学术界对其批评讨论的情况也似应作一清理，在今后的学术史研究上，未免不会形成范注此书的专门研究。"没想到傅刚先生的话还真的应验了，这部书就是对范注的"专门研究"，书末的附录就是对范注批评讨论情况的"清理"。

辛丑年春